公元787年，唐封疆大吏马总集诸子精华，编著成《意林》一书6卷，流传至今

意林：始于公元787年，距今1200余年

U0888852

意林

意林幻青春

开 启 你 的 传 奇

意林

幻青春

Fantasy

倾世萌狐 3

Qingshi menghu

嘻多多／著

吉林摄影出版社

·长春·

图书在版编目（CIP）数据

倾世萌狐. 3 / 囍多多著. -- 长春：吉林摄影出版社，2018.3
（意林幻青春）
ISBN 978-7-5498-3042-8

Ⅰ. ①倾… Ⅱ. ①囍… Ⅲ. ①长篇小说－中国－当代 Ⅳ. ① I247.5

中国版本图书馆 CIP 数据核字 (2018) 第 045613 号

倾世萌狐 3
QINGSHI MENGHU 3

著　　者　囍多多
出 版 人　孙洪军
主　　编　顾　平　杜普洲
责任编辑　吴　晶
总 策 划　蔡　燕　李　岚
统筹策划　李　岚
设计总监　资　源
执行编辑　王天颖
封面设计　资　源
美术编辑　张　迪
发行总监　王俊杰
开　　本　700mm × 1000mm 1/16
字　　数　300千字
印　　张　16
版　　次　2018年3月第1版
印　　次　2018年3月第1次印刷

出　　版　吉林摄影出版社
发　　行　吉林摄影出版社
地　　址　长春市泰来街1825号
　　　　　邮　编：130062
电　　话　总编办　0431-86012616
　　　　　发行科　0431-86012602
网　　址　www.jlsycbs.net
经　　销　全国各地新华书店
印　　刷　晟德（天津）印刷有限公司

书　　号　ISBN 978-7-5498-3042-8　　　　定　　价：29.80 元

目录

目录

第一章 同入天界

灵飞在紫霄灵台发生诸多事情，沐云流在凡间则是度日如年。一连几天过去，他没有收到来自灵飞的任何消息，灵飞根本没有通过传音珠跟他联络!

他当然是抓狂的，可他相信灵儿，绝对不会无缘无故不跟他联络。所以，她必定是遇到了什么困难!

于是，沐云流让无涯子联络华凌上仙，让华凌上仙去看看灵飞出了什么事。华凌上仙这边很无奈，他已经知道传音珠被紫霄仙尊没收的消息，但又觉得这么告诉沐云流，一定会让沐云流觉得他在紫霄灵台毫无面子可言啊!

于是，华凌上仙可耻地没有回信，直到无涯子第三封信传到了他手里，说流王殿下已经处于暴怒边缘，这才令他重视起来。华凌上仙不得不下凡，去见流王殿下。

"你终于肯见我了。"沐云流看着房内突然出现的华凌上仙，冷笑连连。灵儿到底出了什么事?这该死的华凌上仙，以前对他的保证呢?

华凌上仙看见沐云流隐忍的表情，心下微悸，面色讪讪道："流王殿下勿气，这两日紫霄灵台发生大事，天界都在关注此事，所以我才没有及时下界来见流王殿下。"

沐云流神色一凛："紫霄灵台发生了何事?"

"这个……"华凌上仙似乎很为难，片刻后才以折中的方式说道，"与灵飞姑娘无关，对灵飞姑娘却是一件好事，所以流王殿下不必忧心。"言下之意，事情和灵飞无关，但是紫霄灵台的事情，所以不好与沐云流说清楚。

沐云流闻言，倒也不追问此事，只要灵儿好端端的，其他事情都不重要。

"灵儿入紫霄灵台后情况如何?为何灵儿不用那传音珠与我说话?"沐云流现在最关心的，便是这件事情，他担心灵飞出了什么事情。

"关于这件事……"华凌上仙半晌才轻咳一声，道，"实在是紫霄仙尊对弟子太过严格，说是灵飞姑娘与下界保持联络会影响到她的心境，耽误修炼，所以在灵飞姑娘入紫霄灵台之初，便暂代保管那传音珠了……"

紫霄仙尊?沐云流凤眸微微一眯，顿时明白此仙在天界一定举足轻重，看华凌上仙的表情便知道。

“他对灵儿如何？”沐云流抿了抿唇，接着问道。灵儿是一只狐妖，不知那紫霄仙尊会不会因此嫌弃她。

“紫霄仙尊对门下弟子一视同仁，况且灵飞姑娘现在还只是修仙者，并未入仙籍，与紫霄仙尊实在没有太多的接触。”华凌上仙在紫霄灵台自然是有消息来路的，微微沉吟一下后，又含笑说道，“倒是我听说，直接负责灵飞姑娘的日龄上仙，对灵飞姑娘照顾得很。”

“男的？”沐云流眉头一蹙。

华凌上仙闻言笑了起来：“流王殿下多虑了，不说上仙不可妄动凡心，便说这日龄上仙双眸异于常人，所有人在他眼里都只是一个虚影，他也看不真切灵飞姑娘的相貌，更无从对灵飞姑娘有其他感情了。”

沐云流挑了挑眉，算是听明白了——那日龄上仙的眼睛有问题。

“一个月内，我会将凡间的事情处理妥当，我那六弟将会被立为太子。无涯子夜观天象，说帝星闪耀，我当没选错人。”沐云流瞥了华凌上仙一眼，问道，“上仙认为，接下来的路，我该如何走？”

他必定是要拿到天池里的盒子的！不过，天池被封，需要强大的实力才可以进入，以他现在的实力，不可能拿到。而灵飞修仙也不是一朝一夕的事情，他不可能等她修成仙才去拿盒子，那就太晚了。

所以，他有一个想法，便是……跟灵飞一样，入天界修仙！

当然了，前提是华凌上仙介绍他去，否则他自己也没法去天界。至于华凌上仙这边……他早已猜到，华凌上仙必定是对他的身世知情的，所以很多事情，华凌上仙心中恐怕早有主意了。

“流王殿下看来是想入天界了？”华凌上仙看穿沐云流的心思，一笑，“倒也不是不行，但流王殿下不能与灵飞姑娘同去紫霄灵台。”

很显然，沐云流一来是想提高自己的实力；二来，定然是想照顾灵飞了。不过，华凌上仙可不会将沐云流放进紫霄灵台。这很危险哪！

“不能入紫霄灵台？”沐云流眉头微蹙，问道，“这是为何？”

“因为紫霄灵台每百年只收一个修仙者。”华凌上仙微微一笑，“现在，这名额已经被灵飞姑娘占用了。”

沐云流盯着华凌上仙半晌，最后才慢条斯理地问道：“那么上仙想将我安排到何处？”这华凌上仙也是只狡诈的狐狸，明明早有安排，但却将话说得如此漂亮。他可不信，紫霄灵台百年只收一人！

“御虚门。”果然，华凌上仙目光灼灼，仿佛沐云流的想法早在他意料之中一样。

御虚门是天界三大仙派之一，但最低调，与天帝天后都没有交情，佛家子弟居多，有利于修身养性，化解心中戾气。流王殿下入御虚门，才不会与天帝天后产生交集，更不会引起天界浩劫。

“御虚门？”沐云流蹙眉。

他听无涯子说过，天界仙派分三，紫霄灵台为首，属于天帝一派。而那玄天派次之，属于天后一派，数万年来紫霄灵台和玄天派不和，玄天派对那第一的位置耿耿于怀，所以两派矛盾颇深，明争暗斗不断。唯有那御虚门，讲究一个“佛”性，行事低调，也出了不少天界大仙，却淡泊名利，所以在天界地位稳固，而且纷争极少。

“是的。”华凌上仙含笑点头，“而且如果流王殿下真的决定入天界修仙，我有一个要求。”

沐云流俊眉一挑：“你说。”

华凌上仙讪笑了一下，停顿片刻后才说道：“流王殿下一旦拜入御虚门，一年之内不得与灵飞姑娘说话，更不能私下见灵飞姑娘。”

沐云流的眸子瞬间掠过一道冷厉的光芒，面色阴寒得如同覆上了万年冰霜。

“你说什么？”沐云流神色平静，可那双盯着华凌上仙的眸子却流露出了暴戾之色。

华凌上仙轻咳一声：“这个……这个也是为了流王殿下和灵飞姑娘着想。流王殿下现在应该知道……自己的敌人是谁了。”

沐云流眼色渐冷，这个华凌上仙，果然知道他的身世！从一开始，无涯子出现，恐怕都是华凌上仙计划好了的。但不知这华凌上仙听命于谁，又有何目的。总之，不可能是天帝和天后。也许……是那个在画中的世界显示当年收养了他的大罗金仙？

一切都还是个谜，沐云流深知自己没有一定的实力，就永远解不开这个谜。所以，修仙是必须的，只有如此，才能得到被抽走的仙骨，救出可能是他生母的狐仙娘娘，才能和灵飞长相厮守。当然了，华凌上仙也知道这一点，所以才敢如此要求他，因为知道他别无选择。

“如果我忍不住呢？”沐云流盯着华凌上仙许久，尽管看出了华凌上仙的惧意，却也看出华凌上仙没有退让之意。

华凌上仙吞了一下口水，强笑道：“如果流王殿下忍不住……违反了约定，那此后在天界发生任何事，包括流王殿下给灵飞姑娘带来杀身之祸，我和师父……咳，都会袖手旁观。”

沐云流瞬间沉默了。

聪明如沐云流，在这一刻明白了华凌上仙的话中深意。他若和灵飞都入了天界修仙，那么势必要斩断在凡间的情缘——即便只是假象。如果他还继续和灵飞关系亲密，恐怕会引起天界某些人的注意，也许会招来许多麻烦。

譬如说……天后，也可能是……天帝。

凡间之事凡间了，若带到天界，恐怕那些上仙不会答应。而且灵飞的身份本就敏感，她是狐妖，天界中的异类，恐怕那些人找麻烦首先就会找上她！如果他爱她，就要以漠然的态度对她，如此才能保护她，才能让她在紫霄灵台安全度日。

最终，沐云流冷漠地说道："我可以答应你的条件，不过，你必须要向我保证——灵儿不会受到任何伤害，修仙之路也不会被中止。"

华凌上仙"嗯"了一声，片刻后摇头："前一条我不能够向流王殿下保证，流王殿下知道自己的敌人是谁，如果我和师父有这么大的力量，便不会隐忍多年了。"很多事情，流王殿下想必已经猜到，他也无须继续隐瞒，只要他和流王殿下都能听懂，那便够了。

"你是说，灵儿会受到伤害？"沐云流握紧双拳，明显不能忍受这个可能。

华凌上仙连忙说道："流王殿下将来入天界便会知道，每一个修仙者体内都有一道仙根，仙根越强，仙术越强，反之如果仙根死亡，修仙者便会失去修仙的资格。我所说的灵飞姑娘会受到伤害，是指这个。至于什么受伤流血甚至性命之忧之类的……在天界是绝对不会发生的。"

沐云流这样一听，才稍稍放松下来，他说道："你最好让一个实力高强的上仙来保护灵儿，否则我不敢保证看见灵儿受苦还能无动于衷。"

华凌上仙闻言笑道："如果保护得太明显，反而会将灵飞姑娘置于水深火热之中呢！天界争斗不比凡间少，何况这受苦……本就是修炼的一种。"若是那般容易就能修炼成仙，天界岂不是被仙人挤满了？

"容我好好考虑一下，待我将凡间事情处理完毕再说吧！"沐云流有些烦躁，华凌上仙的话让他产生了一种无力感。

向来狂妄霸道的流王殿下，对于保护不了自己心爱姑娘的事，绝对不能接受。但形势逼人，他竟也想不出更好的法子来破解当前的困局。

"好，流王殿下若考虑好了，又能做到我提出的要求，便可以让无涯子通知我，我便下界来接流王殿下入御虚门。"华凌上仙稍稍松了口气，总算没被流王殿下给掐死啊！

此后半月，沐云流快速处理了手上的事务，让清王代替他辅佐六皇子，而凌帝也已经下诏，立六皇子为太子。朝中文武大臣虽然议论纷纷，觉得六皇子年纪太小，但又考虑到凌帝才四十岁出头，六皇子年纪小也无碍大局，再者六皇子是流王殿下推举的人选，大部分大臣也不敢有异议。

很快，六皇子的册封大典便在皇宫举行。在六皇子身份落实之后，凌帝便召见了沐云流，父子二人彻夜谈心，直到天明，沐云流才回流王府。

凌帝早知道沐云流要去天界修仙，虽然心里不舍，但又觉得这个儿子应该有更广阔的未来，所以就未出言留人。沐云流若真能在天界成功位列上仙，那么对太平王朝也是福音。

不过，凌帝一想到自己好不容易找回来的公主苏杏儿去了天界，竟然还是一条神龙，现在儿子也要去天界。似乎优秀的儿子女儿都不是普通人，想到这里，他不禁有些黯然。

将来他百年之后，再见到沐云流和苏杏儿，是不是他得忘了凡间的父子、父女情缘，唤他们一声“上仙”呢？想想便觉凄凉。

在沐云流即将入天界御虚门修仙时，消息便已经传到了天界。御虚门虽非天帝与天后直接管辖，但御虚门仙主收弟子一事是会上报天帝的。

灵飞在紫霄灵台每隔几日就要被修仙的姑娘们修理一顿，偏生身上半点儿伤痕没有落下，只是那种心理上的屈辱难以忘记。此刻得知御虚门竟要收一个凡间皇子，名叫沐云流，她简直欣喜若狂！

灵飞十分期待，每天被欺负着竟不再觉得有多难以忍受了，总之心情是极好的。

那百草师姐将灵飞的反常看在眼里，有些疑惑，不明白这只狐狸精怎么越被欺负越开心。直到她向紫霄灵台一名上仙打听，才知道御虚门即将入门的那个凡间皇子似乎有些来头，而且在凡间时与灵飞这只狐狸精感情非常好。

得知这个消息之后，百草师姐下令，暂时不要动灵飞这只狐狸精了。

第二章 爱而不能见

在沐云流来天界的前几日，苏杏儿的伤势已经痊愈，也能够变回人身了。看着镜子里那窈窕的身影，苏杏儿唇角勾起，果然还是人身看起来最舒服啊！之前那模样太怪异了，她自己都不敢照镜子了。除了那天憋不住出去看望了一下灵飞，她再也没有离开过天宫，因为怕吓着别人。

苏杏儿穿戴整齐之后，准备前往紫霄灵台再探望灵飞一次，结果刚走到殿门口便遇到了桃蕊仙子。

“杏姐姐这是要去哪儿？”桃蕊仙子眸色微微一闪，看着苏杏儿一副出门的打扮，心中已经有所猜测。

“去看我姐姐。”苏杏儿笑了一下，又说道，“这次我不会再给姐姐惹麻烦了，对了，你能不能给我一些有用的礼物，我去带给姐姐的那些朋友。”

朋友？桃蕊仙子眸光幽深，看了苏杏儿片刻，轻笑了一声：“杏姐姐真是单纯，不过我想……杏姐姐还是少去紫霄灵台为妙。”

听说那只小狐狸被修理得很惨。不过，她倒也坚强，不但未向师尊告发，也从未反抗过。想必……是怕被赶出紫霄灵台吧！毕竟，狐妖的身份本就敏感。

“为什么？”苏杏儿一怔，脸上浮现出几分不解。

桃蕊仙子抿了抿红唇，似乎不愿多说，只说道：“天界之中，尽量少走动，以免让人诟病。”说完，桃蕊仙子告诉了苏杏儿一个消息：“三日之后，御虚门将来一个新的修仙者，是一位凡间王爷，名叫沐云流。我想……杏姐姐应该对他不陌生吧？”

那沐云流，貌似谪仙，一身气质不凡，她虽只见过一面，却至今记忆犹新。想不到御虚门会答应收他。毕竟，御虚门已经足足三千年没收过新人了，该成仙的都已经成仙，如今整个御虚门便只有这即将到来的沐云流一个修仙者。他到底有怎样的手段和背景，能让御虚门的仙主点头收他呢？

“流王殿下也要来了？”苏杏儿这段时间养伤，身边只有天后和桃蕊仙子，如果她们不告诉她，她还真难得知这个消息。所以，一听到这个好消息，她的眼里绽放出惊喜的神色，无法掩饰。

“杏姐姐看起来很高兴，难道……杏姐姐喜欢这位流王殿下？”桃蕊仙子笑意浅浅。

苏杏儿“嗯”了一声，不好意思地解释道：“之前我以为自己很喜欢流王殿下，不过后来才发现……我只不过是崇拜他罢了，就想离他近一些。”

更何况，在凡间时就已经证实了她是他的妹妹嘛！但不知在天界……忽然，苏杏儿想到了之前灵飞关于她和天后关系的猜测，脸色微微一变。

“怎么了？”桃蕊仙子心细如发，瞬间注意到了苏杏儿的神色变化。

苏杏儿抿了抿唇，并未回答，只有些紧张地问道：“我想问一件关于天后的私事……”

“杏姐姐请问。”桃蕊仙子见苏杏儿神色紧张，不禁猜测她会问什么。

“我想问……”苏杏儿尴尬一笑，小声问道，“天后有孩子吗？”

桃蕊仙子听到苏杏儿的这个问题，不禁脸色微变，她怎么会突然问到这个？

“没有。”极轻极快地吐出两个字之后，桃蕊仙子秀眉深深地皱着，“我只回答杏姐姐一次，也希望杏姐姐只问这一次。对任何人，尤其天后，不要再提起此事。”如果不是怕苏杏儿傻里傻气地去问别人，桃蕊仙子根本不会告诉苏杏儿。

苏杏儿看出桃蕊仙子向来温柔的脸上有一抹凝肃之色，不禁心里一紧：“为什么？”

“因为没有孩子，是天后最大的忌讳。”桃蕊仙子简单解释了一句，随后似是不愿再提，只是说道，“杏姐姐重伤初愈，还是歇着吧，天后去了天帝那边，也快回来了，我去迎接。”说完，桃蕊仙子转身，翩然离去。

苏杏儿怔怔地站在原地，久久不能回过神来。

原来，天后没有孩子吗？但之前她听说天帝天后是可以有孩子的，为何近万年时间，天后都没为天帝诞下孩子呢？是真的没有孩子吗？

苏杏儿心中存疑，随后又宽慰自己：不可能像灵飞说的那样，她是天后的女儿。桃蕊仙子不是说了，天后最大的忌讳就是没有孩子吗？一个女人，怎么能连自己有没有孩子都不清楚？况且堂堂天帝天后，如果有孩子的话，孩子是根本不可能出事的，所以他们一定是没有孩子！

想到这里，苏杏儿便不再将灵飞的话放在心上了。

桃蕊仙子不让苏杏儿去紫霄灵台，虽然没明说原因，但苏杏儿知道桃蕊仙子没有恶意，甚至可能是为了她和灵飞好。于是，苏杏儿转身回了殿内休息。

很快又是几日过去，沐云流随华凌上仙入了天界，连无涯子也跟着一同去了御虚门修炼，打破了华凌上仙说的“百年只收一人”的规矩。当沐云流问起这个规矩时，华凌上仙脸色讪讪地解释说，紫霄灵台才有这规矩，御虚门没有。

对此，沐云流只是冷哼了一声。沐云流入了天界后，果真遵守与华凌上仙的约定，并未去见灵飞。他仿佛将灵飞这只小灵狐存封在了心底，谁也没办法窥见。在外人看来，沐云流淡定无比，只有他自己才知道，每当夜深人静，他便会想到灵飞孤独地在紫霄灵台挣扎，还比平常修仙者要辛苦数倍。

只因，她是众仙唾弃的妖，可他却无法帮她，修仙路漫漫，入了天界便只能靠她自己。他也曾想过不要修仙，就与灵儿在凡间当一对平凡夫妻该多好，至于天道……谁管！可灵儿修仙的想法从未放弃，加上他的身份，他最终还是决定走上这条路，走上这条似乎早已有人给他安排好的路。

沐云流怀着无人可知的痛苦，在御虚门里静心修炼。

御虚门之主，乃是御虚仙主，不过，从沐云流和无涯子进入御虚门开始，便没有见过这位御虚仙主，听御虚门其他上仙说，御虚仙主在闭关。修仙是个漫长的过程，全靠自己的毅力，沐云流自然不关心御虚仙主出不出现，他只想把修仙的时间缩短，好拿到天池的东西。那样，他便再也不用和灵飞保持距离，再也不用忌惮天界那些该死的上仙！

紫霄灵台里，灵飞心中苦闷无比。

她从百草师姐等人的谈话中，得知沐云流和无涯子已经到了御虚门，而且已经好几天了。可是，沐云流一直没来找她，连只言片语都没有，这令她很不安。

按理说，沐云流一向最紧张她，就算天界有规矩，他不能亲自来紫霄灵台看她，但应该也可以拜托华凌上仙给她转达几句话吧？

灵飞一向不会多想，但在这件事上，她翻来覆去地想，想了很多种可能，却想不出沐云流为何不给她消息。

清晨，灵飞起得很早，过去的一整夜她依旧没有睡好，而是想沐云流到很晚才睡着。她刚刚打开修仙宝典，准备接着昨天的内容继续看，却听见外面传来百草师姐等人的声音。

最近百草师姐她们好像欺负她已经欺负得累了，大概见她不反抗也不求饶，更不沮丧，便不再欺负她了。虽然，她们依旧将她当成隐形人，无视她的存在，但总比过去一直欺负她要好得多。

“百草师姐，听说御虚门来了个非常俊美的男人，是不是就是那凡间王爷啊？”一女修瞥了一眼灵飞所在的茅屋，笑着问道。

“你又没见过，怎知他非常俊美？”百草师姐不答反问。

“道听途说的嘛！”那姑娘讪笑，知自己用错了词。

百草师姐冷声道：“既是道听途说，那便不足为信，以后不要动不动就将这些话挂在嘴上，你该知道天界的规矩。”

“是，是，百草师姐教训得对。”那姑娘立马认错，随后又说道，“百草师姐，御虚门已经千年不收弟子了，为什么突然就收了两个呢？这个凡间王爷，是不是有什么不得了的背景啊？”

其他女修虽然也是故意说给灵飞听，但她们真的很好奇，那凡间王爷到底有什么不得了的地方，竟然可以进入御虚门。这时，都伸长了脖子等着百草师姐回答。

御虚门虽然是三大仙派之末，可不知为何颇得天帝与天后的尊重，素来低调，也有些生人勿近。凭介绍信可以进紫霄灵台和玄天派的人，未必能进御虚门，因为那御虚仙主根本不卖面子。不知道这一次，怎么一收就收了两个，到底谁的面子这么大？

“他的背景，众仙谁也不知，想知道的话，去问御虚仙主吧！”百草师姐冷笑一声，语气里尽是不客气。

女修们面色讪讪，但谁也不敢反驳百草师姐。之前灵飞未出现，她们都是井水不犯河水，淡然相处，如今出现了一只狐妖，她们得上仙之意，要将这只狐妖撵出去，这才和百草师姐有了交集。

事实上，她们一直知道百草师姐是资历最老的修仙者，估计再过百来年，百草师姐就可以飞升成仙了。所以，她们必须尊重她，将来她们还有很多地方要仰仗她呢！

“看你们这么好奇的样子，我倒可以告诉你们一件事。”百草师姐的目光若有似无地扫过灵飞的茅屋，嘴角勾起一抹笑意。

“百草师姐，什么事啊？”

“百草师姐，别卖关子了，快说吧！”

“就是啊，我们都很想知道呢！”

在女修们七嘴八舌的催促下，百草师姐挑眉，笑容缥缈：“这个叫沐云流的凡间王爷，以前有一个心上人。”

“啊？他有心上人？”

“什么？有心上人还可以来修仙啊？”

“就是，这不是违反了天界规定吗？天界规定我们都不可以动凡心的呢！”

女修们抗议起来，议论纷纷。

灵飞在茅屋内听得心神不定，手里拿着的修仙宝典她一个字都没看进去，不知道她和沐云流在凡间相恋的事情，会不会影响到她和沐云流在天界的修炼呢？

此刻，百草师姐在茅屋外又说道：“凡间事情凡间了，他既然答应上天界，那就是已经将凡间之事抛诸脑后，全部放下了。不然的话，御虚仙主怎么会接受他进御虚门呢？”

“啊……是这样啊！”

“那还差不多。”

“就是就是，不过，这么说来，这个凡间王爷也不是那么爱他的心上人嘛！不然怎么会为了修仙就把她忘掉了？”

“没错，看来男人果然都是负心薄情的，还是修仙吧！”

“嘻嘻嘻……”

女修们正七嘴八舌地添油加醋，灵飞茅屋的门忽地被人打开！

灵飞一脸冰霜地怒道：“住口！他才不是这样的人！不许你们诋毁他！”

沐云流才不是那样的男人呢！他有情有义，疼她宠她，舍不得她受一点点委屈，为了她哪怕是亲妹妹都可以惩罚，与她作对的人他从来都不会手下留情。这样的男人，世间少有，她不许她们在背后骂他！

女修们不笑了，皆看向百草师姐。这只狐妖果然被她们引出来了，看样子是对那男子用情至深，接下来就看百草师姐的了。

百草师姐脸上露出一抹讥讽的笑意：“哦？你这么激动做什么？难不成，你就是他在凡间恋上的那个女人？”

灵飞紧抿着唇，不肯回答。

百草师姐岂能这么轻易就放过灵飞，当即便又是一笑：“是了，你是狐狸精，幻化成人形后又那般美，他若是个男人，的确难逃你的勾引。而且看你这紧张的模样……当是十分爱他了。”

灵飞不知不觉握紧了双手，她不会回答百草师姐任何问题的！这个百草师姐很坏，她不应该理会她的话。想到这里，灵飞转身要回茅屋继续修炼。

“小狐妖，你就没想过，为何他也会上天界修仙吗？”百草师姐一句话，成功止住了灵飞的脚步。

灵飞怔然，为什么呢？为什么沐云流也来修仙了呢？如果是为了她，他应该来紫霄灵台才对，为什么……他会去御虚门？为什么……他不曾给自己捎来消息？

一连串的为什么，弄得灵飞脑袋嗡嗡直响，心里生疼。

此刻，百草师姐火上浇油：“你就没想过，为何他明明可以来修仙，却不入紫霄灵台与你一起，反而前往御虚门？又为何，他已经到天界数日，却从未探望过你，更未托人给你带消息？”

灵飞整个人都僵住了，半晌才艰涩地挤出一句：“你……闭嘴。”这些，都不关她的事情，她凭什么多嘴质问？

“呵……”百草师姐轻蔑地冷笑一声，“告诉你吧，小灵狐，他已经把你给忘了！从他决定修仙的那一刻起，他就斩断了跟你的情缘！以后，他便和你形同陌路了！”

“你胡说！”灵飞骤然转身，眼神阴冷：“你再胡说八道一句，信不信我撕烂你的嘴？”

这一刻，灵飞原本清丽的脸蛋忽然变得凶神恶煞起来，仿佛深藏的妖性被百草师姐的话彻底激发出来。

百草师姐看着犹如恶魔般的灵飞，竟忍不住心悸！但在众多师妹面前，百草师姐不可能示弱。她笑了一笑：“我说出事实，你却不信。不过，你不信也无妨，总之天界规矩便是不能动凡心，我劝你还是早点儿忘了这个凡间王爷为好。不然的话，最后吃亏的是你自己。”

说完，百草师姐转身，朝看戏的女修们冷喝了一声：“都去修炼！围在这里做什么？”

众姑娘连忙回了自己的茅屋，又不约而同地想着：那只狐妖发起怒来还真有些可怕啊……果然妖性难驯。

看着百草师姐等人都回了茅屋，灵飞一个人站在屋前，心里是彻骨的寒。会吗？沐云流真的会忘了她吗？他要来修仙，之前是计划以外的啊！为什么他忽然决定了，却又不通知她呢？

忽然，灵飞抿了抿唇，眉头皱了起来。难道，她上天界之后一直没有用传音珠跟他通话，他生气了？他以为，她是把他忘了，故意不理他的？所以，他一怒之下也来修仙了？

这个念头在灵飞脑海里越来越清晰，她心急如焚。沐云流不可以误会她！她不是不想跟他联络，实在是传音珠被紫霄仙尊没收了啊！这么一急，灵飞便产生了去找沐云流解释清楚的念头。

不过，她现在没有外出任务，怎么出得了紫霄灵台呢？灵飞只好忍耐，潜心修炼。

但从这一日开始，百草师姐等人看得出来，灵飞眼里时常有一股坚决之色，又似乎有些焦急，修炼更加勤奋，仿佛是在等待着什么。众姑娘疑惑，而百草师姐却很快想通——这只狐妖在等待出去的时机！

于是，百草师姐去找了紫霄灵台一名上仙，委婉表达了灵飞近日的异常。那上仙淡淡一笑，并未说什么。但又过了两日，日龄上仙便开始给灵飞分配采集任务了。

灵飞被叫到华清殿，日龄上仙嘱咐了她一些要点后，便将详细的采集清单递给了她，微笑着说道：“灵飞师妹，采集任务并不难，主要是让灵飞师妹对天界的灵草有一定的了解，其中不乏有益于修仙的灵草，可用来炼制仙丹，所以灵飞师妹一定要学会辨别它们。”

“谢谢日龄师兄，我记住了。”灵飞拿着采集清单，心里雀跃不已。

她终于有机会出去了！这回，她总能找到沐云流的。

“灵飞师妹现在修仙不久，实力不强，未免麻烦……我已告诉你百草师姐，让她外出时带着你，也好保护你。”日龄上仙眸色微微闪了闪，黑色眼睛看起来竟不那么吓人了，“灵飞师妹切莫自己乱跑。”

河对岸，便是玄天派。

这句话，日龄上仙犹豫了一下，还是没有说出口。

有些话不适合他来说，仙尊一早就说过，万般皆是缘，而恶缘也是缘的一种。

“谢谢日龄师兄。”灵飞再一次道谢，随后便轻声问道，“日龄师兄，我知道我们对面便是玄天派，那御虚门呢？离我们紫霄灵台有多远？”

御虚门?

日龄上仙并不关心八卦,但他也听不少上仙谈起御虚门最近来了一位凡间王爷，很多上仙猜测其背景强大，所以才进得了御虚门。

不过，此刻日龄上仙并未将灵飞与那位人间王爷联系在一起，他斟酌了片刻后便告诉灵飞：“御虚门在我们紫霄灵台所在山峦之后，我们紫霄灵台在玄天派与御虚门中间。”

御虚门距离紫霄灵台却没有玄天派与紫霄灵台这般近，要到达御虚门，即便是上仙，也要花费几个时辰。

“原来如此！”灵飞笑了笑，“那日龄师兄，我先告退了。”

“嗯，去吧。”日龄上仙看着灵飞远去，纯黑眸子里浮现出一抹淡淡的无奈。

其实灵飞师妹还未将修仙宝典看完，对修仙一系并没有十分了解，再加上她体内残存的妖术如今未被紫霄灵台的灵气清除，所以并不适合接外出任务。

但仙尊不知为何跟他说，让灵飞提早进行任务。

日龄上仙在这边疑惑重重,紫霄仙尊那边正跟一位身穿淡青色长袍的上仙说话。

这位上仙，便是与百草师姐素来交好的白乙上仙。

“白乙，此次虽是对那小灵狐的考验，但若她并未犯忌，你不可针对她，知道吗？”紫霄仙尊看着白乙上仙，语气严厉。

白乙上仙今日前来，跟紫霄仙尊报告了灵飞近日来的异常，而这都是从御虚门那位凡间王爷上天界之后发生的。

灵飞入紫霄灵台后，紫霄仙尊便查看了她所有的资料，知道灵飞在凡间与一位王爷相恋，在她上天界之前两人还如胶似漆。

随后，白乙上仙说应该给小灵狐一个考验，看她若有机会外出，是否会宁愿犯忌，也要前往御虚门找那沐云流。紫霄仙尊听后沉默片刻，便同意了。

灵飞已经是紫霄灵台的修仙者，若她凡心不断，他必然不能纵容。不然闹出什么笑话来，只怕不光紫霄灵台受损，御虚门也难逃一劫。

天帝天后之间的矛盾近些年来越发激烈，他夜观天象，隐隐感觉到一场浩劫迟早会到来。

“弟子谨记仙尊吩咐。”白乙上仙恭敬领命，“弟子已经告诉百草，让她对小灵狐多加保护，只要小灵狐不自己偷偷离开，便不会有任何危险。”

紫霄仙尊听了，颔首道：“这便最好不过了，虽然她是狐妖，但心地纯善，出生至今并未染上恶习，若真能一心向善也未尝不可成仙。”

万年前，不也出过一只狐仙吗？只不过……

紫霄仙尊微微蹙了蹙眉，脑海里有这么一个印象，但却怎么也想不起来后来那狐仙到底如何了。一丝微妙的感觉爬上了紫霄仙尊的心头。

“是，仙尊说的是。”白乙上仙敛眉，恭顺答应，心里却不以为然——妖怎么修仙呢？简直玷污天界众仙的名誉！

何况，若是其他仙派的弟子也就算了，偏偏是他们紫霄灵台的，真是紫霄灵台有史以来最大的耻辱！

却说灵飞回到茅屋之后，见百草师姐正要外出。她本不想跟百草师姐一起去做任务，却被她叫住了：“日龄上仙让我带着你做任务，走吧！”

百草的模样很是冷淡，还夹杂着一丝厌恶，似乎如果不是日龄上仙吩咐，她压根就不愿带着灵飞。

灵飞抿了抿唇，漠然点了点头，便跟着百草一同下了山。

百草自然不会真的照顾灵飞，她带着灵飞，不过是想看灵飞什么时候跑去御虚门罢了。只要确定灵飞前往御虚门，她立刻就会回紫霄灵台向白乙上仙禀报。

白乙上仙说了，此次是仙尊对狐妖的考验，如果狐妖真敢去御虚门，仙尊必然会大怒，很可能罚毁灵飞的仙根，将她打回凡间！

下山之后，百草倒也表现得十分认真，一路给灵飞介绍各种仙草的用途。灵飞心不在焉地听着，寻思找什么借口离开才好。

约莫过了一个时辰，百草表示累了，便坐在一块石头上休息。

灵飞背着一个大背篓，里面装着采集来的仙草。她看着百草师姐半眯的眼睛，忽然心生一计，便道：“百草师姐，我内急。”

百草心中冷笑，眼睛却是不睁，只冷冷道：“内急就自己找地方解决，跟我说有什么用？”

此地距离紫霄灵台很远，离御虚门却很近，她是故意将灵飞带来此地的。她就不信，灵飞心里没有去御虚门的想法！

“我会很久，如果百草师姐着急的话，就先回去吧，不用等我了。”灵飞此刻毫无警戒心，不知百草早已和白乙上仙挖了个坑，就等着她往下跳。

不过，祸兮福所倚，福兮祸所伏，不到最后一刻，谁也不知到底结局如何。

“知道了！”百草明显有些不耐烦了，语气生硬而冰冷。

灵飞撇撇嘴，她才不想和这个女人多说话呢！灵飞很快起身，朝着另一个方向走了。

百草在灵飞走后，徐徐睁眼。她冷笑一声，悄无声息地施展仙术，隐身跟在灵飞身后。

灵飞早就看见云雾之中金光闪闪的御虚门了，这会儿便铆足了劲儿朝那里飞去。

平时没有动用过的妖法，此刻全被她施展出来。但飞了近半个时辰，灵飞才到达御虚门所在的山峰，已经累得满头大汗，气喘吁吁。

想不到御虚门竟然这么远……

灵飞擦了一把汗，准备找机会溜进去，却被御虚门外的金光罩“砰”地给弹了回去。

百草师姐隐身跟在其后，看见这一幕心里冷笑：蠢狐妖！每个仙派的外界都有一层仙派之主亲手设置的结界，没有令牌是无法进去的。在紫霄灵台这么长时间，竟然连这一点都不清楚！

灵飞倒也冤枉，她才第一次出紫霄灵台，之前入门时又无人告知，她怎知山外围有结界呢？

此刻灵飞刚爬起来，便被两名御虚门的上仙围住了。

“大胆！你是何人？竟敢擅闯御虚门！”一名上仙沉声喝道。

第三章 去救灵儿

御虚门内众仙，从上到下都不爱管闲事，更不与紫霄灵台或玄天派的上仙来往，不认得灵飞是必然的，即便是白乙上仙或日龄上仙来到此地，他们也未必认得。

灵飞一见两位上仙就连忙跪下了："上仙容禀，我想见御虚门中的一位故人，他叫沐云流，是新入门的弟子，我有很重要的事情要见他，求上仙通融……"

隐藏在不远处的百草看到这一幕，眸色一闪，飞快地回紫霄灵台去了。

两名御虚门上仙对视一眼，她竟是来找那凡间王爷的？

虽然他们不理外界之事，对本门之事却很清楚，他们知道沐云流有一段轰动凡间的人狐恋情，而且那狐妖已经先行入了紫霄灵台修炼。

此刻两名上仙立刻猜到，眼前这个美丽至极的少女，便是那先入了紫霄灵台修仙的狐妖。

"大胆狐妖！你既得仙缘入紫霄灵台修仙，就当斩断红尘之念。你竟还妄动凡心企图见你在凡间的恋人，该当何罪？"一名上仙冷声斥道，"还不快回你的紫霄灵台去，好好反省！"

灵飞好不容易找到机会，怎会轻易离开？她跪在地上苦苦哀求："求两位上仙垂怜，我只见他一面，说几句话就走……往后，我决不再来御虚门打扰他。求求两位上仙，通融通融吧……"

灵飞眼眶通红，即便是圣人看了也会不忍。

御虚门弟子向来心肠慈悲，两名上仙见灵飞苦苦哀求，不禁对视一眼，略有些犹豫。

片刻后，一名上仙放缓了语气，说道："既然如此，你且稍等片刻，我去帮你通传一声。不过，人家未必肯见你，而我们仙主也未必肯通融，能不能见到，就看你的造化了。"

灵飞大喜过望，连连道谢："多谢上仙，多谢上仙通融！"

那上仙看了另外一名上仙一眼，示意他在此守着灵飞，以免她闯祸，接着便自己上御虚门山峰通传去了。

此刻御虚门内，沐云流正听御虚门之主——御虚仙主讲解禅法。

两日前，御虚仙主出关，第一时间便见了沐云流，他跟沐云流聊了几句之后，就让沐云流日日来听他讲禅两个时辰。沐云流没什么想法，就答应了。

今天是第三天了，沐云流听禅法时神色平静，坐姿沉稳，看得出他定力过人。

御虚仙主看在眼里，心中赞赏，这个男人果真如自己那老友所说的，绝非池中之物。

自己日日与他说禅，不过是想消除他本性中的戾气罢了。但愿，此举会有效果。

“仙主。”御虚仙主刚刚说完一个故事，停下喝茶，山下守门的上仙便进来了，拱手拜见御虚仙主。

御虚仙主摆了摆手：“说吧。”

“是，仙主。”那上仙禀道，“山下有一名少女擅闯御虚门，弟子责问于她，才知她是紫霄灵台的修仙者，而且……是一只狐狸。”

沐云流一直波澜不惊的神色，终于起了变化！他神情一震，震惊地看向那说话的上仙。

灵儿！

是灵儿来找他了！

一股冲动使他瞬间从蒲团上站起来，几乎就要冲下山去。然而下一刻他和华凌上仙的约定却在脑海中浮现出来。

“如果流王殿下忍不住……违反了约定，那此后在天界发生任何事，包括流王殿下给灵飞姑娘带来灭顶之灾，杀身之祸，我和师父……都会袖手旁观。”

沐云流生生止住了脚步，神色变幻莫测，双拳在身侧死死握紧。

不能，他不能去见她。

御虚仙主将沐云流的一切反应都看在了眼里，待沐云流自己克制了冲动，才淡笑着问道：“云流，你可是想见她？若你想见她，本仙主可为你通融一次。不过，下不为例。”

沐云流在凡间的一切，御虚仙主都知道。可以说，很多别人不知道的，御虚仙主也隐隐知道了。

能让他那位老友费尽心思去保护的人，除了那一位，还能有谁？

沉淀了万年的真相，还有矛盾，终将爆发。

此刻，沐云流心里有道疯狂的声音——想见！想见她！自己所做的一切，不过都是为了和她长相厮守而已。

然而，沐云流克制住了自己的冲动，回道：“不见。”

不见？

御虚仙主神色淡淡，眸底却浮现出一抹佩服之色。

果真不凡，明明那般浓烈炙热的感情，却能够压制于心底，理智至上。

“将云流的话告诉那只小狐狸，让她以后不要再来了。”御虚仙主对那守门上仙说道，“来此地对她不好，只怕回去会受罚。”

“是，仙主。”那守门上仙看了沐云流一眼，很快退了出去。

受罚?

沐云流这下不淡定了，他皱眉看向御虚仙主：“灵儿为何会受罚？”

“小狐狸身为紫霄灵台修仙者，却未斩断前缘，如今更是擅闯御虚门，紫霄灵台向来门规森严，以本仙主对紫霄仙尊的了解，他必会惩罚小狐狸。”御虚仙主此刻说的全是实情。

沐云流心里一紧：“紫霄仙尊会如何罚灵儿？”

御虚仙主摸了摸自己的白胡子，想了想后淡笑着摇头：“这就不得而知了。”

“有什么法子可解？”沐云流隐隐觉得，御虚仙主并非恶人，可能还有意帮他，不然怎会天天拉着他说禅?

“总之，云流不能去。”御虚仙主微微一笑，“云流若去了，便会坐实你们‘凡念未断’的罪名。此事……若是找中间人，倒也可解。”

“中间人？”沐云流蹙眉，微微一思索后恍然大悟，“仙主是说，苏杏儿？”

御虚仙主赞赏地看了沐云流一眼，嘴上却道：“本仙主并未说什么，云流只要不惹是生非，其他事情本仙主不会过问。”说罢，便闭上了眼睛。

沐云流淡淡一笑，拱手道：“多谢仙主。”

两日之前，御虚仙主就给了沐云流一块令牌，让他可以在天界通行无阻。所以御虚仙主这才告诫沐云流，不可去紫霄灵台。

此刻沐云流打算去天宫找苏杏儿，而天界的地图他早已熟记于心，这便拿着令牌下了山。

远远地，沐云流看见灵飞跪在地上，神色怔然，两滴清泪滑下眼眶，心里不禁狠狠一抽，痛如刀绞!

必然是那守门上仙转达了他不见她的话，令她伤心了。

灵飞未走，沐云流也不敢就这么出去，只能在暗处心痛地看着灵飞伤心欲绝的模样，恨不得给自己几巴掌，与她一同受苦。

他就这么等了一会儿，灵飞终于站了起来。

不过，还没等灵飞自己回去，紫霄灵台的白乙上仙就到了，同行的还有日龄上仙与百草。

“好你个大胆狐妖！竟然真的到御虚门来找你那凡间的恋人！”白乙上仙沉声呵斥，眼里有着浓浓的不屑。

灵飞一转身，看见这阵仗，目光便落在了百草身上。

她全都明白了。

“百草师姐，你最多只有一百年便可位列仙班了，如果因为陷害我而失去了这个机会，不知道你将来会不会后悔？”灵飞脸上泪痕未消，却冲百草一笑。

百草心里一惊，片刻后冷声道：“可笑！我何时陷害你了？是你自己趁外出采药，跑来御虚门！”

灵飞冷冷一笑：“是不是陷害你自己心里清楚，如果你还有一丝师姐的自觉，便不会告密，而是劝我回去。”

听到这句话的两名御虚门上仙厌恶地看了一眼百草。

百草脸色骤变，恨声道：“死到临头还嘴硬！回去看仙尊如何罚你！”

灵飞冷冷一笑，沐云流不见她，她已经万念俱灰，别说是惩罚了，就算一死又如何？

此时此刻她才明白书上那句话——哀莫大于心死。

沐云流是真的不见她……那御虚门上仙眼神很真诚，说话时无一丝撒谎痕迹，她尤为敏感，甚至感觉到了他传话时的那一丝不忍，还有同情怜悯。

“灵飞师妹，你太糊涂了。”日龄上仙眼里看不出情绪，可语气分明很失望。

灵飞也没为自己辩解，神色木然冷漠。

“先把她带回去，等仙尊发落吧！”白乙上仙看了一眼日龄上仙，见日龄上仙没说什么，便准备向御虚门那两名上仙告辞。

然而御虚门两名上仙在他拱手之前便转了身，冷漠地回到了入山之处守门。

白乙上仙眼里闪过一抹愠怒，很快便带着灵飞回紫霄灵台去了。

沐云流见状，立刻飞身下山。

一名守门的上仙拦住他，问道：“云流这是要往紫霄灵台去？”

不知为何，仙主之前下达命令，说任何人不得称呼沐云流“师弟”，直唤其名便可。

“不，我去天宫。”沐云流知道苏杏儿就住在天宫之内，和天后住在一起。虽然他知道，此刻万一遇到天后不是什么好事，但为了灵飞，他也顾不得那么多了。

现在，恐怕只有苏杏儿可以救灵飞。

“天宫比紫霄灵台还远，以云流的轻功如何去？只怕一天一夜也到不了。”那上仙不禁失笑，“如果云流不介意的话，我送你前往如何？”

沐云流勾了勾唇角：“那就感激不尽了。”

“云流客气了。”那上仙招来一团云朵，待他和沐云流踏上云朵后便催动仙术，飞快地朝天宫方向而去。

不过半炷香的工夫，那上仙便将沐云流送到了天宫门口。

“我们御虚门甚少与天宫来往，我知云流与那叫苏杏儿的神龙有些渊源，不然也不会送云流前来。那么我便先回御虚门了。”那上仙淡笑着说道。

“好，有劳了。”沐云流目送那上仙远去，心道御虚门倒是个颇有人情味的门派。

想到灵飞即将面临重罚，沐云流心里一凛，立刻持令牌进入天宫。

天宫守门上仙并未阻拦沐云流，因沐云流有一块通行无阻天界的令牌，即便是天帝之宫，沐云流也能进去。

不过，守门上仙放沐云流进去之后，便立刻向天后禀报了这个消息。于是沐云流刚见到苏杏儿和桃蕊仙子，天后便赶来了。

“大胆！什么人给你的胆子，敢擅闯本宫的地方！”一见到那背影，天后就发现自己心里有说不出的愤怒和厌恶。

她怒不可遏地上前，一把拉开苏杏儿和桃蕊仙子，面色极冷地看着沐云流。这一看，天后的表情就狠狠地扭曲了一下。

为什么？为什么第一次见到这个男人，她就那么讨厌他？

好像与他有宿仇一样，她此刻就恨不得出手杀了他，让他永远消失！

但理智让天后将这股杀意藏在了心底，因为她根本不知道自己究竟为何会生出如此浓烈的杀意。

以她的身份，也不适合对一个陌生人出手。

沐云流面色冷然地看着面前这个身为天后的女人，这就是害他家破人亡，仙骨被抽的仇人！

十指，不知不觉握紧。

片刻后，沐云流放松了紧绷的身体，淡淡一笑：“我是御虚门的弟子，沐云流。我并未擅闯天后的地盘，是仙主许我天界通行无阻。”说着，沐云流亮出了手中的令牌。

天后一见那令牌，五官再度扭曲了一下。

那是天帝之前赐给御虚仙主的令牌，见令牌如见天帝亲临，连紫霄仙尊都没有这殊荣，想不到竟落在了这个仙术低到极点的凡人手里！

“娘娘息怒，且听听他来做什么吧。”桃蕊仙子再一次见到沐云流，眸色微闪，便上前劝天后道。

天后一向信任桃蕊仙子，此刻被桃蕊仙子那温柔的语气给安抚住，便冷冷地看着沐云流，哼了一声：“就算你在天界可以通行无阻，又来本宫这里做什么？”

沐云流看向苏杏儿，语气冷漠：“我是来找杏儿的，并非天后。”

“放肆！杏儿是本宫的人，你想找她还得经过本宫的同意！”天后大怒，白皙面庞此刻通红。

桃蕊仙子微微皱眉，娘娘今日真的很反常，好像……很讨厌沐云流似的。

但这怎么可能呢？娘娘此前从未见过沐云流啊！

沐云流听见天后这么说，便扫了她一眼，一勾唇："堂堂天界天后，那当是母仪天下，怎是这般模样？你真是当今天后？"

桃蕊仙子和苏杏儿闻言皆脸色一变，这番话……未免太大胆了！

然而桃蕊仙子和苏杏儿没想到的是，天后不但没有震怒，反而是一愣之后，脸上的怒气渐渐收敛了。

"本宫就给你半炷香的时间，这天宫里是不可有男仙进来的，更何况你还不是仙。"天后恢复了那高贵端庄的模样。

她深深地看了沐云流一眼，然后走了出去。

事实上，天后的指甲已经深深地刺入了掌心——不对劲儿，不对劲儿！她一定认得这个叫沐云流的家伙！那股从心底升腾而起的愤怒和恨意是骗不了人的，她和这个沐云流绝对有宿仇！

不过他说得对，她如今是天后了，就算这个沐云流和她有宿仇，她也不能失态，而要用自己的方法去慢慢对付他！

天后离开后，桃蕊仙子一脸忧心地看着沐云流："娘娘性情不定，你这般对她说话……恐怕已经种下祸根。"

种下祸根？沐云流冷冷一笑，他还怕得罪天后吗？

事实上他早就知道，一旦天后见到他就会立刻着手对付他。天后做过什么，她自己不可能不清楚。

所以，无论他今日是否得罪她，她都不会对他手下留情，既然如此，气气那个老妖婆有什么要紧？

沐云流并未将桃蕊仙子的话放在心上，只神色冷肃地对苏杏儿说道："今日灵儿去御虚门找我，被紫霄灵台几位上仙发现，此刻他们已经将她带回紫霄灵台，那紫霄仙尊怕是要重罚她。杏儿，你可愿前去救她？"

"什么？"苏杏儿大惊失色，她知道沐云流来找她，一定是有非常重要的事情，但她没想到竟然这么严重。

"姐姐怎么会这么糊涂？天界最忌动凡心啊！"苏杏儿万分紧张，随后立刻说道，"我愿意！流王殿下，我这就去紫霄灵台救姐姐！"

沐云流松了口气，还好，杏儿没变。

但在苏杏儿就要出门的时候，桃蕊仙子却伸手拦住了她。

"杏姐姐，就算是天后出面，也改变不了紫霄仙尊的决定，杏姐姐去了又有什么用呢？”桃蕊仙子微微摇头，面上有一抹无奈。

苏杏儿此刻心急如焚，哪里听得进桃蕊仙子的劝说？她推开桃蕊仙子的手，坚定道：“哪怕只有一丝可能，我也要去救姐姐！”

桃蕊仙子看了一眼神色微动的沐云流，轻叹一声：“我并非不让杏姐姐去救灵飞姑娘，但是明知不起作用还要去，不但于事无补，反而会让灵飞姑娘在紫霄灵台更受排挤。”

排挤？

沐云流何等聪明，桃蕊仙子说的这两个字已足够令他明白，灵飞在紫霄灵台过得并不好。

“到底怎么回事？”他沉声冷问，这个桃蕊仙子一定知道得比苏杏儿多。

桃蕊仙子抿了抿粉唇，停顿片刻后，才说道：“其实，紫霄灵台与玄天派分别隶属于天帝与天后，是完全不同的两大仙派，多年来明争暗斗，在天界已经不是秘密。”

苏杏儿闻言一惊，那……那她竟然会被安排去玄天派？

只听桃蕊仙子接着说道：“之前我阻止杏姐姐去紫霄灵台，便是因为我知道，杏姐姐去探望灵飞姑娘虽是好意，却会给灵飞姑娘带来麻烦。”

苏杏儿又急又气，脱口道：“那你当时怎么不说？”

“当时……”桃蕊仙子眸色微微一闪，“我劝过杏姐姐，但以我的身份，不能跟杏姐姐说太多，何况天后那边……”

桃蕊仙子没有说得很明白，但沐云流和苏杏儿都知道，桃蕊仙子是有苦衷的。

苏杏儿咬了咬唇，心中十分愧疚自责：“都是我不好，是我太天真了，根本没想到过这些……”

所以，不怪桃蕊仙子不说，其实桃蕊仙子已经暗示过她了吧？只是她没有懂。

“仙子是说，如今杏儿前去紫霄灵台，非但帮不了灵儿，还会让灵儿的责罚加重？”沐云流不管那些争斗，他只关心现在要如何救灵飞。

桃蕊仙子轻轻点头：“是的，所以我不建议杏姐姐去紫霄灵台替灵飞姑娘求情。”

沐云流眸光一闪，问道：“那么仙子认为，此事该如何解决？”

桃蕊仙子在天界这么多年，是天后身边的红人，看起来对天界之事了解颇多，既然她出言阻止苏杏儿前去求情，想必是已经有办法了。

“这个……”桃蕊仙子抬眸看了沐云流一眼，似是在思考。

半晌，桃蕊仙子才轻声说道：“依我之见，此时应该去找华凌上仙。”

“华凌上仙的面子比天后还大？”沐云流眯了眯眼，他记得桃蕊仙子说过，即便天后出面，紫霄仙尊也不会给面子。

而且灵飞的传音珠应该是被紫霄仙尊没收了，既然如此，紫霄仙尊便不会给华凌上仙这个面子。

“不是华凌上仙可以劝阻紫霄仙尊，而是……华凌上仙的师父。”桃蕊仙子说完低下头，“我能说的就这么多，我先去天后那边了。”说完，桃蕊仙子飘然离开。

沐云流看着桃蕊仙子的背影，神色若有所思。

华凌上仙的师父……他倒是听华凌上仙说过一次，但不知那位究竟是何方神圣，连名号都不曾听过。

不过，看桃蕊仙子的样子，似乎此仙大有来头，能令紫霄仙尊网开一面。

“杏儿，你比我快，你去找华凌上仙，让他务必想办法救灵儿。你告诉他，如果灵儿有事的话，我不会善罢甘休！”沐云流面色一寒，冷声说道。

华凌上仙给他保证过，灵飞不会受伤流血，出现性命危机，只可能是仙骨出现问题。不过，现在他要的是灵飞安然无恙。

一想到灵飞那绝望心碎的表情，他心里就犹如针扎，翻江倒海般疼痛不已。

“好！”苏杏儿毫不犹豫地答应，随后变身为神龙，飞快地朝华凌上仙所在仙居飞去。

龙身犹如一道闪电般划过天界上空，引得不少上仙驻足观望。

苏杏儿走后，沐云流离开天宫，返回御虚门。

他不能去紫霄灵台看灵飞，否则只会加重灵飞的罪行，所以，他只能回御虚门等消息。

此刻，苏杏儿化身为神龙，很快飞到了华凌上仙的仙居。

她刚幻化为人形，便见华凌上仙走了出来。苏杏儿连忙冲上去，拽住华凌上仙的衣袖急匆匆说道：“上仙！姐姐出事了！紫霄仙尊要罚她！”

华凌上仙愣了一下：“这是为何？”

那小灵狐应当恪守本分，一心修仙才对，怎么会触怒仙尊？她到底犯了什么事？

“流王殿下说，今日姐姐趁外出之际，前往御虚门找他，结果被紫霄灵台的上仙抓回去了。”苏杏儿忧心不已，“情况应该很严重，否则流王殿下不会去天宫找我。”

“灵飞姑娘一事，的确有几分严重。”华凌上仙抚了抚胡须，眉头微皱，“她与流王殿下的恋情在凡间不是秘密，天界早已查清。不过，凡间事凡间了，天界不会追究凡间之事，但若到了天界还纠缠不清……这罪名可就大了。”

“华凌上仙的师父是不是很厉害？不如华凌上仙请他老人家出来帮忙吧。”苏杏儿焦急地看着华凌上仙，不能再拖了啊！再拖下去，说不定就晚了！

“你怎么知道的？”华凌上仙神色微变，皱眉问道。

“你别管我怎么知道的了！快去救姐姐吧！流王殿下说了，如果姐姐有个三长两短，他不会善罢甘休的！”苏杏儿急了，她哪儿有时间跟华凌上仙解释这么多！

于是，她只好把沐云流搬出来了。结果，还真有用。

华凌上仙脸色又是一变，这才松口道：“杏儿姑娘先回天宫吧，我去找师父，看样子这次无论如何都要请师父出面才能解决了。”

苏杏儿连忙点头：“好，上仙快去！”

华凌上仙郁闷地看了一眼苏杏儿，心里还在疑惑到底是谁告诉苏杏儿他师父这件事的，一边嘀咕一边离开。

此刻，紫霄灵台，众仙以及修仙者都聚集在紫霄灵殿外的空地上。

紫霄仙尊站在石级之上，冷冷地看着跪在自己面前的少女，眼里有一抹深恶痛绝。

“仙尊，这只狐狸该如何处置？”白乙上仙见紫霄仙尊迟迟不出声，便出声请示。

紫霄仙尊冷然问道：“按照本派法规宝典，该如何处罚？”

第四章 来得刚刚好

白乙上仙心中一喜，立刻一字不漏地背了出来："妄动凡心，念生淫邪，仙缘不定，理当毁掉仙根，逐出天界！"

毁掉仙根？

一直一声不吭的灵飞蓦地抬起头来，看向略有得意的白乙上仙。

她以为，这次只是罚她一番便好，没想到竟要毁她仙根，逐她出天界？

一丝惶恐，浮上灵飞的心头。

此时此刻她才明白，天界规矩有多森严，而她又犯了多么愚蠢的错误。她也已经明白，这一切都是个圈套，是白乙上仙和百草师姐联手为她准备的圈套！

从一开始百草师姐和那些修仙姑娘的对话都是为了刺激她，让她产生去找沐云流的念头。接着，她便有了外出的机会。最后，她和百草师姐一起做采集任务，离开时百草师姐自然会暗中盯着她，在确定她去了御虚门之后，就立刻返回紫霄灵台告密，带白乙上仙前去抓她！

但不管怎样，她不能离开天界，离开天界她就只能回狐山，而且沐云流……

想到沐云流，此刻灵飞忽然灵光一闪！

沐云流不见她，是不是因为知道见了她，会造成更严重的后果，惹来大祸？一丝希冀，慢慢驱散了灵飞心中的痛苦和绝望。

对！一定是这样！一定是因为他知道天界这些上仙不好惹，又怕给她带来麻烦，所以才故意不见她，不理她的。

想通了这一点，灵飞心里顿时重燃了希望。

她俯身朝紫霄仙尊重重磕头："仙尊，弟子是一时糊涂，求仙尊开恩！不管仙尊如何罚弟子，弟子都能接受，只要仙尊让弟子继续留在紫霄灵台修炼！"

白乙上仙呵斥道："大胆！你以为你可以左右仙尊的决定吗？你不思进取，妄动凡心，本来就不可饶恕！如今还敢巧言令色？"

灵飞抬头看向白乙上仙，面上似乎带着一抹讥笑，令白乙上仙心中大怒。

她不紧不慢地说道："白乙上仙从一开始就不喜欢我，这我是知道的。但是如今做决定的是仙尊，仙尊未开口，白乙上仙何以喧宾夺主？"

“你……”白乙上仙一怒，但也知道自己说多错多，便连忙朝紫霄仙尊请罪，“仙尊恕罪，弟子太激动了。”

紫霄仙尊了然地看了一眼白乙上仙，开口道：“灵飞说得倒不错，在她没被逐出紫霄灵台之前，她都是你的师妹。”

“弟子知错了。”白乙上仙跪了下来，心里暗恼灵飞。

不过，他就不信这一次整不死灵飞这只蠢狐狸！犯下这么大的错，以他对仙尊的了解，仙尊是不可能不处罚灵飞的。

“下不为例。”紫霄仙尊一抬袖，便有一道仙气出现，将白乙上仙扶了起来。

“是，仙尊。”白乙上仙这回不作声了，静静地站在一旁，等候紫霄仙尊下令。

紫霄仙尊看向灵飞，脸上浮现出一抹失望的神色：“你可知，你以狐妖之身，能入紫霄灵台修炼，是多么不容易吗？”

灵飞重重点头：“回仙尊的话，弟子知道。”

“既然知道，为何还不断凡心，擅自去御虚门找你那凡间恋人？”紫霄仙尊显然对此事耿耿于怀，毕竟灵飞是他下令收下的，而她却太不给他长脸了。

灵飞此刻斗志重燃，自然不肯放过解释的机会。她快速思索着，接着咬了咬唇，一脸愧疚地说道：“弟子知道，是弟子凡心未断，犯下大错。只是，请仙尊垂怜，弟子才刚入天界，如果短短时间便能忘了凡间的故人，那岂不是无情无义？”

紫霄仙尊一怔，眉毛微微皱了起来。

白乙上仙和百草见状，暗叫不好。

这只狐狸本来就是仙尊下令放进来的，如今她竟然以自己有情有义来辩解这次错事，只怕会打动紫霄仙尊！

两人交换了个眼色，白乙上仙示意百草开口指认灵飞，揭穿灵飞的谎言，毕竟百草是证人。

百草此刻却有些畏惧，毕竟方才白乙上仙被紫霄仙尊教训了，如果她贸然开口……会不会也招来责备？

白乙上仙见状，狠狠瞪了百草一眼，百草顿时心里一跳，知道她不能犹豫了。若她不说，将来的日子必定不会好过。

正当百草准备上前说话时，灵飞又出声了：“仙尊，那沐云流在凡间时曾多次救弟子性命，是弟子的救命恩人。此番恩情，雷公电母也知情。弟子听说他来了天界，想去御虚门探望他，这是人之常情，不是吗？”

百草此刻终于站了出来，指责灵飞道：“仙尊，她在说谎！她之所以去御虚门见那凡间王爷，是因为弟子等人说沐云流忘了她，她想去问个明白！与弟子一起的众位师妹都听到了。”

紫霄仙尊皱了皱眉，但也没说什么，只是看向了其他弟子。

这些弟子见百草师姐开了口，那白乙上仙又似乎想置灵飞于死地，再加上她们也参与其中，便纷纷点头："百草师姐说的都是真话，仙尊。"

见所有同门弟子都针对自己，灵飞淡淡一笑："我刚入紫霄灵台没几日，平时你们都合起伙来欺负我，现在说我和沐云流余情未了，那也由得你们胡编乱造咯？"

"我们怎么会这么做？你不要血口喷人！"百草师姐又惊又怒，立刻反驳。

"我有没有血口喷人，仙尊心里自有判断，不过你们污蔑我和沐云流也没用，因为御虚门的上仙可以替我做证，我虽然去了御虚门，可是沐云流并不想见我。"

灵飞微微一笑，接着说道："本来我也只是去探望一下罢了，毕竟他是我的救命恩人。既然他不愿见我，我也打算回紫霄灵台好生修炼，可偏偏你叫来了白乙上仙，说我妄动凡心，这不是'欲加之罪，何患无辞'，还能是什么？"

灵飞此刻想清楚了，她虽然去了御虚门，但她没有和沐云流见面。

关于这一点，御虚门的上仙都能为她做证。

"你……你简直胡说八道！"百草满脸通红，然而面对灵飞一连串的指责，她竟然不好替自己辩解。

一来灵飞是真的没跟沐云流见面；二来御虚门的上仙的确可以证明，灵飞去了没多久，她就带着白乙上仙到了。仙尊只要一问，便可以知道详情，她撒谎也没用。

将眼前一切都看在眼里的紫霄仙尊思索起来：看样子灵飞在紫霄灵台的日子的确不怎么好过。这一点，倒是他疏忽了。

"灵飞，你方才说，只要能继续留在紫霄灵台修炼，无论本尊如何处罚你，你都会接受，是也不是？"紫霄仙尊片刻后开口问道。

白乙上仙和百草师姐一听，心里直呼不妙！

"是！仙尊。"灵飞闻言十分惊喜，立刻高声答道。

紫霄仙尊点了点头，眉目间有一丝严厉："你擅闯御虚门，不与本尊禀报，私自去见故人，已触犯本派规矩。本尊若不罚你，难以服众。"

"弟子认罚。"灵飞重重磕头，神色认真。

紫霄仙尊满意地点了点头："好，那本尊就罚你暂抽仙根，在本尊身边打杂，待你放下凡间之事，本尊再还你仙根，你方可重新修炼！"

暂抽仙根？

白乙上仙和百草再度对视一眼，皆面露喜色。不管怎么说，至少算是出一口恶气了。

这仙根种进体内不会有太大感觉，但若要抽出来……无疑是天界一大酷刑！

"多谢仙尊开恩。"灵飞尚不知这处罚已经算是严重，还满心感激地道谢。

事实上，紫霄仙尊一向对法规极为严苛，虽然这般重罚灵飞，但他又让灵飞待在自己身边，这算是一种保护。灵飞虽然受了罚，但往后可跟在他身边修行，待此次事件影响一除，他便可将仙根还给灵飞。

整个紫霄灵台，没有几个人能有如此待遇。

灵飞一认罚，紫霄仙尊便抬手，一道仙气从他的指尖逸出，直接没入了灵飞的眉心。

灵飞没有心理准备，当场痛得缩成一团，连跪姿都无法保持。不过片刻时间，她便已经冷汗涔涔，满地打滚。

下唇已被咬破，却仍旧抵不过那钻心的疼痛，灵飞终于忍不住发出压抑的呻吟。

好痛……

抽离仙根最起码要一炷香的时间，灵飞这才刚开始，而且痛楚会越来越强。

看着灵飞痛苦的模样，白乙上仙和百草眼里都闪过一丝快意。

痛苦持续了一段时间，灵飞快支撑不住的时候，一道金色光芒忽然从半空中射来，随着一声“住手”，紫霄仙尊的白色仙气已经被击退。

灵飞瞬间瘫软在地，痛楚却消失了。

在场的紫霄灵台弟子都有些惊诧，谁那么大本事，竟能一招就击退他们仙尊的法力？

“裂天？”紫霄仙尊十分震惊，他下了两级台阶，看向半空中飞来的金色身影。

紫霄灵台弟子们惊了惊，裂天……难道是那位传说中神龙见首不见尾的……混元大罗金仙——裂天仙尊？

这位，的确是天界寥寥无几的混元大罗金仙之一——裂天仙尊。

如今整个天界，除了天帝这位修仙天才之外，混元大罗金仙只有三位，裂天仙尊便是其中之一。

“紫霄，我将人托付给你，你就是这么对她的？”裂天仙尊脸色隐隐不善，直接伸手将灵飞轻柔地扶了起来。

灵飞浑身无力，全凭裂天仙尊一股力量支撑。不过，很快她便感觉自己的体力恢复了一些，似乎那股力量不但托住了她，还往她身体里钻，仿佛治愈她一样。

灵飞不禁抬眸看向身旁这位威严的中年男子，心中诧异：这个……又是哪位大神？为何会帮她？

紫霄仙尊闻言一怔，一时竟哑口无言。他没想到，裂天仙尊竟然会这么重视这只小灵狐。

“她触犯了门规，我只是施以处罚。”紫霄仙尊面露难色，他是一派之主，灵飞又犯了错，如何能不罚？

“她才刚入天界几天？就不能从轻发落？”裂天仙尊语气淡然，却有一股无与伦比的气势，令人心中微悸。

紫霄仙尊无言以对，如果他早知道裂天仙尊如此重视这只小灵狐，他自然会以灵飞初入紫霄灵台不懂规矩为由从轻发落的。可是，现在似乎有些晚了。

此刻，灵飞已经能够自己站稳了。她退后两步，躬身恭敬地说道：“弟子多谢上仙相助，可是仙尊并无过错，还请上仙不要责问仙尊。”

紫霄仙尊听到灵飞还为他说话，俊脸不禁微微泛红，这……

裂天仙尊一笑：“你倒是好说话，可惜……”有的人，不太好说话啊！

若是那人知道灵飞被紫霄仙尊这般折磨，即便是灵飞犯错在先，只怕也不会善罢甘休。不过还好，他来得算是及时，事情还没十分严重。

“裂天，你已经几千年没有来过我这里了，眼下灵飞没事了，我们两个老朋友去下一盘棋，叙叙旧如何？”紫霄仙尊还有些疑问，想要问裂天仙尊，便出言相邀。

裂天仙尊看了灵飞一眼，笑道：“那么灵飞此次的事情呢？”

“这个……”紫霄仙尊只犹豫了一下，立刻说道，“念在灵飞此次乃初犯，本尊就不予计较了，不过，下不为例。”

灵飞一听，大喜过望：“多谢仙尊，弟子一定不再犯错了。”

接着，又朝裂天仙尊一躬身：“多谢上仙替弟子求情。”

裂天仙尊扬眉，十分满意：“既然紫霄相邀，我便恭敬不如从命了。”

白乙上仙等人简直要吐血！

什么恭敬不如从命啊？根本就是在威胁他们仙尊，一定要饶了灵飞嘛！

待紫霄仙尊与裂天仙尊离去，白乙上仙和百草的脸色难看至极。

灵飞淡淡瞥了白乙上仙和百草一眼，冷冷地勾起唇角：“不好意思，让上仙与师姐失望了，我还是留下来了。”

白乙上仙脸上闪过一抹愠怒，片刻后一笑：“灵飞师妹是真误会了，我没有针对灵飞师妹的意思，只不过是执行门规罢了。”

灵飞讥笑地一挑眉，也不再揭白乙上仙的底。反正，她以后会多个心眼儿，不会再那么容易上这些人的当了！

大会结束，灵飞没被惩治，反而引出了神秘的裂天仙尊。

在得知导火索是一只在紫霄灵台修炼的小灵狐后，众仙议论纷纷，不知这只小灵狐到底有何天资，能令堂堂混元大罗金仙如此青睐。

就连天帝和天后也有所耳闻，并且为之困惑。

此刻，紫霄灵台内，紫霄仙尊和裂天仙尊相向而坐，中间摆放着一块巨大的石制棋盘，上面是一局棋。

茶香飘然，一室静谧。

两个几千年难得一见的老友坐在一起，将这盘棋静静下完。而最终结果……

“我又输了。”紫霄仙尊将手中一块黑子捻得灰飞烟灭，叹了口气，“几千年过去了，我还是赢不了你。”

裂天仙尊笑了笑：“下棋只论心境，谈何输赢？”

“可我就是想赢你一回。”紫霄仙尊哈哈一笑，笑容真挚得很。

“那恐怕我要让你才行了。”裂天仙尊也是一笑，说出的话让紫霄仙尊十分郁闷。

紫霄仙尊轻哼了一声，说道：“那只小灵狐究竟是什么来头，你为何要如此护着她？”

他并不认为裂天仙尊会无聊多事到无缘无故引来一只小灵狐到他紫霄灵台，如今更是为了她亲自出面。此事，必定有什么内情。

“她没什么来头，不过……她曾遇到过一段仙缘，她是命定之人。”裂天仙尊淡淡饮茶，片刻后慢条斯理地说道，“机缘未到，这件事我不会告诉你太多，你也不必多问。但有两人，你最好不要招惹。”

紫霄仙尊心里一凛，不能去招惹的人？

“一个便是你收下的小灵狐灵飞，另一个……”裂天仙尊唇角轻轻一勾，“便是那御虚门新收的弟子，沐云流。”

紫霄仙尊瞬间皱眉，沐云流和灵飞在凡间便是一对恋人，而灵飞说沐云流是她的救命恩人，怎么这两人他还不能惹了？

不过，紫霄仙尊此刻从裂天仙尊的话中隐约猜到——那御虚门的沐云流大有来头！而且必然有什么不能随意泄露的惊天秘密。

紫霄仙尊疑惑并好奇着，这个沐云流到底是何许人也，竟能让裂天仙尊如此重视。但他不会多问，毕竟裂天仙尊已经将话挑明——机缘未到，不会透露太多。

此刻，白乙上仙匆匆过来，神色紧张地禀报道：“仙尊，天帝派人过来了！”

天帝？

紫霄仙尊一怔，看了裂天仙尊一眼，发现裂天仙尊神色如常，像是早已猜到一般，他不禁蹙了蹙眉：“天帝有何命令？”

“来的是天帝身边的金华上仙，弟子本要禀报仙尊，金华上仙却说天帝派他来不是见仙尊的，而是召见……那只叫灵飞的小灵狐。”白乙上仙神色惴惴不安。

混元大罗金仙为那狐狸亲临紫霄灵台，已经够让人震撼的了，谁想到天帝竟然派金华上仙来接灵飞！

“天帝召见灵飞？”紫霄仙尊随即看向裂天仙尊，眉头深锁，“裂天，这可都是你引出来的事。”

想必天帝也是有些好奇，何以一只小灵狐被罚，会引得堂堂混元大罗金仙出马，这才将灵飞召去的。

“怎会是我？”裂天仙尊一挑眉，徐徐说道，“是紫霄你吧？若你给我一分薄面，看在灵飞是我介绍来的分上，饶了她这一次，我便不会出来，更不会惊动天帝了。”

紫霄仙尊竟无言以对。

“天命所归，自有定数，无须紧张，还是再来一局吧！”裂天仙尊淡淡一笑，抬手抚过棋盘，棋盘上的棋子便一如最初了。

紫霄仙尊抿了抿唇，挥手示意白乙上仙下去，便接着与裂天仙尊下棋了。

“弟子告退。”白乙上仙见紫霄仙尊和裂天仙尊对天帝召见灵飞一事毫不在意，只得怏怏地退下了。

却说灵飞。她被金华上仙带离紫霄灵台，心里忐忑不安，手心背脊都冒出了冷汗。

天帝啊！三界中至高无上的人啊！他怎么会召见自己呢？

灵飞想破脑袋都想不明白，以至于被金华上仙领到天界宝殿门前时，紧张得不敢进去。

“灵飞姑娘，天帝有旨，你到了之后直接觐见便可。”金华上仙看灵飞一脸紧张的模样，心中失笑。

想不到那华凌上仙弄了半天，就是要将这小灵狐还有那沐云流弄上天界修仙，真是古怪至极！

“上仙……不进去吗？”灵飞紧张地攥住衣角，忐忑极了。

“天帝说灵飞姑娘直接进去，便是不用我再通传了。”金华上仙淡笑着说道。

不用通传……她就这么走进去？

“那……那我进去之后，该……该说些什么？”灵飞咬了咬唇，她要是说错话了怎么办？

金华上仙仿佛看出了灵飞的担忧害怕，便忍住笑意安抚道：“天帝圣明，不会因为灵飞姑娘说错几句话而发怒的。灵飞姑娘进去后记得行礼，自报家门，至于说话方面……自然是天帝问什么，灵飞姑娘答什么便是。”

灵飞眨了眨眼睛，踌躇片刻后又问道：“那，是不是和凡间的帝王一样？”

金华上仙想了想，点头：“差不多。”

灵飞这才松了口气，感激地笑道：“谢谢上仙，那我……进去了。”

“嗯。”金华上仙含笑目送灵飞小心翼翼地步入宝殿，心想这小灵狐倒不失可爱。

至于天帝那边，他毫不担心天帝会对灵飞如何，而且，很可能是福不是祸呢！

第五章 天帝召见

灵飞踏入宝殿时，有种丑媳妇见公婆的紧张感，待她快步走进去，眼睛稍微一瞥，便看见一个俊美冷漠的男人正坐在那精美的宝座之上，居高临下地看着她，她立刻“扑通”一声跪了下去。

不怪灵飞胆子小，实在是那宝座上的男人气势太盛。似乎他只是那么随意地坐着，就有睥睨三界，将天下尽握在手的霸气！

“灵……灵飞叩见天帝陛下。”灵飞声音有些发颤，低着头不敢看天帝的脸。

她刚刚看了一眼，却并未发现天帝的长相与沐云流有什么相似之处。至于气势……嗯，她觉得沐云流完全比不上天帝。

天帝，实在是太吓人了！

然而灵飞却不知道，流王殿下对她确实很温柔，但对其他人……所以别人怕流王殿下怕得要死，哪儿敢像她一样在流王殿下面前放肆？

“抬起头来。”天帝看着下面缩成一团的娇小身影，命令道，语气里，满是不容反驳的冷厉与霸道。

“是，天帝陛下。”灵飞心脏狂跳，她慢慢将下巴抬起来，一双眼睛睁得大大的，就是不敢落在天帝身上，而是盯着天帝脚下的那条白毯。

天帝目光深幽地看着灵飞，只见她娇小可人，五官精致，一派纯真无邪的模样，虽是不可多得的美人，但天界也不乏貌美的女子。

没有什么特别之处……尤其胆子这般小，着实令人失望。天帝心里下着定论。

就在天帝觉得没什么意思，打算让灵飞退下的时候，忽然一个念头出现在他的脑海中，两道长眉一挑。

“你是狐妖？”天帝开口问道，看似平静的眼中，是犀利的锋芒。

灵飞心里“咯噔”一下，小脸微苦：“是的，天帝陛下。”

该不会因为她是狐妖，天帝就不待见她，把她赶下凡去吧？

天帝冷冷地瞥了灵飞一眼，忽然抬手向她挥出一道白光，瞬间灵飞变回了原形。

白光过后，只见一只通体雪白的灵狐趴在地上瑟瑟发抖，两只爪子抱住脑袋，看上去可怜兮兮的，令人心生怜爱。

它湿漉漉的大眼睛中有几分惊惧、几分胆怯，但身体蜷缩着，毛茸茸的，显得憨态可掬。

天帝双手往身后一负，凤眸里闪过浅浅流光。他站了起来，离开宝座，一步步朝灵飞走来。

灵飞匍匐在地，见天帝神情高深莫测地朝她走来，不禁心生惧意，不自觉地往后退去。

可怜，她连逃跑的念头都不敢有。

“你为什么会怕朕呢？”天帝走到小灵狐面前，看着灵飞，轻声问道。

灵飞苦恼，这个问题她要怎么回答？

“因……因为天帝陛下是陛下……”纠结半晌，灵飞不敢不答，只能说出这么个令她自己都觉得莫名其妙的回答。

天帝看着灵飞狐身的模样，忽然生出一抹强烈的疑惑。

为何此情此景似曾相识？为何他之前对灵飞毫无感觉，此刻见着她狐身模样，心湖却掀起一层涟漪？

“你认识裂天仙尊？”天帝问话之时，出手将灵飞拎了过来，放在自己的腿上。

堂堂天帝，就这么不顾形象地坐在了宝座前的台阶上。灵飞化身雪白灵狐，有些僵硬地趴在天帝腿上。

天帝的情绪……好像有一些起伏。灵飞这般想着。

她很快回答了天帝的问话：“灵飞今日还是第一次见到裂天仙尊呢，此前并不认识。”

“哦？”天帝闲聊一样，大掌放在灵飞脑袋上面，抬眼看向空荡荡的宝殿，若有所思地说道，“那么，裂天仙尊为何亲自出面救你？难道……是因为那个叫沐云流的人？”

沐云流？灵飞回过神来，这才想起她之前的猜测，沐云流可能是天帝之子。

顿时，她忽然明白过来天帝为何见到人形的她毫无情绪，待她变成狐身后却这般温和的原因了。

这时灵飞的胆子大了起来，开口问道：“天帝陛下，您以前是不是也喜欢过一只像我这样的灵狐？”

狐仙娘娘也是灵狐，如果天帝真的爱过狐仙娘娘，那今日的异常就能解释了。

听到这个问题，天帝觉得自己被冒犯了，他应该生气，但看着灵飞那双清澈晶亮的狐狸眼，他发现自己竟然气不起来，好生奇怪……

“没有。”天帝听见自己这般回答，然后，心底传来一丝令他难以忍受的痛楚。

他皱起眉，半晌回不了神。

这一切都有些奇怪，可他却无法确定哪里奇怪。

灵飞听见天帝的回答，有些失望。

难道是她猜错了吗？

“你为何这般问朕？”天帝垂眸，看着灵飞眼里那抹显而易见的失望之色，心中一动后问道。

灵飞寻思着反正那人不是天帝，没准儿她可以套出其他人来呢？

到底谁和狐仙娘娘生下了沐云流呢？她想替沐云流打听清楚。

于是，灵飞就很耐心认真地解释道：“因为以前我们狐族有一只灵狐修仙，后来她位列仙班，成了狐仙娘娘。但后来……”

后来的事情，灵飞不敢全说，只好委婉地说道：“但后来，她爱上了天界一个男仙，最后就消失了，直到现在也没人知道她在哪里。”

天帝骤然皱起了修长眉毛，不对，完全不对！

天界天官记载中没有这段历史。那里只记载着，天界的确曾有过一个狐仙，不过这狐仙成仙后没多久，便在天界与妖族的一场大战中死了，而不是因为爱上什么男仙才消失的。

“你听谁说她爱上了一个男仙？”天帝不动声色地追问。

小灵狐没有撒谎，他看到她一双狐狸眼是那么清澈真诚，虽然带着一丝犹豫，但必定是不想和盘托出才会如此犹豫。

灵飞不知天帝在诈她，想了想后说道：“我在一幅画里看到的，那个男仙很年轻，还有狐仙娘娘也很美，他们……”

她本来想说“他们还有一个孩子”，不过随即顿住了。

出于保护沐云流的想法，灵飞接着说了下去：“他们曾经隐居避世了一段时间，可后来被人找到了，不过画里并没有说他们是如何分开的。”

一幅画……

天帝不动声色地看着腿上的小白狐，脑子里快速过滤了一遍他获知的凡间事情。

不错，听说那沐云流身上有一幅画，十分古怪，不过在沐云流和道派的纷争中，那幅画被道派师尊毁了。

天官处的确有这样的记载，前不久他才看过。也就是说，这只小灵狐没有骗他。显然，她也没有这胆子。

“朕给你纸笔，你能将那对男女的相貌画出来吗？”天帝大掌一抓，将灵飞拎了起来，身形一动，便与灵飞来到了桌前。

桌上文房四宝俱全，灵飞被放在桌上，神色略有些苦恼。

她能画出来吗？万一天帝去抓那个男仙呢？

可她不画，天帝一定会治她的罪吧？果然……她不该多嘴的啊！

问题是她怎么知道，她之前就猜错了呢？呜呜……

灵飞愁眉苦脸的模样落入天帝的眼中。天帝一笑，语气倒是难得有了几分柔和："放轻松，就算你不记得，朕也不会罚你。"

这样说，她可以好好画了吧？

灵飞惴惴地抬眸，看了一眼和之前完全不同的天帝，总有种天帝挖了坑让她往下跳的错觉。

真的，真的不会罚她吗？

好似天界众仙都怕天帝和天后呢！

不过……凡间有句话叫作"君无戏言"，天帝应该不会骗她吧？

这么一想，灵飞竟是心定了，但她看了看自己的爪子，苦恼地对天帝说道："天帝陛下，我……可以变回人形再画吗？"

天帝这一刻竟有些想笑，不过他终究还是忍住了。

"可以。"天帝淡淡颔首，往旁边挪动了一下，给灵飞腾出位置来。

"谢谢天帝陛下！"灵飞惊喜道，心里暗想其实天帝陛下也没有那么可怕嘛，他还是很好说话的。

当然了，前提是他现在没有挖坑给她跳。

灵飞之前在白乙上仙和百草师姐手上栽了个跟头，这回暗暗留了个心眼儿，她学乖了，提笔只画了她在画中世界所见的女仙模样。

那女仙，自然就是狐仙娘娘了。至于那男仙，她没有画。

而所谓的"画"，不过是灵飞以法术将印象中那女子的模样，通过笔绘于纸上罢了。

论画功，沐云流才是厉害，灵飞只能靠法术"作弊"而已。

"天帝陛下，因为当时画中世界那个男仙背对着我，所以……我没有看清他的样貌。"灵飞小心翼翼地看着天帝说道。

她努力镇定，使表情看起来没有一丝一毫说谎的痕迹。然而天帝此刻并没有看灵飞，否则定会知道灵飞在撒谎。他的视线，被纸上那栩栩如生的女子吸引了。

天帝慢慢地拿起画像，心湖里顿时掀起惊涛骇浪——原来，这就是那位据说在大战中死了的狐仙！

原来，这就是他梦中反反复复出现的女子！

一直以来，他在梦里看不清她的面貌，只能依稀看见她的身影，想不到……今日竟被她的同族画了出来，与他梦中的身影重叠。

"她好美。"天帝呢喃，眼中浮现出一抹狂热，但转瞬即逝。

“是啊！狐仙娘娘是很美的，我幼年时碰到过她哦！”灵飞一时嘴快，反应过来时已经晚了，她立刻捂住了嘴巴。

糟了！

天帝的视线果然瞬间从画像上移开，紧紧地盯着灵飞，语气含着一抹不可抗拒的威严：“你是说，她还活着？”

“我……我不知道。”灵飞有些害怕，退后了几步。

不出意外的话，狐仙娘娘是沐云流的娘亲，如果天帝知道她见过狐仙娘娘，会不会认为狐仙娘娘已经逃出来了？天帝会不会想要将狐仙娘娘彻底杀死？

一想到这个可能，灵飞脸色都白了，恼恨极了自己的不小心。

天帝盯着灵飞片刻，脑海里闪过千万种可能，而他脸色彻底冷了下来，浑身发出一股让人心生寒意的极强气势！

他的记忆出了错！

一定是这样！

天界史书的记载，也出了错。

一直以来困扰他的梦境、天后貌合神离的冷漠……这一切异常都有了解释——和这只狐仙有关！

灵飞看着天帝的神情，一直退，一直退，退到了台阶之下，才战战兢兢地跪在了地上。

天帝又开始变得可怕了……

“朕说过不会罚你，你怕什么？”天帝回过神来，看见灵飞惊惧的模样，冷冷地勾唇。

这只小灵狐，可能是揭开谜底的关键。

她说她幼年时遇到过那只狐仙，而她身上没有妖气，应当是那只狐仙为她除掉的。

而她又能被华凌上仙看中，推荐到紫霄灵台修炼，如今更是因为受罚而引得混元大罗金仙裂天仙尊都出面了！

他想，他要对这只小灵狐好一点儿。

“谢谢天帝陛下不罚之恩。”灵飞低着头，心道凡间那位凌帝可没有这么恐怖，天帝太可怕了！

天帝将那幅画收了起来，放在宝座前的桌上，而后神色淡淡地看向了灵飞。忽然，他起身离开桌前，走下台阶，来到灵飞面前站定。

“朕与你很有缘，现赐你一道仙符，你觉得如何？”天帝问道。

仙符？那是什么东西？

灵飞茫然抬眸，下意识地想要谢恩，但天帝又说话了："仙符是朕以自身仙元所制，对修仙者有极大帮助，可助其修炼速度提高百倍。"

什么？

灵飞大为震惊，这下子她也顾不得失态了，只能目瞪口呆地看着天帝。

果然是……天帝吗？翻手为云覆手为雨，想让谁生谁便生，想让谁死谁便死？她幸运地……成为那个天帝想让其生的幸运儿？

"你太弱了，什么也做不了。"天帝抬手，所谓的"仙符"便出现在他的掌心，"有了这道仙符，半月内你便可位列仙班。"

灵飞觉得自己已经蒙了，此时此刻她还能说什么呢？

当然是谢恩啊！

灵飞急忙磕头："灵飞叩谢天帝陛下隆恩！"

如果天帝说的是真的，那她就能提高仙术，早日去天池帮沐云流取那盒子了！

她刚谢完恩，天帝便将那道仙符打入她眉心之中。

灵飞便感觉到体内有一股仙气四处游走，最后消散于无形，随后她便精神百倍，浑身每一寸血肉似乎都在叫着舒服畅快。

"仙符是仙根最爱之物，你好好修炼吧！"天帝居高临下地看着灵飞，若不是这只小灵狐可能解开他心中之谜，他绝对不会将仙符这么重要的宝贝赏赐给她。

"是，灵飞谨遵天帝陛下的教诲。"灵飞忍住嘴角上翘的弧度，恭恭敬敬地答道。

"下去吧。"天帝回到宝座上，吩咐道。

"是，灵飞告退。"灵飞得了宝贝，喜滋滋地退了下去。

之前来的时候还忐忑不安，生怕天帝把她贬下凡去，想不到天帝竟然这么好说话，甚至赏赐给她一道仙符！估计，说出去都没人信吧？

天帝看着灵飞上翘的嘴角，眸中掠过一抹冷意。若你不能替朕解开心中疑惑，那朕便要了你的小命！

他的耐心，可不多。

天帝将视线从门口收回，落到了那幅画像之上，看着画中美到极致的女子，他的眼中闪过一抹炙热，一丝迷恋。

她留给自己的印象如此深，甚至经常出现在自己的梦境里，这绝对不是巧合。

以前，到底发生过什么？他和这狐仙……有着怎样的渊源？

天帝伸出修长的手指，指腹摩挲着自己的脸庞，俊美的脸却有些深沉。

灵飞此刻已经出了宝殿。

金华上仙一直在外等候，见灵飞一脸喜色地出来，心里一块大石顿时落了地。

"灵飞姑娘总算出来了。"金华上仙打量了灵飞一眼，总觉得灵飞似乎跟之前有些不一样了，但一时之间他也说不上来哪里不一样。

“嗯，我出来了！”灵飞喜滋滋地看着金华上仙，心想她被天帝赐予仙符的事情也不是什么秘密，便直接告诉了金华上仙，“上仙，天帝赐给我一道仙符。”

“哦，仙符……啊！”金华上仙起初还笑着，忽然间就睁大了眼睛，“什么？你说什么？”

这一刻，金华上仙觉得自己可能是耳聋了。

“仙符。”灵飞被金华上仙的反应吓了一跳，吞了一口口水才咬字清晰地又说了一遍，“天帝赐给我一道仙符，从这儿打进去的。”

她指着自己此刻还有些发烫的眉心，一本正经的神情让金华上仙无法怀疑这话的可信度。

金华上仙这回是彻彻底底地惊呆了！

仙符……

不错，众仙都知道天帝可以制造这宝贝，但是天帝从来没动用过……哦不，似乎有哪位大仙说过，天帝动用过，但对象是谁就不清楚了。

不过可以肯定的是，能得到仙符这样万万万金都难求的宝贝的上仙，一定是极得天帝信任和重用的。不过至今众仙都没盼到这么一道仙符。

仙符可以融入仙家的仙根之内，如果拥有了仙符，很快就会连跳三级，实力大增！

可是，为什么现在被赏赐的对象是一个还没成仙的小狐妖啊！他当然不歧视灵飞，这小灵狐还是很可爱的。但，她再可爱也不至于让天帝破例赐给她仙符吧？知不知道这会引来所有天界中人的嫉妒啊！

金华上仙此刻已经彻底蒙了，他都不知道自己在激动个什么劲儿了。

灵飞等了半天不见金华上仙与她说话，只是一个劲儿地在那儿嘀咕呢喃，时而激动地看着她，时而沮丧万分，像是得了失心疯。

灵飞抿了抿唇，拱手施礼道：“上仙，我先退下了，还要回紫霄灵台跟仙尊禀报此事呢！”

金华上仙完全没反应，他还呆呆地看着灵飞，无法接受这个事实。

灵飞以最快的速度赶回了紫霄灵台，正好遇到了日龄上仙，她忙走过去打招呼：“日龄师兄。”

日龄上仙用那双漆黑的眼睛看了看灵飞，微微打量之后，笑道：“听说灵飞师妹被天帝传召，我本来还有些替灵飞师妹担心，不过现在看来……是福不是祸了。”

灵飞有些吃惊：“日龄师兄看出什么来了吗？”

难道日龄师兄那双眼睛……不只是看起来奇怪，还有其他作用？

"如今天界众仙，没有谁得到过天帝如此赏赐，望灵飞师妹小心天帝身边人。"日龄上仙淡然一笑，侧身看向殿内，"两位仙尊都在殿内，灵飞师妹快去吧！"

小心天帝身边人？难道是指……天后？

灵飞心中一凛，随即欠身："多谢日龄师兄。"她深深地看了日龄上仙一眼，然后迈步踏入殿内。

方才一直顾着高兴，想着很快就能帮到沐云流了，但她忘了还有天后这么个强大的敌人。

天帝赐她仙符，天后一定会生气吧？

不过，倒是很奇怪，如果和狐仙娘娘相爱的不是天帝，那沐云流的亲爹就另有其"仙"，可天后又该怎么解释？

听说天帝天后感情并不好，这么多年来膝下无子，难道说……天后爱的并不是天帝，嫁给天帝也不是心甘情愿的？

可除了天帝，天后会爱谁呢？

第六章 天帝也失忆

见过天帝之后生出的一连串迷惑，让灵飞犹如置身云里雾里，可是她又不能跟沐云流见面，无人可倾诉。

紫霄仙尊和裂天仙尊刚刚下完一盘惊心动魄的棋，依旧是紫霄仙尊以一子之差落败，灵飞便走了进来。

“弟子拜见两位仙尊。”灵飞恭恭敬敬地跪在紫霄仙尊和裂天仙尊面前。

紫霄仙尊看了裂天仙尊一眼，抬手道：“起来说话吧。”

“是，谢仙尊。”灵飞依言站了起来，恭敬立于一旁。她刚站起，裂天仙尊就起身离开了，没有留下只言片语。

“听说，天帝召你去了？”紫霄仙尊看着身上隐隐透出一股灵气的灵飞，眉头微蹙，天帝对她做了什么？

此时此刻，紫霄仙尊只知天帝并未伤害灵飞，可他绝对想不到，天帝会将仙符赐给灵飞。

日龄上仙若非眼睛与众不同，也绝看不出灵飞的变化。

“回仙尊的话：天帝陛下问了弟子关于狐仙娘娘的一些问题，弟子如实回答之后，天帝陛下就赐给了弟子一道仙符，还说弟子会很快位列仙班。”灵飞如实答道。

紫霄仙尊大惊，天帝竟赐她仙符？这个消息，让紫霄仙尊好一会儿都没能回过神来。

片刻后，灵飞小声问紫霄仙尊道：“仙尊，弟子可以问一个问题吗？”

紫霄仙尊回过神，瞥了她一眼，颔首：“问吧。”

灵飞斟酌了一下，小心翼翼地问道：“仙尊，弟子听说天池被封，仙尊知道天池因何被封吗？”

紫霄仙尊闻言一怔，神色中竟透出几分茫然。

天池因何被封？

紫霄仙尊失神地坐了下来，看着面前已定输赢的棋局，眉目间一片郁色。半晌，他才冷冷道：“封天池是天帝当年的命令，至于缘由……本尊不知。”

灵飞心里讶异极了，天帝看起来很古怪，而天池被封这么大的事竟然连紫霄仙尊都不知情，这回更加怪了！

她想了想，换了个问题："那仙尊知道，修仙之人需要什么样的实力才可以到达天池吗？"

"你去天池干什么？"紫霄仙尊倏地抬眸，紧紧盯着灵飞的眼睛，眸中冷光直射。

灵飞吓了一跳，急忙躬身回道："弟子不敢，弟子只是听说天池是天河的尽头，因为天河太长，所以一般仙家很难到达天池。所以……弟子有些好奇。"

紫霄仙尊听了灵飞这回答，眉目间的郁色渐渐舒缓。

这小灵狐初得仙符，仙术修炼很快就会有所成就，想以到达天池为目标倒也不是什么难以理解的事情。

于是，紫霄仙尊开口说道："本来，大罗金仙以上的实力便可到达天池，不过由于天池是天帝亲手所封，如今要入天池，首先要破天帝封印。所以，放眼整个天界，就算是天帝本人，也不可能再入天池了。"

啊？

灵飞惊讶无比，不由得追问道："仙尊，弟子不明白，为何天帝的封印连天帝自己都无法解开？"

紫霄仙尊唇角一勾："此事本尊倒不是特别清楚，只听天帝有一回提起，说他也想入天池看看，但发现当年的封印自行生出灵性，天帝也无法破之。"

所以，天池是有古怪的，可惜天帝自己也进不去了。

紫霄仙尊想到这里，抬眸又看了灵飞一眼，心里微微一动：这小灵狐如此关心天池，裂天仙尊又维护这小灵狐，如今天帝又将仙符赐给小灵狐，莫非都与天池封印有关？

随即，紫霄仙尊又觉得自己的想法可笑。

连天帝本人都破不了天池封印，又怎么会寄希望于这只小灵狐呢？她修仙速度再快，也不可能强过天帝吧？

"原来如此，多谢仙尊解惑。"灵飞暗想紫霄仙尊真不错，但不知是不是由于她得到仙符，现在对她的态度似乎一百八十度大转弯，真是好了许多呢！

之后，灵飞便拜别了紫霄仙尊，回自己的茅屋修炼去了。

她要尽快修炼成仙，提高实力，找机会去天池一探究竟。天帝解不开的封印，未必她和沐云流解不开啊！

此刻，天宫之内。

"浑蛋！"天后大发雷霆，将宫殿内的一切摆设全都砸了个稀巴烂。

一干仙女全都低头噤声，大气也不敢喘一口，生怕惹怒了正在气头上的天后，祸及自身。

“你这么对本宫！你就这么对本宫！”天后有些失去了理智，一掌狠狠打入墙内，整个天宫剧烈震颤起来。

桃蕊仙子和苏杏儿闻声赶了过来，进门便见众仙女跪在地上，而殿内一片狼藉，顿时对视了一眼，各有忧心。

“娘娘息怒。”桃蕊仙子上前，打算阻止天后。她语气温柔，带着一股镇定人心的力量。

天后却不领情，抬手准备一巴掌打过去，却在看到苏杏儿那惊惧的眼神时一怔，这一巴掌便没有落下去。

“娘娘。”桃蕊仙子眼中泛过一抹异色，瞥了苏杏儿一眼。

天后放下了手掌，带着疯狂之色的玉颜似乎开始恢复平静。片刻后，她一摆手：“除了阿蕊和杏儿，其他人都给本宫滚出去！”

“是，娘娘。”众仙女求之不得，齐声领命后连忙退了出去。

待众仙女退出去之后，天后才冷冷地瞥了桃蕊仙子和苏杏儿一眼，转身坐在了殿内唯一完好的宝座上。

“那只狐妖，何德何能？”天后一掌拍在扶手上，目光充满怨毒嫉恨，“若不是天帝对她有意，怎会赐她仙符，助她强大？”

什么？苏杏儿听了之后简直不能接受，什么叫作“天帝对灵飞有意”？

灵飞和流王殿下才是一对，好不好？天帝都是有妻子的，怎么可能看上灵飞啊？

“娘娘怕是误会了。”桃蕊仙子眸色微微一闪，出声劝道，“天帝何等身份，那灵飞不过是一只修炼中的狐妖，并未跻身仙班，天帝无论如何也不会对她起意的。”

“那你给本宫解释解释，何以天帝将仙符赐给她？”天后神色暴怒，五官扭曲，“本宫是天帝的结发妻子，天帝对本宫冷漠倒也罢了，可他竟然赐仙符给那个狐妖！”

如果天帝将仙符给自己，她的实力早就可以达到混元大罗金仙的水平了，不会到现在还是大罗金仙。

若非她本身就是神龙，哪里可以令天界那些仙家臣服？结发一场，他就这么对她！她还不如一只来历不明的狐妖！

“娘娘与其生气，不如亲自去问天帝，夫妻之间应该互相信任，我想，天帝此举必定有他的用意。”桃蕊仙子叹道，“可是娘娘，如果去问，一定要心平气和，否则……容易产生争执。”

桃蕊仙子说的是实话，以天后此时此刻这种心情去问，天帝必定懒得理会她，甚至可能会大吵特吵。

本来天帝对天后就冷淡，天帝与天后又在天界分成两派，难以调和。如果因为灵飞被赐仙符一事，夫妻之间的矛盾爆发，只怕会殃及整个天界。

天后冷眸一闪，哼道："问他？他未必肯说！"

"要不，我帮娘娘去问吧。"苏杏儿其实心里也很好奇，到底天帝和天后之间是怎么回事，于是自告奋勇道。

"你？"天后看了苏杏儿一眼，心中的怒气奇迹般平复下来。

杏儿虽是神龙，但未曾修炼成仙，不过好在杏儿与那只狐妖在凡间时有些渊源，或许让杏儿去问，真比她亲自去问要好得多。

如果天帝真的对那只狐妖有意，必定会流露出来，杏儿是旁观者，应该看得比她清楚。

于是，天后点头："好，你去替本宫问问，本宫倒要看看，他能给出什么合理的解释来！"

"是，娘娘。"苏杏儿领命，神色暗喜。

桃蕊仙子在旁感觉到了苏杏儿对天后的莫大影响力，眸中闪过一抹浅浅流光……

苏杏儿去见天帝一事，天后倒是答应了，然而，等到苏杏儿去了天帝所在宝殿才知道，天帝可不好见。

约莫天帝也知道苏杏儿为何而来，直接就让金华上仙告诉苏杏儿，他才是天界之主，他想赏赐谁就赏赐谁，天后管不着。

当金华上仙面带尴尬之色，将天帝的话转告给苏杏儿之后，就保持沉默了。

有关于天帝和天后的矛盾，他们这些仙家向来都是保持缄默的，反正谁也不帮最好。

"那……多谢上仙了。"苏杏儿微微有些失望，她本来还想探探天帝的口风，看看天帝对灵飞到底是什么态度呢。

"杏儿姑娘慢走。"金华上仙暗暗松了口气，这位杏儿姑娘倒是和那桃蕊仙子一样，温文婉约，比天后好相处多了。

苏杏儿吃了闭门羹，离开宝殿后想着也不能就这么回天宫，不然天后肯定要大发雷霆的。

她想到了灵飞。

"之前姐姐还有些受排挤，但现在既有裂天仙尊的保护，又有天帝赐的仙符，姐姐在紫霄灵台应当好过很多了吧。"

苏杏儿觉得她这次去找灵飞，不会再带给灵飞什么伤害了，便向紫霄灵台而去。

苏杏儿畅通无阻地进入紫霄灵台，来到了那些修仙者的茅屋四周。这一次她是人身，自然没有碰坏那些修仙者的茅屋。

当她走进灵飞的茅屋时，就看见灵飞正在打坐修炼。

苏杏儿并未出声打扰，只是静静地站在一旁，等待着灵飞这一轮修炼完毕。

也不知过了多久，灵飞终于轻吐一口气，面带微笑地睁开了一双美眸。

这时候，灵飞才发觉茅屋里不止她一个人，苏杏儿站在门口已经不知道多久了。

她连忙站了起来："杏儿？你什么时候来的？"

苏杏儿笑了笑，走上前去："我刚到一会儿，见姐姐正在修炼，所以就没有出声打扰。"

灵飞闻言便将苏杏儿拉到凳子前坐下，她则随意地在一旁的地上坐下。

"杏儿今天怎么会来？"灵飞问道，但她心里其实猜到了个大概。

苏杏儿现在是天后身边的人，此次天帝赐给她仙符，一定会惹得天后大怒，所以苏杏儿会来找她……多半是为了这件事。

而且，之前日龄上仙已经提点过她了。

苏杏儿并没有隐瞒，皱着眉头说道："姐姐得天帝赐下仙符，天后为此大怒，将宫殿里的东西全都给砸了。她似乎误以为天帝对姐姐有意，我怕她做出什么过激的事情来，所以便自告奋勇去探天帝的口风，结果……"说到这里，苏杏儿无奈一笑，耸了耸肩。

灵飞眨了眨眼："天帝没有见杏儿？"

"嗯。"苏杏儿苦笑，"我不知道怎么回天宫复命，想着姐姐如今荣宠一身，当是不怕与我见面，便来紫霄灵台找姐姐了。"

灵飞想了想，哭笑不得地说道："天后未免也太小心眼了吧，虽然天帝此举是有些出乎意料，但天帝是什么人？他怎么会看上我呢？"

这醋，未免吃得太没道理。

"我何尝不是与姐姐想的一样？可天后很在意天帝，认定了天帝对姐姐有意，我不知如何才能令天后改变这可笑的想法。"苏杏儿叹气道。

"咦？"灵飞闻言，十分疑惑。

天后很在意天帝？这倒令人意外。

"怎么了，姐姐？"苏杏儿不明白她说了哪句话让灵飞露出如此讶然困惑的表情。

灵飞摸了摸下巴，想了一会儿后说道："因为我感觉，天帝和天后之间矛盾很深，并不像是一对夫妻。之前我以为他们对彼此都很淡漠，但现在听你这么一说……似乎只是天帝淡漠而已。"

"这件事，在天界应该不是什么秘密。"苏杏儿不知道灵飞为何会如此讶然，就算天帝不爱天后又如何呢？

灵飞见苏杏儿不懂，便勾唇笑道："你想想看，天帝是何等身份，为什么他明明不爱天后，却娶了天后，而且'相敬如冰'这么多年呢？"

之前她没有深想，以为天帝和天后都不爱彼此，所以猜测与狐仙娘娘相爱的男仙另有其人。但现在苏杏儿的话使她明白天后是深爱天帝的，于是她不禁有推翻之前猜测的想法。

天帝之前是如何对她的？在她起初还是人形时……然而在她变回狐身之后，天帝又是如何对她的？天帝甚至打听起了狐仙娘娘的事情！

等到她画出狐仙娘娘的模样之后，天帝对她态度就骤然变了，甚至赐给她众仙乃至天后都渴望得到的仙符！

再加上紫霄仙尊说的，天池被封之后，天帝曾想进去看看，但那封印竟然自己有了灵性，连天帝都打不开，更无法进入天池。

这一切古怪是不是意味着，天界有一个很大的秘密，甚至可以说——当初有人做了什么事，令整个天界都忘了狐仙娘娘的事情呢？

灵飞这边想得出神，苏杏儿也在绞尽脑汁地想，可她实在想不通天帝娶天后的原因。

"姐姐，我真的想不明白，如果天帝不爱天后，又有什么人有那么大的本事，可以让天帝娶天后为妻？"苏杏儿摇头，一脸困惑。

灵飞神秘一笑："不是什么人有这本事，而是天帝忘了自己所爱之人！"

"忘了？"苏杏儿大为震惊，一下子站了起来。

天帝忘了，那天后呢？

苏杏儿手脚冰凉，她和天后长得那么像……如果天后只是忘了，那她有没有可能，真的是天后的女儿？她感觉有点儿晕眩。

"杏儿，你怎么了？"看苏杏儿颤颤巍巍的模样，灵飞连忙从地上站了起来，上前扶住了她。

苏杏儿定了定神，摇头道："没什么，我只是……只是想到上次姐姐说的话了。"

灵飞怔了怔，扶着苏杏儿坐下之后，蹙眉道："是不是我说你可能是天后女儿的话？"

苏杏儿手指微微一僵，抿了抿唇："嗯。"

"你是觉得，天界很多人都忘了狐仙娘娘的事情，天帝忘了，所以天后也可能忘了？"灵飞看着苏杏儿，眉峰蹙得越来越紧，"于是就连你这个女儿，天后也可能忘了？"

"姐姐……"苏杏儿抚额，她的心乱了。

如果事情真是这样，她该如何自处？

天后就是那个夺取流王殿下仙骨的恶人，而她却可能是天后的女儿……到时候，流王殿下还有姐姐，会继续跟她好下去吗？

撇开这一点不说，流王殿下将来拿回仙骨，必定是要找天后报仇的，那她……岂不会陷入两难的境地？

“别担心，现在我们都只是猜测而已，未必就是真的。”灵飞见苏杏儿心乱如麻，连忙开口安慰她。

苏杏儿苦笑一声：“天帝不会无端给姐姐这般好的恩赐，定是天帝记起了什么，可又不方便去查找真相，便想借姐姐之手，将真相查出来。”

灵飞心头一震，想到天帝追问关于狐仙娘娘的事情，目光微微一闪，倒是真有这可能。

毕竟，天帝进不去那天池，天帝自己早已知晓。

以天帝的城府，必然可以通过一件微小的事情联想到许多，所以苏杏儿这个猜测，绝对有可能是真的！

“不管事实怎样，我们都是好姐妹。”灵飞握住了苏杏儿的手，坚定地说道。

就算苏杏儿是天后的女儿又如何？苏杏儿已经被大仙毁掉了恶念，不可能作恶，她不信苏杏儿就算变成天界公主就会助纣为虐，帮助天后对付她和沐云流。

所以，上一代的恩怨，影响不到下一代。

“姐姐……”苏杏儿眼中迅速闪现出泪花，她很感动，可是……

她长长地叹了口气：“如果我真是天后的女儿，天后又真的害过流王殿下一家人，姐姐认为……流王殿下会放过她吗？”

而她作为天后的女儿，能够袖手旁观吗？仿佛，他们注定是对立的。

她对流王殿下朝思暮想那么多年，便是在为母亲赎罪吧？

恶有恶报，报在了她的身上。

“杏儿，你别瞎想。”灵飞脑中灵光一闪，随即说道，“你想想看，虽然天后很恶毒，但毕竟她没有将谁害死，不是吗？”

苏杏儿一怔，这话中之意莫非是……

“现在天帝活着，沐云流活着，就连狐仙娘娘也还活着，只是被关了起来。如果我们合力救出狐仙娘娘，还沐云流仙骨，让他们一家人团聚，那天后的罪过不就减轻了很多吗？”

灵飞目光炯炯地看着苏杏儿：“我想，如果你这样帮沐云流，他必定会看在你的面子上，放天后一条生路的！”

苏杏儿一听，精神一振。

这话有道理，虽然天后作了恶，但并未到不可挽回的地步，不是吗？

如果她真是天后的女儿，她可以替母赎罪啊！

救出狐仙娘娘，帮流王殿下拿回仙骨，到时候流王殿下就算要报仇，是不是也会看在她做了诸多努力的分上，放天后一条生路呢？

这么一想，苏杏儿心里微微踏实了："嗯，如果真是这样，我一定帮流王殿下救出狐仙娘娘！"

灵飞含笑点头："好。"

苏杏儿没有逗留多久，很快便离开紫霄灵台，回天宫复命去了。

而她并不打算告诉天后实情，一路上都在想着如何跟天后解释天帝赐给灵飞仙符的原因。

第七章 特殊的感觉

苏杏儿走后，灵飞并没有继续修炼，她陷入了沉思。

天帝，到底是不是画中世界那个男人呢？

可惜天帝城府太深，她不敢赌一把，将画中世界的男仙画出来给天帝看。不然，天帝肯定知道那男仙是不是他自己。

但这么做的后果还有另一种可能，那就是——天帝本来就在套她，想知道那个男仙是谁，若那男仙不是天帝，那么她就亲手将沐云流的爹推入火坑了！

灵飞叹了口气，暂时打消了这个念头。

此刻，苏杏儿已经回到了天宫，见到了天后。

“娘娘，天帝并没有见我，但我随后去了紫霄灵台，从灵飞口中问了出来。”

她将一路上想好的解释一五一十地告诉了天后：“原来，天帝召见她之后，问了一些关于裂天仙尊的事，还问她是如何认识裂天仙尊的，待她一一回答之后，天帝考虑了很久，就赐给了她一道仙符。”

苏杏儿思来想去，都只能以裂天仙尊出面救了灵飞为由，解释成天帝赐给灵飞仙符是因为裂天仙尊的关系。

不然的话，其他解释很难令天后相信。

天后皱了皱眉，果然深思起来，片刻后才道：“这裂天仙尊乃堂堂混元大罗金仙，天界三大仙之一，却如此保护一只狐妖，倒也确实令人心生疑窦。”

苏杏儿闻言，暗喜在心。天后看来是有些相信了，搬出裂天仙尊果然是对的！

“杏儿，你之前在凡间可曾见过这裂天仙尊？”天后忽然问道。

苏杏儿立刻摇头：“没有，我连华凌上仙都没见过，听说是无涯子的师父。”

“嗯……”天后点了点头，目光如炬，“这裂天仙尊一直都让华凌上仙出面，不但纵容那狐妖乱世，还挑起凡间朝廷与道派的矛盾，不知他目的何在。”

苏杏儿垂眸，心道那可不是裂天仙尊故意挑起的，而是那幅画里的秘密……

整件事，就是因为狐仙娘娘与上仙相恋，生下流王殿下引出来的。

至于裂天仙尊，苏杏儿想，裂天仙尊应该就是画中世界里“天后”所说，那个曾经收养了流王殿下的大罗金仙。

天后思忖片刻，忽然抬眸看向苏杏儿，说道：“杏儿，你不要去玄天派修炼了。”

“那我去哪儿？”苏杏儿心里一惊，难道……

“去紫霄灵台！”天后冷冷一笑，“他赐仙符给一只狐妖，本宫就要将你放进紫霄灵台，这总不为过吧？他若不答应，就别怪本宫不念夫妻情分！”

说完，天后那精致的五官竟透出一股浓浓的狠绝之色。

苏杏儿看见这样的天后，心里微微一缩，如果这真是她的娘亲……天后的性格未免也太偏执了。

“可是，我进紫霄灵台做什么？”苏杏儿此刻完全弄不懂天后的意图，难道是让她去对付灵飞吗？这是不可能的。

“自然是盯着那只狐妖！”天后冷哼一声，手指叩着扶手，目光阴冷，“本宫倒要看看，那裂天仙尊到底和她有着什么不可告人的秘密！”

天界不是没有出现过妖修仙的例子，天官处有记载，很久以前的确出现过一只狐仙，但后来在战乱中被妖界所灭。

天后唯一疑惑的，便是那裂天仙尊甚少插手天界之事，为何此次却偏偏插手一只狐妖的事情。

她觉得，裂天仙尊和那狐妖之间，一定有着不可告人的秘密！

所以，她要将苏杏儿放入紫霄灵台，让苏杏儿帮她盯着，看看裂天仙尊打算让灵飞做什么。

“是，娘娘。”苏杏儿表面镇定，心中却暗暗高兴。

虽然天后让她去盯着灵飞，但她终于可以去紫霄灵台和灵飞在一起了。

至于天后这边……她自然会想办法应付的。

想到这里，苏杏儿心里一阵愉悦。

随后一段时间，天后不知跟天帝说了什么，天帝修书一封给紫霄灵台，告诉紫霄仙尊——那小神龙苏杏儿即将入紫霄灵台修炼。

紫霄仙尊看到天帝的手谕之后，神色间略有一抹烦躁。

如今天帝刚赐给灵飞一道仙符，天后立刻就将那苏杏儿派到紫霄灵台来，意思再明显不过了。

天帝和天后间的矛盾存在多年，如今都争斗到他紫霄灵台来了，真是不胜其扰！

不过，天帝手谕已发，紫霄仙尊再不愿意也无可奈何，只能告诉前来传送手谕的金华上仙，他会听命接纳小神龙。

只过了几日，苏杏儿便被桃蕊仙子送到了紫霄灵台。

苏杏儿到紫霄灵台的时候，灵飞正在聆听紫霄仙尊的教诲。

“这苏杏儿是天后身边的人，极得天后信任，你与她往来，务必要小心。”紫霄仙尊对于天后此举有着明显的防备心，又怕灵飞单纯善良，斗不过苏杏儿。

灵飞知道紫霄仙尊对苏杏儿有着某种程度的误解，便轻笑道："仙尊不必多虑，其实杏儿一早便被抽走了恶念，所以她是不会害人的。"

紫霄仙尊闻言一怔："这苏杏儿被抽走了恶念？"

"是的，这是华凌上仙亲口对弟子说的，弟子相信华凌上仙不会骗弟子。"灵飞微笑着点头，华凌上仙是裂天仙尊的亲传弟子，紫霄仙尊应当不会怀疑华凌上仙的话才是。

果然，紫霄仙尊沉吟片刻，相信了灵飞的话，但心中对灵飞和沐云流的疑惑越来越大。

到底这几个人之间有什么样的联系？裂天仙尊和华凌上仙把这几个人放在一起，意欲何为？

紫霄仙尊几千年来头一次为一件事困惑，却是想破了脑袋也想不出个所以然来。

"既然如此，本尊便也不再多言，不过，人心险恶，仙心也未必纯善，你如今深受天帝荣宠，盯着你的仙家会很多，凡事还是要小心为上。"紫霄仙尊说道。

"多谢仙尊，弟子谨记仙尊教诲。"灵飞心里感激，恭恭敬敬地躬身领命。

这时候，白乙上仙走了进来，躬身禀道："仙尊，桃蕊仙子送那小神龙来紫霄灵台了，她们有天后令牌，此刻已在殿前，请仙尊示下。"

紫霄仙尊眸色微寒，天后果真是不将他这紫霄灵台放在眼里了！

既是送苏杏儿来拜师，何以又不经通传，直接用令牌闯进紫霄灵台之中？

心中愠怒，但紫霄仙尊面色却依旧淡然冷静，他开口道："让她们进来吧！"

"是，仙尊。"白乙上仙告退，去殿外请桃蕊仙子和苏杏儿进紫霄灵殿。

灵飞看出来紫霄仙尊的不悦，心想苏杏儿应当不会如此无礼，定是那天后故意为之，好给紫霄灵台一个下马威。

果然，待桃蕊仙子和苏杏儿进殿之后，灵飞一眼便看见苏杏儿望向她时眼中的那抹无奈。

只见桃蕊仙子朝紫霄仙尊施礼，语气冷漠地说道："仙尊有礼，我奉天后之命，送杏姐姐来紫霄灵台修炼。此事经由天帝批准，相信仙尊应当知晓才是。"

灵飞看着桃蕊仙子不同于平时的凌厉作风，不禁吃了一惊。

原来，桃蕊仙子也有不温和的一面。

"本尊知晓。"紫霄仙尊微微眯起一双凤眸，唇角一勾，"人已送到，仙子请回。顺便告诉娘娘，本尊定当……好好照顾小神龙。"

桃蕊仙子眸中掠过一抹流光，粉唇轻弯："仙尊似乎话中有话。"

"仙子多心了。"紫霄仙尊瞥了苏杏儿一眼，下一刻本是淡漠的脸色忽然变得有些古怪。

这是紫霄仙尊第一次看见苏杏儿，之前苏杏儿虽然来过紫霄灵台，但没人跟紫霄仙尊说过苏杏儿的长相与天后娘娘如此相似。

紫霄仙尊头一回看到苏杏儿的脸，心弦就微微一颤！

这相似程度……简直似母女啊！

不过……为何他见到这苏杏儿，心里莫名有一丝微妙的感觉？

“仙尊？”桃蕊仙子看见紫霄仙尊一直看着苏杏儿，目光变幻莫测，不禁试探着开口。

紫霄仙尊恍若未闻，依旧看着苏杏儿，心思百转千回。

“仙尊！”桃蕊仙子声音大了些。

紫霄仙尊一震，果然回过神来，却是不悦地看着桃蕊仙子，开口道：“仙子这么大声做什么？本尊没聋。”

灵飞低头闷笑。明明是仙尊自己出神，桃蕊仙子叫了两遍才答应的嘛！

“不知仙尊因何看着杏姐姐出神？我叫了仙尊两遍，仙尊没听到？”桃蕊仙子问道，神色中有一抹探究。

紫霄仙尊淡淡哼了一声：“本尊是见这小神龙长得太像天后娘娘，不禁思考她与天后娘娘的关系罢了。”

“是吗？”桃蕊仙子淡然一笑。

她看向苏杏儿，轻声说道：“往后杏姐姐就要在这里修炼了，虽然此地不比天宫自由，但杏姐姐有天后钦赐令牌，其他人未必敢针对杏姐姐，所以杏姐姐尽管安心修炼就是。”

苏杏儿惴惴不安地望了紫霄仙尊一眼，抿了抿唇，才悄声道：“我知道了，你快回天宫吧。”

桃蕊仙子看着苏杏儿息事宁人的模样，不由得逸出一丝无可奈何的轻叹。但她到底没有再说什么，笑了一下后便伸手拍了拍苏杏儿的手背，转身飘然而去。

桃蕊仙子离开后，苏杏儿便向紫霄仙尊跪了下来。

“仙尊在上，请受弟子一拜。”苏杏儿跪在地上，恭恭敬敬地朝紫霄仙尊磕了三个响头。接着，苏杏儿又从怀中摸出一块令牌，正是方才桃蕊仙子所说天后赐给她的令牌。

“弟子之前听灵儿姐姐说，紫霄灵台有规定，入紫霄灵台不可带私人杂物，灵儿姐姐有一颗传音珠，都交由仙尊保管了。弟子初入紫霄灵台，不敢有例外，所以这块令牌，弟子也暂交仙尊保管。”苏杏儿双手将令牌举过头顶。

灵飞脸上顿时露出笑容，她就说杏儿不会倚仗天后而不尊重紫霄仙尊的嘛！

紫霄仙尊显然被苏杏儿这一招打得措手不及，俗话说伸手不打笑脸人，更何况他本就对苏杏儿有一种莫名的好感。

他沉吟片刻，问道："你是真心的？"

"是，弟子绝无半句虚言。"苏杏儿抬起了头，一双清眸认真无比地望向紫霄仙尊。

紫霄仙尊自诩阅仙无数，此刻自然能够看出，面前这个少女每一个字都是出于真心的。

于是，他淡淡一笑，神色倒是和悦了许多："你有这份心意已经很好，至于这块令牌，本尊相信你不会用它来为非作歹，所以不用交给本尊保管了。"

"可是灵儿姐姐都……"

苏杏儿一句话没说完，紫霄仙尊便瞥了一眼灵飞，打断道："她与你不同，那颗传音珠，是她用来与凡间恋人联络的，本尊若不替她保管，她便会思凡心重，无法专心修仙。"

灵飞赧然，微微低下了头。原来，紫霄仙尊从一开始就看穿了她。

"原来如此。多谢仙尊，弟子定当谨记仙尊教诲。"苏杏儿暗想，若非万不得已，她绝对不会动用这块令牌的。

"嗯。"紫霄仙尊点了点头，伸手招呼苏杏儿到他跟前来，"你过来。"

"是，仙尊。"苏杏儿应了一声，从地上起身，轻移莲步走上了台阶，来到紫霄仙尊面前。

紫霄仙尊抬眸看了苏杏儿一眼，伸出手，一如当初给灵飞打入仙根一样，给苏杏儿种入了一道仙根。

苏杏儿刚感觉到一阵灼热，紫霄仙尊就已经收了手。

"从今往后，你便是紫霄灵台的修仙者了，只要你刻苦修炼，一心向仙，有朝一日自然会修成正果。"紫霄仙尊瞥了一眼灵飞，"往后，灵飞便是你师姐，你有什么不懂的，都可以问她。"

"是，仙尊。"苏杏儿转身，朝灵飞眨眼一笑，鞠躬，"杏儿拜见师姐。"

灵飞心中甚是欢乐，她终于是师姐了！面上却是淡笑着："杏儿免礼。"

"谢师姐。"苏杏儿也看出灵飞心里偷着乐了，不禁暗暗好笑：她本来就是妹妹，不知姐姐此刻在高兴什么。

紫霄仙尊看了看两个"眉来眼去"的姑娘，眸中也泛出一丝笑意。

他挥手道："灵飞，你带你杏儿师妹去见你们的日龄师兄，之后要做什么，相信你都已经清楚了。"

"是，仙尊。"灵飞拱手领命，随后便带苏杏儿离开了紫霄灵殿。

一路上，两个姑娘就窃窃私语起来。

“天后怎么会让你来紫霄灵台呢？之前你不是说你要去玄天派的吗？”灵飞十分好奇。

苏杏儿看四下无人，就悄声告诉灵飞道：“天后让我来盯着姐姐，因为天后怀疑天帝赐给姐姐仙符跟裂天仙尊有关，而裂天仙尊对姐姐甚是照顾，所以天后想知道姐姐和裂天仙尊之间有什么秘密……”

灵飞闻言，有些无语。

天帝会因为裂天仙尊对她好而赐给她仙符？那干吗不直接赐给裂天仙尊呢？

说得好像天帝有多看重裂天仙尊一样，根本八竿子打不着嘛！

“我是第一次见裂天仙尊，能跟他有什么秘密？”灵飞嘟囔了一句。

苏杏儿低声笑道：“最大的秘密，就是流王殿下啊……”

灵飞心里一跳，忙压低声音问道：“杏儿，天后那边还不知道沐云流的事吧？”

“天后好像很不喜欢流王殿下，但恐怕她自己也不清楚为什么。”苏杏儿皱了皱眉，又道，“不过，自从流王殿下在天宫碰见天后一次后，天后的确有下令查过流王殿下的身世。当然了，一无所获。”

灵飞心里微微一跳，这么说来，她之前的猜测是对的——不但天帝忘了有关狐仙娘娘的事，就连天后也不记得了。

似乎，整个天界都不记得狐仙娘娘的事情，也不记得狐仙娘娘曾生下一个天生仙骨的孩子。

难怪这么多年过去了，天界从未派出上仙寻找沐云流，天后也没对沐云流下杀手。

但此刻，灵飞最为高兴的还是听到苏杏儿说沐云流去过天宫，还碰到了天后——是不是她受罚的那次呢？

“杏儿，沐云流是什么时候见到天后的？”灵飞尽管心里已经有八成把握，但还是问了出来。

苏杏儿不假思索地说道：“就是姐姐受罚的时候啊！流王殿下知道他若来紫霄灵台，只会加重姐姐的罪名，所以就去天宫找我帮忙。可是桃蕊仙子说，就算是天后也改变不了紫霄仙尊的决定，所以最后我们就找到了华凌上仙，还好华凌上仙请动了裂天仙尊，不然的话……”

想到灵飞险些被抽走仙根，苏杏儿立刻有些后怕。

天池难进，她已经听桃蕊仙子说了，如今天界无人可进天池，所以要帮流王殿下拿回仙骨，真的需要强大的实力以及机缘呢！

她一直觉得，流王殿下找回仙骨的机缘就是灵飞。也许，只有灵飞才能拿回天池里的仙骨。

“果真是他！”灵飞眼里绽放出一抹璀璨的光芒，瞬间心花怒放，喜形于色。

苏杏儿见灵飞忽然间明艳的脸庞，不禁疑惑道：“难道姐姐不知道是流王殿下吗？”

灵飞闻言，神色渐渐从喜悦激动转为黯然。

说到底，她还是不够信任他啊！

灵飞轻轻叹了口气：“他入天界之后一直没有跟我联络，百草师姐她们用话刺激我，说他已经忘了我。我一时忍不住心中难受，就去了御虚门找他，结果他不见我……我当时真以为他把我忘了，不要我了……”

却不料，他只是为她着想，不愿给她带去麻烦罢了。

“姐姐怎么会这么想？”苏杏儿相当惊讶，“流王殿下对姐姐一片真心，姐姐怎么会……”

“我知道是我不够信任他。”灵飞咬了咬唇，摇头，“经过这次事之后，我已经决定以后无论发生什么事，都会相信他了。”

就算以后他亲口对自己说不要她了，她也会等他。因为，他若那么对她，定是有他的苦衷，他绝对不是真心不要她的。

苏杏儿听见灵飞这样说，便稍稍放下了心：“姐姐能这么想，那就最好不过了。”

不然，流王殿下若是知道姐姐不信任他，一定又会伤心的。

“我们去找日龄师兄吧。”灵飞谨慎地看了看四周，觉得和苏杏儿聊了太多，以防隔墙有耳，她便打住了话题。

“嗯。”苏杏儿点了点头，跟着灵飞往华清殿而去。

一如灵飞当初入紫霄灵台的时候，日龄上仙见到苏杏儿，一如既往地温煦和善，交给苏杏儿法规宝典和修仙宝典，以及一些必备物品后，便让灵飞带苏杏儿去住处了。

灵飞和苏杏儿谢过日龄上仙后离开，不久便到达了修仙者居住的茅屋。

两人刚到，便见百草师姐正跟白乙上仙说着什么，而一看到她们两人，白乙上仙便挥手让百草师姐噤声了。

看见白乙上仙要走，灵飞便走过去含笑打招呼：“白乙上仙怎么不跟百草师姐把话说完呢？不用顾忌我们啊！”

显然，灵飞现在对这两个人没有丝毫好感。被这两个人联手陷害过，险些被抽走仙根，她怎么能不讨厌这两个人呢？

她是狐妖，不是被抽走恶念的苏杏儿，自然不肯轻易原谅这两人。

第八章 百草告密

白乙上仙看了灵飞一眼，面色平静无波，说道：“我已经和你百草师姐说完了，不过是一些修炼任务的事罢了。”

真的是这样吗？

当然不是。

白乙上仙已经知道了天帝赐给灵飞一道仙符的事情，震惊之余立刻前来告知百草，让百草务必不要再招惹灵飞。

只怕现在灵飞有仙符护体，实力已经在百草等修仙者之上。而且再过十多日，灵飞必然会位列仙班，所以，最聪明的做法就是不要再招惹灵飞了。

她将不再是妖，谁也没有办法扭转乾坤了，毕竟她是天帝和裂天仙尊看中的苗子啊！

“哦？”灵飞勾唇一笑，眸色透出一抹清明，“我以为，白乙上仙在跟百草师姐说……以后不要再找我麻烦，因为天帝赐给我一道仙符，惹我没有好果子吃呢！”

白乙上仙心里一突，这小狐狸竟然也不笨！

“灵飞师妹说笑了。”白乙上仙说着便看向苏杏儿，含笑道，“杏儿师妹初到紫霄灵台，若有什么不懂的，可以问我，或者问你百草师姐。”

百草知道苏杏儿是天后身边的红人，又是尊贵的神龙，就立刻上前招呼：“杏儿师妹，我叫百草，她们都叫我百草师姐。”

苏杏儿看了一眼灵飞，见灵飞没什么表示，便只好礼貌地回道：“多谢白乙上仙，多谢百草师姐。”

灵飞勾唇一笑，此刻才将苏杏儿的手一握，挑眉道：“谢他们做什么？谢他们以后用阴谋诡计对付你？”

苏杏儿大约猜到，之前灵飞被紫霄仙尊罚，便是因为面前这个白乙上仙还有百草师姐。

于是，她只是噙着淡笑，不插手几人之间的纷争。

“杏儿，以后离她们远点儿。”灵飞告诫苏杏儿道，丝毫不给白乙上仙和百草面子。

苏杏儿抿唇一笑："是，姐姐。"

一声"姐姐"，令白乙上仙和百草脸色一变！

两人拉拢苏杏儿，不过是认为苏杏儿是天后派来的，和灵飞这个天帝一派必然势不两立！

为防灵飞实力强大后报复，他们才想拉个可以对付灵飞的人，谁料到这苏杏儿竟然称呼灵飞为"姐姐"，那岂不是代表两人关系情同姐妹？

没等两人再说什么，灵飞便拉着苏杏儿从两人面前经过，直接走进茅屋里去了。

白乙上仙表情略有几分扭曲，他恶狠狠地看着灵飞的背影，直到灵飞走进茅屋，才磨着后槽牙冷声道："别得意得太早！天后岂容你这狐狸精存于天界！"

他声音很低，似乎是怕灵飞听见。不过，百草却听得清清楚楚。

百草眼珠一转，她隐约有种感觉，那天后将小神龙送到紫霄灵台来，似乎目的不简单。

但是，为何小神龙又与那狐妖姐妹情深呢？难道说，小神龙对天后阳奉阴违？

百草十分困惑，这可能吗？小神龙可是龙族血脉，而天后是龙族公主啊！小神龙怎会为了一只狐妖背叛天后呢？

她怎么想，也没想明白。

日复一日，年复一年，苏杏儿和灵飞一同修炼，而灵飞由于有天帝所赐仙符在身，早就位列仙班，并且仙术大增，在天界已小有名气，无人敢随意招惹。

而苏杏儿，因为其神龙血脉，修炼本身就比寻常修仙者快许多，所以紧随灵飞步入了天界仙班。

唯有沐云流，他在御虚门安静度日，白日听禅，夜里思念，平静地度过每一天。

一晃，便是几百年过去。

苏杏儿和灵飞依旧姐妹情深，天后虽然屡次召苏杏儿问话，但始终没从苏杏儿口中问出什么。

苏杏儿给的回答也合情合理——因为裂天仙尊再未出现过，而灵飞也的确只见过裂天仙尊一次，所以她压根问不出两者之间的关系。天后心中很是烦闷。

这个时候，天宫迎来一个客人——百草。

百草如今还未成仙，但也快了，而她这次找上天后，竟然是为了苏杏儿！

"听说你要见本宫，是有关于杏儿的事情？"天后一向不见紫霄灵台的仙家，但这次她破例，是因为这个叫百草的姑娘来天宫找她，与身在紫霄灵台的苏杏儿有关。

"是的，天后娘娘。"百草跪在地上，神色恭敬，"百草知道，天后娘娘派神龙仙子去紫霄灵台，是为了一件大事。不过，神龙仙子恐怕有负天后娘娘所托。”

百草的确很聪明，这几百年来，她早已看透，苏杏儿果真是天后派去紫霄灵台执行任务的心腹。因为她注意到，每隔一段时间，苏杏儿就会被桃蕊仙子带去天宫一次。

所以她敢肯定，天后一定交给了苏杏儿什么任务。而她也敢肯定，苏杏儿一定阳奉阴违了。

一个人若为了某种目的和人装姐妹情深，绝对不会像苏杏儿那般一装几百年还没有丝毫破绽。

至少她这个旁观者，从来没看见苏杏儿对灵飞有任何虚假之处。

如今灵飞已然成仙，实力越来越强大，时不时便会呲她几句，以报当年之仇，她相信等灵飞以后出师，离开紫霄灵台之后，会对她更加不客气。

她必须自保，所以她便来见天后，她希望将这件事情告诉天后，然后取代苏杏儿在紫霄灵台的位置。

天后听了百草的话，眸中闪过一丝冷意，语气却依旧淡然：“哦？你从何得知的？”

“是百草自己想到的。”百草笑道，“天后娘娘是玄天派的后盾，如果不是有什么特殊原因，百草认为，天后娘娘会将神龙仙子送进玄天派才对。”

天后顿时散发出腾腾杀气，但瞬间被她压了下来。

她冷冷一笑，往宝座上一靠：“你就为了这件事，来找本宫？”

什么杏儿有负她所托，这微不足道的紫霄灵台修仙者莫非以为，她堂堂天后会相信一个卑贱的修仙者吗？

杏儿可是她龙族的神龙！除她之外，仅剩的神龙血脉！

“天后娘娘，不是百草挑拨离间，而是神龙仙子与灵飞狐仙交情匪浅，入天界几百年来出入形影不离，天界众仙都是有目共睹的。天后娘娘难道认为，神龙仙子真的会完成天后娘娘交代的任务吗？”百草自以为是地说道。

天后的确不笨，能够从百草的话想到一些事。然而，就算苏杏儿阳奉阴违，没有完成她交代的任务，那又如何？

苏杏儿终究是自己人，而百草——不过是一条狗！还是背叛自己师门的狗！

天后心中不屑，唇角一勾：“就算你说的是真的，杏儿负了本宫所托，只顾着与那狐仙交好，那又如何？”

天后倒想看看，这个百草有什么本事，什么心思，敢来天宫见她！

“天后娘娘，百草愿意代替神龙仙子，完成天后娘娘想做的事情！”百草忽然磕头，向天后表达忠心。

天后原本冰冷的神情倏地一怔，半晌才有些意外地挑起了眉："你是说，你愿意代替杏儿替本宫做事？"

这个"做事"，做的明显不是一般的事，而是一些可能对紫霄灵台不利的事情。百草作为紫霄灵台的修仙者，愿意给天后卖命，这倒令她有些意外。

可以说……这百草是千百年来，天界难得出现的一朵"奇葩"。

因为天界规定，修仙者一旦背叛师门被逐，便绝无可能再在天界立足。

事实上百草不是不知道这个规矩，而是她觉得自己还只是修炼者，并未成仙，再加上她投靠的是天后娘娘，怎么着三大派也不敢动她吧？更何况，天后也未必会做什么对紫霄灵台不利的事情不是？顶多，对付对付那只狐妖，或是让自己通风报信什么的。

百草想清楚了，才敢来见天后，只不过她再聪明，也不该在天后面前卖弄。

"是的，天后娘娘。"百草眼神坚定。

天后玩味地勾起了红唇，视线如冰刃一样落在百草那张小巧精致的脸蛋上。

似乎沉默了很长时间，天后才起身，负手走下台阶，一步一步走到百草面前。

"你知不知道，本宫很讨厌那只狐狸？"天后倒不知百草她们欺负灵飞的事情。所以在百草说出来意之后，天后的确动了心。

能养一条在紫霄灵台的走狗，是多么有趣的事情啊！

"百草听说了，不过……神龙仙子有负天后娘娘重托，反而与那狐狸走得很近。"百草倒也聪明，顺着天后的话改了口。

她敏锐地感觉到，即便苏杏儿做了背叛天后的事情，天后也没有想象中那么愤怒，似乎对她很纵容。

"本宫本来没有怀疑，不过……"天后瞥了跪在地上的百草一眼，冷哼一声，"不过你这样一说，本宫倒是觉得，杏儿的确有可能在欺骗本宫，而且一骗就是几百年！"

她让苏杏儿去查灵飞和裂天仙尊之间的秘密，然而几百年过去了，天界只知道神龙仙子与灵飞狐仙情同姐妹，至于她让苏杏儿查的事情……那是一点儿眉目都没有。

"神龙仙子生性善良，又念着在凡间时与那只狐狸的交情，这也是神龙仙子与人为善。只是……耽误了天后娘娘的正事。"百草说道。

所以，天后应该收买她，让她代替苏杏儿去替天后做事。

天后又看了百草一会儿，复而冷声问道："本宫要查的可是裂天仙尊，你敢去查吗？"

百草一惊，心道裂天仙尊一向神龙见首不见尾，虽然和紫霄仙尊是至交好友，但几乎不在紫霄灵台出现，她要如何去查裂天仙尊？

不过，百草随后又想到，裂天仙尊虽然不好查，但裂天仙尊突然出现在紫霄灵台，就是为了救那只狐狸，所以……

天后将苏杏儿送往紫霄灵台修仙，莫非是为了让苏杏儿从灵飞身上下手，查灵飞和裂天仙尊之间的关系？

“难道……天后娘娘认为，那只狐狸知道裂天仙尊的一些事？”百草试探着问道。

天后冷冷一笑：“裂天仙尊贵为天界三大仙之一，除了天帝之外，与本宫、御虚仙主齐名，他几千年不出现一次，就算是天帝寿宴，也无法见到他的人影。然而，他却为了一只狐狸出现，这其中难道没有不为人知的内情？”

百草一想也是，但不知那裂天仙尊为何如此帮助一只狐妖，恐怕除了裂天仙尊和那只狐妖之外，无人得知。

“只要天后娘娘有需要，百草定当竭尽全力，查清裂天仙尊与那只狐狸的关系！”百草拱手，坚定地表明自己的忠心。

从她来到天宫的那一刻，她就知道，要么她说服天后，让天后接纳自己，要么……天后不相信她，将她赶出天宫，那么她就会被紫霄灵台赶出天界。

当然，她坚信，天后十之八九都会接纳她。

因为天后是个聪明人，她一定明白，在紫霄灵台有自己这样一个眼线是一件多么好的事。

百草倒是将天后的心思拿捏得很准，可惜她只猜对了一部分。

只听天后忽然大笑道：“好！好极了！本宫就相信你一次，你且回紫霄灵台，替本宫彻查此事。若你能够查出确切的消息，本宫定当重重有赏，助你早日位列仙班！”

有送上门的狗不用，岂不是比狗还笨？天后心里冷笑着。

“多谢天后娘娘！百草定当不负天后娘娘所托！”百草大喜过望，立刻叩拜谢恩。

然后，百草便离开天宫，回紫霄灵台去了。

桃蕊仙子一直沉默在侧，此刻百草离开之后，她才轻声问道：“娘娘真打算将这个百草收为己用？”

“哼！”天后不屑地冷哼一声，“一条背叛师门的狗而已！本宫多的是仙家可用，收她做什么？”

桃蕊仙子眸色微微一闪，瞬间就明白了天后的意思。

天后不是用百草，而是利用百草——仅仅一字之差，含义却差了十万八千里。

一个是收为己用成为自己人，一个则是利用完了就抛掉。

桃蕊仙子暗暗叹了口气，那百草离开前眼中的狂喜，她此刻还记忆犹新，还真是可悲可叹。

天后靠在椅背上，玉指叩桌，沉默片刻后，她忽然说道："去，给本宫把杏儿叫回来！"

说话间，天后眼神带着一丝冷厉，还有不易察觉的怒意。

桃蕊仙子顿时明白，那百草的话对天后娘娘产生了影响，天后娘娘一定是要责问苏杏儿为何阳奉阴违了。

"娘娘，杏姐姐心地单纯善良，从无害人之心，或许杏姐姐有所隐瞒，但绝对不会做危害娘娘之事的。"桃蕊仙子欠身，替苏杏儿说好话。

天后露出一抹冷到极点的讥讽笑容："阿蕊，你也在天界几千年了，怎么还不明白，天界从无中立之选？"

说着，天后手指叩桌的动作停止，慢慢收拢握拳，冷声说道："杏儿既然为本宫龙族一员，便当与本宫同仇敌忾，无论何时何地何事，都要站在本宫这一边！否则，便是背叛！"

桃蕊仙子听了这话，便抿唇，不作声了。

"还不快去？"天后瞥了桃蕊仙子一眼，神色略有不耐。

"是，娘娘。"桃蕊仙子欠身领命，继而离开天宫，前往紫霄灵台找苏杏儿去了。

须臾，苏杏儿便被桃蕊仙子带离了紫霄灵台。灵飞还像往常一样，笑着与苏杏儿话别。

待苏杏儿到了天宫，桃蕊仙子才快速对她低语了一句："杏姐姐帮灵飞姑娘一事，娘娘很生气，杏姐姐最好有个心理准备。"

说罢，桃蕊仙子便牵着苏杏儿一同走进天后所在的前殿。

苏杏儿一路都有些惊异，怎么天后就知道了？她一直隐瞒得很好啊！

很快，苏杏儿就被桃蕊仙子领到了天后面前。

"杏儿拜见天后。"苏杏儿微微欠身，向天后行礼。

天后冷冷地看着苏杏儿，目光如寒冰般慑人，神色却复杂难辨。

"本宫待你不薄，你我还是同族，按理你当听本宫的话，效忠于本宫。"天后不知盯着苏杏儿看了多久，才缓慢开口，语气里带着浓浓的失望，"然而，你却背叛本宫，帮着一只狐狸精与本宫作对，你良心何在？"

苏杏儿闻言一惊，天后……果然知道了？

知道她这几百年来根本没有调查裂天仙尊和灵飞的事情，反而一直帮灵飞隐瞒了？

苏杏儿不知道天后是怎么知道的，但她看见天后冰冷的面孔，知道事情无法解释，便跪了下来："杏儿知错。"

"知错？"天后闻言震怒，一巴掌狠狠地拍在桌上，"一句知错就可以抵消你带给本宫的失望？一句知错就可以让本宫原谅你伙同外人背叛本宫的恶行？"

苏杏儿身躯微微一抖，好半晌才开口："那么，请天后责罚杏儿吧。"

灵飞说的都是对的，无论天后是不是她的母亲，她都不可以帮天后做任何不该做的事情。

相反，她若有丝毫良心，都该帮天后矫正那偏激的心态，以求将来得到流王殿下的原谅。

天后怒不可遏地站了起来，将一本仙籍狠狠朝苏杏儿砸了过去："你当真以为本宫不敢罚你？"

"砰"的一声，那仙籍坚硬的书角正中苏杏儿额头，那洁白如玉的额头立刻被砸出一个血口子，瞬间血流如注。

"娘娘！"桃蕊仙子大吃一惊，她不是第一次看见天后娘娘发怒，可动怒到亲手打人，还是第一次。

苏杏儿没去管额头上淌下的鲜血，依旧跪在原地。殷红的鲜血顺着她的脸颊缓缓流下，看着有几分触目惊心。

天后似乎也为自己的冲动震惊，而苏杏儿可怜兮兮的模样令她的心莫名其妙地疼了一下。

她十指一握，蹙眉站了起来，准备上前却又忽然停住。

冷冷看了桃蕊仙子一眼，天后语气凉薄如冰："平时一口一个'姐姐'，此刻不知要替她疗伤止血了？"

桃蕊仙子眸色闪了闪，低应了一声"是"，便快步走到苏杏儿面前，用法术替苏杏儿止了血。然后，她掏出洁白手帕，细细将苏杏儿脸上的血擦干净。

"谢谢你。"苏杏儿笑了笑，轻声对桃蕊仙子道谢。

桃蕊仙子摇了摇头："杏姐姐该谢娘娘，娘娘很疼杏姐姐的。"

她跟在娘娘身边这么多年，深知娘娘脾气，如果是别人犯了这样的错，娘娘绝对不会如此轻易饶恕。此刻，娘娘虽是一时气愤砸破了苏杏儿的额头，但娘娘眼中的那一抹心疼，她是看得清清楚楚的。

所以，她心里很清楚，娘娘不是一般地疼爱苏杏儿。

"多谢天后娘娘。"苏杏儿依旧跪在地上，对天后道谢。

不管天后是不是她娘，总归是龙族公主，她身为龙族一员确实应该对天后恭敬有加。当然，那些错事，她依旧不会照做，但她也绝对不会顶撞天后。

天后冷冷地瞥了苏杏儿一眼，冷哼一声："你现在是紫霄灵台的神龙仙子，本宫也管不了你，不过你给本宫记住，若是你敢做背叛本宫的事，本宫决不轻饶！"

桃蕊仙子此刻眼中掠过流光。

苏杏儿不按照天后的吩咐做事，替灵飞隐瞒，实则已是背叛了。天后这般警告苏杏儿，无非是原谅了苏杏儿，但却提醒苏杏儿不能帮着灵飞对付天宫。

那样的背叛，即便天后再疼苏杏儿，也绝对不会轻饶她。

"是，天后娘娘。"苏杏儿低头答应，她听懂了天后的意思，也放下心来。

这么说的话，天后不打算追究她阳奉阴违的事情了，但也提醒了她不可以做有害天后的事。

只不过……她所做的一切，都是为了天后好，她怎么会害天后呢？

"行了，回你的紫霄灵台去吧！"天后蹙了蹙眉，神色不悦，"本宫真是看到你就来气！见过胳膊肘向外拐的，但没见过像你这么向外拐的！"

苏杏儿闻言有些无奈，可也感觉到天后对她那种又气又爱的心理，不禁心中一软。

"杏儿告退，天后娘娘保重。"苏杏儿望了望那张与自己相似的脸，唇角微微一弯，告退了。

苏杏儿离开后，天后显然心情很不好，不耐烦地让桃蕊仙子也退下了。

天后在自己的宫殿里踱来踱去，搞不懂自己的情绪为何会因为一个苏杏儿变得起伏不定。

"她有什么好？"天后喃喃自语，"龙族仙术高强的仙家又不是没有，本宫多的是仙家可用，就算她是神龙，本宫又要仰仗她什么？"

百思不得其解，天后最终想到了苏杏儿那张和她长得相似的脸。

大概……她孤寂了太久，看到苏杏儿的脸之后，就仿佛看到另一个自己，心里觉得踏实了许多吧！

这世上，她不是一个人。

天后最终叹了口气，回床上歇着去了。

第九章 请仙子帮忙

却说桃蕊仙子出了天宫之后，想着天后和苏杏儿之间的一切，心神略有些飘忽不定。

跟了娘娘这么久，若说让她相信，娘娘和苏杏儿之间一点儿关系都没有，她当真不信。

桃蕊仙子坐在自己的房间里，又将从天官处得来的苏杏儿的详细资料看了一遍，然后陷入了沉思。

苏杏儿只有近万年的过往，却是龙族神龙之尊，体内有大仙所下的禁錮，令她无法恢复龙身。

可以说，如果不是因为白彦，苏杏儿的真实身份还要继续隐藏下去。

没有人知道，这凡间还有一条神龙被可怜地禁錮了龙身，一直以凡人的身份生活着。

“杏姐姐八九千年之前到底发生过什么事呢？”桃蕊仙子看着手中的资料，心中困惑。

桃蕊仙子在房间坐了许久，凝神思考。终于，她眼中掠过一抹幽光，收拾好面前关于苏杏儿的资料，起身朝外走去。

也许御虚门那一位流王殿下，会给她一个答案。

御虚门，沐云流刚从御虚仙主处听完禅离开，他本打算回自己的房间，却见御虚门一名上仙朝自己走来。

两人点头致意。

随后，上仙说道：“天宫的桃蕊仙子来了，她想见你，你可要见她？”

桃蕊仙子？

沐云流想到上一次灵飞受罚时，桃蕊仙子曾帮忙想办法，让他和苏杏儿少走了很多弯路，于是便点了一下头：“好。”

上仙便含笑点头：“那我去告诉她，让她到你房间找你。”

“有劳了。”沐云流眸色温润，看着上仙离去。

经过这几百年的沉淀，沐云流早已不是那个冰冷的凡间王爷，浑身上下除了那股王者之气依然令人仰视之外，还多了几分沉稳内敛。

那上仙很快将桃蕊仙子带来沐云流所住之处，桃蕊仙子进来后打量四周，便知这偌大的清静院子，只有沐云流一人居住——倒是不错的待遇。

“仙子请，我先告辞了。”那上仙是个明白人，知桃蕊仙子过来绝对不会只是探望，必然有事相商，便识趣地告辞了。

“有劳上仙，慢走。”桃蕊仙子礼貌地回道，待那上仙离开院落后才转身，进入沐云流的房间。

一道轻风抚过，房门在桃蕊仙子身后缓缓关上。

沐云流看着桃蕊仙子不请自坐在自己面前，菱唇一勾：“看来，仙子是有话要问我？”

桃蕊仙子轻柔一笑：“你倒是个聪明人。”

说着，她点了点头：“我是有一事很困惑，想请你替我解惑。”

沐云流心里转了几回，回道：“仙子请说，至于我能不能回答，便看仙子问的是什么事了。”

“谢谢。”桃蕊仙子微微一笑，随后便说出了自己的困惑，“自打杏姐姐入天界之后，我时常注意着娘娘的情绪变化。我可以确定娘娘对杏姐姐以往的事情毫不知情，但我也看出，娘娘对杏姐姐有一种不自觉的关心和爱护。”

沐云流听在耳里，心中转过了无数念头。

事实上，他并不能确定苏杏儿和天后的关系，直到他见到天后，才隐约有了一种怀疑。

看来桃蕊仙子也有所怀疑了，这才想从他这里求证。

“我想知道，娘娘和杏姐姐之间，是否有某种血缘关系？”桃蕊仙子看着沐云流，朱唇勾起一抹弧度，“如果你愿意告诉我，我想，以后或许还有我能帮得上忙的地方。”

沐云流注视着桃蕊仙子，心里很清楚如果桃蕊仙子能站在他们这一边，对于灵飞将来去天池将会是多么大的帮助。

至于天后和苏杏儿的关系……并非什么顶级秘密，告诉桃蕊仙子，对全局没有影响。

就算桃蕊仙子知道苏杏儿可能是天后的女儿，也不可能去对付苏杏儿这个神龙仙子，龙族之中除了天后之外唯一的神龙血脉。

所以，哪怕她不是天后的女儿，桃蕊仙子也永远不可能取代苏杏儿在天后心中的位置。

想到这些，沐云流唇角浮现出一抹笑意：“关于此事，我倒没有确凿的证据，只不过……我早有怀疑，天帝与天后之间曾发生过什么，但天后似乎将其遗忘了。所以杏儿为神龙一事在天界没有记载，天后也不知苏杏儿是被哪位大仙下了禁锢。”

桃蕊仙子眼中流光一掠，秀眉轻蹙：“你的意思是说，天后本该认得杏姐姐的，可因为天后有一部分记忆不在了，便不认得了？”

何止是忘了苏杏儿，连他这个她亲手所害的人不也忘了？

沐云流心中冷笑，面上却不动声色地说道：“目前看来，只有这一个解释。不然，天下没有神韵如此相像的两个人，而杏儿之前的事情也不可能无缘无故被抹掉。”

桃蕊仙子目光泛起一抹异样，如果天后本来认得苏杏儿，那么也就是说，两者之间真的有血缘关系？是姐妹，还是母女？

“如果我没猜错的话，杏儿应该是天后的女儿，所以她才会是龙族之中除了天后之外，唯一的神龙血脉。”沐云流看着桃蕊仙子深思的表情说道。

桃蕊仙子神色一震，半晌才说道：“如果杏姐姐真是娘娘的亲生女儿，又有谁有那么大的本事，可以令娘娘忘却亲生女儿，还将堂堂天界公主贬下凡间？”

天帝？这不可能！

即便天帝真的厌恶天后到了这种地步，也只会对天后下手，而不会动自己的女儿吧？虎毒还不食子呢，天帝不可能绝情至此。

“可能其中有什么不为人知的内情。”沐云流泰然自若地倒了两杯茶，一杯送至桃蕊仙子面前，一杯自己端在了手中，低头闻着那沁人的茶香。

桃蕊仙子眉头紧蹙：“如果杏姐姐真是娘娘的亲生女儿，那我应该告诉娘娘才对，不然，日后娘娘发怒伤了杏姐姐，岂不是会破坏母女间的感情？”

沐云流闻言，心中一动，问道：“天后是否伤害了杏儿？”

桃蕊仙子抿了抿唇，想了想后才委婉地说道：“娘娘并没有伤害杏姐姐，只是言语激烈了些而已。”

那一砸，也不能算是刻意的伤害，而是气愤冲动一时失手。

沐云流看见桃蕊仙子的表情，知她有所隐瞒，但也绝对没出什么大事，便没有再追问下去。

他略一思索后，说道：“我所知道的，都已经告诉仙子了，不知仙子可否也帮我一个忙？”

桃蕊仙子面色一哂，柔柔勾起唇瓣：“你倒是爽快直接之人，这么快便向我提要求了。”

“仙子冰雪聪慧，我又何须惺惺作态？”沐云流挑眉，他这些年也听了不少桃蕊仙子的事迹，知她手腕过人，绝对不是个容易糊弄的女子。

桃蕊仙子闻言便笑了：“没人不喜欢听好话，我也一样。既然你有事相托，便直说好了。”

沐云流点头，直截了当地说道：“我想让仙子帮我暗中调查有关当年天界第一位狐仙的事情。”

狐仙？

桃蕊仙子心中惊异，他查狐仙的事情做什么？

仿佛看出桃蕊仙子的疑惑，沐云流云淡风轻地一笑：“灵儿幼年时曾遇到一位仙人，得这位仙人帮助，将她身上的妖气除去，想必此事，仙子应当知晓。”

桃蕊仙子颔首：“是，此事我知情。”

“既然灵儿幼年时遇到过她，这位狐仙应当还存在于天地之间，但我入天界之后发现，天界并无这位狐仙的详细记载，甚至听说她已经死于当年妖界与天界的大战之中。”沐云流目光沉沉地看着桃蕊仙子，唇角略撇，“仙子不觉得此事透着古怪吗？”

桃蕊仙子深以为然，点了点头。不过，她有另一个疑惑。

“灵飞狐仙幼年遇到仙人不假，然而灵飞狐仙并未看清她的样貌，你又怎知灵飞狐仙遇上的就是那第一位狐仙呢？”桃蕊仙子挑眉。

沐云流漆黑如墨的凤眸里闪过一抹笑意：“难道天书里没有记载，我与灵儿曾到西岳国，遇到那西岳公主，并从西岳公主手中得到一颗名为沌天神珠的上古神器？”

桃蕊仙子这下子坐了起来，天书里是有记载，但并未有更多消息，此刻沐云流一提，她忽然想到，当年那可避雷劫的四大上古神器可全都在这位狐仙手里啊！

“你的意思是，西岳公主跌入山洞得仙人赐沌天神珠，遇到的便是那位狐仙？”桃蕊仙子红唇微抿，心中掠过深深的惊疑。

“不错。”沐云流点头，“目前为止，我只想到这一个解释。上了天界之后，我就更加确定我的怀疑没有错，可能一切的源头，都在这位狐仙身上。”

桃蕊仙子眉头微微一蹙：“所以你让我去查这位狐仙？可是，这跟你又有什么关系？”

沐云流轻笑一声，眸光坦然：“灵儿的事就是我的事，既然灵儿那么想知道狐仙到底是生是死，我自然要帮她了。”

真的只是这样吗？

桃蕊仙子看着眼前这俊美无双的男子，心中微微一哂：倒也是，她和他都算不上朋友，他又怎么会将真话告诉她呢？

“好，既然你告诉了我你知道的，那么作为交换，我会帮你查一下这位狐仙的事情。”桃蕊仙子不再追问，答应了沐云流的请求。

沐云流没有立刻道谢，而是神色凝重地补充道："仙子肯帮忙固然是好，但若不能暗中进行，那么仙子不帮也罢。"

桃蕊仙子一怔，暗地里查，还不能让人知道？包括天后在内？

"你不觉得强人所难了吗？"桃蕊仙子微微笑着，眸子里看不出喜怒，但语气明显有一丝不悦。

沐云流勾唇一笑："仙子可以不帮。"

这么一桩事，不过是沐云流用来试探桃蕊仙子的罢了。他真正的目的怎么会是让桃蕊仙子去查狐仙娘娘？他不过是要看看，桃蕊仙子的嘴有多紧而已。

桃蕊仙子怔了一下，这才发现沐云流是傲到骨子里的。

许久之后，桃蕊仙子才抿了抿红唇，开口道："既然我答应了帮你，你的要求我会做到。你可以放心，这件事情我会查，查不查得出结果是一回事，但我可以保证不会有第二个人知道这件事。"

桃蕊仙子的心思不可谓不明，她已经隐约感觉到沐云流让她查狐仙的真正原因了。所以，她做出了保证。

"合作愉快。"沐云流并未道谢，只含笑说道。

桃蕊仙子再次轻轻抿了抿红唇，随后淡笑起身："合作愉快，告辞。"

"仙子慢走。"沐云流将桃蕊仙子送到院门口，便止了步。他看着桃蕊仙子离开的背影，眸中掠过一丝浅浅流光。

如果这个桃蕊仙子真能帮上忙，倒不失为灵儿的一个好帮手。

却说桃蕊仙子从御虚门回到天宫，待在自己房间里左思右想，最终还是抵不过对这一连串事件的探究之心，前往了华凌上仙处。

"华凌上仙，我见过沐云流，他对我说了一些事，如今我想跟裂天仙尊谈一谈，不知华凌上仙可否为我通传一声？"桃蕊仙子知道裂天仙尊神龙见首不见尾，只有华凌上仙才能够找到裂天仙尊。因为，华凌上仙是裂天仙尊唯一的徒儿。

"仙子想见我师父？"华凌上仙闻言神色微微一动，不禁暗忖流王殿下跟桃蕊仙子说了什么，使得这位仙子想见他师父裂天仙尊。

难不成她猜到了什么？

"是的。"桃蕊仙子颔首，眸中精光一闪，"华凌上仙应该知道，我若想找一个人，那是绝对找得到的。所以华凌上仙若想找什么人……"

后面的话，桃蕊仙子便不说了。

她是有所猜测，但不见得她猜得就准，所以说话说一半，留下来没说的让对方自己领会，效果比全说出来要好上百倍。

果然，华凌上仙眸中掠过一抹流光。

片刻后，华凌上仙轻笑一声："好，仙子在此稍等片刻，我去为仙子通传一声，至于师父见不见仙子，那可就不在我的能力范围之内了。"

"只要华凌上仙为我通传，相信裂天仙尊会愿意见我的。"桃蕊仙子见着华凌上仙的反应，心中便有了把握。

他们，果然是想找人。

至于找谁，她也已经有了猜测，可到底对不对，还得由裂天仙尊给她答案。

"仙子在此稍候。"华凌上仙一笑后飘然远去。

桃蕊仙子便在石凳上坐下，静心等候华凌上仙归来。

华凌上仙来到裂天仙尊修炼之处，却见裂天仙尊已经在门口等候。

"师父，天后身边的桃蕊仙子来找徒儿，说想与师父谈一谈。"华凌上仙恭敬禀道，"她还说，流王殿下与她说了一些事，又说她若想找什么人，定能找到，不知她是否意有所指。"

裂天仙尊笑了笑："倒是个聪明的仙子。"

"那师父可要见她？"华凌上仙请示道。

"怎能不见？"裂天仙尊似笑非笑地说道，"她不是说了，她若想找一个人，无论如何都会找到吗？"

"是，师父。"华凌上仙正要转身，却听他师父裂天仙尊说道，"不用去请她了，我跟你过去见她便可。"

华凌上仙怔了一下，桃蕊仙子有这么重要？不过，他很快回过神来，领命："是，师父。"

随后，裂天仙尊便与华凌上仙一同去到华凌上仙的居住之所，见到了等候在院中的桃蕊仙子。

"参见裂天仙尊。"桃蕊仙子一见裂天仙尊亲自前来，连忙起身，快步走上前行礼。

"仙子免礼，里边说话。"裂天仙尊抬手，散出一道仙气，扶起了桃蕊仙子，随后，他朝内殿走去。

桃蕊仙子和华凌上仙自然都跟着进去，而两者很快就发现，他们身后出现了一道若有似无的结界。

看来，裂天仙尊已经知道她的来意了，桃蕊仙子暗暗想着，不然裂天仙尊不会特地设一道结界，与外隔绝。

很快，三仙进入内殿，各自落座。

"听华凌说，仙子找我是想谈一些事，还跟御虚门那沐云流有关，是不是？"裂天仙尊首先开口，直入主题。

桃蕊仙子便也不再迟疑，回道："从杏姐姐入天界，接着灵飞狐仙入天界，再接着沐云流入天界之后，我心中产生诸多疑惑。如今，在沐云流那儿已经找到一些答案，但我知道对整件事最为清楚的就是裂天仙尊，所以我才来见您。"

裂天仙尊淡淡一笑："仙子想问什么？"

"我想知道，当年究竟发生了什么事，会令天后连杏姐姐都不记得了，又令整个天界对那位狐仙的事迹一无所知。"桃蕊仙子轻声问道。

这个问题很厉害，恐怕裂天仙尊解释起来的话，围绕沐云流、灵飞以及苏杏儿的所有谜题都会解开。

裂天仙尊显然不会回答桃蕊仙子，只笑道："当年的事情，如果连天帝天后都不知道，我又怎么会知道呢？"

对于裂天仙尊这个回答，桃蕊仙子明显不信。不过，她也知道裂天仙尊既然装傻，那就不会告诉她真相。

于是，她抿了抿唇，换了个方式问道："好，那裂天仙尊只需告诉我一件事就行了，那位狐仙，可有什么贴身之物留下来？"

既然从别人口中问不出来，那她就亲自见见这位狐仙！

当年的事情，没有谁比这位狐仙更加清楚。而沐云流肯定这位狐仙还活着，只要还活着，她就能够找到。

华凌上仙闻言，微微吃了一惊，不禁看向裂天仙尊，心里暗道：早就听说桃蕊仙子的桃蕊仙阵很是厉害，难道桃蕊仙子想通过此法找到狐仙娘娘？

裂天仙尊似乎早已猜到桃蕊仙子的来意，闻言倒没有什么讶异神色，只说道："我知道仙子自创桃蕊仙阵，可通过贴身之物上留下的气息找到其主人。不过，那位狐仙消失已有近万年之久，就算有什么贴身之物留下来，只怕气息也早已消失殆尽了。"

桃蕊仙子闻言，眉头微蹙：这的确是个难题，来之前她想过，只是有些侥幸心理。若是由裂天仙尊这样的大人物保存……那气息可能会封存在结界之中，未必会消失。

"其实，这位狐仙出身狐族，如果说她有什么东西留下，仙子去狐族，应该更容易找到。"裂天仙尊语带暗示地说道。

桃蕊仙子神色一凝，狐族？

不错，那位狐仙是狐族一员，如果说出生时有什么头发之类的被保存下来，她都可以通过这些找到狐仙所在。

她抬眸望了裂天仙尊一眼，片刻后轻笑一声："裂天仙尊其实也想知道这位狐仙的下落吧？"

裂天仙尊唇角轻勾：“仙子多虑了，我只是想帮仙子而已。”

桃蕊仙子闻言，心中冷笑，但也不戳穿裂天仙尊，起身告辞：“我这就前去狐族一趟，望裂天仙尊对今日之事保密。”

“仙子放心。”裂天仙尊颔首，抬手解了结界。

随后，桃蕊仙子便飘然远去。

华凌上仙待桃蕊仙子走远之后，才有些担忧地看着师父，问道：“师父，这桃蕊仙子可是天后的人，师父为何让她去找狐仙娘娘？”

如果桃蕊仙子真的找到了狐仙娘娘，告诉了天后，那不是麻烦了吗？

第十章 下凡求证

面对华凌上仙的担忧，裂天仙尊只是淡淡说道：“凡事自有天定，她虽是天后的人，但未必就不会倒戈。”

华凌上仙一怔，师父的意思是……桃蕊仙子会倒戈？

华凌上仙没有再问，他相信师父既然这么说，必定是有把握的。

此刻，桃蕊仙子已经来到了狐族之地。

狐族族长看见前来的是一个绝美清傲的陌生女仙时，心里便微微诧异了。

“你找我有何贵干？”狐族族长站在山门口，警惕地看着桃蕊仙子。

桃蕊仙子拱手：“我是为你们狐族第一任狐仙娘娘而来，裂天仙尊指引我到此，寻第一任狐仙娘娘贴身之物，不知你手上可有？”

裂天仙尊？

狐族族长眼里闪过一抹异色，他盯着桃蕊仙子看了片刻，仍是谨慎地问道：“你要她的贴身之物有何用处？”

桃蕊仙子沉吟片刻，实话实说道：“我自创仙阵，可通过狐仙娘娘的贴身之物，寻到她的所在之处。不过，必须要这贴身之物上还存有她的气息。”

狐族族长的神色瞬间凝重了。

这个天界的仙子可以找到他师妹的下落？

且不论是真是假，至少她是裂天仙尊指引而来的，想必，不会是天后的人。

再说了，若是天后派来的，要找他师妹做什么？天后比谁都清楚他师妹是什么困境！

于是，狐族族长淡淡地说了句：“要贴身之物没有，但她的头发，却是有一绺。”说着，狐族族长便从怀中掏出一个香囊来。

此刻，他将香囊当着桃蕊仙子的面打开，小心翼翼地从香囊之中拿出一绺用红绳捆住的女子发丝。

“这，就是她的头发。”狐族族长看着桃蕊仙子，慢慢将那绺青丝递了出去。

桃蕊仙子心中惊讶，想不到竟还有那位狐仙的头发留着，这不是更好找了吗？

她接过那绺青丝，攥在手中，看了似有不舍的狐族族长一眼，说道：“这第一任狐仙和现在天界的灵飞狐仙是什么关系？”

狐族族长并不知道灵飞得天帝仙符的事，乍一听灵飞已经成仙，不禁吃了一惊。

灵飞上天界才几百年的时间，怎么就成仙了？

“这到底怎么回事？”狐族族长一脸诧异。

桃蕊仙子倒也没有任何不耐之色，解释道：“几百年前，天帝召见过她，还赐给她一道仙符，所以她的修仙速度异于一般修仙者。”

狐族族长闻言更是震惊了，天帝赐给灵飞一道仙符？

不用桃蕊仙子说，他也知道仙符意味着什么，因为当年……他的师妹，便是有了这仙符，才得以成仙的。

历史，难道在重演？

如今灵飞也得到了仙符，成为狐族第二位狐仙，而她的命运，会不会和他师妹一样呢？

狐族族长呆愣了半晌，终于冷静下来。

他看着桃蕊仙子，说道：“你是裂天仙尊派来的，我相信你，所以将她的这绺头发交给你，希望你能找到她的下落。”

最好……是救出她。

桃蕊仙子从狐族族长手中拿到了第一任狐仙的头发，随即赶回了天界。

刚走进天宫，桃蕊仙子就遇到了一名小仙，小仙紧张兮兮地告诉她，天后娘娘又发脾气了，因为不见她的人影。

桃蕊仙子连忙将那绺头发收进怀里，随后赶往天后的宝殿。

“你去哪儿了？本宫派人到处找都找不到你！”天后一见桃蕊仙子走进来，立刻用冰冷慑人的视线锁定桃蕊仙子。

苏杏儿背叛的行为，让天后心里有了几分不踏实，以至于她都开始怀疑桃蕊仙子也在背叛她了。

会不会，天帝赐给那狐妖一道仙符之后，这些仙家都认为天帝不将她这个天后放在眼里，慢慢决定投靠天帝了？

这个想法，让天后犹如芒刺在背，心里如针在扎。

“回娘娘，我去了一趟御虚门，然后便去见华凌上仙了。”桃蕊仙子面色如常，轻声回道。

天后水眸一眯，倒是没有骗她，她的确从其他仙家口中得知，桃蕊出天宫后便去了御虚门，接着又去了华凌上仙住处，待了约莫一炷香的时间才离开。

不过，她随后又得知，桃蕊见了华凌上仙后便下了界。

好端端的，桃蕊下界做什么？

“然后呢？”天后不动声色地问道，视线冰冷如雪。

“然后，我便下界去见了狼王。”桃蕊仙子垂眸，似有几分忐忑的模样。

狼王？

天后猛然想起来，苏杏儿就是被那狼王所害，顿时怒不可遏，猛一拍桌喝道：“桃蕊你好大的胆子！是不是杏儿让你去找那该死的狼妖的？你竟敢背着本宫下界！”

桃蕊仙子轻叹一声，一提裙摆，跪了下来：“娘娘恕罪，我自知有罪，不过，此事与杏姐姐无关。并不是杏姐姐让我去找狼王的，娘娘切莫误会了杏姐姐。”

“不是杏儿？哼！你当本宫傻吗？若不是为了杏儿，你怎会私自下凡找那狼王？”天后神色冰冷。

桃蕊一向与杏儿亲近，如果她们两个联合起来背叛她，她决不宽恕她们！

“娘娘容禀。”桃蕊仙子抿了抿唇，认真地看着天后，轻声解释道，“其实，是我见杏姐姐帮着那灵飞狐仙欺瞒娘娘，所以便想替娘娘查出，那灵飞狐仙到底和裂天仙尊是什么关系。”

天后闻言，倒是一怔，桃蕊是为了替她查灵飞和裂天仙尊的关系？

只听桃蕊仙子继续说道：“我思前想后，觉得御虚门那沐云流定知道其中秘密，于是便前往御虚门。谁知道，那沐云流十分狡猾，我一个字都没有套出来。所以，我只好又去找了华凌上仙。”

天后“哼”了一声，那个沐云流她第一次见就十分讨厌，甚至可以说是憎恨，一看就是个城府深的，怎么可能轻易从他嘴里套出话？

“你从华凌上仙那儿又知道什么了？”天后面色稍霁，但依旧不悦。

桃蕊仙子淡淡一笑：“我告诉华凌上仙，沐云流已经透露灵飞狐仙与裂天仙尊有很大的关联，华凌上仙自然认为我在撒谎，还说沐云流不可能知道那个秘密。”

秘密？天后闻言惊了惊，难不成这群人真在谋划什么？

那狐妖入紫霄灵台，还有那凡间王爷入御虚门，都不是巧合而是蓄意安排？

可他们到底有什么秘密？

“我突然想到，狼王和灵飞幼年便相识，而且对杏姐姐一往情深，我便寻思着，从他口中套话应该很容易。”桃蕊仙子目光微微一闪，“所以，我便下界去找狼王了。”

天后此刻兴趣已经完全被提起，虽然她很讨厌沐云流，也很讨厌那狼王白彦，但她还是想知道，桃蕊仙子究竟查到了什么。

“他怎么说的？”天后追问道。

桃蕊仙子轻叹一声，摇了摇头：“我没能见到狼王，不过，我见到了狐族的族长。我告诉他，我是灵飞狐仙在天界的朋友，而且灵飞现如今已经成仙。他听了很高兴，而我也成功从他嘴里套到了一个天大的秘密……”

“什么秘密？”天后迫不及待地问道，“快说！”

桃蕊仙子抿了抿唇，不紧不慢地说道：“娘娘，那狐族族长说，天界曾经有一位神龙公主，不过出生后便被一位大仙带走了，成了一介凡人。”

什么？天后一下子站了起来。

因为桃蕊仙子这个所谓的“秘密”，很容易让人联想到苏杏儿身上。

她是神龙，还被大仙下了禁锢，被贬下了凡间，当了近万年的凡人，直到狼王妖气侵入她体内，她才得以回到天界，恢复神龙之身。

但是，她怎么又是神龙公主了呢？

“不可能！”天后声音微颤，“龙族只有本宫一个公主，本宫没有其他姐妹！”

桃蕊仙子眸光微微一闪，片刻后，语气略有些复杂地说道：“娘娘，如果这位神龙公主，就是娘娘所生呢？”

轰！

天后脑子里如劈进了一道惊雷，炸得她耳边直响。

胡说……简直胡说八道啊！

她堂堂天后，如果生了一个孩子，她怎么会不记得？

“娘娘，杏姐姐真的和娘娘长得太过相像，我一开始便有所怀疑，只是我陪伴了娘娘这么久，所以无法确定。直到我确定杏姐姐万年前的记录没有了，而娘娘又对杏姐姐疼爱有加，仿佛从骨子里生出的亲情一般，我才有了这个大胆的想法。”桃蕊仙子柔声说道。

天后心里依旧很震惊，脑子里一片混乱。

然而，桃蕊仙子那听似荒诞不经的说法，却让她心里犹如被一阵甘霖淋过。

她可能……有一个亲生女儿？

天后与天帝一样，都有过一些梦境，也有过对记忆的怀疑。

只不过，天后太过专注在权势上，她很少去想那些梦境，更没有去查证记忆中某些空白。

直到苏杏儿出现，唤醒了她心里久违的情感，她情不自禁地想对苏杏儿好，还容忍了苏杏儿背叛的行为，再加上桃蕊仙子这一番话，令她犹如醍醐灌顶！

难道，她真的有一个女儿，但是她的记忆出了问题，所以她忘了？

天后愣了许久，才忽然厉声道：“陪本宫下界一趟！”

桃蕊仙子一愣，随即明白过来，应声道：“是，娘娘。”

神仙不生病，也无老病死。只有凡间，才有所谓的神医。

天后要下界，定然是为了找一个神医替她诊脉。

这少女与妇人的脉象，是截然不同的。

有一种苦，叫作为人妻者，却从洞房花烛夜便开始独守空房。

天后起初怨过，恨过，但到了后来，她便冷静了。

丈夫不爱她，但也不爱其他女人啊！

也许，丈夫是帝王之尊，天生冷情而已。

于是她便泰然当着她的天后，守着她的空房，同时扩张着龙族的势力。

然而现在她忽然发现，也许一切都不似表面上看来这般平静，她便愤怒了——是谁？是谁篡改了她的记忆？若被她揪出来，她一定要让他付出惨痛的代价！

天后怀着这样的心情，和桃蕊仙子一同以面纱遮面下到凡间。

“主子，天官处记载的神医世家，便是这一家。”桃蕊仙子到了凡间自然改口。

这里并非西岳境内，也非太平王朝的地盘，而是两国交界之处，地理位置十分特殊。

天后冷声道：“进去。”

“是，主子。”桃蕊仙子便扶着天后朝面前的山庄走去。

刚走到门口，两人被拦了下来。

“神医山庄不得随意进入，两位姑娘请留步。”守卫还算客气，见是两位蒙面的年轻姑娘，语气便和缓了很多。

桃蕊仙子轻笑道：“这位是我家夫人，我家夫人想请贵庄庄主把个脉，若能有结果，必有重谢。”

守卫摇头：“抱歉，我家庄主这几日闭关不出，两位来得不巧，还是过几日再来吧。”

天后冷笑一声：“你们庄主算什么东西？能让本……本夫人改日再来？”

此时此刻天后似乎忘了，她下了凡间，隐藏着身份，便不再是天界天后了。既然如此，又怎能怪别人不给她面子呢？

果然，那守卫瞬间冷了脸，斥道：“我是见你们两个妇道人家，这才好言好语，你别不识抬举！若再敢放肆，别怪我不客气！”

“本夫人倒要看看，你如何个不客气法！”天后上前一步，手腕一抬，大有出手的架势。

桃蕊仙子一看不好，忙上前劝阻道：“主子，我们是来求医的，若是事情闹大了，对我们来说也麻烦，主子就让我来处理这件事，好不好？”

桃蕊仙子所说的“麻烦”，自然是惊动其他仙家了。

天后沉着脸瞥了桃蕊仙子一眼，冷哼一声，转头走到一边，不理会了。

桃蕊仙子心中暗暗叹了口气，这才上前摘了面纱，露出姣美的容颜，冲那瞬间看呆了的守卫轻笑道：“这位大哥，我家夫人心情不好，请你莫要生气。我家夫人真的很急，想见贵庄庄主一面，还请这位大哥通融通融。这是我家夫人一点儿心意，还望笑纳。”说着，一袋早已准备好的银子便递到了守卫面前。

本来，以天后和桃蕊仙子的能力，随便闯入山庄不在话下。

可是，这个神医山庄的庄主性情十分古怪，如果强迫他，他就算诊了脉，也会胡乱说上一通。

那守卫来不及接桃蕊仙子递过去的银子，就猛地大叫起来：“是你！你就是庄主朝思暮想的那个天仙姑娘！”

一句话喊完，守卫立马飞奔入山庄内，大叫道：“庄主！庄主！画中仙子来我们山庄了！画中仙子来我们山庄了……”

桃蕊仙子怔然，那些话一字不漏地入了她的耳中，令她微微蹙起了秀眉。

难道是上次她下凡接苏杏儿时，被这个神医山庄的庄主看见了，还作了画？还是说，世间也有和她长得一模一样的女子？

不过，好歹是能进神医山庄了。

桃蕊仙子想到这里，便扶了天后，一步步走了进去。

门口已无守卫，桃蕊仙子和天后一路通行无阻。

而两人只走进去一段路，便见一个神色急切的俊雅公子跟着方才那名守卫往这边快步走来。

那俊雅公子一见已经摘掉面纱的桃蕊仙子，立刻两眼放光。

“真的……真的是你，姑娘！”俊雅公子三步并作两步，冲到桃蕊仙子面前，一张俊脸通红，但佳人就在面前，他却不再敢越雷池半步。

虽然这个人没有什么无礼的举动，可桃蕊仙子还是皱了眉。

“我家夫人想见贵庄庄主，不知道……”桃蕊仙子一句话没说完，俊雅公子脸上立刻露出一抹赧然。

旁边守卫快人快语地说道：“姑娘！这位就是我们家庄主，叶神医叶庄主了。”

这个男人就是叶神医？

不要怀疑，他的名字就叫叶神医，姓叶名神医。

桃蕊仙子打量了叶神医片刻，算是同意了，便说道：“叶庄主，我家夫人想麻烦你帮她看诊，不知道叶庄主可否于百忙之中抽出点儿时间？”

“当然可以！当然可以！”佳人相求，叶神医怎么会拒绝？他一口答应下来，随后紧张地请两人入正厅。

当桃蕊仙子和一脸不豫的天后随他入了正厅之后，他才算想起了医者本分，问道：“不知这位夫人患了什么病？”

天后抿唇，看向桃蕊仙子。

她要查的事情倒是不太好说，但她相信桃蕊一定有办法圆了这说法。

果然，桃蕊仙子不负天后所望，说道：“叶庄主，我家夫人没有患什么大病，只是自从十五年前生下我们家小姐之后再无子嗣，所以想请叶庄主帮忙看看，是不是我家夫人的身体出了什么问题。”

天后眸中光芒一闪，果然是她看重的阿蕊！

这个说法，不但掩饰了她真正的目的，也可试探出叶神医的真正医术，看他是否能准确诊出她生孩子的时间。

“小事一桩，我这就替夫人诊脉。”叶神医笑了笑，谈起医术，他倒是自信满满，不再像之前那般拘谨紧张了。

说话间，他已起身，朝天后方向走去。

当叶神医请天后伸出手来，让他方便诊脉时，便看见这位夫人的眼里忽然迸射出一股冰冷寒意，令他微微一怔，不禁退后了两步。

好凌厉的气势！

“主子，就把手伸出来让叶庄主帮忙看看吧。”桃蕊仙子见叶神医有些惧怕天后，便柔声劝道。

天后想起此行目的，冷哼一声后，不怎么情愿地将手伸了出来。

桃蕊仙子见状，帮忙小心地挽起一截袖子，露出天后的皓腕。

她瞥了一眼叶神医，见他神色如常，这才面露满意之色，说道：“叶庄主，有劳你替我家夫人诊脉了。”

“好。”叶神医被桃蕊仙子这一叫就有些心神荡漾了，他收敛了一下情绪，才再次上前，伸手搭上了天后的手腕，专心诊脉。

天后冷冷地看着叶神医，这是她第一次被男人接触，心里怪怪的。

天后正冷着脸，有些不耐时，却听那叶神医“咦”了一声，她心里一凛，冷声道：“你‘咦’什么？”

叶神医看了天后一眼，眉头微微蹙起：“你不是人。”

天后有种冲动，想一巴掌拍死这个叫什么叶神医的所谓神医。

桃蕊仙子忙接过话问道：“叶庄主，你这是什么意思？”

叶神医松开了手，退后了几步，淡笑着看了桃蕊仙子一眼：“姑娘当日从空中飞下，我看得清清楚楚，因为当时我在西岳出诊。”

桃蕊仙子闻言便皱了皱眉，果然是那一次看见她的吗？

“不过，我说这位夫人不是人，并非从姑娘的身份猜出来的。”叶神医回到座位上，看了天后一眼，说道，“而是这位夫人的脉象，根本不是十五年前生育孩子的妇人。”

桃蕊仙子眸色微微一闪，问道：“那依你之见，该有多久了？”

“抱歉，以我的医术，我只能诊断出在五十年之上，至于再有多久，我便诊断不出了。”叶神医笑了笑，“我相信整个人间，也没有谁可以诊断出这位夫人生孩子的时间。”

因为，他一探那脉，就知道和凡人的脉象完全不同。

当然，和妖的脉象也完全不同——他曾探过化成人形的妖的脉。

桃蕊仙子和天后迅速对视了一眼，五十年以上！不说时间准确与否，但至少证明，天后是真的生过孩子！

天后心里一阵激动，又一阵愤怒，恨不得将那操纵一切的幕后黑手给揪出来，以天地间最严酷的刑罚惩罚这个幕后黑手！

第十一章 终见狐仙

桃蕊仙子微启唇瓣，低声问道："主子，您觉得呢？"

天后其实早已偏向相信叶神医的诊断，因为除了苏杏儿是她女儿这一解释外，她找不到任何合理的解释，对于她无缘无故疼爱苏杏儿，甚至连其背叛行为都可以原谅的心情。

"八九不离十。"天后冷冷道，十指在袖下紧紧握住，力道之大，使得关节微微作响。

桃蕊仙子点头，随后便问叶神医道："叶庄主，不知你可否证明两个人是母女或者父女呢？"

叶神医轻勾唇角："这有何难？我有一种特殊的药物，只要将想两个人的鲜血同时滴入碗内，再加入此药，必定可以得出结果。"

桃蕊仙子勾唇笑道："叶庄主可否为我们试验一番？"

"这个……"叶神医似乎有些犹豫，毕竟那药可不是一般的珍贵。

但看着桃蕊仙子的美丽脸庞，叶神医一时间又有些恍惚，冲动地答应下来："可以！"

说着，他便起身离座，去拿那药物去了。

不一会儿，叶神医返回厅内，手里拿着一个空碗。

"不如就让你们二人试吧？"叶神医看着两人，询问道。

桃蕊仙子看向天后，天后想了想，为了有个对比，她便点了头："就用本夫人和阿蕊的血来试。"

"好。"

很快，叶神医便取了两人一人一滴鲜血，滴入空碗中，随后他便在两人面前，将药瓶中的清液全都倒入了碗里。

不一会儿，只见碗中两滴鲜血仿佛有仇似的，各自滚落一边，互不相挨。

"瞧，这便是两位没有任何血缘关系的结果。"叶神医解说道。

桃蕊仙子点头，随后问道："叶庄主说没有血缘关系便各自分开，那如何断定这有血缘关系的两个人，到底是父子、母女还是兄弟姐妹，或者堂亲呢？"

叶神医笑道："这很好辨认，若是父子母女这般血浓于水的关系，那么两滴血会完全融合；若是兄弟姐妹的同胞关系，那么两滴血会紧紧靠在一起；而若只是堂亲之类的关系，便会微有距离。"

桃蕊仙子眼中异光一闪，蹙眉道："叶庄主这药，想必得来不易吧？"

叶神医闻言顿时讪讪一笑，半晌才如实说道："我也不瞒姑娘，这药里是有妖法的，当它接触到血液，也会赋予血液灵性，所以它才能将亲属关系辨别得如此清楚。"

原来如此。

桃蕊仙子淡然一笑，伸出手："我想要三瓶这种药，至于报酬，你可以随便开。"

"三瓶？"叶神医像听见笑话一样，顿时失笑，"本来我是有三瓶，但现在用了一瓶，我也只剩下两瓶而已。"

两瓶？

桃蕊仙子微微皱了一下眉，说道："两瓶也行。"

叶神医摸了摸下巴，笑道："这药我得来可不易，姑娘当真愿意以任何条件交换？"

桃蕊仙子侧头看了天后一眼，随后点头："嗯。"

"那好！"叶神医喜滋滋地开出了条件，"我要姑娘你在山庄陪我一个月！"

"放肆！"天后勃然大怒，从一开始进入山庄，她就发现这个该死的叶神医对桃蕊仙子有非分之想，现在他一开口，她便确定了。

顿时，天后站起来，毫不犹豫就施法给了叶神医一记响亮的耳光！

叶神医冷不丁挨了一耳光，顿时恼火地看向天后。

本想怒目相向，但考虑到这两人似乎来头不小，他便冷笑一声："你虽然可能是什么大人物，但我叶神医也不是好欺负的。我没有犯天条，若你杀了我，我就不信天界不惩治你！"

桃蕊仙子微微蹙眉，半晌轻声对天后说道："主子，我有自保能力，就算我在山庄待一个月，也不会有任何损失，请主子放心。"

天后自然明白这一点，但她就是不喜欢自己身边的姑娘被一个凡人惦记。

然而，终究还是她想知道真相的念头占了上风，于是她没有再出声。

"好，我答应你，你可以把那两瓶药给我了吧？"桃蕊仙子见劝住了天后，便对叶神医说道。

叶神医这才面色稍霁，从怀中将那两瓶药拿了出来，亲手交给桃蕊仙子，笑道："我知道姑娘一言九鼎，所以我先把药给姑娘你，相信姑娘不会反悔。"

桃蕊仙子接过那两瓶药，淡然说道："我是不会反悔，不过，我还有些事需要处理，这样吧，三日之后，我再来山庄。”

叶神医倒也不怀疑桃蕊仙子说假话，当即点头：“好！一言为定！”

这一趟得到了意料之外的收获，桃蕊仙子很快和天后返回了天界。

回到天宫里，天后面色凝重，恨不能立马将苏杏儿叫来。但她又有些害怕，怕结果不如她所想的那般。

“娘娘，结果会很快出来，然而到底是谁在幕后操纵这一切？娘娘还需要当心啊！”桃蕊仙子看着天后期望的表情，轻柔出声。

天后回过神来，微微蹙眉：“阿蕊这话是什么意思？”

“连娘娘都被蒙在鼓里近万年的时间，那么当初到底发生了什么惊天动地的大事，以至于娘娘与亲骨肉分离近万年呢？这个在幕后操纵一切的仙家，必然身份不凡，地位不凡，实力……也不凡啊！”桃蕊仙子加重了语气。

天后猛然一震，是啊！

能够安排这一切的仙家，又岂会是泛泛之辈？

“如果杏姐姐的身份大白，那幕后黑手会不会有所行动？”桃蕊仙子不动声色地继续提醒天后。

天后心里彻底乱了，半晌才抿唇问道：“阿蕊的意思，莫非是要本宫按兵不动，即便知道杏儿是本宫的骨肉，也不对外声张？”

“娘娘圣明。”桃蕊仙子福身，“只要娘娘能够按兵不动，我一定竭尽所能，为娘娘查出真相！”

天后心里一暖，看着眼前陪伴自己多年的桃蕊仙子，唇角终于有了一丝笑意。

“好，阿蕊如此替本宫着想，本宫亦不会让阿蕊失望。”天后松了口，神色柔和道，“这件事情，本宫全权交给阿蕊去查，有事发生，本宫会替阿蕊担着！”

很显然，天后已经彻底相信了桃蕊仙子。

“是，娘娘。”桃蕊仙子福身领命，那水眸之中飞快闪过一抹流光……

安抚住了天后，桃蕊仙子便回去安排手头的事务。

为了拿到那两瓶药，桃蕊仙子答应了叶神医会下界陪他一个月，所以她必须要将手头所有事务交接给天宫其他上仙。

三日之后，桃蕊仙子果然离开天界，下到凡间，进入神医山庄，神医山庄的庄主叶神医早就等候在门口了。

一见桃蕊仙子到来，叶神医眼里发出狂热的光芒，当即迎上前去。

“仙子辛苦了。”叶神医看着桃蕊仙子那双莹白素手，心里痒痒的，真想上前握住。

桃蕊仙子神色淡漠：“我会在神医山庄住一个月，一个月之后便返回天界。在此期间，我不希望有任何闲杂人等来打扰我。”

叶神医自动把自己归纳在“非闲杂人等”的范畴内，立刻笑道：“好，好，仙子大可放心，我绝对不会让任何闲杂人等打扰到仙子的！”

“那便好。”桃蕊仙子刻意忽视叶神医炙热的眼神，转身挑了一间空房，作为这一个月的居住之处。

她在房间四处看了看，双手抬起，缓缓在房间里设下一道结界。而后，她便张口吐出自己的本元——桃花花蕊。

那桃花花蕊浮在半空中，桃蕊仙子瞥了一眼，将从狐族族长手中得来的狐仙娘娘的头发，轻轻放在了桃花花蕊的下方。

桃蕊仙子现在所做的，便是在催动她独门的桃蕊仙阵。

这桃蕊仙阵，是以桃蕊仙子本元灵气为基础，利用人或仙的气息找到气息主人的下落。

天界很多仙家都会这种仙阵，但又和桃蕊仙阵不同，因为桃蕊仙阵是连人死之后的神识都可以找到——也就是说，只要神识没有彻底消失，那么三界之内，桃蕊仙子都能找到他！

而最重要的是，桃蕊仙阵可以将这个被找的人，直接吸到仙阵的空间里来。

此刻，桃蕊仙阵很快被催动了。

只见桃花花蕊快速旋转，桃蕊仙子的头发飘动起来，一个粉红色的桃花空间随之缓缓诞生。

桃蕊仙子神色淡定，不疾不徐地以仙法催动桃蕊仙阵。约莫一炷香之后，桃蕊仙子被吸入了桃花空间之内。

她在空间内缓缓走动，注意着狐仙娘娘是否有被请进来，但她刚走了几步，空间突然剧烈地颤动起来！

桃蕊仙子一惊，怎么回事？

她“啊”了一声，整个空间仿佛遇到什么袭击一样剧颤不已，随后她被一股巨大的力量狠狠甩了出去！

桃蕊仙子感觉到自己的身体受到强力的挤压，没一会儿就被卷入了另一个空间。她被狠狠摔落在地上，由于没有防备，手肘和膝盖都擦破了皮。

桃蕊仙子蹙了蹙眉，撑着从地上爬了起来，四下一看，竟发现她身在一个仙气缥缈的洞穴之中，一尊白衣女子的石像映入了眼帘。

她心中诧异极了，虽然因为桃蕊仙阵太伤本元，她没怎么用过，但从未失败过，怎么这次是她被卷入了另一个地方？实在太奇怪了！

不过，更奇怪的还在后头。

只见那白衣女子的石像内，忽然飘出一股淡淡白烟，渐渐凝成人形，桃蕊仙子惊得退后了一步！

不过，当看清白衣女子石像内的白烟是一位仙家的神识后，桃蕊仙子就明白过来了。

“难道您就是狐仙娘娘？”桃蕊仙子想起狐仙娘娘的头发，她看着面前绝美的女子，轻声问道。

眼前的女子身着一袭白衣，翩然若仙，一头长而直的青丝垂落脚踝，那薄如蝉翼的卷翘睫毛浓密细长，一双水眸盈盈，整个人瞬间显得不真实起来。

她才是真正的肤如凝脂、冰肌玉骨，回眸一笑百媚生。

哪怕她就这么盈盈而立，静静地看着人，都让人油然而生一种惬意。

这样的女子，很难有男人不为她着迷。

“我是。”白衣女子轻眨美眸，打量着桃蕊仙子，“你是……”

桃蕊仙子面色一哂：“我叫桃蕊，是一名天界金仙。”

她诞生时，狐仙娘娘已经不在天界了，狐仙娘娘不认得她很正常。

“原来是桃蕊仙子。”白衣女子淡淡一笑，她笑起来很好看，一看便是个温柔似水的女子。

桃蕊仙子咬了咬唇，不解道：“您为何会被关在此地，连我的桃蕊仙阵都带不走您？”

是的——关，只有这么一个字，可以解释她为何会到此地。必定是桃蕊仙阵的仙法不足以将这位狐仙娘娘带到她的桃花空间，所以便将她带来了此地。

“仙子可曾听说过万龙困仙？”白衣女子轻笑一声，神色看不出丝毫的怨愤。

万龙困仙！

桃蕊仙子大吃一惊，一向淡然的神色此刻浮现出几分迷茫。

万龙困仙的阵法，是龙族里最厉害的阵法，需要一万条龙以龙息催动，它能困住除了天帝之外的所有仙家。即便是混元大罗金仙也不例外。

至于天帝，则是因为天生仙骨，世上根本无可与之匹敌的对手，所以决不可能被困。

但是……

桃蕊仙子抿了抿唇，微微蹙起秀眉：“万龙困仙是龙族最厉害的阵法，它瞬息万变，一旦催动便不可破解，可是，除了龙王之外，没人可以号令万龙催动阵法啊！”

“龙王与天帝，死于万年前与妖界的大战之中。后来，龙族内便以龙族公主为尊。”白衣女子轻叹，眉目间染上一抹痛意。

桃蕊仙子脸色一变，这么说来，困住狐仙娘娘的……就是当今天后？那个时候，天后应当还是龙族公主？

“您可知，这万龙困仙有何法可解吗？”桃蕊仙子想到沐云流拜托之事，又皱了眉。

她似乎只负责找到狐仙娘娘的下落，并不负责救出狐仙娘娘。只不过，她对万年前的事情确实有些探究之心，不知道当时到底发生了什么大事。

“将万龙斩杀，阵法自破。”白衣女子眉目如画，她看着桃蕊仙子说道。

桃蕊仙子退后了两步，惊疑不定地看着面前的白衣女子。

原来，狐仙娘娘并不如表面看起来的这般温和啊！说到斩杀万龙，她的语气竟如此轻松，仿佛捏死一只蚂蚁那般容易。

“仙子怎么会来找我？”白衣女子似乎不介意桃蕊仙子惊疑的目光，笑着问道。

桃蕊仙子想到天界发生的一系列古怪事情，抿了抿唇后，挑了一些可说的告诉了白衣女子。

白衣女子听完桃蕊仙子的话后，眸光幽幽，说道：“快一万年了，裂天还是念念不忘救我之事。”

裂天？裂天仙尊？

桃蕊仙子惊讶地看着白衣女子，片刻后试探着问道：“您和裂天仙尊……认识吗？”

白衣女子笑了起来：“何止认识。当年，我和他一同在紫霄灵台修炼，他是我师兄。”

“您也在紫霄灵台修炼过？”桃蕊仙子轻叫了一声。

白衣女子轻轻点头，复而眼中闪过一抹幽光：“我问你，如今的天帝，娶妻了吗？”

这个问题……

桃蕊仙子目光闪了闪，半晌才如实回答：“娶了。”

白衣女子唇角一勾：“他娶的，是不是那龙族公主？”

“是。”桃蕊仙子刚回答完，就见面前的白衣女子闭了闭眼，神色似乎很是痛苦。

桃蕊仙子瞬间明白，恐怕她就是天帝和天后近万年形同陌路的原因。

原来，天帝爱的另有其人，也就是这位狐仙娘娘。

“他娶妻，我却在此受苦。”白衣女子捂了捂胸口，睁眼后，她的目光略有迷茫，“罢了……欠他的都已还清了。”

白衣女子又轻叹一声，忽而望向桃蕊仙子，目光清冷：“你可是天宫的仙子？”

桃蕊仙子抿抿唇，点头：“是，我的确是天宫之仙。”

白衣女子眼里露出一抹赞赏之意：“很好，你没有骗我。”

随后，她喃喃自语：“可是，裂天为何会让你来寻我？难道，他已经没有可用之人了吗？”

“是沐云流让我来打探您的消息的，并非裂天仙尊。”桃蕊仙子纠正了白衣女子的说法，随后笑道，“还有，我虽为天后做事，但绝对不会助纣为虐。”

白衣女子怔了一下，忽而勾唇：“你可是喜欢云流？”

闻言，桃蕊仙子脑子里“嗡”的一声，她后退了两步，面露惊诧之色。

“您……误会了。”桃蕊仙子微微蹙眉，贝齿咬住了下唇。

这怎么可能？她是天界仙家，不可能喜欢任何男人的！

“喜欢也无妨，云流他可以娶妻。”白衣女子轻笑了一声，似是了然地看了桃蕊仙子一眼。

桃蕊仙子没有解释，反倒是略有诧异：“为何？”

天界除了天帝之外，谁都不能娶妻，为何沐云流可以？

“我可以告诉你，云流是我和天帝的孩子，他天生仙骨，如果不是当年龙族公主介入，他如今已是天界皇子。”白衣女子淡淡一笑，“那么你说，他可不可以娶妻呢？”

天哪！

桃蕊仙子再次倒退了几步，简直不敢置信。

沐云流……是狐仙娘娘和天帝的孩子？天生仙骨？

这……这不可能啊！

“他……他还不曾位列仙班。”桃蕊仙子听见自己的声音在发抖，这太难以令人置信了，不是吗？

第十二章 有情人重逢

“那是因为他的仙骨被偷了！”白衣女子眼里闪过一抹戾色。

天生仙骨，却被偷了仙骨？桃蕊仙子更是震惊，她正想问是谁偷了沐云流的仙骨，却忽然想到了天后，顿时噤声。

是了，如果狐仙娘娘说的都是真的，那唯一可能对沐云流动手的，就是当初的龙族公主，如今的天后了。不然，为何现在天帝娶的是天后呢？而狐仙娘娘却被关在了这万龙困仙阵之中近万年之久。

“难道，这就是沐云流入天界几百年，御虚仙主一直没赐予他仙根的原因？”桃蕊仙子喃喃自语。

因为沐云流天生仙骨，所以他根本不需要什么仙根，只需要找回他被偷走的仙骨就行了。

“不错，他不需要什么仙根。”白衣女子转身，手指轻轻搭在那石像之上。

桃蕊仙子抿了抿唇，问道：“那他的仙骨呢？莫非在天后手中？”

“若在她手中，你以为裂天不会去夺吗？”白衣女子冷笑一声，“她将仙骨装在一个盒子里，扔到了天河尽头的天池之中！”

“啊……”桃蕊仙子惊呆，半晌才说道，“原来这就是天池被封的原因！”

白衣女子面色一紧，望着桃蕊仙子，皱眉说道：“天池被封了？”

“是的。”桃蕊仙子点了点头，“我不知道天池是什么时候被封的，但据天书记载，似乎是天帝登基之前天池便被封了。如今，无人可到达天池。”

“裂天如今已是混元大罗金仙了吧？连他也不可以到达天池？”白衣女子没问天帝，仿佛心中微有怨恨。

“不可以。”桃蕊仙子对此事倒是知道得清清楚楚，她解释道，“不但裂天仙尊无法进入天池，就连天帝和天后都不行，因为当初是由天帝亲手下的封印，可如今封印却有了灵性，谁也进入不了天池了。”

“天池封印有了灵性？”白衣女子心中惊异，随后抿唇，似乎在思考什么而没有再说话。

天池内有云流的仙骨，而天池封印有了灵性……莫非……

白衣女子看了桃蕊仙子一眼，问道："你已知当年真相，打算出去后怎么做？"

出去之后怎么做？

桃蕊仙子微微蹙起了眉头，她是天后的人没错，但她不曾做过任何违背良心之事，想不到天后曾心狠手辣到偷走一个毫无反抗之力的孩子的仙骨。

如果天后知晓当年的事情，只怕会不择手段地毁了沐云流！

"我不会告诉天后我所知道的一切。"桃蕊仙子很快做出了选择，她看着面前的白衣女子，"但是，我也不会帮任何人对付天后。"

很显然，桃蕊仙子已经明白，裂天仙尊所做的一切都是为了救出这位狐仙娘娘。而沐云流、灵飞、苏杏儿入天界的所作所为，都是围绕这一件事展开的。

"你认为，天界有真正可以中立的仙家？"白衣女子听到桃蕊仙子的话，轻笑起来。

桃蕊仙子抿唇不语。

"我看得出来，你并非心狠手辣的姑娘，不过，你在天界如此久，又能深得她的信任，想必不会如此天真，当真以为自己可以置身事外吧？"

白衣女子依旧轻笑着："就算你不说，将来也终有真相大白的一日，那时候你依旧要做出选择，我说得对还是不对？"

桃蕊仙子心中一凛，是啊，就算她现在隐瞒不说，将来终有一日天后会知道一切。那时，若天后给她下命令，她又该如何做呢？

沐云流的身世一旦大白，天帝与天后的矛盾就会彻底爆发。

天界很快会分为真正的两派，而她……绝对没有可能中立。

"那您认为，我该怎么做？"桃蕊仙子的确冰雪聪明，她听出了狐仙娘娘的话外之音。说来说去，狐仙娘娘无非是希望她帮助沐云流。

"我向来有话直说，若有得罪之处，你也别介意。"白衣女子言语犀利起来，"若我是你，既然已经对沐云流动了心，何不争取一番？助他寻回仙骨，恢复仙身，认祖归宗，到时候，他能不心生感激？"

桃蕊仙子心中一震，秀眉皱了起来："您误会了，我对他并没有……"

"没有的话，你答应他的要求做什么？"白衣女子看透一切似的一勾唇角，"别人不知道，我还不知道吗？这桃蕊仙阵对你的本元有极大的损害，你使用一次至少要三百年才能恢复。若不是想帮他，你此刻怎么会在万龙困仙阵法之中？"

桃蕊仙子的美眸之中浮现出一抹深深的困惑。

是这样吗？

她动用桃蕊仙阵，寻狐仙娘娘的下落，又向天后隐瞒了此事，真是因为她想帮沐云流吗？

见桃蕊仙子默不作声，白衣女子又是一笑："好，就算你没有对沐云流动心，往后他也不会娶你，但你好好想想，若你现在帮了他，日后他恢复身份，最感激的是不是你？而如果你想替天后保住一条命，这也是最好的方法。"

桃蕊仙子这下子面色微变。

就算她什么都不做，裂天仙尊也必然不会罢手，事情终有大白的一天，那时候若沐云流与天帝相认，狐仙娘娘也被救出……那天后呢？

虽然现在天帝对天后是容忍的，但若加上一个重得仙骨的流王殿下，只怕父子联手，整个龙族都不可能抵抗得了！

不得不说，狐仙娘娘这句话，真是让她动摇了。

"你是个聪明的孩子，我相信你会想明白，怎么做对你来说才是最好的。"白衣女子似乎不打算多说，转过了身去。

桃蕊仙子看着那道倩影，抿了抿唇后，微微叹了口气："您心思缜密，我自知不是对手。不过，您说得有道理，就请您告诉我，我接下来该怎么做吧！"

白衣女子这才重新转过身来，温和地看着桃蕊仙子，颔首道："很好。"

随后，她便将计划细细与桃蕊仙子道来，桃蕊仙子听得认真，心中也一再感慨，难怪天帝会爱上这位狐仙娘娘。她不但心思细腻，被关了这么久，也不见她脸上有丝毫黯然。这是一个玲珑剔透到了极点，令男人痴迷的女子。

临走之前，桃蕊仙子犹豫了一下，说道："有一件事希望您知道，其实天帝与天后成亲之后……从未住在一起过。"

白衣女子一贯淡然的表情微微一怔。

"而且，天后有一个孩子。"桃蕊仙子对这件事是最不能理解的，天后爱的男人一定是天帝，那苏杏儿呢？苏杏儿是天后和谁生的？

"什么？"白衣女子这下诧异了，"你是说，他们未住在一起，但天后有一个孩子？"

"是的，是一个女儿，就是方才我提过的苏杏儿。"桃蕊仙子微微抿唇，"她本是神龙之身，但奇怪的是天书上没有她在凡间的任何记载。是一只狼妖使她被妖气所侵，才露了龙身，被天后知道的。"

白衣女子眸色微沉，片刻后启唇道："你是说，有大仙在她体内下了禁锢，令她无法恢复神龙之身？"

"是的。"桃蕊仙子心中隐隐有了猜测，那出手的大仙，应该是裂天仙尊。

白衣女子显然也有此猜测，片刻后便说道："如果你想查这个苏杏儿的身世，可从紫霄灵台查起。"

说完，白衣女子便转过身去。

紫霄灵台？

桃蕊仙子心中困惑，天后是玄天派出身，怎么又和紫霄灵台扯上关系了呢？

不过，见白衣女子不想再多说，她便也没有多问，告辞后，很快从万龙困仙阵法中离开了。

桃蕊仙阵消失之后，桃蕊仙子在房间内踉跄两步，才在床上坐稳。

她脸色苍白，肌肤甚至有些透明，显然已本元大损。好不容易，桃蕊仙子才将桃花花蕊收回体内，脸色才显得红润了一些。

桃蕊仙子回想方才和狐仙娘娘说到的一切，目光变得复杂起来。

至今她还没有想好，是否要按照狐仙娘娘所说的去帮助沐云流他们。但不这么做，她一时间似乎也没有更好的选择。

因为事关天帝与天后近万年的矛盾，她一个小小的金仙，如何扭转乾坤？

一个不好，便会牵连自身，甚至整个天界。

桃蕊仙子和衣躺上床，身心俱疲，准备休息一下，却偏偏在这时候听到房门被敲得砰砰直响，显然是那叶神医。

桃蕊仙子眉目间掠过一丝烦躁，她强撑力气，伸指一弹，下了一道结界在房门上，顿时门外的声音便消失了。

如此，她才轻吁一口气，躺了下去，闭眸休息。

这一次使用桃蕊仙阵，或许是那万龙困仙阵法太过霸道，以至于桃蕊仙子本元受损严重，差不多半个月之后才感觉本元沉寂了下来。

桃蕊仙子本想再休息半个月，便可以离开神医山庄，回天界去见一见沐云流，说一下她和狐仙娘娘见面的事情。但这时候，却有一股力量冲破了她的结界，将她的房门强行打开。

桃蕊仙子正惊异谁有这么大的本事，一阵灰尘过后，却看见是那曾有过一面之缘的狼王白彦，她这才放下心来。

目前，桃蕊仙子最怕的便是天后派人找上她，因为她还没有从那些令人震惊的真相中回过神来。

“这位是狼王……”叶神医紧跟着白彦走进来，见桃蕊仙子一脸冷色，心中略有几分忐忑。

他知道桃蕊是天界仙子，也不敢有什么妄想，可他就是想多看她几眼啊！

结果，她虽然来了神医山庄，却从不离开房间一步，他连她的面都见不到，这实在是让他太难受了，于是只好请来了狼王。

本以为要花点儿功夫才能把狼王请来，岂料他一说山庄留住了他在西岳出诊时看见的那位下凡的仙子，狼王就二话不说立刻带着他回神医山庄了。

简直比他还急切！

“我认得他。”桃蕊仙子脸上还有一丝倦意，虽然休养了半月，她还是没有之前那般精神。

叶神医微微吃惊，原来仙子和狼王认识？

只听白彦用沉痛的语气问道：“她……怎么样了？”

桃蕊仙子瞥了白彦一眼，唇角一勾：“你这是明知故问。如今她已成仙，能怎么样？”

苏杏儿不但成了仙，而且多半是天后的女儿，又跟灵飞狐仙交情匪浅，流王殿下更是与她交好，往后她必然不会有什么大的波折。

除了……天后万年前的旧账可能会对她产生那么一点点影响。

白彦一双眼眸里透出浓浓的哀伤，这么说来，她早就把他忘了，是不是？

见白彦神色哀伤，桃蕊仙子想到他和苏杏儿的关系，倒是多了一嘴：“杏姐姐想过下界见你，不过怕娘娘旧账重算，便打消了这个念头。”

白彦顿时狂喜：“真的？”

她竟然不恨他，为他求情，还想过来见他，只是顾虑到他的安全，才没有真的来找他？

桃蕊仙子抿唇，开口道：“我没有必要骗你。”

“仙子！”白彦压下心头狂喜，上前看着桃蕊仙子，问道，“如果我修炼成仙，是不是就可以经常见到她了？”

叶神医听到此处，才知道狼王也是个痴情人，而且竟然跟他一样，迷恋上了一位天界仙子！

难道成仙了，就可以和仙子在一起吗？如果是的话，他也要成仙啊！他救了那么多人，应该有资格当神仙了吧？

“你双手沾满鲜血，天界不派我们来杀你都是万幸了，你还敢想着修仙？”桃蕊仙子像听见什么笑话一样。

白彦神色黯然，半晌才重重叹了口气：“想见她一面，还真是难啊！”

她是神龙仙子，他自然没想过和她长相厮守，但他只是想多见她几面，这也难如登天。

正在此刻，一道白光从院外闪过。

桃蕊仙子感觉到外面那阵仙气，惊异地站了起来，心想难道是天后派仙家来找她了？

“是天后让我来……”白光闪过，苏杏儿现身神医山庄，她早已探到桃蕊仙子在哪间房，但刚一走进房间，她就愣住了。

白彦听到那久违的声音，身躯一僵。他不敢置信地转过身，一张让他魂牵梦绕的容颜就带着几分吃惊和茫然，出现在了他的眼前。

苏杏儿万万没想到，天后派她来神医山庄探望桃蕊仙子，结果她会在这里碰到白彦！

“杏儿！”白彦激动不已，此刻他什么都不顾了，冲上前去就将苏杏儿抱了个满怀！

热泪，瞬间盈眶。

几百年的煎熬、懊悔和思念，通通在这一刻发泄了出来。

苏杏儿被他抱得浑身疼，一种陌生的感觉从心底滋生，仿佛已经很久没见到他了，再见到，她竟有种奇怪的感觉。

“放开她！”桃蕊仙子目光一寒，一掌劈过去，瞬间将白彦震开。

她一手拉过还呆怔着的苏杏儿，视线冷厉地盯着白彦：“你大胆！”

苏杏儿已是天界神龙仙子，而白彦不管是人是妖还是仙，做出这种举动都是越矩。

然而，白彦已经几百年没见苏杏儿了，几百年前匆匆一别连个告别的话都没有，教他如何能不情难自禁？

此刻听到桃蕊仙子呵斥，他才猛然回过神来，知自己此举会给苏杏儿带来麻烦。

“抱歉。”白彦压下了满腔的情意，强自平静下来，微微退后了几步。

苏杏儿没有想过会在这里碰见白彦，虽然她下界时也有想，要不要去偷偷看他，一别几百年，不知道他过得如何。但是，这么突然就见到了他，她却是没有心理准备。

“杏姐姐怎么会下凡来？”桃蕊仙子看向苏杏儿，想知道是不是天后派她下来的。

苏杏儿记起正事，这才轻声说道：“天后让我来看看你，怕你在凡间出事。”

“我没事。”桃蕊仙子眸光微闪，看来她要尽快恢复体力，不然回到天界天后一定会看出端倪。

“你气色不太好。”苏杏儿犹豫了一下，看着桃蕊仙子的脸色说道。

桃蕊仙子心里一凛，拉过苏杏儿，央求道：“杏姐姐回去就跟娘娘说，我在凡间一切都很好，半月后便会回天界，不要说其他的，好不好？”

这还是桃蕊仙子第一次求苏杏儿，苏杏儿不禁一怔。

发生什么事了吗？为何不能让天后知道桃蕊仙子气色不好呢？

疑惑仅存片刻，苏杏儿还是点头答应：“好，我会的，你放心好了。”

桃蕊仙子瞥了一眼白彦，开口道：“杏姐姐如果想跟狼王聊几句，我和叶神医可以先在房外等，不过，不能超过一炷香的时间。”

苏杏儿脸一红，似乎挣扎了片刻，才在白彦期待的目光中轻轻点头：“谢谢。”

桃蕊仙子知道苏杏儿还是想跟白彦说几句话的，毕竟这都过去几百年了，两人匆匆一别后根本没有机会再见面，怎么着都应该有些话说。

于是，桃蕊仙子便和叶神医离开了房间。

看着叶神医将房门关上，桃蕊仙子不禁沉思：感情一事，真能让男人女人都那般飞蛾扑火吗？

此刻，房内。

苏杏儿踌躇地捏了捏衣角，本以为自己已经心如止水，此刻再见到白彦，才知道自己的定力没有想象中那么好。

她对白彦的感觉很复杂，谈不上喜欢，更谈不上爱；可谈不上讨厌，也谈不上恨。

“杏儿，你……过得好吗？”白彦见苏杏儿欲言又止，便主动开了口。但他也不知道说什么，只好以一句俗套的开场白打破这个尴尬的场面。

若是以往，白彦自然会上前抱她，可现在人家是神龙仙子，他靠近一步都是违反天条，可能会让她万劫不复，他怎么敢？

于是，行动不够，语言便有些苍白。

“我很好。”苏杏儿抿了抿唇，小心翼翼地看向白彦，“你呢？”

几百年过去了，他似乎一点儿都没变，还是当日那个温柔儒雅的俊公子，连总喜欢穿白衣的习惯都没有变。

一切，都恍若昨日。

“我……”白彦有些哀怨，“我不好，很不好。”

苏杏儿呆了呆，从白彦的眼中看出了什么，顿时脸颊一红，别过脸去。

有些话，现在已经不适合再说了。

“虽然过去了这么久，可我没有再杀生。”白彦伸出一双白净修长的手，苦笑着问道，“杏儿知道为什么吗？”

苏杏儿自然不懂，咬唇轻声说道：“为什么？”

“因为……”白彦终是忍不住，上前两步，却又不敢抱苏杏儿，只能克制地握紧双手，哑声说道，“因为我怕自己杀孽太重，有朝一日天界捉拿我，派的是杏儿你。”

苏杏儿骤然抬头，看着白彦认真的表情，心脏像是被他这句话一把抓牢了。

他怕……她下界捉拿他？

“你说，你要是狠不下心杀我，天界必然会责怪你，我于心何忍？”白彦轻笑着叹气，“可若你狠下心杀我，我该有多难过？所以，最好的方法就是不再制造杀孽。杏儿你喜欢这样的我吗？”

以前，她怕他便是因为他太残忍，她连靠近他都会恐慌。

可是，他却亲手将她推离了自己的怀抱。

白彦不知道苏杏儿怎么想，总之他很懊悔，几百年来一直都在懊悔。如果他早知道她是神龙之身，他决不会冲动！就让她的真正身份永远隐藏下去，这样的话他就能永远陪着她，看着她笑了。

苏杏儿眼眶微微一热，她是极易被感动的女子，若她还是苏杏儿，不是什么神龙仙子，她想此刻她一定投入了白彦的怀抱。

“喜欢。”苏杏儿轻声说道，随即低下了头，“可是，我不能再喜欢白大哥了，白大哥……也最好不要再喜欢我。”

听到那句“喜欢”，白彦眼中光芒乍现，他忍不住上前两步，与苏杏儿仅有一步之隔。

什么叫作咫尺天涯，他算是懂了。

明明闻得到她身上的清香，他却不敢伸手抱她，只能拼命克制。

“不，杏儿可以不喜欢我，但我绝对不能不喜欢杏儿。”白彦紧握双拳，坚定道，“不管我是生还是死，不管杏儿是人还是仙，我生生世世都只爱杏儿一个人！”

第十三章 天后的目的

爱？

苏杏儿愕然，看进那双坚定无比的黑眸中，心中震撼。她不是不感动，可是……

苏杏儿脸庞上滑落两行泪，哽咽道："白大哥，我们不说这些了，好不好？"

"你怕天后是不是？"换作以往，白彦一定会发怒，因为他不喜欢苏杏儿拒绝。可现在，他开始懂苏杏儿了，懂这个善良的姑娘——她必然是怕他受到天后的惩罚。

听桃蕊仙子说，上一次便是苏杏儿在天后面前苦苦哀求，才使得天后打消了找他算账的念头。

"嗯。"苏杏儿接过白彦递来的手帕，擦了擦眼泪，勉强一笑，"白大哥，以后你不要再找我了，也不要找桃蕊仙子，会被天后知道的。"

她将手帕还给白彦，抿了抿唇，坚定地说道："我想跟白大哥说的就是这个。我说完了，该回去了。"

苏杏儿转身要走，白彦实在不舍，便一把拉住了她。

"白大哥，别……"苏杏儿转头，慌忙地用手抵住了他的胸膛。

白彦隐忍地闭了闭眼："杏儿，你就在我面前，我怎么舍得放你走？"

真想把她带去一个谁也找不到的地方，隐居起来，把她藏住，这样她就只属于他白彦一个人！

"你再不放手，我就要不客气了！"苏杏儿被他搂在怀里，真是又急又怕。

"那杏儿打我好了。"白彦实在舍不得放开。他心中有一股决绝之意，那就是——既然他成不了仙，也忘不掉她，那不如放纵一回，便死而无憾了！

就算天后在此，将他碎尸万段，他想自己也不后悔，因为临死之前，他见到了她。

"你……"苏杏儿真是拿白彦一点儿办法都没有，直到白彦在她脸上偷了个香，她才真正气了，挥手便朝白彦拍去！

这一下虽然没伤着白彦，但好歹将他震退了好几步。

苏杏儿气恼地瞪了一眼白彦，伸手往脸上一抹，便飞身离开了房间。

看着被震飞的房门，白彦有几分懊恼，她就这么不珍惜和他在一起的时间吗？

他紧跟着追了出去，见苏杏儿和桃蕊仙子低声交谈着，他唯恐苏杏儿就此离去，忙闪身上前欲抓住苏杏儿。

苏杏儿只是躲，桃蕊仙子却向白彦动了手。

本来桃蕊仙子只是作势一掌，想学苏杏儿那样将白彦震开的，但她眼角余光忽然瞄到天空中有一朵浮云缓缓朝这边而来，浮云内若隐若现的身影有些像是……

桃蕊仙子心中一凛，顿时加重了掌力，重重拍在白彦肩上。白彦猝不及防间被拍飞，瞬间吐出一口鲜血！

"白大哥！"苏杏儿惊呼出声，不解地看向桃蕊仙子，她为何出手这么重？

桃蕊仙子一掌拍出之后，有些气血翻涌，但她紧接着闪身上前，冷声道："敢对杏姐姐无礼，今日我便代娘娘收了你这狼妖！"说罢，桃蕊仙子吐出桃花花蕊，本元出体，桃蕊仙阵瞬间开启。

桃蕊仙阵分几重，可寻人，可请人助阵，也可将敌人困在仙阵之内，使敌人功力降低。

白彦眸色一寒，没想到桃蕊仙子跟他来真的，便一擦嘴角鲜血，冷笑道："那就要看你有没有这个本事了！"

桃蕊仙阵一催动，桃蕊仙子脸色就白了几分，随后她便与白彦在仙阵之内交起手来。

"拿出你的真本事！"桃蕊仙子冷冷地看着白彦，手下毫不留情。

虽然白彦也是几千年的大妖，又得了叶神医不少丹药好处，实力比以往上升了几个台阶。但要和金仙级别的桃蕊仙子相比，还是欠缺不少。

只不过，白彦还有一招厉害的没使出来。那就是，叶神医给他的一枚威力极强的丹药，不论是仙是妖还是人，再强的实力都会被丹药影响，功力减退一半以上。

白彦顾忌着桃蕊仙子和苏杏儿的关系没有用出，但他看到桃蕊仙子在说"拿出你的真本事"时对他使了个眼色，便顿时一怔。

难道……桃蕊仙子忽然出手另有隐情？或者说，她希望他拿出真本事，将她打败？

"狼王，你就这点儿本事了吗？"桃蕊仙子使出一掌重重拍在白彦胸口，神色冷厉，如覆寒霜。

明显的激将法，令白彦眉头微微一蹙。

他看了桃蕊仙子片刻，已然明白了什么，便掏出那枚丹药，倏地捏碎："我当然不只这点儿本事！"

桃蕊仙子面色冷然，可一闻到那丹药的味道，心中一松。

"好大的胆子！竟敢对我用毒！"桃蕊仙子口中冷斥，气息已紊乱。

"笑话，天界仙子怎会怕凡间之毒？"白彦哈哈一笑，"这是药，而非毒，仙子可要好好享用，因为它珍贵得很呢！”

的确很珍贵，几百年间叶神医也就制出三颗，其中两颗都给了白彦。

桃蕊仙子中了那药，功力锐减，白彦很快占了上风。当白彦一掌朝桃蕊仙子拍去时，本有所犹豫，但桃蕊仙子却冷笑一声，毫不畏惧地迎上去，跟他硬碰硬地对了一掌！

桃蕊仙子急速退后，显然已经不敌白彦，气血翻涌之下，一张小脸苍白无比。

白彦瞬间悟了——这桃蕊仙子，根本就是在自己找伤受！

难道说……

一个念头浮上他心头，他顿时不再迟疑，紧逼而上，又是一掌拍在了桃蕊仙子的肩头。

桃蕊仙子这下受不住了，一口血喷了出来，整个人如断了线的风筝一样飞了出去！

白彦眼中闪过一抹深沉之色，并未出手接住桃蕊仙子。

桃蕊仙子受了伤，桃蕊仙阵无法力支撑，不攻自破，那桃花花蕊浮在半空，仿佛没了方向。

本还在为白彦担心的苏杏儿大惊失色，赶紧飞出去要接住被震飞的桃蕊仙子。

但在此刻，一道身影比她更快。来人稳稳地接住了桃蕊仙子后，袖子一扬，一股强大的仙气正中站在院中的白彦。

白彦闷哼一声，察觉到那仙气太过霸道，瞬间一个翻滚化为狼形，猛地蹿出丈远。但霸道的仙气还是将白狼掀翻在地，让他摔了个灰头土脸。

不过，白狼稳住身形后并未逃走，而是紧盯着那抹身影。

她，有手下留情。这是为何？

“娘娘……”桃蕊仙子被天后接住，忙强撑着一口气站稳，退后两步，朝天后行礼。

来者正是天后，她派苏杏儿下界，一则是想知道桃蕊仙子是否无恙，二则的确是为了看看苏杏儿是否会私会狼王白彦。所以，苏杏儿前脚刚走，天后后脚就跟到了。

“杏儿，本宫有说过，你可以跟他见面吗？”天后的视线从白狼身上瞥过，然后冷冷地看向苏杏儿。

苏杏儿心里一慌，怕天后责罚白彦，连忙跪下了，澄清道：“天后容禀，杏儿不是有意与白……与狼王见面的，是杏儿到神医山庄后，恰巧撞见狼王就在神医山庄内。”

“是吗？”天后目光冷厉，唇角一勾，“既是如此，阿蕊又怎么和狼王动起手来？”

苏杏儿心中一凛，胆怯地看向桃蕊仙子。

事实上，她也不知道桃蕊仙子怎么突然间发那么大的脾气，还用了桃蕊仙阵来对付白彦。而她更没料到的是，白彦竟然有本事伤桃蕊仙子，还被天后抓到了。

这下子天后会怎么惩罚白彦呢？苏杏儿心里满是担忧。

桃蕊仙子此刻虚弱地说道：“娘娘，是那狼王想与杏姐姐说话，杏姐姐不理会他，他便一直纠缠。我一时气不过，便准备替娘娘教训他。”

“桃蕊仙子！”苏杏儿大惊失色，桃蕊仙子这不是把白彦往火坑里推吗？

桃蕊仙子看了一眼苏杏儿，神色冷淡地说道：“杏姐姐，娘娘明察秋毫，我们应当实话实说，不能有一丝一毫的隐瞒。”

苏杏儿抿了抿唇，心里有些不高兴。

实话实说？实话实说的结果就是可能害白彦性命不保！

知道苏杏儿心中不高兴，桃蕊仙子此刻却没有解释什么，只看向了天后，等待天后的裁决。

“杏儿，你要好好跟阿蕊学学。”天后对桃蕊仙子的一番话很是满意，她说了苏杏儿两句，随后迈步走向白彦，“你叫白彦，是不是？”

白彦沉吟片刻，化身为人，快步走至天后面前行礼：“正是，白彦参见天后娘娘。”

天后打量白彦片刻，勾起唇角，问道：“你敢不敢跟本宫去一个地方？”

去一个地方？在场几人都是一愣，天后要带白彦去一个地方？哪儿？

白彦快速考虑了一下，几乎是立刻回答：“白彦愿意跟天后娘娘去任何地方。”

为了苏杏儿，白彦也是拼了。

“很好，倒是勇气可嘉。”天后冷哼一声，点了点头后转身，“跟本宫来！”

“是，天后娘娘。”白彦望了一眼呆住的苏杏儿，唇角一勾，踏风跟上了天后。

天后和白彦很快消失在神医山庄上方，像是从来没出现过一样。

桃蕊仙子此刻才踉跄了两步，脸色苍白地扶住了树干。

一个月内接连两次催动桃蕊仙阵，令她本元大伤，如今还被白彦出掌所伤，她没昏过去已是万幸。

苏杏儿虽然方才有些不高兴桃蕊仙子如实禀告天后，但白彦也并没有被天后怎样，她见桃蕊仙子虚弱至此，就连忙伸手扶住了她，轻声道：“我扶你进去休息吧。”

桃蕊仙子看了苏杏儿一眼，虚弱地点了点头。

叶神医不知道跑到哪儿去了，直到苏杏儿把桃蕊仙子扶进房间，他才冲进房内，手里拿着一堆疗伤药丸，神色紧张兮兮的。

“仙子，仙子，我不知道你吃哪种会比较好，你看看，你看看这些对你的伤势有没有帮助。”叶神医捧着药丸站在床前，此刻桃蕊仙子已经被苏杏儿扶到床上躺下了。

桃蕊仙子看着叶神医脸上的汗珠，一愣后，难得露出了一丝浅笑：“清风玉露丸应该不错。”

叶神医一听，立刻从一堆药丸里翻出清风玉露丸，尽数递到桃蕊仙子面前。

桃蕊仙子拿起四颗，一颗一颗吞了下去。接着，她调理了一下体内元气，脸色倒真恢复了一些。

“谢了。”桃蕊仙子睁开眼，看着那全是担忧的俊脸，笑着道谢。

“不，不谢。”叶神医显然有些手足无措，心里一个劲儿地埋怨狼王下手不知轻重，不懂得怜香惜玉，竟连如此美丽的仙子也下得了手！

“杏姐姐，娘娘虽然带狼王离开，但我深知娘娘脾气，她是不会惩治狼王的，杏姐姐不必担心。”桃蕊仙子握了握苏杏儿的手，说道，“不过，杏姐姐还是早点儿返回天界为好。”

“如果天后不惩治白大哥的话，会把白大哥带去哪里呢？”苏杏儿也知道天后没有当场出手应该就是放过白彦了，但她还是忍不住担心。

桃蕊仙子目光微闪，片刻后才说道：“娘娘正值用人之际，或许，娘娘想让狼王帮她。”

这回，苏杏儿还没开口，一旁的叶神医立马叫道：“我也可以帮天后娘娘啊！只要能让我天天见到仙子，我什么都愿意做！”

桃蕊仙子和苏杏儿闻言都有些无语。

沉默了片刻，桃蕊仙子再度开口：“总之，杏姐姐先回天界，狼王这边有什么动静，我会帮杏姐姐看着点儿的。”

“好吧。”苏杏儿犹豫了一下，还是点头答应了。

不过，她此刻倒是有一个疑问，她看了桃蕊仙子片刻后小声问道：“方才，你以桃蕊仙阵对付白大哥，是不是早知道天后到了？”

苏杏儿想起来，之前白彦也有抱她的举动，但桃蕊仙子并未对白彦如何，只是一掌震开了他而已。却偏偏在天后驾到的时候，桃蕊仙子动了真格，这是不是有些太巧合了？

而且最重要的是，白彦怎么就刚好伤了桃蕊仙子呢？桃蕊仙子可是金仙啊！

苏杏儿这么一问，桃蕊仙子便别开了眼，淡漠地说道：“杏姐姐想多了，还是早点儿回天界去吧。”

虽然桃蕊仙子避开了苏杏儿的问题，也否认了苏杏儿的猜测，但苏杏儿心里一松。她高兴起来，桃蕊仙子果然是好仙。

“谢谢你。”苏杏儿轻声道谢，随后起身，向叶神医嘱咐道：“桃蕊仙子还要在这里住半个月，这半个月里你不许欺负她，不许靠近她三步以内。如果你敢逾矩，我一定不会放过你，记住了吗？”

成仙数百年，苏杏儿倒也有了一些仙家的气势。

叶神医却是一撇嘴：“放心好了，我对仙子从来都是恭恭敬敬的，决不像那狼王那样！”

这话一出，苏杏儿倒是脸色一红。不过，她也没有跟叶神医辩驳什么，只向桃蕊仙子说道：“那我先回去了。”

桃蕊仙子点头，目送苏杏儿离开了房间。

如果她不以教训白彦为借口催动桃蕊仙阵，让白彦伤了她，天后在看见她之后，就会立刻知道她用过桃蕊仙阵了。

连苏杏儿都看得出来她脸色不妥，天后又怎么会看不出来呢？所以，她只能以自伤的方式，消去天后对她的怀疑。

不然的话，天后一旦问起她用桃蕊仙阵寻了什么人，只怕她会有很大的麻烦。

桃蕊仙子想到今日之事，轻轻地吁了口气：总算有惊无险。

却说被天后带走的白彦。

天后并没将白彦带到什么神奇的地方，只是离开了神医山庄，到了一处空旷之地，四周一片寂静，然后她伸手布下了一层结界。

“你可知道，以你对杏儿所做之事，本宫日日刺你千刀都不为过？”天后设下结界后，冷眼看着面前的白彦。

一只狼妖……真是辱没了她的身份！

白彦一听这开场白，就知道天后不会把他如何，于是面露愧疚之色，低头道：“我知道，是我罪该万死，冒犯了……神龙仙子。”

白彦感觉，天后单独与他谈话，目的一定不简单。或许他若是听天后的话，往后要见苏杏儿，并不会太难了。

“哼！你知道就好。”天后一甩袖子，冷厉地盯了白彦片刻，才又说道，“不过，本宫有一个秘密要告诉你。”

秘密？

白彦微微怔了一下，还没等他有所反应，就听天后说道：“杏儿是本宫的女儿，也就是天界公主！”

什么？白彦浑身一震！

杏儿她……不但是神龙，还是天界公主？

一种复杂的情绪瞬间在白彦心中弥漫开来，她是神龙仙子已让他望尘莫及，没想到她竟是天后的女儿。那他还有什么可盼的呢？

白彦却没想到，天后下一句话让他大喜过望。

“所以你应该知道，本宫的女儿是可以出嫁的。”天后看着白彦忽明忽暗的神色，唇角冷冷勾起。

如果不是正值用人之际，她怎会跟一只狼妖废话？

即便这只狼妖是如今妖界之中法力最高强的，那也不能妄想她的女儿！

白彦心中狂喜：“娘娘的意思是……”

“哼！本宫现在有一件大事要做，如果你能够效忠本宫，本宫可以考虑破例升你为仙，将杏儿嫁给你。”天后眼中冷芒一闪，傲然说道。

“我愿意效忠娘娘！”白彦毫不犹豫地答应下来。

只要能天天见到杏儿，让他做什么都愿意。

“很好。”天后似乎早就知道白彦的回答，倒也不惊讶，只冷厉地看着白彦，“不过，本宫听说几百年前，你与那凡间王爷沐云流，还有狐妖灵飞关系匪浅。如果本宫要做的事与他们有关，你可会背叛本宫？”

白彦闻言，狂喜之情退去，怔住了。

和沐云流、灵飞有关？

见白彦瞬间冷却的表情，还有默然不语的神色，天后勾唇一笑：“你放心，本宫绝对不会让你伤害他们，只不过是让你瞒着他们，帮本宫一些忙罢了。”

很显然，白彦的表现是很让天后满意的。

如果白彦毫不犹豫地答应下来，天后反而会怀疑白彦的忠诚——连朋友都能出卖的人，天后可不敢用。毕竟，天后也怕被白彦反咬一口。

白彦听了虽面色稍霁，还是沉声问了一句：“不知娘娘想让白彦帮什么忙？”

“倒也是小事一桩。”天后转身，负手而立，沉默片刻后开口说道，“本宫要你在妖界查访，打听一下当年妖界与天界大战之时发生了什么事。打听得越多越好，然后事无巨细地回报给本宫。”

她要他打听当年妖界与天界大战的事情？

白彦明显一怔，不解天后为何要查那么久远的事情，这可是相当有难度。

“娘娘，那是近万年前的事情了，而当初参与了大战的老妖恐怕都死了，现在的老妖未必知道那时候的事情。”白彦想到他爹娘，五六千年的狼妖了，却也从未向他提起过妖界与天界的大战。连他爹娘都不知道的事情，妖界中还有哪些妖能知道呢？

“哼！本宫就不信，这么大个妖界，就没有一只妖知道当年的事情！”天后倏地转身，“总而言之，你想跟杏儿在一起，就要听本宫的！”

白彦顿时默然不语了，这件事虽有难度，却也不是什么不能办的事情。

诚如天后所说，那么大个妖界，总有当年的幸存者，也总有知道那些事的妖，也许努力找一找就能找出来。

“你给本宫记住，如果这件事你办不到，本宫非但不会让你再见杏儿，你对杏儿所做之事本宫也会追究到底，严惩不贷！”天后厉声威胁道。

白彦真是不怕天后把他如何，就算杀了他，他也心甘情愿，毕竟是他伤害苏杏儿在先。

如果天后真是苏杏儿的娘，那么天后为女儿杀他报仇，天经地义。只不过，他还是想尽力争取一下。

如果完成这项任务，天后会让他见苏杏儿，那么他愿意尽力一试。

“娘娘放心，白彦必定竭尽全力，查出娘娘想要知道的事情！”白彦拱手领命，神色坚定。

天后得到了白彦的保证，这才满意。

她颔首：“很好，本宫就等你的好消息了。”

“我要如何跟娘娘联络呢？”白彦不动声色地问道。

天后瞥了白彦一眼，倏地扬手，将一块莹透的白玉丢到白彦手里，冷笑道：“本宫知道你在想什么，不过，本宫不可能让你一只狼妖找上天界。所以，除非杏儿下界，否则你绝不可能再见到她！”

白彦听了天后此话，倒是有些淡淡的欢喜。

天后并没将话说绝，也就是说只要他有办法让杏儿下界，他自然能和杏儿见面。只不过，他想进天界看杏儿，那就绝对不行了。

“这白玉有传话之效，你若打探到什么，便滴血到白玉上，你所说的话，本宫便能够听见了。”天后看了白彦一眼，说完之后，抬手将结界撤了。

“本宫等你的好消息！”

一句话之后，天后已经消失在空地之上，仿佛从来没有出现过一样。

第十四章 仙骨的秘密

苏杏儿回到紫霄灵台，告诉了灵飞她在凡间探望桃蕊仙子时发生的一系列事情。

灵飞听后，沉吟片刻："看来，天后找上白大哥，不会那么简单。"

"是不是天后发现了什么？"苏杏儿心里一紧，她一直担忧，怕天后眼线太多，发现了她们在做的事情，那肯定不会轻易放过流王殿下。

要知道，天后若是恢复记忆或是发现了什么蛛丝马迹，一定猜得到流王殿下下一步要做什么。

而天后肯定比任何人都清楚，一旦流王殿下拿到天池里的东西，会厉害到何种地步。到那时，天后必然会不择手段地阻止流王殿下进入天池，甚至可能会杀了流王殿下。

"天后应该还没有发现什么，但肯定有所怀疑了。"灵飞看了一眼苏杏儿，蹙眉道，"可惜我们现在下界都有不便之处，天后一定会知道。如果能够见到白大哥，就知道天后要他做什么了。"

苏杏儿微微一怔，片刻后轻声道："我倒是可以下界，因为桃蕊仙子还在神医山庄，要不，我借着去探望桃蕊仙子之便，去找白大哥问问？"

灵飞抿了抿唇，默然片刻后叹了口气："其实，我有点儿担心。"

"担心？"苏杏儿不解，"姐姐担心什么？"

灵飞望着苏杏儿不解的眼睛，半晌才苦笑道："我担心天后给白大哥开出了优渥的条件，以至于让白大哥宁可倒戈相向。"

苏杏儿一惊，下意识地摇头："不，不会的，白大哥不是那种人。"

"如果这个条件，就是杏儿你呢？"灵飞一眨不眨地盯着苏杏儿，一针见血地指出。

苏杏儿下界，明明是天后让她去的，天后却为何又亲自下界？

很显然，天后一早就有所怀疑，苏杏儿下界后会和白彦见面，所以才会亲自跟着苏杏儿。

天后故意如此，就是为了试探白彦对苏杏儿的感情，再予以承诺，让白彦死心塌地为她做事。

苏杏儿当场呆住，条件……是她？

"白大哥很爱你，几百年过去了他也一直没忘了你。现在，天后私下见他，如果承诺他说，事成之后让他和你在一起，你觉得白大哥会答应吗？"灵飞苦笑。

白彦看似温和，实则很执着，在感情方面一点儿不比沐云流弱势。

所以现在，白彦也很可能为了和苏杏儿在一起而不择手段。

苏杏儿咬唇许久，坚定摇头："不，我相信白大哥的为人。就算他肯帮天后做一些事，也绝对不会倒戈相向的！我相信他！"

这次，她见到白彦，白彦对她说他不再杀人了——她信。

所以，白彦不会变成那种无耻的狼妖，因为他应该了解她，如果他真的变成那样，即便天后允许，她也绝对不会再多看他一眼！

灵飞心里微微一震，看了苏杏儿半晌，最终弯起了唇角："杏儿，比起当初我对沐云流来，你对白大哥真够信任的。"

苏杏儿脸一红，连忙摆手："我和白大哥不像姐姐和流王殿下啦！"

"杏儿，既然你相信白大哥，那我也相信你。"灵飞拍了拍苏杏儿的手背，笑道，"你就下界去问问他，看看他到底答应了天后什么条件吧。"

"嗯。"苏杏儿点了点头。

过了几日，苏杏儿便抽了个空，下界去了神医山庄，拜托叶神医找到了白彦。

白彦一听苏杏儿下界了，立刻欣喜若狂地赶到神医山庄，在看见苏杏儿的那一刻，他恨不得把这姑娘揉进身体里，再也不分开。

"白大哥，这次我找你，是有事情想问你，你要老实告诉我，不能撒谎。"房间里就剩苏杏儿和白彦两人，桃蕊仙子和叶神医让了空间给难得见面的两人。

而苏杏儿这一次也有所防备，一道结界隔开了白彦与她。

白彦心里那叫一个无奈，想不到苏杏儿会如此防他。

"杏儿想问什么便问，我不会骗杏儿的。"白彦点头，他大概猜到她会问什么了，而他也会如实告诉她。

苏杏儿抿抿唇，开口问道："天后上次找白大哥，是不是跟白大哥提了什么要求？"

白彦一听，果然是关于这件事的，就淡然一笑："是，天后让我帮忙在妖界查出近万年前，妖界与天界大战时发生的事，查出来之后，要事无巨细地汇报给她。"

苏杏儿一怔，天后要他去查这个？

"天后查这个做什么？"苏杏儿暗暗惊讶，近万年前的事情，天后为何忽然关注起来，还让白彦去查？

难不成天后已经在天界查过，却一无所获，所以只能寄希望于妖界？

“那天后可就没说了。”白彦摇头，这是实话。

苏杏儿皱了皱秀眉，片刻后又问道：“白大哥为什么会答应帮天后？”

白彦闻言失笑：“杏儿，你觉得如果我不答应，下场会怎样？还有，天后对我承诺，在我查这件事期间，只要你下界，便可以与你见面，而且事成之后会让我跟你在一起，你觉得我会拒绝吗？”

苏杏儿呆了呆，姐姐果真猜中了！天后真的给白彦许诺了这件事！她白皙的脸颊顿时飞上了一片红云。

“天后未必能决定我的未来。”苏杏儿不自在地侧过身，紧张地看着别处。

“呵……”白彦轻笑一声，“杏儿，相信我，天后是最能决定你未来的人。”

“这是为何？”苏杏儿微微侧眸，觉得白彦似乎话中有话。

“自古以来，媒妁之言，父母之命，不是吗？”白彦笑道。

苏杏儿心里狠狠一震。

“你……怎么知道？”苏杏儿脸色微变。

白彦微微一笑：“天后亲口告诉我的，你是她的女儿，也就是天界公主。而你的身份，是可以嫁人的。”

天界公主虽是天帝与天后两仙所生，但不是男婴便不会有仙骨，只要在成亲前被天帝毁掉孕脉，便可以与其他上仙成亲。

“天后……”苏杏儿微微退了两步，十分震撼。

原来，天后早就知道了她的身份，却一直没说。难怪天后看见她和白彦见面，都没有责罚她……

可是，不对啊！

天后既然知道了她的身份，那就应该知道自己的记忆出了问题，可天后按兵不动，难道说……

苏杏儿猛然想到天后让白彦去查的事情，不禁大吃一惊。

看来，天后是怀疑到那场大战了啊！

虽然方向不全对，但天界记载不是说狐仙娘娘死于那场大战吗？如果白彦查出来那场大战有什么关于狐仙娘娘的事情，天后岂不是很快就能推断出来？

“白大哥，我要回天界了，你自己保重。”苏杏儿急着回天界告诉灵飞这个消息，当即便解了结界，准备回天界。

白彦手疾眼快，一把扣住她的手腕，拉她入怀，郁闷道：“杏儿，你不能这样利用完我就走。”

至少，陪陪他吧？

苏杏儿轻轻推了他一把：“我还有事，现在正是多事之秋，我不可以在凡间停留太久。”

“我不信这么一会儿能耽搁你什么事。”白彦耍起了无赖，这一招显然是跟沐云流学的。

苏杏儿沉默片刻，倒是没有再挣扎。

白彦也不敢做什么过分的举动，否则苏杏儿一定会强行离开，毕竟她现在是仙，他抱抱她已经很奢侈了。

好在是这样，苏杏儿才默许了。

苏杏儿难得顺从，让白彦抱了一会儿后，再次轻轻推了他一下：“我改天再来找你，还有，我不希望你做什么坏事，知道吗？”

他现在为天后做事，虽然是为了她，但她决不希望他变坏。

变成……像曾经的天后那样的坏蛋……

白彦知道苏杏儿心地善良，眸色微微闪了一下，保证道：“你放心，就算是为了你，我也不会做让你失望的事情。”

苏杏儿唇角微微一勾，这才放心下来。然后，她坚定地推开了白彦，转身离开房间，跟桃蕊仙子说了两句之后，回天界去了。

回到天界，苏杏儿将从白彦嘴里问到的事情都告诉了灵飞。她微微忧心：“姐姐，你说天后真的会是我娘吗？”

天后那般肯定地跟白彦说她是天界公主，难道天后真的已经查证了她的身份？可是，为何天后没有告诉她呢？

“十有八九。”灵飞抿唇，“不过，天后没有宣布此事，看来也是对她脑海里的记忆产生了怀疑。”

可能天后已经发现她的记忆出现问题，就是从妖界与天界大战之时开始的。所以才会让白彦去妖界查当年大战之事。

“那如果天后真的查到了什么，或是想起了以前的事情，流王殿下岂不是有危险了？”苏杏儿瞬间忧心忡忡。

灵飞自然也想到了这一层，顿时觉得有必要先去天池探探情况了。

“已经过了几百年，我们的实力都达到了玄仙级别，而我也快修炼到金仙的境界了，应该去天池探探了。”灵飞当即说道。

“姐姐是怕夜长梦多？”苏杏儿想到天池，神色一凛。

“嗯，我怕天后知道天池的秘密，很快就会阻止我们，甚至伤害沐云流。”灵飞点头，“所以，我们要抢在她行动之前，弄清楚天池究竟是什么状况。”然后，再想对策拿到天池里的仙骨。

苏杏儿一想也对，当即站了起来，道：“姐姐说得有道理，不如我们今天就去看看天池到底是什么情况。”

“好！”灵飞欣然点头，很快便与苏杏儿离开了紫霄灵台，往天池方向飞去。

天池虽早年被封，但因为仙界无几人能到达，再加上封印的关系，所以天河两畔并无天界守将。

连天帝都进不去的地方，还派守将做什么呢？

所以，灵飞和苏杏儿一路顺着天河往尽头飞去，也没遇到半个仙家。

两个姑娘也不知道飞了多久，只知道已经开始体力不支了，却还是没看到传说中的天池。仿佛，这条天河根本没有尽头一样。

几个时辰之后，两个姑娘已经精疲力竭，不得不停下来，在天河边上休息。

一眼望去，天池仍旧无影无踪。

“天池实在是太远了。”灵飞声音略有些嘶哑，她拿起水壶润了润喉，又递给了苏杏儿。

正在这时，一道青色身影出现在她们身后。

“你们想去天池？”温润的声音响起，令两个姑娘心里一惊。

一转过身，灵飞和苏杏儿发现来人是裂天仙尊，顿时都松了口气。

“灵飞拜见仙尊。”灵飞首先行礼。

苏杏儿也紧跟着福身：“苏杏儿拜见仙尊。”

“免礼。”裂天仙尊温和一笑，看着两个亭亭玉立的姑娘，说道，“你们想去天池的话，我可以送你们去。”

“真的？”灵飞眼里骤放异彩，裂天仙尊如果肯带她们去的话，那来回半个时辰就够了！

“嗯。”裂天仙尊温和地笑着。

灵飞和苏杏儿对视一眼，眼里皆是喜色，然后不约而同地说道：“我们要去天池！”

“好，站稳了。”裂天仙尊话音刚落，一朵浮云顿时将两个姑娘托起，随着裂天仙尊朝天河尽头奔去。

好快啊！灵飞和苏杏儿紧紧握着彼此的手，暗暗惊叹。不过几个眨眼的工夫，她们就已经被裂天仙尊带到了天河尽头——天池。

从云朵上飞下来时，灵飞和苏杏儿还有些回不过神。这就是混元大罗金仙的实力吗？真骇人！

“这里便是天池入口。”裂天仙尊负手而立，看着天池入口处的透明结界，神色幽深。

他语气淡漠，似乎与平日的云淡风轻有些不同。

灵飞和苏杏儿上前一步，看向那天池入口。

所谓天池，便是一堆仙石围起来的水池，只是与普通水池不同，它很大，几乎有三丈宽长。而那入口，则是唯一可进入天池的通道。

但现在整个天池明显被一层透明的结界包裹起来，从上到下，密不透风。

明明她们站着的地方大风肆虐，可天池内的水却是死寂一片。

"如果我们贸然进去的话，那封印会把我们震飞吗？"灵飞凝视那天池入口，透明结界泛出一股清冷的光芒，令人无法忽视它的存在。

"会。"裂天仙尊微微抬起下巴，唇角微勾，"任何人靠近它，它都会以一股巨大的力量将其震开。"

灵飞看了一眼裂天仙尊，沉吟片刻后道："仙尊，我不是不相信您的话，不过……我想试试。"

为了避免裂天仙尊生气，灵飞才事先说明。

裂天仙尊淡淡一笑："你想怎么试？"

"请仙尊和我们联手，试着破这天池封印。"灵飞斩钉截铁地说道。

凡事没有试过，怎么知道会失败呢？

无论其他人怎么说，灵飞都想亲自试试，至于这次是否会成功，那不重要。重要的是，她知道了这层封印的真正力量，然后才能去想办法破解。

裂天仙尊轻轻扬眉，看了灵飞认真的小脸片刻，颔首："好，我就让你亲自见识见识这封印的力量。"

说着，裂天仙尊去了天池入口处，双手缓缓抬了起来。

一股强大无比的仙气，从裂天仙尊双手发出，不过片刻便凝聚成了一团白光。

灵飞和苏杏儿对视一眼，随即一左一右站在了裂天仙尊身边，两个姑娘同时发力，用尽仙气，与裂天仙尊发出的仙气融为一体。

最后，整个强大仙气凝聚成的白色光球以雷霆万钧之势轰然砸向天池入口，那透明的结界之上！

别说灵飞和苏杏儿，就连裂天仙尊此刻脸上也浮出微微汗珠。

灵飞和苏杏儿目不转睛地看着天池入口透明的封印结界，本以为这么强大的力量至少可以震天池三震，却想不到，那透明的结界在那团白光砸过来时，瞬间如有弹力般张开一个"血盆大口"，将白光吞了进去！

悄无声息，方才还有一点儿动静的四周，瞬间变得安静无比。

如果不是三仙体内仙气不再，证明三仙方才的确攻击过天池封印结界，恐怕谁也不会相信，那么强悍的力量到了封印结界上就变得如此渺小。

"这……"灵飞简直不敢相信自己的眼睛。

苏杏儿也惊呆了。

如果刚刚那股力道是冲着她来的，她恐怕这会儿早就死了！

想不到，封印结界竟然这么厉害，可以直接将这股强大的力量化为无形。

“你们都看到了吧？”裂天仙尊见怪不怪，神色淡然，“无论怎样强大的力量，都无法摧毁天池封印，它还能吞噬外界的力量，使它自身更加强大。”

也就是说，天池封印有了灵性，不但可以吞噬外部力量，还能自行成长。

灵飞顿时蹙起了眉头，语气略沉：“这么说来，无论力量有多强大，都不能破天池封印，反而会使天池封印更加强大？”

“不错。”裂天仙尊点头，瞥了灵飞一眼，眸中略有深思。他对这天池封印是没办法，但不知这几个后生是否可以想到破解之法。

灵飞一时之间倒是没有想到可能的办法，苏杏儿同样一筹莫展，随后，裂天仙尊将两个姑娘送离了天池。

灵飞和苏杏儿尚未恢复体内仙气，不禁震惊于裂天仙尊实力恢复速度之快。

“今日之事，不要为外人道。”裂天仙尊离开之前，对两个姑娘嘱咐道。

“是，仙尊。”灵飞和苏杏儿同时福身，恭敬应答。

回到紫霄灵台后，两个姑娘在房间里开起了小会。

如今她们自然不住在那茅屋了，而是分配了房间，两个姑娘所住的房间还紧挨着。

“杏儿，你对天池封印有什么看法？”灵飞看着苏杏儿，问道。

苏杏儿面露为难，轻轻摇了摇头：“姐姐，我真的一点儿办法都想不出。”

连裂天仙尊和天帝都无法破解天池封印，她实在想不出还有谁可以破这封印。

“我刚刚也一直在想实力的问题。”灵飞忽地勾唇一笑，“可是杏儿，我们是不是一直都想错了方向？”

“想错了方向？”苏杏儿一怔，眼里忽然闪过几道光亮，难道……

“不错！”灵飞点头，“要破天池封印，未必一定要实力有多强，而是看人的，你觉得呢？”

“姐姐的意思是说，流王殿下可能不需要实力，都能进天池？”苏杏儿的眼睛骤然亮了起来。

如果是这样的话，那流王殿下去一趟天池，所有难题不就迎刃而解了？

流王殿下进入天池，便能拿到仙骨，这样一来，离流王殿下震慑天下之日就不远了啊！

第十五章 急不得

“我就是这么想的。”灵飞轻轻勾唇，“天池中有沐云流的仙骨，而天池封印无缘无故有了灵性，能吞噬强大的力量，你不觉得这很奇怪吗？”

说不定，天池封印有了灵性，根本就是那仙骨在作祟，仙骨在自我保护！

灵飞的分析，让苏杏儿听得一阵入迷，脑子里飞快闪过了一些念头。

那天池封印是天帝亲手所下，最后却连天帝都无法破解，说是封印有了灵性，然而天池哪有那么大的能耐？

除非，是天池里的仙骨让封印有了灵性！

而仙骨是流王殿下的，如果流王殿下到天池，仙骨不就会认得自己的主人，封印也不会阻拦流王殿下入天池？

“姐姐，我觉得你说得太有道理了。”苏杏儿眼睛闪闪发亮，“我们这就去找流王殿下吧！”

天后已经发现了苏杏儿的身份，更怀疑起了自己的记忆，还令白彦去妖界打探万年前的大战内情，说不定很快就会知道天池里的秘密。

所以，当务之急就是要快点儿将流王殿下带到天池，快点儿将仙骨拿到手！

灵飞听到苏杏儿这话，眸色微微一闪，倒是沉默下来。

几百年前，她就因去御虚门而险些仙根被毁，如今她已成仙，沐云流又是御虚仙主座下第一关门弟子，她若贸然去找沐云流，会不会又引起新的风波？

想到这些，灵飞淡笑道：“我的身份不适合去找他，我看，就由杏儿出面去找他吧。裂天仙尊那边，我去说。”

兵分两路，到时候裂天仙尊自然就会带沐云流前往天池。

“可是……”苏杏儿有些迟疑，她不相信灵飞不想念流王殿下，难道是怕节外生枝，让其他仙家诟病？

“没有什么可是，杏儿，你快去找他吧！”灵飞压下心底那浓浓的思念，愣是逼自己转过了身。

几百年没见面都挨过去了，不能现在功亏一篑。

再等等……等到他拿回仙骨，恢复身份，相信他就会来找她了。

苏杏儿看着灵飞坚强的背影，抿了抿唇，一咬牙转身走了。她知道灵飞不是不想见流王殿下，而是不能见。

很快，苏杏儿便到了御虚门。

以手中天后的令牌，她自然随时可入御虚门，于是很快便见到了沐云流。

沐云流并不意外苏杏儿来找他，他心中微微有些猜测，必定是事情出现了变化，苏杏儿才会神色匆匆地来见他。

“流王殿下，天后让白彦下界打探当年天界与妖界大战的事情，我想，天后已经发觉不对劲了。”苏杏儿直接说明来意，“我和姐姐商量之后，决定让流王殿下跟裂天仙尊前往天池，看看能否直接破了天池封印，拿到天池里的盒子。”

沐云流和苏杏儿面对面坐在房内，听到苏杏儿这番急切的话语后，倒是没那么心急，而是陷入了沉思。

“流王殿下？”苏杏儿见沐云流半天不开口，不禁有些急。

几百年过去，沐云流的性子沉稳了许多，虽然王者之气依旧令人膜拜，却多了一份从容，不似往日那般易躁易怒。

此刻，沐云流经过短时间的沉思后，说道：“你们怎么能确定，我可以破天池封印？”

苏杏儿立刻将灵飞的一系列猜测说了出来，并告诉沐云流她们今日才跟裂天仙尊一同去了天池，见识到了那天池封印的灵性。

“天池封印可以吞噬一切力量，姐姐怀疑是仙骨赋予那封印这股力量的，是因为仙骨想要自保。”苏杏儿笃定地说道，“而流王殿下是仙骨的主人，姐姐相信流王殿下若去天池，封印必然给流王殿下让路！”

沐云流听了，又陷入了沉思。

“流王殿下，你到底在顾虑什么？”苏杏儿不禁有些无奈，天后都用上白彦了，难道他一点儿都不着急吗？万一天后想起了一切，到时候可就麻烦了！

“我是在想，若我不能使那天池封印打开，那么天后不久就会知道，天池中藏着一个很珍贵的东西。”沐云流慢条斯理地捻起一片湿润的茶叶，把玩于手中。

苏杏儿闻言一怔，竟答不上话来。

是啊！一切都是她们的猜测而已，若是流王殿下不能打开那封印，拿到仙骨，岂不是徒增天后怀疑？天后本来现在只怀疑到当年大战之事，并不知道天池里有什么呢！

如果天后知道她们做了这么多，就是为了到天池拿那个盒子，是不是会快她们一步，抢先拿到天池里的盒子呢？

“你们可能忘了，当年是天后亲手将盒子掷入天池之中的，那盒子上又岂会没有她的加固法术？”沐云流淡淡一笑，眼神深邃，“一旦天后知道天池里的秘密，她岂能不取出盒子里的仙骨？”

苏杏儿怔然。

这些，她和灵飞真的没有想过。现在流王殿下一说，她才惊觉她们有多么冲动。

就算流王殿下能够破除天池里的封印，拿到那装有仙骨的盒子，可盒子上有天后的加固法术怎么办？

难道要拿着盒子去跟天后说，让天后大发慈悲将盒子上的法术除掉，将仙骨还给流王殿下吗？这简直是痴人说梦！

“你回去告诉灵儿，让她少安毋躁。”沐云流垂眸，压下满心的思念，“这件事急不得，须有万全之策才能行动。至于天后那边……”

沐云流微微一顿，想到了桃蕊仙子，轻描淡写地勾唇：“天后才刚刚去查天妖两界的大战而已，白彦就算帮她查，也不可能查到天池的秘密上面去，所以，不必担心。”

苏杏儿听沐云流这么一说，焦躁的心倒安定下来。

流王殿下说得没错，天后就算知道当年的大战内情，白彦也不可能帮天后查到天池的秘密上去啊！她们似乎真的是多虑了。

“好，我会转告姐姐流王殿下的话的。”苏杏儿安下心来，浅浅一笑后告辞，“如果没其他事情的话，那我先回紫霄灵台了。”

“嗯。”沐云流起身，站在苏杏儿身边，神色温和道，“我送你出去。”

“谢谢流王殿下。”苏杏儿满心欢喜，和沐云流一同出了房间，到了山脚才跟沐云流挥手道别。

沐云流看着苏杏儿远去，轻轻勾了唇。

那小家伙……几百年没见，难得心里一直还有他。

他沐云流此生，足矣。

却说苏杏儿回紫霄灵台之后，便转达了沐云流的话，灵飞虽然有些遗憾不能立刻让沐云流拿回仙骨，但她也不得不承认沐云流的顾虑是对的。

这件事急不得，必须有万全的准备才可以行动——沐云流说得一点儿也没错。

一着不慎，满盘皆输。

她不能急，让这么多人的努力白费。

于是，灵飞的心安定下来，继续和苏杏儿在紫霄灵台修炼，静待最佳时机，替沐云流拿回仙骨。

半个月后，桃蕊仙子从凡间回到天界，第一时间就去见了沐云流。

“仙子很久没来了。”沐云流见桃蕊仙子气色不是很好，似乎受过很重的伤，心中诧异，却不动声色地给桃蕊仙子倒了一杯茶。

茶香扑鼻，桃蕊仙子微微失神。

端过沐云流递来的茶，桃蕊仙子轻轻闭眼，闻了一会儿。

在那沁人的茶香之中，桃蕊仙子又想起了那仙洞中的白衣女子轻声对她笑道——你动心了。

猛地，桃蕊仙子睁开眼，定定看了沐云流片刻，便将茶杯放下了。

她轻声道：“跟天后下凡去办事，遇到了一个死缠烂打的凡间神医，为了天后，我答应陪他一个月。谁知道，却在这期间碰到了狼王……”

桃蕊仙子用平静的语气，将这一段时间以来发生的事情说给沐云流听。

不似解释,也不是倾诉,就仿佛很平常地说着那些事。更接近于两个老友在交谈。

待桃蕊仙子说完，沐云流才微微一笑：“这么说来，仙子故意伤于狼王之手，是为了瞒天过海，不让天后发现仙子动用过桃蕊仙阵？”

桃蕊仙子点了点头：“嗯。”

他倒是很聪明，她只不过轻描淡写几句，他却能猜出她的心思。

“那么，仙子不惜下界陪一个仙子讨厌的凡人，以便动用桃蕊仙阵……是为了什么呢？”沐云流漆黑如墨的眼睛，直直看着桃蕊仙子的眼睛。

这次见到桃蕊仙子，她给他的感觉很不一样。

她看着他的眼神虽然依旧淡然，但总给他一种探究的感觉。直觉告诉他，桃蕊仙子在这段时间里，一定遇到了什么不同凡响的事情。

桃蕊仙子盈盈回望沐云流，轻轻一笑：“为了找一个失踪很久的仙人，你拜托过我的，不是吗？”

沐云流心中一动，神色却波澜不惊，淡笑道：“我是让仙子去打听她的事，可未曾让仙子去找她。”

“可你想找她。”桃蕊仙子语气如常，视线却含着一丝冷厉，“你一直都知道她是你的什么人，你也知道，她被关了起来。你更知道——你不是凡人！”

沐云流面色平静如水，不动声色地看着桃蕊仙子，如玉手指拨弄着面前的茶杯。

“我见过她了。”桃蕊仙子等了许久，不见沐云流开口，便放松了神色，缓缓说道，“她告诉了我很多事情，包括如何帮你。”

这次，沐云流眼中有惊异之色一闪而过。

她竟然……能见到狐仙娘娘？

“我怎知你说的是真是假？”沐云流不轻易信人，虽然他认为眼前这位桃蕊仙子的确冰雪聪明，也不像是个心肠恶毒的女子，但他仍旧不能轻易交付信任。

桃蕊仙子轻勾唇角："你听我说完，自然就信了。"

沐云流深深地看了桃蕊仙子一眼，片刻后缓缓点了点头。

于是，桃蕊仙子便在沁人的茶香之中，徐徐将她从裂天仙尊口中得知狐仙娘娘有东西在狐族，随后赶去狐族，从狐族族长手中拿到狐仙娘娘一绺青丝的过程简单描述。

"拿到狐仙娘娘的头发后，我便离开天界，去了凡间的神医山庄。随后我设下结界，催动了桃蕊仙阵，利用狐仙娘娘的头发，希望将狐仙娘娘找出来。"

桃蕊仙子不紧不慢地叙说："不料，狐仙娘娘被关在了龙族的万龙困仙阵法之中，桃蕊仙阵无法将她带来桃花空间，所以我便被带往了她被困的阵法之中。"

沐云流握住茶杯的手指微微收紧，眸色深沉，却看不出任何情绪。

"狐仙娘娘告诉我很多事情，包括你的身世，还有你遗落在天池里的仙骨。"桃蕊仙子凝视沐云流的一双黑眸，"她甚至拜托我，一步一步，助你拿到仙骨，练成至高无上的仙法。"

"砰"的一声，沐云流手中的茶杯碎裂开来。茶水肆意流淌在他修长的手指之间，滴落在桌上。

幸而这么久过去，茶水已经温热，不然定要烫着他。

桃蕊仙子见状，知道自己已经无须再问——他，的确就是狐仙娘娘口中那个天生仙骨的殿下。他是真正的皇子殿下，天界唯一的正统血脉。

她默默地拿出手帕，一道仙气弹了过去，手帕落在沐云流手背上，如有魔法般将那些水渍全部吸了起来，包括碎裂开来的茶杯碎片。

很快，桌上便一片干爽，她又将自己的手帕收了回去。

"如何救她出来？"沐云流的语气依旧毫无感情，可仔细听来，却有一股深沉的压抑。

桃蕊仙子沉默片刻，淡淡道："她没有说。"

事实上，狐仙娘娘的说法是，将万龙斩杀，阵法自破！

然而，桃蕊仙子不可能这么回答沐云流，她不会助纣为虐，帮天后害沐云流他们，却也做不到背叛天后，让整个龙族承受这么大的损失。

沐云流瞬间犀利地看向了桃蕊仙子，仿佛要将她看透。

桃蕊仙子坦然回望，没有一点儿心虚的表情。

片刻，沐云流勾了勾唇："她让你如何帮我？"

桃蕊仙子心里松了口气，面色如常地说道："她让我想办法将你带去天池，因为天池封印只有你能破。不过，天池里的盒子被天后亲手加固过，只有天后才能打开。于是，我还要想办法劝天帝出面，让天后将盒子打开。如此，你才能得回仙骨。"

沐云流闻言，心里惊疑不定。

原来灵儿的猜测并没有错，天池封印的确只有他才能破。

当然了，他的猜测也没错，装着仙骨的盒子的确被天后加固了，只有她才能打开。

只听桃蕊仙子接着说道：“带你去天池，只需要裂天仙尊出面便可，但是要说动天帝，恐怕不是那么容易的事情。”

沐云流心中一动，说道：“天帝对灵儿似乎青睐有加，灵儿若出面，应该能够劝动天帝。”

灵飞狐仙?

桃蕊仙子眉头微微一蹙，看着沐云流道：“我帮你的事情，不希望第三个人知道。这样我会很危险。”

这一点，桃蕊仙子坚持。毕竟她是天后身边的人，跟随天后已经多年了。

沐云流倒也能理解，笑了笑：“好，在我拿回仙骨之前，我会替你保密。但天帝那边，你打算怎么办？”

桃蕊仙子沉吟片刻，便有了主意：“我可以事先准备一封告密信，告诉天帝，天后将去天池抢一件对天界来说至关重要的宝物，相信天帝到时候一定会赶去天池，看个究竟。”

沐云流神色一凝：“你同时还会告诉天后？”

“是的。”桃蕊仙子点了点头，“只要我将时间掐好，在天后动手抢那盒子之时，天帝必然也到了。”

桃蕊仙子的这个计划听起来太过冒险，以至于沐云流陷入了短暂的沉默。

如果真如桃蕊仙子所说的那样，当然皆大欢喜，但如果中途出了什么差错，恐怕天后一发现盒子里的仙骨，立刻就会毁掉!

“你在担心仙骨被毁是不是？”桃蕊仙子一眼就看出了沐云流迟疑之处。

沐云流抬眸看了她一眼，说道：“仙骨事小，救她事大。”

言下之意，失去仙骨，他等于失去了一身实力，便也救不了他想救的狐仙娘娘了。

桃蕊仙子心里微微一凉，他恐怕是一定要救那位狐仙娘娘的吧?

倒也是，身为人子若连自己的娘亲都救不了，便枉为人了。

“你放心好了，仙骨是不能被毁去的。”桃蕊仙子淡淡一笑，“你唯一要担心的，便是天后绝对不会替你打开那盒子，你便永远也拿不到仙骨。”

沐云流一震，仙骨无法毁去?

这也对了，当年若天后能毁掉他的仙骨，何必装在盒子里扔进天池，还将盒子加固?

沐云流豁然开朗，五指一握，颔首：“好，就按照你的计划进行！”

桃蕊仙子看着沐云流，笑了笑：“那好，明日午时，你在天河边上等即可。”说罢，桃蕊仙子便起身离开了御虚门。

桃蕊仙子走后，沐云流一直想着，到底要怎么破那万龙困仙阵法，救出狐仙娘娘。

但他可以肯定的是，桃蕊仙子隐瞒了他关于这件事的真相——她必然知道如何破阵，却因为某些原因，没有告诉他破阵的方法。

到了第二日，裂天仙尊原本受紫霄仙尊之邀到紫霄灵台下棋的，却忽然爽约，紫霄仙尊便有些不悦。

灵飞和苏杏儿正陪在紫霄仙尊身边，只见紫霄仙尊听到华凌上仙前来通知，说裂天仙尊临时有事不能前来赴约之后，脸色就沉了下去。

“你师父除了本尊这儿之外，还能去哪儿？”紫霄仙尊冷着一张脸，显然很是怀疑裂天仙尊不来的真正原因。

华凌上仙眼皮一跳，深知紫霄仙尊的脾气，讪笑了一声后说道：“是御虚仙主临时找师父有事，所以师父才没有来紫霄灵台。”

“御虚仙主？”紫霄仙尊冷哼一声，“他以前虽与你师父有来往，但这几千年来早已形同陌路，怎么会突然找你师父？”

如果有事，那就是真有事了，他一定要去看看！

没等华凌上仙回答，紫霄仙尊就站了起来，说道：“你师父现在何处？带本尊前去！”

华凌上仙闻言脸色一僵，片刻后才轻咳道：“仙尊见谅，师父没告诉我。”

“没告诉你？”紫霄仙尊不怒反笑，“好你个华凌！连本尊都敢骗！你以为你不说，本尊就不知道你师父去了哪儿吗？”

说着，紫霄仙尊弹出一道仙气，空中倏地变出一只纸鹤来。

一见那纸鹤扑棱着翅膀要往前飞，华凌上仙急忙伸手，将纸鹤往手里一抓，在紫霄仙尊的怒目中无奈说道：“我说，我说就是了。”

顿了一下，华凌上仙才说道：“师父去了天池，带了一名御虚门的弟子。”

什么？

吃惊的不是紫霄仙尊，而是在紫霄仙尊身边的灵飞和苏杏儿。

灵飞和苏杏儿震惊地对望一眼，完全无法理解——沐云流不是说，现在不宜急躁，不能去天池吗？

华凌上仙一说裂天仙尊去了天池，还带了一名御虚门的弟子一同前去，灵飞和苏杏儿就笃定是沐云流了。

但是，因为之前苏杏儿去见过沐云流，而沐云流不赞同灵飞的计划，所以三人都放弃了去天池的念头，可现在沐云流又跟着裂天仙尊去了，这怎能不让灵飞和苏杏儿感到吃惊？

“天池？”紫霄仙尊微微一蹙眉，脸上浮现出困惑的神色，“裂天带御虚门的弟子去天池做什么？”

华凌上仙自然不答话，暗想：若紫霄仙尊一定要去天池看个究竟，应该也不会对大局产生什么影响吧？

果然，紫霄仙尊很快就说道：“本尊去天池看看。”

灵飞和苏杏儿一听，急忙上前，显然要跟紫霄仙尊一同前往天池看个究竟。

事关沐云流，她们不可能不紧张。

“你们两个也要去？”紫霄仙尊瞥向灵飞和苏杏儿，问道。

灵飞和苏杏儿不约而同地点头。

“也罢。”紫霄仙尊倒是不想带灵飞和苏杏儿前去，但转念一想，那御虚门的弟子也在，恐怕就是那凡间王爷沐云流，心里一合计，便改变主意让灵飞和苏杏儿一同前往了。

华凌上仙看着几人远去的背影，微微叹了口气。

今日这计划十分冒险，也不知道……最终结果如何。罢了，他还是去天宫那边盯着吧!

很快，华凌上仙也离开了紫霄灵台。

此刻，紫霄灵台一名白衣少女藏身于一个空间内，目睹了方才发生的一切。

这白衣少女，便是之前投奔了天后的百草。

百草数次跟天后告密，泄露灵飞和苏杏儿的行踪后，得到了天后的嘉奖，给了她一个可藏身的玉坠。

玉坠内有一个空间，只要百草躲在玉坠的空间内，除了天后之外，任何人都发现不了她。

天后赐她这玉坠，摆明了就是方便她窃听用的。

这不，百草偷听到了灵飞等人要去天池的消息，赶紧就前往天宫禀报天后了。

此刻桃蕊仙子刚回到天宫内,她才将那封匿名信偷偷放到了金华上仙的书桌上。

金华上仙有回房便翻看仙书的习惯，定会发现，而以金华上仙对天帝的忠心，肯定会马上将匿名信交给天帝。

桃蕊仙子回到天宫后，就去面见天后，准备将沐云流去天池的消息透露给天后，引天后前往天池夺仙骨盒子。

却不料，桃蕊仙子刚进殿内，便见紫霄灵台的修仙者百草跪在地上，似乎正在给天后禀报什么。

第十六章 真相浮现

桃蕊仙子眸光微微一闪，随后一直走到台阶上，离天后仅有两步之遥的时候，才压低声音说道："娘娘，我得到消息，御虚门那沐云流，被裂天仙尊带往了天池。"

天后瞥了一眼桃蕊仙子，"嗯"了一声，颔首道："不但如此，连紫霄仙尊也赶过去了，同行的还有杏儿和那小狐仙。"

显然，这信息就是百草透露给天后的了。

桃蕊仙子一怔，灵飞和苏杏儿也去了天池？发生了什么事？怎么这么多仙家去了天池？

桃蕊仙子倒没有怀疑沐云流把计划泄露给了灵飞和苏杏儿，因为他没有时间，不过，桃蕊仙子对接下来的计划有些担忧。

匿名信已经放在金华上仙的桌上了，此刻去拿也来不及了，最多还有一炷香的工夫，金华上仙就会回到房间看到那封匿名信了。

所以，计划只能继续下去。

天后瞥了一眼百草，冷笑道："你继续说，他们去天池做什么？"

百草抿了抿唇，拱手道："回天后娘娘的话：他们并没有说去天池做什么，但看起来神色紧张，尤其是那灵飞狐仙，她似乎很重视天池。"

重视天池？

天后眯了眯凤眸，想到天池被封近万年一事，当即站了起来，冷冷道："天池被封，必有隐情！阿蕊，你立刻跟本宫前往天池！"

桃蕊仙子心里倒是怕天后不去呢，闻言便点头应声："是，娘娘。"

天后带着桃蕊仙子离开，临走前让百草回紫霄灵台继续盯着，有什么风吹草动便来天宫禀报，百草答应了，返回了紫霄灵台。

在天后带着桃蕊仙子离开天宫，赶往天池方向时，金华上仙也回到了房间。

他正欲拿起仙书看一会儿，却突然发现桌上多了一封信，上面没有落款。

金华上仙微微蹙眉，将信拆开来一看，神色立刻凝重了。

是谁送来的信？竟说天后与裂天仙尊全都赶往了天池，争夺天池里的仙骨？

什么仙骨？仙骨……那不是天帝才有的东西吗？

金华上仙神色不定，看着匿名信半晌，忽然起身走出房间，快速到天宫找到一名天宫仙子，说道："我要见天后娘娘，烦请通报一声。"

那名仙子向金华上仙行礼之后，淡笑回道："实在不巧，天后娘娘与桃蕊仙子刚刚才离开天宫，但是并没有交代我们去了哪里，所以还请金华上仙改日再来。"

天后和桃蕊仙子都离开了天宫，而且是刚刚离开的？

金华上仙神色一凛，没有再说什么，急匆匆离开天宫，赶到天帝所在的宝殿。

"微臣叩见天帝陛下。"金华上仙恭敬行礼，随后双手将匿名信奉上，"微臣之前回到房间，发现书桌上有这封匿名信，不知是何人送来，但信中内容实在让微臣震惊，所以微臣不得不立刻赶来禀报天帝陛下。"

天帝卷起面前的画像，收起双眸中的深思，瞥了金华上仙一眼，手一伸，金华上仙手中的匿名信转瞬便飞到了他手上。

扫了信上内容一眼，天帝眼中快速闪过一抹惊疑。

"天后她人呢？"天帝发问，神色波澜不惊。

"回天帝陛下：微臣方才去了天宫求见天后，天宫仙子却说天后娘娘刚刚带着桃蕊仙子离开了，但并不知她们去了哪里。"金华上仙如实答道。

就是怕到了天帝面前答不出天后的下落，所以金华上仙才先去天宫一趟的。

天帝眸中闪过一抹极其深沉的冷意，目光落在了手中的匿名信上，心里掠过一抹沉思：仙骨……天池里有仙骨？

谁的？

天帝薄唇一勾，真相，就快浮出水面了吗？

原来天池被封，封印产生灵性，都是因为天池里有如此贵重之物？

好大的胆子啊！竟有仙家不顾天界规定，生下了一个天生仙骨的孩子？所以天池才被封，因为天池里有那孩子的仙骨，不得不封。

拥有仙骨的天帝，自然知道此事闹起来会有多大，一旦被那个孩子拿到仙骨，只怕天界就会动荡不安了！

于是，天帝五指微微收拢，轻而易举地毁掉了那封匿名信，薄唇轻启："去天池。"

金华上仙心里一凛，感觉今日恐怕会有大事发生，不禁心中忐忑，但还是不得不领命："是，天帝陛下。"

此刻，总共有四拨人赶往天池。

而最先到达的，自然是裂天仙尊和沐云流了。

裂天仙尊看着那天池入口，对沐云流说道："流王殿下请小心。"

"多谢。"沐云流看了一眼裂天仙尊，他已从桃蕊仙子口中得知，裂天仙尊是和狐仙娘娘交情极好的师兄妹，同属紫霄灵台，态度自然有所转变。

裂天仙尊看着沐云流步履沉稳地走到天池入口，向来淡然的神色不禁微微一紧。

沐云流身上关系着埋藏了近万年的秘密，身份又十分尊贵，更关系到天界未来的和谐，裂天仙尊自然紧张。

只见沐云流在入口处停顿片刻，忽然就这么直接走了进去！

裂天仙尊瞳孔微微一缩，却在见到那天池强大的封印瞬间消失于无形时放松了下来。

嘴唇，勾起一抹释然的弧度。

果然不愧是流王殿下，而那桃蕊仙子也并未说谎——流王殿下，的确是破封印的唯一钥匙。

沐云流轻而易举地破除天池封印之后，裂天仙尊立刻闪身上前，进入天池。

他站在沐云流身边，双手轻轻托起一道仙气，只见那洁白如云的仙气缓缓从天池的水底托起一个金灿灿的盒子来。

沐云流眼底掠过一抹淡淡流光，这就是灵儿所说，画中世界里那被天后掷进天池的盒子吗？而盒子里面，就装着从他身上取出的仙骨？

裂天仙尊刚刚将金灿灿的盒子从天池水底托上来，一道粉色身影忽然从天而降，伸手便夺那盒子！

沐云流瞬间出手，可他如今还是凡胎肉体，那在凡间绝对是天下第一的轻功，此刻便显得有些无用。只是那一身气势，仍旧让人不容小觑。

裂天仙尊大吃一惊，脱口而出："天后！"

此刻，裂天仙尊已经认出夺取盒子的正是当今天后，而他顾不得去夺回盒子，闪身上前快速将沐云流给救了下来！

沐云流还是凡胎肉体，裂天仙尊自然知道天后随便一掌都能让沐云流当场毙命。比起盒子来，更重要的显然是沐云流的性命。

俗话说得好，留得青山在，不怕没柴烧。

裂天仙尊将沐云流护在身后，神色淡然地看着手里抓着那盒子的天后，一笑："天后娘娘不在天宫，却到这天池里来跟我抢一个盒子做什么？"

天后看着手中的盒子，一股奇异的感觉涌上心头。

裂天仙尊带着那凡间王爷到天池，就是为了拿这个盒子？盒子里有什么？

"裂天仙尊不辞辛苦前来天池，竟然破了天池封印，还从天池里拿出这么一个盒子来，本宫自然心生好奇了。"天后冷冷一笑，咄咄逼人地看着裂天仙尊，"说！你们要这盒子做什么？盒子里面装的是什么？"

裂天仙尊此刻眼里快速掠过一抹流光，他笑道："我只知道这天池里有个秘密，但怎知秘密是什么？盒子刚拿出来，就被天后娘娘拿走了，我怎知里面装的是什么？如今，盒子在天后娘娘手里，不是吗？”

言下之意，天后若想知道盒子里装的是什么，自己打开不就知道了？何必问裂天仙尊？

天后眸色一冷，片刻后冷笑一声，伸手便要去打开那盒子。

裂天仙尊见状，心里充斥着紧张、忐忑，还有希冀。

但当天后的手接触到盒子时，一道颀长的身影出现，一股强大的仙气瞬间卷走了天后手上的盒子。

天后又惊又怒，一抬头却是呆了呆，粉唇微启：“陛下？”

只见，天帝一袭白衣软袍衣袂飘飘，他淡漠地看着手上的盒子，瞬间将盒子没入宽大的流云广袖之中。

“你们在做什么？”天帝浅浅凤眸微眯，带着一股令人不敢直视的威严感。

关键时刻杀出个天帝来，裂天仙尊神色闪过一抹浓浓失望，但见形势已然如此，不得已只好上前回话道：“回陛下，微臣得到消息，天池中有一异物，所以前来探寻。”

于裂天仙尊而言，他认为此次计划最不好掐的便是时间。

如果方才天帝在天后打开那盒子之后再来，那么整个计划就完美无缺了，只可惜……

也许，这是天意。

天帝微微一笑，眼底却是极致的冷意：“探寻？裂天，你以为朕如此好欺瞒？”

裂天仙尊微微抿唇，一时间无言以对。

计划算是只成功了一半，盒子到手了，然而，仙骨并没有被放出来，也可谓功亏一篑。

而且天帝和天后都知道了此事，不知道事态还会如何发展下去。

但裂天仙尊坚信一点，那便是在仙骨被放出来之前，绝对不能让天后知道当年的事情！否则，以天后的个性，宁可鱼死网破，也不会成全别人。

天帝看着裂天仙尊默不作声的样子，目光威严而冷厉：“说吧，天池封印是如何解开的？”

天池里有仙骨也就罢了，却连他亲手所设的封印都能被人解开，反而他无法解开封印，这岂不令人疑窦丛生？

再一想到天界几百年里各种异事，天帝不难想象，裂天仙尊必然隐瞒了什么，包括他的记忆出问题，都与这些怪事有关！

天帝自诩天界第一神，如今却被底下的人蒙在鼓里，怎能不怒？今日裂天仙尊若是说不出个所以然来，他决不会善罢甘休！

裂天仙尊眸色微微一闪，继续保持沉默。

裂天仙尊心里很清楚，如果他说封印是沐云流解开的，那么天帝必然怀疑到沐云流身上，说不定，会因此而出手。

然而，此时此刻，又有谁阻止得了天帝？

所以，裂天仙尊宁可沉默，将一切扛在肩上，天帝总不会杀了他。

“裂天，你在帮谁隐瞒？”天帝的目光越过裂天仙尊，停留在令他有些怔然的沐云流身上，淡淡一勾唇，“他吗？”

天帝此刻已然猜出，天池里既有仙骨，必然就是从一个天生仙骨的孩子身上剥离下来的。

而如今天池封印被破，眼下在场的人之中，唯有这沐云流可能是天池中仙骨的主人，天池封印也就是这沐云流破的！

“没有，陛下误会了。”裂天仙尊神色间难得出现了一抹紧张，下意识地朝沐云流身前挡了挡。

裂天仙尊是怕人伦悲剧发生，然而，天帝却误会了。

天帝淡淡叹了口气，心中失望：“裂天，是朕待你不好？你竟另择新主，背叛朕？”

“微臣没有！微臣对陛下一片忠心！”裂天仙尊知天帝误会，但苦于天后在场，而什么也不能解释，只能微微蹙眉，欲言又止。

忠心？

天帝淡淡一笑，看向裂天仙尊身后的沐云流，语气中是极致的冷意：“天池封印，是你破的？”

沐云流虽然一直认定狐仙娘娘是他娘亲，但他从未想过他会和天帝扯上关系。

毕竟，天帝何其强大，如果画中世界那个白衣男子是天帝的话，狐仙娘娘就不可能被关起来，而他也不会被天后剥离仙骨，一家人分离万年之久了。

所以，沐云流傲然负手，丝毫没有露出畏惧胆怯：“不错，是我破的。”

“那么这盒子里的仙骨，也是你的了？”天帝流云广袖微扬，唇角勾出一丝冷厉笑容。

仙骨？

天后大吃一惊，一直看天帝和裂天仙尊对峙的她不禁讶异万分：“陛下，这盒子里的东西，是仙骨？”

天帝颔首：“不错。”

天后震惊地上前一步，瞠目道：“可是，天界除了陛下之外，谁还有仙骨？”

说话间，她突然看向了沐云流，秀眉一竖：“你天生仙骨？”

天后此刻真的是震惊了。

天界规矩摆在那儿，怎么可能除了天帝之外，还有一个天生仙骨的孩子？哪两个上仙敢生下孩子？

裂天仙尊长长一叹：“陛下，一切都是微臣的错，请陛下不要再追究了。”

说着，傲然如裂天仙尊，竟然掀起袍摆，跪在了天帝面前。

天帝眸色微微一动，但他看了裂天仙尊片刻后，冷漠地说道：“这个人，朕不能留！”

说话间，天帝倏地出手，朝沐云流袭去！

裂天仙尊大吃一惊，瞬间从地上起身，抬掌对上天帝：“陛下，万万不可！”

只差一句，裂天仙尊就要忍不住说出真相了。

但裂天仙尊心里还有一丝顾忌，那就是天后。如果天后知道沐云流是陛下的孩子，她绝对不肯打开盒子。如此一来，仙骨无法归位，狐仙娘娘也就救不出了。

于是，裂天仙尊宁可对天帝出手救沐云流，也愣是没有说出真相。

天帝彻底震怒，一双冰眸死死地盯着裂天仙尊：“裂天，你陪朕打江山，如今天界安宁有你一半功劳，你竟另择新主，为了他背叛朕？”

当年妖界与天界大战，裂天仙尊和御虚仙主的确都功不可没，包括当今天后。

然而，现在天帝感到自己被背叛，他心底的怒气一点点地升腾起来。而这番怒气，全都指向了沐云流。

“你，果然留不得！”天帝一双冰眸倏地射向沐云流，片刻，他双手震出一道仙气，牢牢地将裂天仙尊锁住，然后单掌扬起，一股强大的力量朝沐云流袭去！

桃蕊仙子美眸一滞，竟是想也不想，便朝沐云流身前挡去。

砰！

天帝凌厉一掌的力道，重重击在桃蕊仙子肩头，将桃蕊仙子整个人震飞。

虽然天帝连动都不曾动一下，但他的一掌又岂是桃蕊仙子这等金仙可以抵挡的？

如果不是天帝见沐云流是一介凡人，并未使用太多的仙气，只怕桃蕊仙子此刻已经当场毙命！

“仙子！”沐云流赶紧施展轻功，从半空中接住了被震出去的桃蕊仙子，他实在想不通桃蕊仙子怎么会帮他挡这一掌。

桃蕊仙子望了沐云流一眼，目光中带着一丝隐忍的疼痛。她想开口说什么，但旋即陷入了黑暗之中。

沐云流抱着昏过去的桃蕊仙子，半蹲在地上，视线冷厉地看向天帝。

他深知天帝对他动了杀机。

不过，堂堂天界帝王要杀一个人，易如反掌，强大如裂天仙尊，不也阻止不了天帝？

所以，沐云流并未产生反抗的念头，他只看着天帝一双毫无感情的冰眸，唇角缓缓勾起一抹讥笑。

死，对于他来说，不过是一种结局。

从一开始知道敌人是天后的那一刻，他就有两种准备：一、打倒敌人，位列三界之巅；二、被敌人打倒，灰飞烟灭。

如今，不过是结局出来罢了，他有什么好怕的？

只是唯一的遗憾……便是他不能再陪着他的灵儿走下去了，想必她会为他伤心落泪的吧？

沐云流淡淡地叹了口气，在瞥见天帝手中仙气再次凝聚时，缓缓地闭上了黑眸。

裂天仙尊见天帝杀机已起，顿生后悔，没有早些说出真相阻止这场悲剧。但此时此刻，就算他想说出真相，也有心无力了，因为天帝所设的结界，让他动弹不得，口不能言。

就在天帝即将一掌将沐云流置于死地时，一道倩影飞快地掠至天帝面前，跪下来便扯住了天帝的袖子。

“天帝陛下，您不能伤害他，他是您的孩子！”

一语如同惊雷，当空劈过。

从半空中掠来的是灵飞，她死死扯住了天帝的衣袖，大声说出真相。

紫霄仙尊带着灵飞和苏杏儿赶到时，桃蕊仙子已经被天帝重伤昏迷过去了，灵飞一见天帝要对沐云流出手，连裂天仙尊都被困住了，她顿时不管不顾地冲上前，说出了真相。

“你……说什么？”天帝怔然，手中凝聚的仙气不知不觉消散于无形。

“他是您的孩子，他是您的亲生儿子！”灵飞坚定地看着天帝，再一次说道，“如果您杀了他，您会后悔一辈子的！”

天帝心中掀起惊涛骇浪，一双冰眸似有了裂痕，他缓缓抬眸，看向了那个不可一世的年轻男子。

这怎么可能？

“胡说八道！”天帝尚未来得及反应，天后已经一个箭步上前，狠狠给了灵飞一记响亮的耳光。

灵飞被打倒在地，沐云流眼中冷厉之色瞬间闪过。

他将桃蕊仙子抱起，走到苏杏儿面前将桃蕊仙子交给她照顾，随后上前一把拉起了灵飞，搂在怀中，狠狠地看着天后，却对灵飞说道："灵儿，你是不该胡说八道。"

灵飞微怔看着他，她没有胡说八道啊！他真的是天帝的儿子。

如果不是的话，天界还有谁敢和狐仙娘娘生下一个天生仙骨的孩子呢？

她也曾想过是裂天仙尊，可后来她自己推翻了，因为天帝见到狐仙娘娘的画像后，神色很不一般，而且对她又那么好。

她想，天帝一定是忘记了，他和天后一样，记忆出了问题。

"天帝天后恩爱有加，天帝怎么可能在外有私生子？"沐云流淡淡一笑，将灵飞拉到了安全地带，瞥了苏杏儿一眼，"他们的孩子，应该是杏儿才对。"

天帝和天后同时一震，一个震惊于苏杏儿的身份，一个震惊于沐云流竟会知道苏杏儿的身份。

苏杏儿却是脸色一白，贝齿微微咬住下唇，静默不语。

怎么办？

现在真相已经浮出水面，天帝和天后都已经知道了她和流王殿下的身世，事情接下来会如何发展呢？

流王殿下会如愿以偿拿回仙骨吗？

苏杏儿心里惴惴不安。

面对这混乱的局面，天帝眸色微沉，抬手解开了裂天仙尊的禁制，随后转身，丢下一句："都随朕到宝殿，这件事务必要弄个清清楚楚！"说完，天帝便率先离开了天池。

其他人面面相觑，都跟了上去。

宝殿内。

天帝高高在上地坐在宝座上，视线冷厉地扫视着下方坐定的众仙。

天后五官微微扭曲，仇人般看着沐云流和灵飞，恨不得将沐云流和灵飞碎尸万段。

桃蕊仙子已经得裂天仙尊救治，此刻仍很虚弱，却强撑着站在天后身侧。

天后此刻只顾着弄清沐云流的身世，倒是没工夫和桃蕊仙子算之前她为沐云流挡下那一掌的账。

"那封匿名信，是谁放在金华上仙桌上的？"天帝威严的目光扫视了众仙一遍，冷冷地问道。

桃蕊仙子眸色一紧，低头抿唇，她想不到天帝会首先问起这件事。

沐云流不着痕迹地瞥了一眼桃蕊仙子，出声："是我。"

天帝蹙了蹙眉，目光复杂地看了一眼沐云流，片刻后才道："你并非仙家，怎能入金华上仙的房间？”

“是我拜托御虚门一位上仙替我放的。”沐云流回望天帝，唇角一勾，“我在御虚门人缘极广，这么点儿事情还不至于办不到吧？”

这道理是不错，但在座众仙都知道，沐云流不太可能办到这件事，所以他一定是在替某人顶罪。

灵飞将方才沐云流瞥向桃蕊仙子的那一眼看得清清楚楚，因为她离沐云流最近，也时刻看着沐云流，所以没有错过。

她便明白，沐云流是在为桃蕊仙子掩饰，自己顶下了匿名信一事。

再一想到之前桃蕊仙子为沐云流挡下那致命一掌的情景，灵飞心里微微有些发涩：什么时候，他和桃蕊仙子的关系这么好了？

“好，此事暂且不提。”天帝看了沐云流一眼，接着便看向了裂天仙尊，“裂天，你来说，你何以知道天池中放着这仙骨？”

第十七章 久违的思念

天帝的问题一出，众仙都看向裂天仙尊。

裂天仙尊微微叹了口气，知道有些事情再无法遮掩，只好说道："陛下，微臣一早就知道流王殿下的身世，也知道天池之中藏着流王殿下的仙骨。"

"你早就知道？"天帝眼中泛过一丝冷厉，"那你为何不早说？"

裂天仙尊顾忌地看了一眼天后，在天后愤恨的视线中，无奈道："陛下与娘娘已经成亲，微臣觉得此事乃陛下成亲之前的事情，所以不想让此事影响到陛下与娘娘之间的感情。"

感情？

天帝闻言，对这话嗤之以鼻：他和天后之间有这种东西吗？

天后却忍不住了，怒道："什么叫作成亲之前的事情？你给本宫说清楚！这个沐云流到底是怎么来的？"

看见天后愤怒的表情，扭曲的五官，众仙都心知肚明——天后没这么容易放下这件事情。

裂天仙尊斟酌了一下，解释道："娘娘，当年陛下还是天界皇子殿下，一次下界游玩偶遇凡间一只灵狐，所以……犯下大错，便有了流王殿下。这只灵狐为了陛下，也勤奋修炼，最后位列仙班。"

狐仙娘娘！

众仙震惊，难怪沐云流天生仙骨，难道……他竟是陛下与那位狐仙娘娘所生的孩子吗？

"胡说八道！"天后激动地站了起来，指着裂天仙尊的鼻子骂道，"你当本宫是傻子吗？陛下若是与狐妖私通，怎会生下天生仙骨的孩子？分明是那狐妖成仙之后，陛下才与她生的！"

若不是真相未明之前，天后还不想跟天帝撕破脸，此刻她一定会骂沐云流是野种了。

裂天仙尊眸光一闪，面露愧疚之色："娘娘英明……的确是狐仙娘娘位列仙班后，才与陛下有的流王殿下。"

天帝万万没想到，他曾经有这么一段风流韵事，然而，他为何没有丝毫记忆？

“裂天，为何朕完全不记得？”天帝困惑万分，难道这就是他即便与天后成亲，也始终无法将天后当成妻子的原因？

即便他完全不记得自己有过这么一段感情，他的心却没法忘记，所以接受不了别的女人？

他，很爱那位狐仙？

裂天仙尊淡然道：“陛下不记得这件事，是因为当年先帝希望陛下与娘娘结为夫妻，所以没有接纳这位狐仙。也是因为如此，先帝抹掉了当时所有知道狐仙之事的仙家的记忆，包括陛下您的。”

天帝一震，冷冷道：“你的意思是说，先帝拆散了我和狐仙？”

裂天仙尊默然不语，以他的身份，自然不能说先帝什么。

不过，天帝却看向了沐云流，修长的手指一指沐云流，冷声道：“他的仙骨，是不是一出生便被先帝强行剥离了？”

如果一切都是先帝所为，那么沐云流的仙骨会在天池之中，也是先帝做的。

在当时来说，只有先帝有这么大的权势，可以瞒天过海，令整个天界的仙家对这么大的事情保持沉默。

裂天仙尊眸色微微一闪，继续保持沉默。

终于，天帝怒而拍桌：“你好大的胆子！”竟敢……这样将他蒙在鼓里。

裂天仙尊明明知道一切，却不将真相说出，让他被蒙在鼓里万年之久，他真想将裂天仙尊碎尸万段！

但是，天帝看着裂天仙尊以性命维护沐云流，却迟迟下不去手。

天界以天帝为尊，当年先帝还是天界之主，就算众仙家有意见又能如何？如果连当时的他都不能阻止先帝，裂天仙尊又能做什么阻止先帝？

殿内一时间陷入静默之中。

灵飞和苏杏儿悄然对望了一眼，各自在心中不解，为什么裂天仙尊要骗天帝？

明明……沐云流的仙骨，是天后强行剥离的，不是吗？

那盒子上，有天后所下的禁锢，也是天后亲手将盒子扔进天池之中的，为什么裂天仙尊要赖到先帝身上？

此刻，只见天帝将袖中那金灿灿的盒子拿了出来。

他目光复杂地看着那盒子，抬手覆上去，似乎是想将那盒子打开。然而，天帝刚使出仙气，那盒子突然发出一阵金光，将他的手直接震开了！

天帝只觉虎口处微微发麻，不禁诧异地看了那盒子片刻。

天帝犹未死心，伸手准备再去开那盒子，裂天仙尊见状便眸色一闪，开口禀道：

“陛下，这个盒子乃当年龙王用身上金鳞加固的，必须要龙王之血才能打开。”

龙王之血？

天帝蹙了蹙眉，冷声道：“龙王死于当年大战之中，如何再得到他的血？”

“这……”裂天仙尊不着痕迹地看了天后一眼，轻咳一声，道，“龙王虽然不在了，可龙王还有一个公主，公主的龙血……也是一样的。”

天后接触到裂天仙尊的视线，顿时狠狠回瞪，不待天帝发话，她便冷笑道：“裂天仙尊，你别枉费心机了！本宫是绝对不会打开这个盒子的！”

别说沐云流是天帝的私生子，她绝对不会眼看天界被沐云流接管，就算沐云流不是，她也不能让这个沐云流得到仙骨！

“那可由不得你！”天帝视线一冷，伸手便要用强。

裂天仙尊见状急忙阻拦天帝：“陛下，万万不可，除了龙血之外，还需要神龙用自身的力量才能打开盒子。”

灵飞和苏杏儿此时此刻终于明白了，原来裂天仙尊一个谎言接一个谎言，不过是想要天后将那装有仙骨的盒子打开罢了。

目前天后根本不知道这个盒子是她亲手加固的，更不知道仙骨是她从沐云流身上剥离的。

其实现在，天后的抵触情绪仅是由沐云流是天帝的私生子引起的。

而裂天仙尊便想以此为突破口，让天后打开那盒子，使沐云流拿回仙骨。

所以，裂天仙尊才会谎称天帝天后的记忆都是先帝抹去的，才会谎称沐云流的仙骨是先帝剥离放进天池的。甚至连盒子上的加固，都说成是龙王，也就是天后的父王所为。

只有这样，不知道真相的天后才有可能打开盒子。

否则，一旦天后知道事情的来龙去脉，以她的脾气绝对宁为玉碎不为瓦全。

那样，沐云流想要得回仙骨，简直是异想天开了。

天帝被裂天仙尊阻止，只能冷厉地看着天后，冷冷地说道：“你不要得寸进尺，你应该知道，朕能让你坐上这个位置，也能废了你！”

的确，天帝有这权力，只不过，天后也有自己的倚仗。

只见天后冷冷一笑，微微抬高下巴，傲然道：“陛下可以不仁，本宫也可以无义！只要陛下下定决心为了一个私生子废了本宫，那本宫也可以因为这个私生子，废了天界！”

天帝脸色骤变，面上透着一股浓浓戾气，瞬间站了起来，周身气势变得暴戾，他死死地盯着天后冷傲的脸庞。

天后心中尽管有那么一丝胆寒，但她仍旧冷傲而立，眼睛一眨不眨地和天帝对峙着。

此刻，灵飞和苏杏儿还有沐云流三个，心中都浮现出淡淡的疑惑。

难不成，天后能坐上这个位置，还有什么特殊的原因？她说她能废了天界，不是说大话？

此刻，只见紫霄仙尊和裂天仙尊对视一眼，均是上前，隔断了天帝和天后的较量。

然后，裂天仙尊劝天帝道："陛下，此事太过突然，想必娘娘一时不能接受，就请陛下给娘娘几日时间考虑吧！"

如此僵持不下，不如再另想他法，好歹这一次计划也不算失败，至少将天池里的盒子拿了出来，并且落在了天帝手中。这比落入天后手中要强得多。

裂天仙尊给了天帝一个台阶下，天帝倒也顾忌着盒子需要天后才能打开，收回了视线，坐回了宝座上。

见一场一触即发的战争平息下来，裂天仙尊和紫霄仙尊都松了口气。

随后，天后带着桃蕊仙子回了天宫，临走时都不曾跟天帝行礼。

看来，这一次沐云流的身世之谜大白，的确把天后气得够呛。

不过，沐云流看着强撑着跟天后离开的桃蕊仙子，心中微微担忧。

那天后性格跋扈，蛮横无比，桃蕊仙子方才在天池为他挡了一掌，只怕天后已有所察觉，必然不会饶了桃蕊仙子。

但沐云流的担忧只是一瞬间，他淡淡抿唇，想到桃蕊仙子冰雪聪明，手腕过人，在天界这么久而且深知天后的脾性，应该有办法避过这次劫难。

若真是避不过，他再想办法救她便是了。

救命之恩，不能不报。

沐云流跟随桃蕊仙子移动的视线，还有他那不太明显的担忧，都被一直看着他的灵飞瞧在了眼里，她不禁心中烦闷。

此刻，天帝看向了沐云流，语气还算温和："你不必担心，朕自会为你做主，助你得回仙骨。"

沐云流目光浅浅，表情一如平日般冷然，心里一时半刻却接受不了天帝和他的关系。前一刻，天帝还要置他于死地，这会儿却已经拿出几分父亲的架势，换作任何人都有些难以接受。

天帝倒也没有介意沐云流的态度，命令裂天仙尊和紫霄仙尊想办法之后，便率先回宝殿中去了。

沐云流一行人离开宝殿，在一片空地上，灵飞停了下来，望向沐云流。

她的神色，有几分欲言又止。

裂天仙尊等人见状便先行离开，将空间留给了这对几百年没见面的恋人。

如今沐云流身份大白，便可以婚配，天帝都不会过问，其他仙家自然也不会多管闲事了。

相信，沐云流的身份很快就能散播开来，而打他主意的仙家也不会少。

四周闲杂人等都已经避开，只剩下沐云流和灵飞两人对望。

“你为什么会去天池？之前你不是说，我的计划不妥，你让我少安毋躁吗？”灵飞一向是有什么说什么，藏不住的率真性子，此刻便忍不住直截了当地问出了心中的疑惑。

沐云流没想到灵飞会问他这个问题，略微犹豫了一下，大掌伸出，握住了灵飞的手，淡淡笑道：“后来裂天仙尊找我，说保证可以拿到仙骨，我没有理由不去，不是吗？”

灵飞的神色不见丝毫欢愉，情绪反而低落下去。

真是裂天仙尊找的他吗？

“那桃蕊仙子呢？”灵飞淡淡一笑，“她不是天后的人吗？为什么会为你挡下那一掌？你和她是不是一直有来往？你们交情很好，对不对？”

灵飞第二句话便提到了桃蕊仙子，令沐云流微微一怔后，旋即笑开：“原来你是在吃她的醋啊……”

灵飞脸颊一红，语气生硬地说道：“我没有吃醋！就是看你们似乎关系不一般，所以问问！”

“傻瓜，除了灵儿之外，我谁都不会爱的。”沐云流避重就轻，伸手揉了揉灵飞的脑袋，一如几百年前在凡间时一般。

仿佛时间过去再久，他依旧是那个沐云流，深爱一只可爱狐狸精的流王殿下。

“你为什么不回答我？”灵飞听见沐云流的话，不但没有感动，反而一颗心沉了下去。

以前，他不是这样的。她问什么，他从来都会诚实地回答，可为什么这一次他避重就轻，不正面回答她的问题呢？

“灵儿，这件事以后再说，现在不是时候。”沐云流微微蹙了蹙眉，提醒灵飞道。

桃蕊仙子的确是天后的人，但自从见了狐仙娘娘之后，桃蕊仙子已经决定帮他，这一次计划就是桃蕊仙子冒很大风险设计的。

而桃蕊仙子也受了重伤，现在恐怕正在被天后怀疑。

这个时候他如果贸然告诉灵飞桃蕊仙子和他合作的事……万一对桃蕊仙子产生不利影响，那他就是恩将仇报之人了。

沐云流不愿骗灵飞，便选择不回答。

“现在不是时候？”灵飞轻声呢喃，片刻之后，淡笑着抽回了自己的手，低眸垂头道，“好吧，那你去忙，等你有空之后再告诉我。”

沐云流知道灵飞有些不高兴，但现在是非常时期，一个弄不好就会害了桃蕊仙子，也会害了他自己。他若拿不回仙骨，跟灵飞在一起便是一种奢望。

于是，沐云流压下了解释的念头，温柔地抱了灵飞一下后，轻笑道：“好，等拿回仙骨，我再慢慢告诉灵儿。”

“嗯。”灵飞笑了笑，随后和沐云流一同回紫霄灵台和御虚门。

由于紫霄灵台在御虚门前面，而沐云流还是凡胎肉体，所以灵飞便将沐云流送到了御虚门，才转身离开。

灵飞很快朝紫霄灵台方向飞去，临走时感觉到沐云流的视线一直停留在她身上，她在心里微微叹息一声：但愿，你拿回仙骨，心里还能装得进我灵飞……

强忍酸涩落泪的冲动，灵飞回到了紫霄灵台。

灵飞和苏杏儿同住一间房，苏杏儿早早回到了紫霄灵台，一直在房间里等着灵飞。

待到见灵飞回来了，苏杏儿便笑得一脸暧昧：“姐姐和流王殿下都聊什么了？”

本以为灵飞会脸红，会娇嗔，却不料灵飞只是幽幽地看了她一眼，便到桌前坐下了。

苏杏儿一愣，忙走过去挨着灵飞坐下，不解地问道：“姐姐，发生什么事了？”

灵飞心里酸涩得很，但看着苏杏儿关切的眼神，她骤然又想到当初，苏杏儿喜欢沐云流的时候。

那时候，沐云流身边孑然无一女子，对苏杏儿更是冷冰冰，唯独遇到她之后便态度大变，仿佛天定的缘分一样。

他对她那么好，什么都肯为她付出，眼里只有她一个人……

灵飞想着从前的一切，不禁又多了几分信心。

“没什么。”灵飞自嘲地扯了扯唇角，“好久没看到过他了，这次见到，总觉得有点儿陌生。”

陌生？

苏杏儿大概去看过沐云流几次，完全不能理解灵飞这种说法。

“天界没有白天黑夜之分，时间算法都是通过下界的方式来判定的，一旦入了天界，模样也不会再有丝毫改变，姐姐怎么会认为流王殿下变陌生了呢？”苏杏儿一头雾水。

“我说的‘陌生’，不是指相貌上的，而是感觉上的。”灵飞叹了口气，“当然，也许是我想多了，也许是我太久没见过他了。”

感觉上陌生？

苏杏儿绞尽脑汁，也没觉得沐云流有哪里陌生。

“姐姐，我真的不明白，你是不是误会流王殿下什么了？”苏杏儿看着灵飞的表情，试探着问道。

灵飞听到苏杏儿这么说，更加叹气了。

她不知道是不是误会，但她真的觉得自己不是多心——沐云流和桃蕊仙子之间，绝对不像几百年前看起来那么简单。

“其实是因为沐云流不肯告诉我，他和桃蕊仙子是什么关系，所以，我有一点点难受。”灵飞犹豫再三，终于还是对苏杏儿说了实话。

苏杏儿愣了一下之后，恍然大悟。

她笑了起来：“原来姐姐是在吃桃蕊仙子的醋啊！”

也难怪了，当时在天池，桃蕊仙子为流王殿下挡了天帝那一掌，可算是有救命之恩。

“我……”灵飞欲言又止，最终沉默了。

好吧，总觉得她莫名其妙吃飞醋。

可是，她身为狐族，直觉一向敏锐，决不会那么简单就乱吃醋的，譬如她就从来也没吃过苏杏儿的醋啊！

但是这一次桃蕊仙子的事，她知道内中一定有原因。

“其实姐姐，桃蕊仙子一向无欲无求，她不可能对流王殿下产生什么想法的。我想，她之所以会替流王殿下挡那一掌，是因为她猜到了流王殿下的真正身份吧！”苏杏儿认真地说道。

桃蕊仙子猜到了沐云流的真正身份？

灵飞蹙了蹙眉：“她怎么可能猜到？”

“桃蕊仙子很聪明的，她能够陪伴天后那么久，在天界左右逢源，怎么可能没有一点儿头脑呢？”苏杏儿笑了笑，“如今天界发生这么多怪事，裂天仙尊又帮助流王殿下，我想她一定猜得到流王殿下的身份。”

苏杏儿这么一说，灵飞却突然想起来，天池一事之后，天帝追问什么匿名信，结果沐云流却站出来扛了下来。

“不！”灵飞立刻否定了苏杏儿的推测，斩钉截铁地说道，“她不是猜到，而是根本就知道！”

“啊？”苏杏儿目光惊疑不定，桃蕊仙子怎么可能笃定地知道流王殿下的身份呢？

又没人告诉桃蕊仙子啊！

“杏儿，你还记得吗？当时天帝提到过一封匿名信。”灵飞神色微沉，“天帝追问是谁将匿名信放在金华上仙的房间的，结果沐云流站了出来，他说是他放的。”

灵飞这一提醒，苏杏儿倒是真的想起来了。

“这……”苏杏儿抿了抿唇，不安地绞手，道，“我当时是有一点点奇怪，为什么流王殿下会放一封匿名信在金华上仙的房间……”

以她对流王殿下的了解，流王殿下根本不会做这种事的。

再说了，流王殿下也根本到不了金华上仙的房间啊！

灵飞冷笑一声：“他当然不会做这种事，因为做这件事的是桃蕊仙子！他不过是在替桃蕊仙子顶罪而已！”

“这……这怎么可能呢？”苏杏儿表示万分惊讶，流王殿下什么时候和桃蕊仙子关系这么好了？

要说流王殿下帮灵飞顶罪，她一万个相信，可要是帮桃蕊仙子……她真的难以置信啊！

“那封匿名信，应该就是桃蕊仙子要告诉天帝，天池中有秘密。所以后来天帝才会那么巧地赶到天池，将那个盒子拿到手。”灵飞站了起来，走到窗边站定。

她抓着窗棂，指关节泛白，语气深沉：“所以，桃蕊仙子根本早就知道沐云流是天帝之子！所以，桃蕊仙子才会在天帝对沐云流出手的时候，挺身而出为他挡掉那致命的一掌！”

所以……桃蕊仙子和沐云流之间，一定有外人所不知道的关系。

苏杏儿听出灵飞语气中的冷意，急忙走到灵飞身边，手轻轻搭上灵飞的肩膀：“姐姐，你想太多了，流王殿下是不可能移情别恋的，他对姐姐一片真心，决不会辜负姐姐的。”

再说……她也不认为桃蕊仙子是那样的女人啊！

当然了，此刻灵飞在气头上，她压根不敢替桃蕊仙子说好话。

灵飞闻言，情绪倒是渐渐平静下来。

她淡淡一笑，伸手拍了拍苏杏儿的手背，眼神明媚：“我当然相信他。”

“真的吗？”苏杏儿有些不放心，她不希望在这节骨眼上出其他事情。

“当然是真的。”灵飞笑了笑，“他对我的好，我都记着，这种捕风捉影的事情，我是不会真怀疑他的。”

苏杏儿看得出来灵飞是真心的，这才露出了释然的笑容：“那就最好了，我不希望姐姐跟流王殿下发生争执。”

现在两个人身份都不同了，不可能像以前那样发生争执的。

那会引起天界大乱的。

“嗯，放心，我们不会的。”灵飞轻轻笑了笑，示意苏杏儿宽心。

紫霄灵台里，灵飞刚和苏杏儿谈心完毕，天宫里则发生了让众仙大气都不敢出的一幕。

天后回到天宫之后，将今日之事仔仔细细想了一遍，越想越气，恨天帝竟然在外有一个私生子，还弄到了天界来，简直让她堂堂龙族公主颜面扫地！

她先是乱砸一通发泄，等到心情稍稍平静了一下，她就猛然想起一个人来。

桃蕊仙子！

天后眼里泛着冷厉的光，大喝一声："桃蕊！你给本宫滚进来！"

此刻，桃蕊仙子还在外面守着，因为之前天后不许任何人随她进入殿内。

天后这一声大喝，夹杂着浓浓仙气，声音震出天宫，不但桃蕊仙子，其他天宫众仙也都听见了。

顿时，担忧同情的视线，纷纷射向面色苍白的桃蕊仙子。

桃蕊仙子显然刚受了不轻的伤，如果这会儿天后降罚，只怕桃蕊仙子不死也去了半条命。

不过，桃蕊仙子眸色淡淡，朝众仙一笑之后，翩然入了殿内。

"娘娘。"桃蕊仙子进入殿内，见四周一片凌乱，不动声色地朝天后行礼。

天后一步步朝桃蕊仙子走过去，冷冷看了桃蕊仙子片刻后，忽然就狠狠一巴掌扇了过去！

第十八章 不能帮他

“啪”的一声，这一巴掌又狠又响。

桃蕊仙子丝毫没用仙气抵挡，纤细的身子顿时跌在地上，那些被摔破在地的瓷片划破了她水嫩的肌肤，手肘和腿上，全都流出了鲜血。

“你竟敢背叛本宫！”天后狠狠一脚又踹了过去，想起桃蕊仙子竟然帮沐云流挡了一掌，她就怒火中烧。

为什么不让天帝一掌将他打死？这样，她没了眼中钉，没了威胁，天帝也会尝到亲手杀死自己儿子的痛苦，多完美的结局！

但这一切，都被桃蕊仙子破坏了，她如何能不恨桃蕊仙子？

桃蕊仙子一声不吭，忍着痛让天后发泄。

待天后将桃蕊仙子打了个遍体鳞伤之后，心中怒火才稍稍减退。

天后看着桃蕊仙子一身狼狈，冷笑道：“说吧！你从什么时候开始跟那杂种勾搭上的？你一早就背叛本宫了，对吧？”

桃蕊仙子见天后住了手，这才强撑着伤躯，从地上站了起来。

“娘娘，我之所以替流王殿下挡那一掌，是因为裂天仙尊拼死保他，我已经猜到了他的身份，所以，才不能让天帝做出弑子之举……”

桃蕊仙子刚解释完一句，天后就暴怒地一掌震了过去！

“你还敢叫他流王殿下！”天后神色狂怒，看起来哪里还有半点儿优雅的天后模样？

桃蕊仙子被重重震飞，撞到横梁之上，又落了下来，整个人看起来惨不忍睹。

然而，她却强撑着一口气站了起来，眸色淡淡地看着天后，一字一顿地道：“不论娘娘承认与否，他都是天帝将会承认的殿下。如果娘娘容不下他，恐怕与天帝的矛盾会就此爆发。”

天后倏地扬手，准备将忤逆自己的桃蕊仙子彻底灭掉，却在听见桃蕊仙子最后一句话时，怒气全消。她怔然，手不知不觉地放了下来。

“你什么意思？”天后冷冷地看着桃蕊仙子，发誓如果桃蕊仙子说服不了她，别怪她心狠手辣！

她堂堂天后，要杀那私生子是不被天帝准许，但她要杀几个小小金仙，那是易如反掌的！

没人可以置喙！

“娘娘，我的意思就是——天帝心里已经承认了流王殿下的身份，如果娘娘执意要与流王殿下作对，不但会触怒天帝，还会影响到天界的和平。”桃蕊仙子目光澄净地看着天后，“天帝的脾气，娘娘应该是最清楚的。”

天后心里狠狠一震！

天帝的脾气，她当然清楚。

当年她和天帝成亲之后，天帝对她十分冷漠，触怒了她，她以龙族为要挟，却得天帝一个淡然以对的冷漠表情。

那时候她就觉得，天帝没有感情，他对任何人都如此。渐渐地，她也就不再在意。

想不到现在，她才知道，天帝不是对任何人都如此的，他一发现他曾经有所爱的女人，如今还有个天生仙骨的孩子，他立刻就变了！

她用龙族来要挟他，他竟然让步了！

这说明什么？

这说明他有想要保护的人了，他会顾忌了，并不能无动于衷地看她毁天灭地了。

天后一想到这些，就恨得咬牙切齿，指甲深深刺入掌心，疼痛而不自知。

“哼！要本宫接受那私生子，休想！”尽管知道天帝会承认沐云流的身份，但天后仍然心中恼恨，重重一拂袖，坐回她的宝座之上，冷冷宣告。

桃蕊仙子淡淡一笑：“天帝有孩子，娘娘何尝没有呢？杏姐姐的身份早晚会泄露，彼时，娘娘希望天帝如何对待杏姐姐呢？”

说到苏杏儿，天后神色又是一变。

虽然叶神医那药她拿到手许久了，但她一直没有用过，因为她既期待又害怕。

她总觉得无论苏杏儿是不是她的女儿，对她来说都是一个致命的打击。

她没有和天帝同过房，哪里来的女儿？

可若苏杏儿不是她的女儿，她又觉得寂寞，仿佛这天地之间再没有一个她真正意义上的亲人……

“如果杏姐姐的身份泄露出去，相信天帝绝对不会放过杏姐姐的。”桃蕊仙子一字一顿地提醒道。

天后心脏狠狠一缩，整个人一震！

她神色复杂地看着面前云淡风轻的桃蕊仙子，眼里闪过一抹杀意。

不得不说，跟了她这么久的上仙之中，唯有这桃蕊仙子是最得她心意的。

但是，这件事事关重大，她不得不防。

"娘娘，如果我要陷害娘娘的话，我早已将这件事禀告天帝了。"桃蕊仙子看见天后眼中的杀意，淡淡一笑，"我相信，天帝但凡知道这么一件事，就绝无可能饶了娘娘。娘娘觉得呢？"

天后一怔，眸中杀意不知不觉减退。

是啊！若桃蕊仙子想害她，其实只要将杏儿的身份捅出去就行了，何必绕那么多弯子？

这么一想，天后心境开始慢慢平和。

"阿蕊,你说了这么多,到底想对本宫说什么？"天后目光冷厉地看着桃蕊仙子。

桃蕊仙子见天后终于肯听她说了，便勾出一抹浅浅笑容："我只是想告诉娘娘，如果娘娘想保住杏姐姐，保住天后之位，那就要敞开心胸，容纳流王殿下，并且——与之交好。"

这，是她能为天后娘娘做的最后一件事了。

"本宫做不到！"天后瞬间又五官扭曲了。

"如果娘娘想想和天帝闹翻的后果，还有杏姐姐身份曝光的后果，我想娘娘一定可以做到的。"桃蕊仙子依旧是淡淡笑着，似乎什么事都影响不了她。

天后再一次震住了。

和天帝闹翻……

杏儿身份曝光……

前一件事或许没那么严重，但后一件事……就绝对可以令她在天界身败名裂了。

仿佛过了一百年的时间，天后才颤声问道："本宫接受那私生子，对本宫有什么好处？"

桃蕊仙子神色满意地笑道："天帝会感激娘娘，而娘娘亦可以母亲的身份，做主流王殿下的婚事。"

前一句，天后认可。

但后一句，立刻让天后神色冷凝起来。

天后冷冷地笑道："敢情阿蕊便是为了此事，拼了命地帮他？"

桃蕊仙子不慌不忙地一笑："娘娘误会了，我所说的婚事——是流王殿下与杏姐姐的婚事。"

天后冷凝的表情顿时一滞，什么？那私生子和杏儿的婚事？

"胡说八道！"天后反应过来后，一声怒斥，"本宫怎么可能将杏儿嫁给他！"

她恨死那个私生子了，恨不得杀之而后快！又怎么可能把自己的女儿嫁给他？

桃蕊仙子看着天后恼怒的脸色，一勾唇角："娘娘不要忘了，流王殿下——才是未来天界的主宰！"

这么简简单单一句话，令天后整个人怔在了当场。

如果天帝承认了沐云流的身份地位，将来真有可能在沐云流的实力超过他时，禅位给沐云流。

天帝与天帝之子虽然都天生仙骨，但下一代总会继承上一代的仙骨，所以修炼起来绝对比上一代更强！

那么，天界迟早都是沐云流的。

这个认知，让天后心中的怒气消失殆尽。

如果天帝一定要认回沐云流这个儿子，那她做什么都无济于事，除非她可以不顾自身安危，不顾龙族安危，不顾女儿安危，和天帝还有沐云流硬拼到底！

终于，天后在长久的沉默之后，心平气和地说了句："告诉杏儿，明日这个时候来见本宫。"

她想要先确定与苏杏儿的关系，然后再决定……要不要接受沐云流这个私生子。

桃蕊仙子全然明白天后的心思，含笑欠身："是，娘娘。"

"好了，你下去吧！"天后丝毫没有为凌虐了桃蕊仙子一事歉疚，摆了摆手便赶桃蕊仙子出去了。

"是，娘娘。"桃蕊仙子带着一身的伤，神色淡然地退下了。

桃蕊仙子一出天后所在宫殿大门，只觉得眼前一黑，整个人便倒了下来。

"仙子！"旁边，似乎有人喊叫着。

桃蕊仙子却听不真切是谁的声音，坠落在冰凉的地上，昏迷过去。

这一次计划里，唯一受伤的便是桃蕊仙子。

她非但被天帝一掌重伤，紧接着还被天后狠狠修理了一顿，加上之前本来催动桃蕊仙阵就没有恢复体力，终于受不住昏过去了。

消息很快传到了御虚门，还有紫霄灵台。

沐云流听到桃蕊仙子重伤的消息，立刻向御虚仙主讨要了仙丹，随后进入天宫，问了桃蕊仙子的住处后，由一名天宫仙子领着进了桃蕊仙子的房间。

那天宫仙子意欲关门，沐云流伸手阻止，却听那天宫仙子淡笑道："桃蕊姐姐不宜吹风。"

沐云流闻言，便轻轻点了点头，默许了天宫仙子的举动。

待房门被关上之后，他微微抿了抿唇，走到屏风内，只见桃蕊仙子面色苍白地躺在床上，气息微弱。

她似乎不知是旁人来了，语气略低地道："一般药对我没什么效果，放那儿吧，过几天我自己会好的。"

看来，由于桃蕊仙子人缘好的关系，不少上仙给她送来了丹药，但她自己却清楚没有太大用处。

的确，桃蕊仙子是桃花花蕊成灵，就算不服丹药，也可以慢慢地自我愈合，只不过是要受些苦楚，时间略长罢了。

“这药是找御虚仙主要来的，不同于一般的丹药，仙子分三天吃下三颗，伤势便会痊愈。”沐云流淡淡一笑，走上前去，将药瓶从怀中掏出，放在了床沿处。

然后，他退后稍许，离桃蕊仙子的床四五步距离，以作避嫌。

桃蕊仙子眸子倏地睁开，侧头看向沐云流的方向，眼里闪过一抹恍悟。

“原来是你。”桃蕊仙子淡淡失笑，撑着身子坐了起来。

或许因为经常有客到访，桃蕊仙子衣衫整齐，并无不妥之处，原来是和衣而卧。

“嗯，我听说仙子因受伤而昏迷，所以立刻就赶来探望了。”沐云流看了一眼床沿上的药瓶，略微勾了勾唇，“这药出自御虚仙主之手，仙子先服下一颗缓解伤势吧！”

桃蕊仙子自然知道御虚仙主的大名，那是个炼丹好手，天界多少仙家想求一颗丹药而不得。

想不到，沐云流一拿就拿了三颗过来，果然是殿下面子大。

“好。”桃蕊仙子伸手拿过药瓶，打开来吞服了一颗，眉头微微蹙了一下。

沐云流见状，转身去桌上倒了杯温水，返回至床边，递给了桃蕊仙子。

“谢谢。”桃蕊仙子抬眸望了沐云流一眼，眸色浅浅，掠过一抹淡淡幽光。

桃蕊仙子一杯水下去，顿觉体内那火烧火燎般的疼痛好了许多，双颊上也浮上些微红润。

她不禁含笑点头：“御虚仙主的仙丹，果然名不虚传。”

沐云流沉吟片刻，道：“此次仙子救命之恩，我铭记在心，将来仙子若有什么需要，可以随时找我。”

桃蕊仙子怔了一下，随后眸色黯淡了：“我做事，不需要什么回报，你大概是误会了。”

说着，桃蕊仙子将药瓶塞进枕下，视线不再落在沐云流脸上。

“我想仙子也误会了，我并非要报答仙子，毕竟，我们是朋友，不是吗？”沐云流笑了起来，他看得出来桃蕊仙子有些生气，便解释道。

桃蕊仙子又怔了一下，这才将视线投向沐云流，秀眉微微蹙起：“我们是朋友？”

沐云流点了点头：“对，朋友。”

她既不愿当他的救命恩人，那就只能当他的朋友，至于更多……绝无可能。

非他自作多情，实在是御虚仙主那意味深长的一问，让他瞬间提高了警觉。

只见，桃蕊仙子唇畔勾起了一朵浅浅笑花儿：“你是我第一个朋友呢！”

接着，她也不待沐云流反应，便笑意微敛，说道：“娘娘那边，已经答应会接纳你，并将仙骨还给你。不过，怕是要你做出点儿牺牲。”

沐云流心中闪过一丝诧异，漆黑如墨的凤眸浮现淡淡不解。

天后何其恨他，又何其憎恨天帝有他这么个儿子，怎么会答应将仙骨还给他？

而所谓的牺牲是？

“我告诉娘娘，杏姐姐不是陛下的女儿，若此事被揭发出来，娘娘和杏姐姐都会大祸临头。”桃蕊仙子淡淡抬眸，看着沐云流，“所以，娘娘接受了我的建议，决定让杏姐姐与你定亲，如此便可以保证娘娘与杏姐姐在天界的地位。”

就算苏杏儿不是天帝的女儿，不是天界公主，但只要苏杏儿和沐云流成亲，那苏杏儿就是下一代天后！

如此，不管苏杏儿的身世为何，天后和苏杏儿都不会受到任何影响了。

沐云流相当震惊，蹙眉看着桃蕊仙子，紧紧抿唇没有吭声。

他看得出来，桃蕊仙子还没有说完。

果然，桃蕊仙子继续说道：“以我对娘娘的了解，娘娘一定会先让你跟杏姐姐定亲，将亲事昭告天界，才肯将那仙骨从盒子里取出，再还给你的。所以……”

她望了望沐云流，歉然一笑：“需要你做一点点牺牲，和杏姐姐成亲。”

“不行！”沐云流断然否决。

他向来一诺千金，婚约之事岂能当作儿戏？

即便是为了仙骨，他也绝对不会用这样的方法，这对灵儿是种伤害，对苏杏儿更加不公平。

桃蕊仙子眸色淡淡，似乎早就猜到沐云流不会同意，便浅浅一笑，道：“此事不过是权宜之计，自然不是真的，你可以事先与杏姐姐还有灵飞狐仙道明真相，待仙骨拿回，再解除婚约就是了。”

沐云流眸色沉沉，语气微冷：“我纵使很想拿到仙骨，找出当年的真相，但我绝对不会用这种方法。一诺尚且千金，何况是婚姻大事？我若答应之后再反悔，只怕仙骨也不认我这个主！”

“可是……”桃蕊仙子显然没想到，她千辛万苦才撮合的计划，就这样被沐云流否决了。

“仙子不必再说了，此事无论如何我都不会考虑的。”沐云流淡淡摆手，示意她不必再说。

桃蕊仙子抿了抿唇，看了沐云流一会儿，颔首：“好，既然你心意已决，我也不勉强你。不过，娘娘那边必然会去跟陛下说，到时候如何回绝，就看你自己的了。”

至于仙骨，她想她是没有办法再替他拿到了。

因为她绞尽脑汁唯一想到这么一个方法可令天后松口，可他却不愿配合。

看出桃蕊仙子心下那抹失望，沐云流沉默片刻，才道："仙子的好意，我心领了，但纵使是为了仙骨，我也不会以伤害灵儿为代价。她为我付出良多，我不会辜负她丁点儿。"

桃蕊仙子眸色微微诧异，这才明白，沐云流不同意这个计划，主要是因为这个计划会伤害到灵飞……

片刻后，她轻笑一声："灵飞狐仙很幸运，有你如此真心待她。"

沐云流提到灵飞，眼神温柔起来，轻笑道："我也很幸运，有她如此真心待我。"

桃蕊仙子望着沐云流，眼波流转，不知在想什么。

过了半晌，沐云流似乎隐有告辞之意，桃蕊仙子才开口问道："若有朝一日你拿回仙骨，可会置娘娘于死地？"

天后？沐云流眼底闪过一抹厉光，他想起狐仙娘娘被万龙困仙阵困了近万年之久，日夜受苦，神色瞬间阴冷起来。

见沐云流骤然间的冷厉，桃蕊仙子隐约明白了。

原来，他心里从来都是将天后当成敌人的。

为人子，不报母仇，似乎也说不过去。

但是……

"杏姐姐可能真的是娘娘的亲生女儿。"桃蕊仙子轻声提醒。

沐云流神志瞬间回笼，淡淡瞥了桃蕊仙子一眼，冷哼一声："我会酌情考虑的。"

桃蕊仙子闻言松了口气，随即又道："我想到一个打开盒子的方法，但并不确定这个方法不会伤害到任何人。所以，我只跟你说，至于要不要采用，你考虑清楚。"

沐云流眼中掠过一抹亮光，淡淡颔首："仙子请说。"

桃蕊仙子抿了抿唇，顿了片刻才道："如果杏姐姐真是娘娘的亲生女儿，那么以她的神龙身份，加上继承了娘娘的血脉，或许可以打开存放仙骨的盒子。不过，据裂天仙尊所说，还需要神龙的法力，我想可能杏姐姐的法力还没到那么强大的程度。"

她望了沐云流一眼，笑道："可是你应该记得，天帝可以赐人仙符，如果杏姐姐也有这么一道仙符，那么她的法力会很快提高，或许能配合她的神龙之血，打开那盒子。"

沐云流听着桃蕊仙子的方法，唇角扬起一抹清华潋滟的笑意。

这个桃蕊仙子果真聪明绝顶，让人刮目相看。

"当然了，这方法有一个缺陷。"桃蕊仙子轻轻地叹了口气，眸色微微暗沉，"那就是——天帝会知道杏姐姐是娘娘亲生女儿一事。"

沐云流方才还露出笑意，此刻笑意便僵在脸上。

此法虽然可能会成功，但也会陷苏杏儿于死地！

天帝从未宠幸过天后，如果苏杏儿是天后的亲生女儿，那她是天后和谁所生？

男人……而且是天界最尊贵的男人，沐云流深深明白，即便天后不是天帝所爱，那也是天帝正式迎娶过门的结发妻子。

这样一顶绿帽，恐怕天帝不肯戴。

而一旦天帝震怒，苏杏儿岂不是面临被毁灭之灾？

“我想两全其美，所以之前没有告诉你这个方法。不过，既然你不肯答应与杏姐姐定亲，以让娘娘将盒子打开，那就唯有这个危险的方法了。”桃蕊仙子瞥了沐云流一眼，神色漠然，“可我不会替你决定，要不要拿回仙骨，你仔细考虑清楚。”

沐云流眸色复杂难辨，一边是仙骨，一边是对他和灵飞有情有义的苏杏儿，倒真是让他难以抉择。

但第一个方法，他又不愿使用。

“我回去之后会好好考虑的。”沐云流深吸了一口气，随后对桃蕊仙子淡淡点头，“仙子好好养伤，我先告辞了。”

桃蕊仙子应了一声，目送沐云流离开。

那颀长的背影在门口忽然一顿，她不解地看着，不明白他为何停下来。

“仙子伤好之后，可否让我进入桃蕊仙阵？”沐云流淡淡侧眸，“我想见一见狐仙娘娘。”

桃蕊仙子恍悟，又轻勾了一下唇角：“抱歉，我连续两次催动桃蕊仙阵，本元大损，即便这次靠你的仙丹能伤势痊愈，本元也不可能在一百年内恢复如初。所以……我不能再催动桃蕊仙阵了。”

如果再催动的话，她本元会弱到不堪承载她本体的地步，那时候，她便会化作一片桃花花蕊，即便重新修炼，也未必能再成仙了。

沐云流默然片刻，点了点头，拉开房门离开。

桃蕊仙子眸中光华流转，看着拉开又关紧的房门，粉唇轻轻吐出一抹如兰香气。

不是她不肯帮他，而是……她不能走上自我毁灭的道路。

替他挡下那一掌，是因为知道那一掌对他来说是致命的，可对她，只会重伤而已。

沐云流离开桃蕊仙子的房间，出了天宫，却刚好碰到回天宫的天后。

他淡淡看着天后那阴冷慑人的眼睛，丝毫没有退让之意。

天后却在到了他面前时，忽地眼中冷芒尽退，朝他露出一抹艳丽的笑容：“来看阿蕊？”

第十九章 难信任

沐云流眸色微微一沉，想到桃蕊仙子对他所说的第一个计划，顿时明白天后是真想将苏杏儿嫁给他，以保证她们母女的安全。

他冷冷一笑，也不理会天后，转身便和那等候他许久的御虚门上仙离开了天宫。

沐云流的无视，让天后如同被狠狠扇了一巴掌，顿时五官扭曲了几下。

好你个沐云流!

天后攥紧拳头，目光阴冷地盯着沐云流离开的背影，咬牙切齿。

原本想做点儿什么，但天后忽然又想到了苏杏儿，顿时一腔怒火压了下去。

本来今日要苏杏儿来天宫的，可因为桃蕊仙子重伤在床，天后不得不将此事延后，因为她不希望除了桃蕊仙子之外的其他仙家知道苏杏儿的身份。

不过，天后从天宫其他仙子口中得知，沐云流给桃蕊仙子送来了御虚仙主的仙丹，桃蕊仙子的伤势顶多三日就能痊愈的消息后，哼了一声，神色满意了。

虽然沐云流和桃蕊仙子交好这一点，令天后十分不爽，但想到这对她和苏杏儿在天界站稳脚跟也有帮助，便暂时没和桃蕊仙子计较了。

沐云流从天宫离开，并未回御虚门。

回御虚门必经紫霄灵台，沐云流看着紫霄灵台的入口，忽然心中微微一动，便让御虚门上仙停了下来。

沐云流让御虚门上仙先行回去，他要去紫霄灵台一趟。

灵飞和苏杏儿刚刚吃完瓜果，见沐云流进来，都是当场呆住。

“姐姐，我先出去，你跟流王殿下好好叙旧。”苏杏儿看着灵飞和沐云流两人静默，聪明地连忙起身告辞了。

“沐云流……”灵飞眼眶红了，她天天想着这个男人，拼命压抑才能够不去御虚门找他。

“灵儿，我好想你。”沐云流见灵飞眼眶微红的样子，立刻伸手将她拥入怀中。

此时此刻，温言软语和浅浅拥抱，比什么都要让人心安。

灵飞被沐云流紧紧抱着，一种前所未有的安心感觉席卷了她整个人，她内心因桃蕊仙子而产生的不安，终于渐渐沉淀下来。

“桃蕊仙子的事情，不是灵儿想的那样。”沐云流爱怜地看着灵飞，解释道，“虽然个中内情我不能告诉灵儿，但是我跟她之间什么都没有，灵儿要相信我。”

灵飞此刻已经什么都不想了，她这才发觉她长久以来的不安，不过是因为太久没跟他见面罢了。

现在，他如往常那般抱她，说绵绵情话，她整个人就开始晕乎乎了。什么桃蕊仙子……她压根不记得是谁了！

“我相信你啊！”灵飞笑意甜甜。

沐云流又紧紧抱了灵飞一会儿，才将她放开，拉她到桌前坐下。

两人紧紧挨着，几百年故作漠然，此刻因沐云流身份大白，终于能够好好地牵手，两人便黏在一起不愿分开。

“灵儿，这次我来除了跟你解释桃蕊仙子一事之外，还有一件事情要告诉你。”沐云流说这话时，神色便不如先前那般了，取而代之的是一股深沉和凝重。

灵飞面色微微一凛，目不转睛地望着他，问道：“很严重吗？”

“现在不严重，但如果处理不好，后果就会很严重。”沐云流淡淡地说道，“与杏儿有关。”

与杏儿有关？灵飞不解地看着他，等待他说下去。

沐云流薄唇轻轻一抿，语气略沉：“桃蕊仙子说，杏儿是天后之女，又是神龙血脉，她的血应该可以作用于盒子之上。不过，杏儿的法力尚低，如果能够得到天帝赐她仙骨，说不定就能打开那个盒子了。”

灵飞一听，惊喜莫名：“这是件好事啊！”

害她忐忑了半天，根本就是一件天大的喜事嘛！这样一来，就不用去求天后了。

天后是根本不可能答应把仙骨还给沐云流的，她用脚指头都能想到。

“看似好事，实则后患无穷。”沐云流揉了揉灵飞的脑袋，看着那双绽放萌意的湿漉漉的眼睛，轻叹道，“灵儿有没有想过，杏儿虽是天后之女，却并非天帝之嗣啊！”

灵飞脸上的笑容顿时僵住了。

是天后之女……却非天帝之嗣？

对哦！

天帝和天后感情不好，那怎么可能会蹦出个女儿来呢？

“那岂非是说……杏儿是天后跟……其他男人……啊？”灵飞小嘴微张，艰涩说出这个可能的事实。

“没错。”沐云流目光深邃，“你想想看，堂堂天帝，纵使他不爱天后，又岂会忍受这种屈辱？一旦杏儿的身份曝光，那天帝会如何对付杏儿？”

天后就不提了，就算天帝杀了天后，他也不会为其求情半个字。

但杏儿……

唉，从凡间到天界，杏儿一直都为他和灵飞付出，从不求回报。

甚至于，灵飞几次都是杏儿冒死相救，这份情谊，使得他不得不顾及杏儿的安危。

即便是为了拿回仙骨，他也不能以牺牲杏儿为代价。

"那怎么办？"灵飞忧心忡忡，"天后不肯把仙骨还给你，我们又不能让杏儿打开盒子……岂不是一点儿办法都没有了吗？"

说着说着，灵飞一脸郁闷："为什么会这样呢？我一直以为杏儿是天帝和天后的女儿，这样她就是你的妹妹，也是我的妹妹了啊！"

沐云流眼中流光一闪，抓着灵飞手腕的大掌微微一用力："灵儿，你真是个宝贝！"

他想到法子了！

灵飞吃痛一下，却见他神色放光，一脸不解："怎么了？你想到什么了吗？"

沐云流轻勾了一下唇角，眸色放光道："灵儿，你方才说你以为杏儿是天帝与天后的女儿对不对？"

"是啊！"灵飞点头，依旧不解。

"你想想看，天帝失去了一部分记忆，他根本不知道杏儿不是他女儿。这样的话，我们其实可以让天帝误以为，杏儿就是他和天后所生！而且，是在成亲之前便有了杏儿！"沐云流斩钉截铁地说道。

灵飞吃惊地微张小嘴，瞒骗天帝？

好大的胆子啊……

不过，似乎天帝真的不记得以前的事了，那为了拿到仙骨，谎称杏儿是天帝此前与天后所生，又有什么关系呢？

这样的话，只要天帝相信，那沐云流既可以拿到仙骨，也可以保证杏儿的安全了。

"虽然听起来可行，但天帝那边要骗过去……恐怕并不容易。"灵飞认为法子可行，但天帝不好骗，需要详细计划，做到滴水不漏才行。

毕竟，天帝才刚刚得知自己有个儿子，忽然间又知道自己有个女儿，换作任何人都会怀疑的吧？

而且天帝和天后的感情并不好，天帝会相信，他成亲前和天后生了一个女儿吗？

"这是自然，此事我还要与桃蕊仙子商量一下，她的确很聪明，而且对天界之事比我们熟悉，有些我们想不到的，她却能够想到。"沐云流说这话时，特意看了一下灵飞的表情。

灵飞果然有些犹豫，虽然她相信沐云流对她的一片真心，但她私心里并不愿沐云流和桃蕊仙子走得太近。

“如果灵儿不愿意的话，我就不去找她了。”沐云流见灵飞神色犹豫，体贴地表明态度。

仙骨很重要，但怎么也重要不过灵儿在他心中的位置。

他可以想其他办法拿到仙骨，灵儿却只有一个，他不舍得她受任何委屈。

灵飞连忙摇头：“我不是不相信你，就是……不喜欢你跟其他女人那么好啦！”

说着，她耳根子有些发烫，感觉自己像个妒妇似的。

沐云流看出她的窘态，轻笑起来，摸摸她的脑袋，道：“我也不喜欢灵儿跟其他男人走得近啊！因为我们彼此相爱，所以会有这种独占欲，这一点儿都不奇怪，灵儿用不着觉得不好意思。”

灵飞眼里绽放微微光芒：“你不觉得我不可理喻，反感我这样霸道吗？”

“不会。”沐云流温柔地替她拢了拢散落肩头的青丝，笑吟吟道：“欢迎霸道。”

灵飞顿时满足了，唇角高高翘起，很是大方地说道：“虽然我不喜欢你跟她走得太近，可是为了仙骨，也为了杏儿，我可以容忍你去找她商量啦！”

沐云流被她可爱的表情逗乐，吻了她额头一记后，凤眸闪过一抹流光：“谢主隆恩。”

“噗——”

灵飞忍俊不禁，笑倒在沐云流怀里。

两人和好如初，又腻歪了一会儿，沐云流才离开，留下灵飞一脸甜蜜。

苏杏儿进得房中，坐了下来，倒了两杯水，一杯递给灵飞，一杯自己啜着，问道：“流王殿下是来解释桃蕊仙子的事吗？”

灵飞想到沐云流，唇角淡淡绽放一抹微笑：“嗯，他让我不要多想，说有些事情现在不能告诉我，但他和桃蕊仙子绝对不是那种关系。”

苏杏儿闻言便放心了，笑道：“流王殿下不是个爱解释的男子，既然他说不是，那就一定不是了。”

“嗯。”灵飞握着水杯，忽然沉默了一会儿，然后才抬眸望向苏杏儿，静静道，“他还说了一件事，是关于杏儿你的。”

“我？”苏杏儿微怔，“我有什么事吗？”

灵飞抿了抿唇，轻声说道：“上次我不是猜测过，你可能是天后的女儿吗？如果你是天后的女儿，加上你是神龙之身，那你的血就可以打开那装有仙骨的盒子。”

“真的？”苏杏儿眼里绽放惊喜，“那流王殿下就可以拿回仙骨了？”

“你的龙血虽然可以用，但你的法力不够。”灵飞犹豫了一下，接着说道，“所以要想打开那盒子，必须要天帝赐你一道跟我一样的仙符，或许你能够快速提高法力，打开盒子拿出仙骨。”

苏杏儿怔了一下，倒是没先前那么兴高采烈了。

她蹙眉道：“仙符很难得的，天帝恐怕不会轻易将仙符赐给谁。”

说着，她望了灵飞一眼，当初灵飞得到天帝的赏赐，多半是因为天帝对记忆起了疑心，又见到狐仙娘娘的画像所致。

而她呢？

就算是为了拿到仙骨，天帝怕是也未必肯赐给她仙符吧？

“这不是最关键的问题。”灵飞看着苏杏儿，叹了口气，“最关键也最严重的问题是，你虽然可能是天后的女儿，但未必是天帝的女儿。”

苏杏儿整个人怔住——她是天后的女儿，但不是天帝的女儿？

什么意思？

“杏儿，你应该知道，天帝与天后向来不和，所以……”灵飞无奈地摇头，“所以你的亲生父亲，另有其人。而天帝如果知道了这件事，你和天后都会大祸临头。”

苏杏儿脸色一下子大变，倏地站了起来，动作幅度之大，碰翻了面前的水杯，清水洒得面前全是，顺着桌沿滴在了地上。

她……竟然是天后跟其他男人偷情所生的孽种？

苏杏儿感觉头晕目眩。

一直以来，她都以为自己是流王殿下的妹妹啊！

可现在，让她情何以堪？

“杏儿，你没事吧？”灵飞有些担心地看着苏杏儿。

苏杏儿的样子看起来不太好，甚至是深受打击。

没事？苏杏儿惨然一笑，她能没事吗？

一直以为自己虽然有个不得人心的母亲，但至少她和流王殿下是同一个父亲，这样她好歹还有一个身份摆在那里。

就算日后一切真相揭开，流王殿下必然也会看在她的面子上，饶了她那可悲的母亲。

结果……竟连这都成了一种奢望。

她竟然是天后和别的男人生下来的孽种！

“杏儿，你别这样，不管你的身世怎样，你都永远是我灵飞的好妹妹。”灵飞站起来，伸手握住苏杏儿冰凉的手，语气坚定地说道。

苏杏儿刚开始的确有些受到打击，但她终究是渐渐平静下来。

想到灵飞方才所说的事情，她冷静地问道：“流王殿下是什么意思呢？”

“他当然很想拿到仙骨，可又不愿你受到伤害啊！”灵飞立刻说道，“不过，他想出另外一个法子，只是不知道天帝那边好不好瞒骗过去。”

苏杏儿微露不解神情：“什么法子？”

听到灵飞说沐云流不愿意自己受到伤害，苏杏儿心里稍稍感觉好受一些。

“沐云流打算骗天帝，说你是天帝和天后在成亲前生的女儿。毕竟，天帝对于过去有一段时间是没有记忆的，沐云流想利用这个空子。”灵飞解释道，“如此一来，天帝就不会对你的身世有芥蒂，又能赐给你仙符了。”

苏杏儿一脸愕然。

流王殿下……竟然想要瞒骗天帝？

“天帝刚刚才多出一个儿子，他怎么会接受再多一个女儿出来？”苏杏儿重重摇头，“姐姐，流王殿下这个法子是行不通的。”

天帝之所以会接受流王殿下是他的孩子，那是因为流王殿下天生仙骨，而且天帝对狐仙娘娘的画像有一种特殊的感情。

出于这两种原因，加上裂天仙尊与天帝一同打江山，对天帝忠心耿耿，天帝才没有怀疑裂天仙尊所说的话。

然而她……

不说她自己，就说天后与天帝的僵持，天帝怎么可能相信他曾经和天后有一段情缘，还在成亲前就有了她呢？

“我也提过这个意见，但是沐云流说他会想办法。”灵飞顿了一下，不怎么情愿地说道，“他觉得桃蕊仙子很聪明，应该能够想出办法。”

苏杏儿微微一怔，流王殿下果真和桃蕊仙子的关系非同一般？

“总之，杏儿，你不要将你的身份往心上去。”灵飞握住了苏杏儿的手，神色认真地说道，“不管以后发生什么事，我们都是好姐妹，我会和沐云流站在你的立场的。”

这言下之意，是不管天后为人如何，她都会劝沐云流看在苏杏儿的分上，不对天后下杀手。

苏杏儿心下动容，回握住灵飞的手，用力点头：“嗯！”

一个人的身世无法改变，但她至少还有灵飞和流王殿下，她什么也不怕。

几日后，伤势痊愈的桃蕊仙子前往御虚门，带给沐云流一些天后所赐的东西。

第二十章 杏儿拒绝

众仙都知道沐云流是堂堂天帝膝下仅有的一子，是天界殿下了，要什么没有？又何须天后赐什么？

于是天后向流王殿下示好的消息，一下子传遍了天界，众仙纷纷端出看好戏的心态，看着天后和流王殿下过招。

沐云流和桃蕊仙子在林中相见，淡淡道："仙子过来就是了，怎么带了那么多东西？"

"上次我给流王殿下提的建议，其实娘娘早就接受了，所以现在娘娘是在给流王殿下示好，也希望天帝能够看见她的胸襟。"桃蕊仙子解释道。

沐云流闻言，冷哼一声："她倒是聪明，却连杏儿都利用，更加不可原谅！"

桃蕊仙子抿了抿唇："其实我这次来这边，不但是要给你送这些示好的礼物，还要去紫霄灵台将杏姐姐请到天宫一趟。"

她抬眸望了望沐云流俊美如斯的脸庞，淡淡道："娘娘虽然一直猜测杏姐姐的身份，但没有真正确定过，所以，娘娘打算今日得出真相。"

沐云流一挑眉："她如何确定？"

虽然天后和苏杏儿都是神龙，但未必就能通过这一点来确定两人是母女关系。

除非，天后有什么不为人知的方法。

果然，桃蕊仙子说道："之前我和娘娘去过神医山庄，从叶神医手中得到了一种药，它通过妖法炼制，可以测试两个人有无血缘关系。"

药？

沐云流心中微微一动，像是想到什么似的，问道："这药果真有效？"

"叶神医确实有很大的本事，而且……"桃蕊仙子眸光微微一闪，片刻后才道，"我想他不会骗我们的。"

"如果这药真的有用的话……"沐云流眸中淡淡流光一闪，勾唇轻笑一声，随后转向桃蕊仙子，走近了几步，将他对苏杏儿一事的想法告知了桃蕊仙子。

他离桃蕊仙子仅两步之遥，桃蕊仙子几可闻见他身上散发的扑鼻清香，那是一种令人微微有些失神的味道。

“仙子认为这药，可能对此事帮上忙？”沐云流看着桃蕊仙子，问道。

桃蕊仙子淡淡抬眸，仿佛从未受过什么影响，勾唇一笑：“御虚仙主有一种分离炼丹法，便是将一瓶药分隔两半，上面是子药，下面是母药。或许，你可以从这方面着手，同时测试你和杏姐姐与天帝的关系。”

言下之意，如果御虚仙主肯帮忙，将叶神医那种药放在上面，而下面则是假药。

当用真药测试天帝与沐云流的关系时，自然显示结果为真。

而用假药测试天帝与苏杏儿的关系时，自然显示结果为假——这便可以做手脚了。

时间若仓促，加上人证的关系，天帝不会怀疑到同一瓶药里会被做什么手脚，再加上沐云流的关系，天帝即便不愿承认苏杏儿这个女儿，也不会多加置喙。

再加上有助于打开盒子，替沐云流拿回仙骨，天帝自然又会偏颇一些了。

如此，便能在不伤害到天后和苏杏儿的同时，让天帝赐给苏杏儿仙符，待苏杏儿修炼到一定境界后，自然可以打开盒子，助沐云流重得仙骨。

“仙子果然知识渊博。”沐云流眼里微微发出赞赏之光，将来他若得回仙骨，掌管三界，必定会让这桃蕊仙子稳固一方。

她的才华若被埋没，那实在太可惜了。

以一个女子而言，确实难得。

“流王殿下说笑了。”桃蕊仙子不骄不躁，轻笑一声，又了然地看了沐云流一眼，淡淡道，“不过，流王殿下想出此法，其实也是为了让天后打消将杏姐姐嫁给流王殿下的念头吧？”

一旦天帝承认苏杏儿是天界公主，天后自然也不会犯傻去戳穿这个假象，那么天后也就没有理由将苏杏儿嫁给沐云流了。

同父所出的兄妹，岂可成亲？

沐云流顿时发出低沉的笑声：“仙子就是仙子，果然什么都瞒不过你。”

他的确是这么想的。

“殿下也够坦率，够用人不疑。”桃蕊仙子微微轻叹，她可是天后的人，但沐云流却从未流露出什么怀疑她的意思，这令她心甘情愿地帮他。

何况，他才是将来的天界之主。

“仙子是唯一见过她的人，我想，她不会看错人的。”沐云流意味深长地看了桃蕊仙子一眼，唇角笑意清浅。

这个“她”，自然指的是桃蕊仙子动用桃蕊仙阵所遇见的狐仙娘娘了。

也就是，沐云流的亲娘。

“是吗？”桃蕊仙子淡淡一笑，不置可否，随后便告辞道，“殿下，娘娘还让我前往紫霄灵台去唤杏姐姐到天宫一趟，我就先告辞了。”

沐云流欣然应允：“好，仙子慢走。”

“嗯。”桃蕊仙子抬眸，看了沐云流一眼后，转身翩然离去。

桃蕊仙子离开御虚门，前往紫霄灵台，将苏杏儿带往天宫，面见天后娘娘。

苏杏儿心中微微忐忑，她知道天后一定是想做点儿什么了。

天后一直以来都怀疑她的身份，天后对她的所作所为也的确容忍，可这层窗户纸一直都没有捅破。

如今……天后打算认亲了吗？

果然，当苏杏儿进入天宫之后，就看见天后用一种前所未有的探究目光看着她，直看得她心中紧张兮兮。

看着眼前这张与自己七成相似的脸，天后心中涌过一股暖流。

就算她众叛亲离，就算所有人与她为敌，她也终归有与自己血脉相连的女儿……

“杏儿，本宫怀疑，你是本宫的亲生女儿。”天后看着苏杏儿，没有过多的开场白，语气沉沉地说出今日让苏杏儿过来的用意，“本宫手里有一种药，可以测出你与本宫的真正关系，本宫想确定，你到底是不是本宫的亲生女儿。”

苏杏儿心里微微一颤，该来的，终究是来了啊！

她抿唇沉默良久，轻声道：“既然天后已经决定了，那就测吧。”

天后满意地点点头，随后从手中拿出了一瓶药，亲自走下台阶，手里不知从何处变出一个干净的碗来。

接着，她深深望了苏杏儿一眼，分别从她和苏杏儿手上取了血滴入碗中。

然后，她将那瓶药倒进了碗里。

转瞬间，只见那碗里的两滴血迅速各自融成一个小球，然后慢慢靠拢，最后仿佛认识一般，完全融合在了一起，成为一个看不出丝毫不同的共同体。

天后眼里绽放出一抹异彩，她抬头看着面前的苏杏儿，忽然伸出手，用力地将苏杏儿抱住了。

“你果然是本宫的亲生女儿！”天后很是激动，语气都有些发颤。

苏杏儿被天后紧紧抱住，天后激动不已，苏杏儿却是心底发涩。

本来还抱有一丝侥幸的，如今是完全被确认身份了啊……

桃蕊仙子看着天后和苏杏儿抱在一起，眸色淡淡，静立一旁，完全没有开口的打算。

苏杏儿一直没有说话，天后倒也不介意，仿佛苏杏儿一时接受不了这么大的“惊喜”似的。

天后松开了苏杏儿，笑容温和地摸了摸苏杏儿的秀发，柔声说道：“杏儿，母后忘了一些事情，这才让你在凡间受了这么多年的苦，你不会怨恨母后吧？”

苏杏儿心里完全不是滋味，但看着天后自顾自欣喜的表情，她又不忍心泼天后一头冷水，只好摇了摇头。

“不恨就好，不恨就好。”天后丝毫不介意苏杏儿的不开口，她笑道，“往后母后会补偿你的,不过……母后暂时还不能公开你的身份,你就委屈委屈,好不好？”

苏杏儿连忙点点头。

她从来没想过要公开身份，那必定意味着天界一番天翻地覆吧？

毕竟，她不是天帝的女儿啊！

“好，好。”天后眼眶微微有些湿润，血浓于水的亲情，即便是天后也不能幸免，她看着苏杏儿，怎么看怎么喜欢。

天后这才明白，当初为何见到苏杏儿，一眼就觉得亲切。

不只是因为苏杏儿长得像她，原来还有血浓于水的亲情啊！

“杏儿，母后有一件事，要告诉杏儿你。”天后忽然面色微微尴尬起来。

苏杏儿不解地看着天后，终于开了口：“什么事？”

看天后的表情很是尴尬，难道是……关于她生父的事情？

苏杏儿心中微微一跳，莫非天后知道她是谁的女儿吗？

却只听天后尴尬地说道：“母后的记忆虽然出了问题，但杏儿应该知道，母后和陛下的关系并不好，所以……杏儿可能并非陛下的亲生骨肉。”

苏杏儿表情有些茫然，半晌才点了点头：“我猜到了。”

这并不是什么秘密。

天后看了苏杏儿一会儿，才接着说道：“这个秘密若是被天帝知晓，恐怕我们母女都会万劫不复，所以，母后会想办法将你嫁给那沐云流……”

“不可以！”苏杏儿失声叫道，猛烈摇头，“我现在只把流王殿下当兄长一样爱戴，而且流王殿下和姐姐才是一对，我不能对不起姐姐！”

“什么姐姐！”天后顿时扬高了声音，冷厉地看着苏杏儿，教训道，“她不过是一只上不得台面的狐妖！即便她修炼成仙，本质上还是妖，她怎么可能配得上堂堂未来天界之主？”

她女儿就不一样了。

她女儿是龙族中高贵的神龙，只有这样的高贵身份，才能当三界之母，母仪天下。

苏杏儿后退一步，难堪道：“总之，我不会去当这样的第三者的，您就不要再说了。”

至于灵飞的身份问题，她知道和天后争论也没有用，所以她放弃争论。

只不过，她一定会坚持自己的立场，绝对不会嫁给流王殿下！

别说她和灵飞情同姐妹，与流王殿下如同兄妹，就说她已经被白彦夺了清白之身，她也决不会再想着嫁人的！

“你……”天后怒意从心头燃起，但看着苏杏儿拒绝的表情，半晌愣是没发作出来。

她深吸一口气，冷冷道：“不是做母后的心狠，要逼你什么，只是你应该知道，我们母女的性命都在那沐云流手上，如果你不嫁给沐云流，一旦你的身份被拆穿，我们母女都会万劫不复，还有龙族，都会因此而大祸临头！所以，这件事由不得你！”

说完，天后转身回到了宝座之上。

苏杏儿本想继续争辩，但桃蕊仙子却在此刻对她轻轻摆了摆手，她咬了咬唇，便将到嘴边的话吞了下去。

天后见苏杏儿没有再犟嘴，倒是神色缓和了些。

她淡淡地瞥了一眼桃蕊仙子，说道：“阿蕊，天帝那边，本宫今晚就会过去，只要天帝答应让那沐云流娶杏儿，本宫就打开那盒子。至于阿蕊，你负责去跟那沐云流说，让他准备好娶杏儿。”

苏杏儿听得又气又羞，哪儿有硬把自己女儿往外面男人怀里塞的？何况，别人想娶的另有其人。

这不是热脸贴别人冷屁股吗？

桃蕊仙子却是淡淡应声：“是，娘娘。”

却说沐云流，不动声色地将整个计划安排妥当，不但联络了御虚仙主，还跟裂天仙尊一起编造好了当年的故事。

然后，万事俱备，只欠东风——叶神医手里那种药。

上一回叶神医将仅有的两瓶药都给了天后，如今药也在天后手中，所以沐云流便让灵飞下界，去让叶神医再制一瓶那特殊的药。

叶神医自然不肯，不过灵飞狡黠地以桃蕊仙子作为要挟，说如果叶神医肯把药制出来，就哄骗桃蕊仙子下凡来见叶神医，叶神医顿时心动了。

原来，叶神医还有第三瓶药，只是当时舍不得全部拿出来给天后罢了。

灵飞欢欢喜喜地拿回了药，交给沐云流之后，得到了沐云流一个大大的拥抱。

而此刻，天后也已经跟天帝谈判过了——可惜，她答应打开盒子，天帝却不答应让沐云流娶苏杏儿。

本来，天帝对苏杏儿这个姑娘还是很满意的，毕竟苏杏儿是除了天后之外唯一的神龙血脉了。

可惜，苏杏儿与狼王白彦的事情天帝怎会不知？

于是天后的如意算盘落空了，气得几天都睡不好觉。

沐云流得知这个消息，倒有些意外，他以为天帝会答应天后的要求，为了仙骨让他娶苏杏儿的。

不过，天帝答应与否，对他的整个计划都没有影响。

这一日，沐云流带着灵飞、苏杏儿还有裂天仙尊，一同前往天帝宝殿见天帝。

天帝得知沐云流前来，心中倒是淡淡欢喜，只面上一如既往的冷淡。

“你来见朕，所为何事？”天帝见沐云流带了一干人等来，心知沐云流此次前来没有那么简单。

果然，沐云流淡淡说道：“杏儿是神龙血脉，应该可以打开那盒子，只是她法力不够，所以希望你能够赐她仙符，助她法力提高。”

天帝一听，唇角微微撇了一撇。

“你以为，仙符是谁都可以赐予的？”天帝毫不避讳苏杏儿在场，冷冷地瞥了苏杏儿一眼，仿佛此事是她怂恿的一般。

苏杏儿本是神龙血脉，如果再加上仙符，龙族势必又将壮大，他岂会让龙族壮大到他无法掌控的地步？

一个天后，已经够他忍的了。

只见沐云流淡淡道：“我问过裂天仙尊了，只有龙王的嫡系血脉的龙血，才能对盒子上的法术加固有效。”

天帝微微蹙起眉头，看了裂天仙尊一眼，若有所思：“裂天，此话何意？”

裂天仙尊上前，拱手回道：“陛下，盒子上的法术是龙王亲手加固的，所以除了龙王的龙血之外，便只有龙王三代以内子孙的龙血，才可以破除法术加固。”

天帝何其睿智，顿时一愣，带着几分不可思议看向苏杏儿。

她……是龙王三代以内的子孙？

龙王是第一代，天后是龙族公主，自然是第二代，那这第三代……

天帝身躯一震，黑眸冷沉：“这不可能！”

这条小神龙，怎么可能是天后的女儿？

天后与他成亲数千年，从不曾与他同床，断然不会有一个如此大的女儿！

“裂天仙尊，就请你将当年的事情说给他听吧！”沐云流虽然心里已经接受了他是天帝和狐仙娘娘之子的事实，但他从未承认过天帝这个父亲的身份。

因为，当年的真相还没有揭开。

只有真相大白，恩怨清楚的那一刻，他才会决定，要不要认这个爹！

“是，殿下。”裂天仙尊淡淡拱手，随后，才对天帝禀道：“陛下，杏儿公主是陛下与娘娘成亲之前所生，不过……却是娘娘设计了陛下，因此……才有了杏儿公主。”

唉，不怪他撒谎瞒骗陛下，实在是殿下威逼利诱，他无法不从啊！

若是不让殿下拿回仙骨，又如何救那被困在万龙困仙阵法之中的人呢？

所以……相信陛下以后会体谅他的。

“胡说八道！朕岂会糊涂到被她设计！”天帝神色震怒，狠狠一掌拍在御案上。

若不是那御案由坚硬无比的上古精铁所制，只怕这会儿早就被一掌拍得四分五裂了。

“陛下可知，为何杏儿公主会流落凡间近万年？”裂天仙尊不慌不忙地问道。

天帝薄唇抿成一条直线，显然处于暴怒边缘。

若不是想知道真相，恐怕此刻一干人等早已遭殃——天帝一怒，寸草不生啊！

“这是因为当年娘娘设计陛下，不检点行为惹怒先帝，所以杏儿公主出生之际，先帝便抽走了杏儿公主的恶念，并将杏儿公主贬下凡间。”裂天仙尊将所有事情都推到那已死去的先帝身上。

因为只有这样，天帝才不会找到真相，而一切不合理也才显得合情合理——毕竟，天界之主的决定，谁能违抗呢？

再不合理，只要是天界之主决定的，都会变得合理。

苏杏儿闻言，微微一怔：她出生之际，被抽走了恶念？

什么意思？

“裂天，你不觉得荒谬吗？”天帝冷笑一声，俊美容颜冷峻非常，“作为惩罚，贬下凡间即可，何必抽走什么恶念？”

“因为先帝认为，娘娘犯错生下杏儿公主，杏儿公主代表着娘娘的污点，所以这一切后果本该由杏儿公主承受。”裂天仙尊淡淡叹道，“而抽走恶念是因为……”

他微微顿了一下，看了一眼苏杏儿，似乎目光带着一丝同情。

只听裂天仙尊继续说道：“抽走恶念，便会让杏儿公主无论遭受多少不公，都不会有任何报复心理。因此，杏儿公主在凡间近万年，一直都是逆来顺受，毫无怨言的。”

苏杏儿整个人都僵住了！

原来，无论一个人怎么对她，她都恨不起那人来，是因为……她早已被抽走了恶念？难道，她并不是那么心地善良，纯洁无瑕？如果她没有被抽走恶念，是不是便跟她娘一样，是个十恶不赦、什么都做得出来的恶毒女人？

这个认知，让苏杏儿瞬间浑身冰凉。

天帝也被裂天仙尊这话给震得说不出话来，如果苏杏儿真是他的女儿，那天后所犯的错却报应在苏杏儿身上，未免对苏杏儿太不公平了！

“陛下，微臣本不想说出这些，只可惜天后不肯打开盒子，还殿下仙骨，所以微臣不得不将当年真相说出。”裂天仙尊微微叹气，“如今微臣说出来，只是希望陛下能助杏儿公主一臂之力，将盒子打开，还殿下仙骨而已。望陛下能成全微臣一片苦心。”

天帝沉默以对。

刚刚多出个儿子，忽然又多出个女儿，实在令他有些难以接受。

而且最重要的是，这个忽然多出来的女儿，竟然是他和他最讨厌的女人所生！

就算真是当年他一时疏忽被天后设计，那也绝对是他人生的污点，无法忍受！

这样的女儿，他如何去接受？

“朕可以助她一臂之力，使她法力提高，但朕决不相信她是朕的女儿！”也不知考虑了多久，天帝忽然站了起来，咄咄逼人地看向裂天仙尊，“裂天，你在骗朕！”

裂天仙尊心里一震，面上却不动声色道：“陛下，微臣不敢。”

“哼！你有什么不敢的？这么多年你不照样瞒着朕这些真相？”天帝显然对裂天仙尊不再信任，冷冷一笑道，“朕虽然忘了一些事，但朕不糊涂！除非朕当年也被剥离了仙骨，否则朕绝对不会被人设计！”

裂天仙尊心里被重重一击。

虽然有些不怎么令人愉悦，可天帝就是如此狂妄的男人啊！

不管什么时候，天帝都是不可被控制的，哪怕天帝失去了一部分记忆，也没有违背过他自己的本能。

这份坚定……实在是让世间任何人都感到佩服。

“裂天仙尊拿不出证据，但我可以。”沐云流淡淡开口，从怀中掏出一个药瓶，高高举起，“这种药可以辨别亲缘关系，不如就让大家来见证一下！”

第二十一章 真相大白

天帝眸色微微一闪，淡淡地看向沐云流，道：“你又怎知这药如此灵验？”

沐云流挑眉：“御虚仙主说的，你总该不会不信吧？”

御虚仙主……

天帝沉吟片刻，倒是点了点头：“朕相信他。”

御虚仙主从不说谎，若遇到不能说之事，便宁可沉默也不回答，万年的时间已经足够让天帝了解一个人。

裂天仙尊是会说谎的，但御虚仙主绝对不会。

不过天帝此刻却漏算了一件事，那就是——御虚仙主绝对不会说，这瓶药里一半是真的，一半是假的。

所以，无论御虚仙主说这药是真的还是假的，都不是在骗人。

因为，瓶中药本来就有一半真一半假，所以说这瓶药是真的也不错，说这瓶药是假的也对啊！

“既然你相信御虚仙主，那就好办了。”沐云流朝苏杏儿看了一眼，说道，“杏儿，你与我一同来试。”

苏杏儿默然抿唇，片刻后才走上前去。

她实在不想捏造自己是公主的身世，但流王殿下似乎成竹在胸，此刻她若拆了流王殿下的台，便是害了流王殿下。所以，她只能沉默着，接受流王殿下的安排。

沐云流先取了自己和天帝的血到碗中，接着将半瓶药倒进碗里。

天帝目不转睛地看着，只见两滴血很快融为一体，顿时眸色一阵满意。

沐云流天生仙骨，加上他对狐仙娘娘画像的熟悉，令他丝毫不怀疑沐云流的身世。只不过现在得到了确定，他便更加笃定沐云流就是他的子嗣，是堂堂天界殿下了。

“现在，是杏儿和你的。”沐云流看了天帝一眼，接着便取了天帝和苏杏儿的血，滴入碗中。

当沐云流将剩下半瓶药也倒入碗里的时候，只见两滴血同样融为一体。

天帝眸子里闪过一抹沉沉戾气，但片刻后，他面色恢复淡然，道：“既然她是朕的女儿，那朕就让她法力提升好了。”

说着，天帝起身，稳步下了台阶，来到苏杏儿面前。

那冷厉的黑眸、咄咄逼人的气势和不可一世的表情，令苏杏儿浑身上下每一个毛孔都紧张不已。

“朕以自身仙骨之灵，让你瞬间提升到金仙的实力，如此你便可以打开盒子了。”天帝淡淡看着苏杏儿，说道。

然后，天帝伸出手来，大掌盖住了苏杏儿的脑袋。

一股灵力从天帝体内逸出，通过苏杏儿的百汇穴，快速蹿入身体之内。

苏杏儿只感觉到一阵通体舒畅，先前的紧张没有了，全身心经历了一次洗礼，很快就发现她的实力提高了一个境界！

苏杏儿简直不敢相信，拥有仙骨，就拥有这么强大的力量，竟然随便可以让一个仙家晋级！

难怪……天界不允许两仙结合，如果到处都是这种狠角色，别说天界大乱，三界都会乱掉了。

“好了，你可以打开盒子了。”天帝眸色深沉地看着苏杏儿，掌心不知何时多了一个金灿灿的盒子。

正是天帝在天池时，从天后手中抢来的那个，装有沐云流仙骨的盒子。

不知为何，苏杏儿这么近距离地看天帝，心里除了畏惧之外，还感觉毛骨悚然。

天帝看着她的眼神，没有一丝笑意，满满的全是深沉。

但天帝已经将盒子摆在她面前了，她自然不敢不遵从天帝的命令，于是便咬破了手指，将血滴在那盒子上。

只见苏杏儿的血一滴在盒子上，盒子的灿灿金光就开始渐渐消退。

整个盒子在天帝的手掌上颤抖，仿佛里面有什么呼之欲出，却又不得章法。

裂天仙尊见盒子上的金光彻底消失，便立刻说道：“杏儿公主，请以你体内龙族之力，将盒子打开！”

此刻，众人的心都有些紧张。

不知道，那传说中的仙骨，到底是什么。

难道真是比平常人多出来的一块骨头吗？

苏杏儿听了裂天仙尊的话，连忙运用体内恢复龙身之后就有的一股力量，再以自身的法力与其结合，将手伸到盒子上方，用力地将盒子打开。

她额头上冒出了些微汗珠，那盒子仿佛有千斤重，她不停地以法力加重手上力道，才慢慢地将盒子打开了。

“啊！”苏杏儿惊叫一声，脸色骤变，急速后退，像是看见了什么可怕的东西一样。

盒子的正面是对着苏杏儿的，所以苏杏儿是第一个看见盒子内光景的。

原本以为盒子里会是一块骨头，毕竟它的名字叫“仙骨”嘛！

谁知道，苏杏儿往里一瞟，却看见一双带着点点血丝的眼睛，正目不转睛地盯着她，瞬间将她吓得倒退了好几大步，还受到惊吓地发出叫声。

此刻，天帝也看到了盒子里的那双眼睛。

瞬间，他语气冷厉低沉，戾气十足：“该死！”

谁都不知道天帝这句“该死”从何而来，但谁都知道天帝此刻表情很是骇人，仿佛是愤怒到了极点一样。

盒子已经被打开，那“仙骨”，也就是那双眼睛，倏地从盒子里飞了出来。

它停在半空中，仿佛在找它的主人。

当它对上气势非凡绝美冷峻的沐云流时，立马就以百米冲刺的速度朝沐云流飞去了！

若是苏杏儿的话，此刻早就被吓得仓皇而逃了。

但沐云流却静静地站着，直到那双眼睛冲到他眼前，瞬间发出一股白浊之气，将他整个人包裹住。

撕心裂肺般的疼痛，从沐云流四肢百骸传遍至全身，仿佛有什么在他身体里死命地拉扯，要将他五马分尸一样。

他忍耐着，薄唇紧抿，愣是一声没吭。

沐云流被那股白浊之气包裹住，灵飞她们根本不知道他承受了多大的痛苦，只是看着这一幕就感到惶恐不安。

“怎么会这样？”灵飞担忧地看着不知发生了什么的沐云流，问裂天仙尊道，“仙尊，为什么盒子里装的是一双眼睛？”

难道仙骨就是那双眼睛吗？

她一直以为……仙骨是一块骨头的啊！

裂天仙尊微微叹了口气，道：“这双眼睛，本是殿下所有，也便是这双眼睛，意味着殿下身上拥有与天帝陛下一样的修炼天赋。但是，殿下还在襁褓之中便被挖走了眼睛，所以才失去了天生的法力。”

什么？

还是婴儿就被挖走了眼睛？

灵飞听得一阵心痛，不由得看向面色狰狞、五官扭曲的天帝，这才明白之前天帝看见盒子里是一双眼睛时，为何会咬牙切齿地说出一句“该死”了。

“可是……他是有眼睛的啊！”灵飞对此还是感到困惑，她宁可那不是真的，因为她实在接受不了他曾受过那样的苦。

而且，他可以有两双眼睛吗？

裂天仙尊淡淡道："那不是属于殿下的眼睛，只不过是一具凡间躯壳罢了。殿下的仙身，是缺了这一双眼睛的，但也只有这双眼睛，才能够使殿下恢复仙身。"

灵飞这下子才彻底明白，原来之前她所见到的沐云流，根本不是他真正的样子。

这么一想，她不禁看向一旁的天帝。

天帝容貌俊美无双，凤眸深邃，整个人除了那股不可靠近的冷意之外，当真是世上难得一见的美男子。

她之前还一直在想，如果沐云流是天帝的孩子，那为何跟天帝一点儿都不像，原来……沐云流的真正相貌，一直都没有被任何人看见过。

"御虚仙主一直没有给殿下仙根，便是因为殿下的仙身无须仙根，殿下和我们不同，修炼依靠的是仙骨。"裂天仙尊看着那团白气，继续说道，"现在，殿下的仙骨正在以自身的灵力，将殿下的真身从凡胎肉体中分离出来。只有这样，仙骨才能与殿下融为一体。"

众仙听了之后，心里微惊。

要将真身从凡胎肉体中分离出来，那可是遭罪的事儿啊！

而过去了这么久，流王殿下竟然从头到尾都没有吭过一声，这份毅力……简直令人敬佩！

灵飞听得心里疼痛难忍，一双素手死死握住，双眸含着微微泪光看着沐云流的方向。

终于，不知道过去了多久，只见那团白气开始慢慢消散。

"沐云流"……不，应该说是那具躯壳，慢慢地失去依托，倒在了地上，失去了生命的气息。

而那白气消散之后，一个身姿颀长伟岸，泼墨般长发宛若青莲般绽放，似瀑布般倾泻而下，绝美五官令人瞬间失神的男子，慢慢出现在众仙的面前。

他闭着眼睛，长长的睫毛宛若蝉翼，扑闪卷翘，白瓷般的肌肤，面容绝美无双。

浮现在半空中的那双眼睛，瞬间冲向男子闭着的眼睛处，没入进去！

一股微微红光，从男子闭着的眼睛里淡淡绽放。

到那红光消失之际，他缓缓睁开了眼。

刹那间，在场所有人为之失神。

那双先前看着有几分令人毛骨悚然的眼睛，此刻却是形状优美，漆黑的眼瞳，墨暗深邃，犹如一个巨大的旋涡，吸引着人坠入，无法自拔。

这双眼睛缓缓掠过在场所有仙家的脸庞，每到一处，便令人呼吸停顿。

当他看着那个呆呆傻傻看着自己的少女眼中浮现一丝惊艳时，绝美凤唇便缓缓开启："灵儿，不认得我了？"

沐云流不但整个人，连声音似乎都变得魔性起来，让人脸红心跳，如痴如醉。

灵飞被他那一唤，一股彻底的酥麻从心底升起，传达到四肢百骸，几乎令她腿软到站不住！

她呆呆地看着这个全然陌生的男子，大气不敢喘一口，更是不敢回应他的话。

沐云流见灵飞僵硬的模样，长臂伸开，在半空中一拉，一股无形的强大力量顿时将灵飞硬生生扯了过去！

"啊……"灵飞惊叫一声，下一刻已经被全然陌生的男人紧紧搂在怀里。

她下意识抬头，顿时落入那双绝美的凤眸之中，心里深深一悸，胸口那个部位，里面有个不听话的东西顿时就加速跳动起来。

扑通……扑通……扑通……

感觉很怪。

灵飞连呼吸都变得很小心，甚至有些想挣脱面前男人的怀抱。

"不认识了？觉得陌生？"沐云流似笑非笑地看着怀中少女，见她眼里出现一抹瑟缩，唇角便意味深长地一勾："多看我几眼，就会记得了。"

恢复了仙身的沐云流，气势与天帝极为接近，而且那种说不出的感觉，让人毫不怀疑他们就是父子。

虽然沐云流和天帝的相貌只有五六成相似，但可以猜到他必定有一半更像他的母亲。

天帝是见过狐仙娘娘画像的，此刻便看沐云流微微出神，口中低喃："果然……朕和她生了一个孩子……像极了朕和她的孩子……"

梦里无数次出现的身影，记忆里缺失的空白，原来全都跟那个画中女子有关！

她是狐妖修炼成的狐仙，与他……有一段刻骨铭心的爱情，也有一个爱情的结晶——儿子！

忽然，天帝神色微微一厉。

他目光冷沉地看了一眼裂天仙尊，接着，又瞥了一眼苏杏儿，冷笑一声后，转身回到宝座上坐定。

"金华！"天帝一声暴戾沉喝。

金华上仙急忙从门口飘进，躬身："陛下，微臣在。"

"将苏杏儿给朕打入天牢！"天帝的一句话，引起在场所有仙家的震惊。

灵飞是第一个急眼的，立刻站了出去："天帝陛下，您为何要将杏儿打入天牢？她是您的女儿！"

天帝冷冷一笑："朕还没到老眼昏花的地步，你们想保护谁，朕心里清楚得很！"

他没那么糊涂，被天后设计，还为他生了个女儿。

即便记忆出现问题，他也绝对不信他会让一个他不爱的女人为他生孩子。

如果天后当初真的设计了他，而且怀了他的孩子，那么他最有可能做的事情就是——杀了她！连带她肚子里的孩子！

他是天界之主，天地间的唯一主宰！

没有人可以逼他做任何事，除非，他心甘情愿。

灵飞一窒，难道天帝根本就知道沐云流在骗他，只是因为天帝也想让苏杏儿打开盒子拿到仙骨给沐云流，所以之前才暂不揭穿？

她求救地看向沐云流，希望他能出面让天帝改变主意。

现在唯一可能改变天帝主意的，就只有他了，毕竟，他是天帝所承认的子嗣，而且看得出来，天帝很维护他。

沐云流容颜绝美，淡淡按了按灵飞的脑袋，示意她少安毋躁，接着便对天帝说道："虽然杏儿不是你的女儿，但我能得回仙骨，都是杏儿帮忙，如今知道真相的仙家并不多，你多一个女儿承欢膝下，何乐而不为？"

"多一个女儿承欢膝下？"天帝眸色微冷，看了沐云流一眼后，讥讽一笑，"那你将你母亲置于何地？"

沐云流俊美修眉微微一蹙，纯黑眸底闪过一抹淡淡冷意。

的确，如果天帝承认苏杏儿这个女儿，那么天后就不会让位，有朝一日他救出狐仙娘娘，天帝又将狐仙娘娘置于何地？

"我们可以劝天后让位啊！"灵飞连忙说道。

天帝像听见什么笑话一样，冷笑起来。

而天帝甚至懒得跟灵飞解释他与龙族之间互相制衡的关系。

于是裂天仙尊便微叹了一声，说道："灵飞狐仙有所不知，当年娘娘之所以能登上后位，乃是因为龙族掌管着三界的天气变化。如果陛下逼娘娘退位，以娘娘的极端个性，恐怕会玉石俱焚。"

也是因为苏杏儿不是外人，所以裂天仙尊才如实说了出来。

一来苏杏儿无恶念，不会做伤害任何人的事情；二来苏杏儿肯倒戈相向，已经是选择了流王殿下。

所以，苏杏儿绝对不会助纣为虐。

裂天仙尊虽然说得隐晦，但众仙都听明白了——除非天后肯自己退位，否则，谁逼她，她都宁可玉石俱焚，号令整个龙族毁了三界！

而当初，先帝会让天帝娶了天后，恐怕也是为了天界安宁，而不得不娶……

"可是，那也不能把杏儿关起来啊！"灵飞绝对接受不了天后的错误，要苏杏儿来承担的惩罚——苏杏儿已经受了很多年的惩罚。

就算是现在，苏杏儿的日子也没有多好过啊！

“你们以为，若非当年她被抽走恶念，她不会跟她母亲一样，为非作歹？”天帝一语道破天机，令众仙微微一怔。

天帝固然铁石心肠，可天帝说的也没错……

如果苏杏儿的本性是好的，当年为何会被抽走恶念？

还不是怕以她的神龙身份，早晚会惹出祸事来，才强行抽走她的恶念毁之？

众仙怔神之际，苏杏儿脸色也是一片惨白。

“姐姐，你不用再为我说好话了！”苏杏儿面色平静无比，“我自愿去天牢，为我的母亲赎罪！我接受任何惩罚！”

说着，苏杏儿便走到了金华上仙面前，淡淡道：“上仙，请关我去天牢吧！”

“杏儿，你为什么这么傻？”灵飞挣脱了沐云流的怀抱，冲上去将苏杏儿的手牢牢握住，一脸焦急，“你不要被那种话所影响啊！我相信你就算没被抽走恶念，也不会做坏事的！”

苏杏儿眸色平静地望了灵飞一眼，淡淡一笑：“姐姐相信，我自己却不信。有什么样的母亲，就有什么样的女儿，不是吗？”

如果她没有被抽走恶念，只怕在灵飞抢走流王殿下的那一刻，她已经变坏了，像她母亲一样不择手段地去破坏，去得到。

苏杏儿一直认为自己是善良的，是和天后完全不同的。

然而这一刻，她的信念被真相摧毁了。

她觉得了无生趣。

原来，她善良只是因为她被抽走了恶念而已。

原来，她没有自己所想象的那么伟大。

万念俱灰，自我鄙视，就是苏杏儿现在最真实的状态。

“不是！”灵飞咬重字眼，“天后是天后，你是你！我说过我们永远做好姐妹的！”

苏杏儿倏地甩开了灵飞的手，冷冷道：“你知道什么？如果不是我被抽走恶念，当初你抢走流王殿下，我就会和璃月公主同流合污，一起让道派灭了你！”

灵飞怔然，一脸不解。

杏儿她……怎么会有这样的想法？

“金华上仙，还不带我下去吗？”苏杏儿别开脸，看向金华上仙，淡淡提醒，“是打算抗旨吗？”

金华上仙一震，抬眸看了天帝一眼，知道天帝绝无更改心意的可能，只好暗暗叹了口气，对苏杏儿道："神龙仙子，请。"

苏杏儿没再看向灵飞和沐云流，直接转身，随金华上仙去往天牢了。

天牢是极冷极寒之地，外界有天帝加固的结界，只能进而不能出，除非天帝亲自放人。

苏杏儿这一去，就算是天后，也难以救出她来了。

"沐云流……"灵飞目光戚戚地看着沐云流，不理解他为什么不帮苏杏儿求情，心里隐隐难受。

是不是，天生仙骨的男人，都会这么狠心无情？

如果是的话，她就不要他恢复仙身了，他即便当他的流王殿下，不要仙骨，也可以和她长相厮守啊！

"灵儿，待我拥有了仙骨的力量，实力提高，自能放出杏儿来了。"沐云流微微叹了口气，而现在，他是不可能劝得动天帝的。

实力不如人，什么也不用多说，何况在此事上，天帝并没有太大的错，他总不可能为了苏杏儿，去跟天帝斗法吧？

倒不如先冷静下来，事后再想办法。

灵飞双眸顿时浮现浓浓的失望，但她看着沐云流，愣是没说出心中所想。

"裂天，朕要你老老实实地告诉朕，这整件事情的真相。"天帝此刻忽然朝裂天仙尊发难，唇角勾出一抹冷意，道，"若你今日再有半句谎言，朕决不轻饶！"

最后一句里，浓浓的威胁警告意味，令在场众仙都微微变了脸色。

显然，天帝根本没有相信裂天仙尊之前所说的一切，他从头到尾都在怀疑！

天帝之所以压抑到现在才质问，完全是为了沐云流能够拿回仙骨，恢复仙身。

"陛下……"裂天仙尊为难地看了看天帝，心里犹豫不决到底要不要说出隐瞒了近万年的真相。

但是，似乎不说的话，天帝不会饶了他。

而且救她……也必须要天帝和流王殿下联手。也许……是时候了？

天帝忽然手一扬，一道白光从他掌心射出，笼罩了宝殿内殿，继而消失于无形。

然后，天帝威严地说道："现在，这里只有朕、云流、灵儿还有你，朕已经设了结界，今日的对话不会有任何人知晓，你还有什么可顾忌的？"

裂天仙尊看着对真相势在必得的天帝，终于深深地叹息一声，语气含着一抹妥协："陛下想知道什么呢？"

"那位狐仙，现在何处？"天帝决意要在今日，将事情真相全部还原。

而唯一知道真相的，便是裂天仙尊。

他早就怀疑裂天仙尊了！

“在龙族的万龙困仙阵法之中。”裂天仙尊这一次果真妥协了，没有再说任何假话。

天帝神色一震，龙族的万龙困仙阵法？

“她是如何被关进去的？”天帝神色掠过一抹冷戾，“是天后那个恶毒的女人？”

“是的。”裂天仙尊淡淡点头。

当时龙王已死，龙族公主为龙族之尊，自然可以号令万龙了，只有她才能催动万龙困仙阵法。

“云流的仙骨，不是先帝剥离的吧？”天帝冷笑。

裂天仙尊眼中掠过一抹淡光：“陛下是如何猜到的？”

天帝重重一拍扶手，语气暴怒：“先帝即便为了天界，也不会这样对待自己的亲孙！当朕看到云流被剥离的仙骨竟是眼睛时，朕就知道绝非先帝所为！朕对先帝还是了解的！”

裂天仙尊眸色微微一闪，片刻后才道：“是，殿下在襁褓之中时，被寄养在微臣住处，但可惜被龙族公主发现，微臣一时不察，才使得殿下被龙族公主剥去仙骨，危在旦夕。”

灵飞诧异地看了裂天仙尊一眼，恍然大悟。

原来，画中世界里所提到的那位大罗金仙，就是现在的裂天仙尊啊！

天帝此刻倒是相信，裂天仙尊现在所说的都是实话了，因为他的面上带着一丝深沉的愧疚。

显然，裂天仙尊这近万年来，一直在为没有保护好沐云流一事而深深自责。

天帝冷厉地看着裂天仙尊，又问道：“朕即便身为皇子，然先帝一直疼爱于朕，应当不会连云流都容不下，何以朕要将云流寄养在你处？”

灵飞望了沐云流一眼，见他眸色深沉，不知在想些什么，心里不禁微微一跳。

这个男人……的确是她所爱的那个男人，可是，她却看不懂他了。

以前他的眼里，对别人是冷漠，对她是温柔，现在……对任何人，似乎眼神都显得那么不真实。

她看着陌生。

裂天仙尊深深地叹息一声：“虽然先帝不喜欢狐仙娘娘，但殿下都已出世，先帝也不会阻挠陛下与狐仙娘娘之事。可先帝默认，龙族却不会善罢甘休。”

第二十二章 她的生父

龙族？

天帝冷厉地眯起了眼睛，果然跟龙族有关？

莫非是……当年妖界与天界那场大乱？

“当年，龙王尚且在世，龙王一直都想让自己的女儿也就是龙族公主嫁给陛下，如此龙族在天地间便尊贵无比。”裂天仙尊唇角淡淡一勾，语气低沉地说道，“可惜，陛下与狐仙娘娘相恋，使龙王的希望破灭。龙王三番五次找先帝告状，想要治罪于狐仙娘娘，本来先帝也有所动摇，但因为殿下的出生，而倒戈向陛下，并未强行拆散陛下与狐仙娘娘。”

天帝眉色微微一动，似是回忆起当初先帝对自己的好，冷峻的脸部线条不禁稍稍柔和下来。

“先帝的态度虽然让龙王大为光火，可龙王也不敢怎么样，只能忍耐下来。”裂天仙尊摇了摇头，“但就在这个时候，妖界妖王造反，大举屠杀游历的仙家，对天界进行挑衅。”

天书上那场终结妖界强大势力的大战？

天帝身躯微微一僵，难道，他和狐仙被拆散，跟这场大战有关系？

“先帝不像陛下一般，天生仙骨，所以带领众仙去妖界平叛时，身受重伤。”裂天仙尊眸中浮现一抹沉痛，“当时微臣与紫霄也都负伤，也就是这个时候，龙族公主趁乱到微臣住处，将殿下一双眼睛……活生生挖了下来。”

“她，该死！”天帝震怒，一掌挥向侧殿。

“轰隆”一声，一根金色柱子被震成一堆粉末。

沐云流浑身散发出一股魔性的气息，凤眸更是深深地眯了起来，整个人透着一股危险的气息。

灵飞感觉到了沐云流的变化，一直被他攥在掌心的小手，忍不住握了握。

再陌生，他也是沐云流，她见他受伤，心中便不忍。

沐云流淡然回眸，眼中那股狂乱似乎微微平息下来，甚至对灵飞勾出一抹让她失魂落魄的浅笑。

灵飞赶紧偏过了头，按捺住心头狂跳，继续听裂天仙尊说起当年真相。

此刻，裂天仙尊继续说道：“龙族公主早已知道殿下的眼睛便是殿下的仙骨所在，所以将殿下的仙骨封在龙族金盒之中，又以自身纯正龙脉之血滴入，用法术加固。”

他抬眸看了看天帝，沉吟片刻后才道：“当时先帝受伤的消息尚未传回，陛下与狐仙娘娘正在天河边上游玩。龙族公主便拿着金盒去找了陛下与狐仙娘娘，并将金盒掷入天池之内。”

天帝听得目眦欲裂，俊美的五官扭曲，他哑声道：“朕当时法力就算未有大成，也不能打不过她，为何……朕没有替云流和他娘报仇？”

天帝忘却了前事，自然有此疑惑。

殊不知，这也是沐云流心底介意的，听到天帝这般问，沐云流冷冷地望了天帝一眼，接着便一眨不眨地看着裂天仙尊。

那犀利的眼神，仿佛要将裂天仙尊看穿，防着裂天仙尊为了庇护天帝而撒谎一样。

裂天仙尊倒是沉浸在当年的真相中，并未注意到沐云流的防备神色。

他苦笑了一声：“狐仙娘娘当时便想赶去天池，但狐仙娘娘法力不够，无法到达天池，陛下与龙族公主打斗在一起，又因龙族公主说金盒除她之外无人可打开，便不能真的杀了她，只能重伤。

之后，狐仙娘娘返回阻止陛下，求陛下去天池拿回殿下的仙骨。陛下在狐仙娘娘的哀求下前往天池，狐仙娘娘则守着龙族公主，然而陛下虽然拿到了金盒，却无法打开金盒。”

那金盒必须要龙族公主的血和龙族神力才能打开，天帝打不开也是很正常的。

灵飞听得蹙眉，心中这般想道。

只是不知道，为何后来狐仙娘娘被关了起来，而天界众仙又失去了有关狐仙娘娘的所有记忆。

当然，她不会去问的，因为她相信今日裂天仙尊会和盘托出，不会再有任何隐瞒。

“而就在陛下拿了金盒返回原地，打算找龙族公主，让她打开金盒时，却发现龙族公主和狐仙娘娘都已经不在原地了。”裂天仙尊微微摇了摇头，“当陛下准备前往龙族时，先帝与微臣等均负重伤回到了天界，先帝神识被伤，危在旦夕，药石无效，此种情况下，陛下不得不放下儿女私情，暂缓狐仙娘娘一事。”

天帝俊美的面容微微有一丝哀伤，半晌才道：“接下来，是否朕为了这天下，跟龙族谈成了条件？”

他不确定自己对那狐仙的感情有多深，是否深到可以不顾先帝生死的地步。

然而，就以现在的他来说，未必可以放下危在旦夕的先帝。

“不是。”裂天仙尊重重地叹了口气，“如果陛下肯妥协，今日陛下就不会是这个样子了。”

天帝心里狠狠一震！

他爱那狐仙，竟到了如此地步？

一种微妙的恐慌，在天帝心里滋生。

该是怎样炽热的感情，才能令他什么都不顾，袖手天下也只为她？

沐云流此刻眸中也微微动容，他相信裂天仙尊没有说谎——因为天帝天后都失去了记忆，包括整个仙界的记忆都失去了。

似乎，除了裂天仙尊和御虚仙主，众仙都不知道狐仙娘娘当年的事迹，天书中更是不可能记载。

如果天帝当时妥协了，他应该会被流放，而狐仙娘娘会被打回原形放回狐族，永远不得再踏入天界一步。

不可能杀了他们，是因为他毕竟是天帝的子嗣，而狐仙娘娘是他的母亲。

就算是先帝和天帝同时妥协，也不可能杀了他们母子。

“龙王要挟陛下，必须立龙族公主为后，才肯放了狐仙娘娘，才肯出面平息妖界叛乱。”裂天仙尊说着，语气也有了一丝冷厉，“而其实，若之前龙王肯带龙族助先帝一臂之力，先帝必定不会被妖王所伤！”

天帝眼中出现一丝煞气。

龙族……哼！

“陛下带了一批仙家，亲自前往妖界，为先帝报仇。就在陛下离开之后，龙王造反逼宫，却不料龙族公主出面阻止，她不愿与陛下为敌，她只是想当陛下的妻子。”裂天仙尊眸色淡淡，“这次逼宫事件，龙族公主倒也可以说是功不可没。”

这话，也不知裂天仙尊说的是真心话，还是反话。

但只听他继续说道：“龙王为了龙族公主，放弃叛乱，但要挟先帝，必须在陛下回到天界之前将此事解决，否则便会动用龙族所有力量，将天界覆灭。而如果先帝能够让龙族公主当上天后，龙王便会助陛下铲除妖王。”

真是个大胆的龙王！

天帝听得面部一阵狰狞，若非这龙王早就死了，他一定要将这条老龙给剥皮抽筋挫骨扬灰！

“先帝唯恐先后与陛下为龙王所害，只能与龙王商议出了不得已的办法——便是，将狐仙娘娘关于万龙困仙阵法中，而天界所有狐仙娘娘的事迹都消除殆尽，清除所有仙家有关于这一段故事的记忆。”裂天仙尊缓缓说道。

他随后看向了沐云流，叹气道：“先帝与龙王谈判的条件只有一个，那就是——

不得伤害殿下与狐仙娘娘的性命，否则，宁可玉石俱焚！”

原来，整件事情就是这样……

先帝为了保护狐仙娘娘和沐云流的性命，倒也算是用尽最后的努力了。

看来，先帝不是一个无情的人。

沐云流心中那个结微微解开，但此时此刻他还是没有认祖归宗。

因为，狐仙娘娘还没有救出来。

相信身为当事人的狐仙娘娘，是最了解当年之事的，他要得到她亲口印证之后，才会认祖归宗。

“至于微臣和御虚仙主，因为是当初施法者，所以微臣和御虚仙主都知道整件事情的始末。”裂天仙尊眸色微微一闪，“只是微臣和御虚仙主在龙王面前发过毒誓，若是泄露半个字，必将五雷轰顶！”

这下子，天帝和沐云流还有灵飞，都有些难以置信地看向裂天仙尊。

现在裂天仙尊将所有事情和盘托出，岂不是违背了毒誓？

“陛下放心，当初发誓之时，微臣有留下一个期限，便是人间时限九千年。”裂天仙尊眸中闪过一抹狡黠，与他平日的淡然尊贵十分不符，“因为微臣告诉龙王，清除记忆的法咒只有九千年时效，所以微臣便以九千年为限。”

三仙顿时微微释然。

想必根本没有什么九千年时效之说，裂天仙尊骗龙王，不过是为了等待九千年过去，便将真相揭穿罢了。

而现在，九千年时间已经到了，所以裂天仙尊才开始布局，一步一步将所有人都引入局中。

当然，他确实很有谋略——他做到了。

如今沐云流重得仙骨，实力提高指日可待。

似乎，只差计划的最后一步，那就是救出狐仙娘娘了。

“看来，此后朕失去了记忆，便接受了先帝临终前的遗命，娶了龙族公主为妻，也就是现在的天后。”天帝对于失去记忆后的事，自然记得无比清楚。

“是的，陛下。”裂天仙尊对此倒不敢多发表态度，只淡淡应是。

天帝沉默良久后，缓缓抬眸，眸光清冷。

“朕还有一个疑问。”

“陛下请问，微臣知无不言，言无不尽。”裂天仙尊心中一跳，大概猜到是什么疑问了。

果然，天帝顿了片刻，冷冷地问道：“她是不是真的设计了朕？苏杏儿到底是谁的女儿？”

沐云流和灵飞心里也是微微一震，想不到天帝对这件事如此执着。

灵飞望了沐云流一眼，倒是神色动容——他是天帝的儿子，天帝如此重情重义，是不是他也会一样？

“是，当年龙族公主的确设计了陛下，不过，龙族公主并没有如愿。”裂天仙尊提到此事，微微叹气，“她非但没有如愿，还被陛下反将了一军。”

反将了一军？

灵飞眨了眨眼，心里隐隐有个猜测呼之欲出，难道……这就是苏杏儿降生的真相？

裂天仙尊苦笑道：“以龙族公主之血所制的烈性药的确厉害，即便是陛下天生仙骨也不可能抵挡，只不过陛下当时发觉异样，便将那药赐给一位臣子了。”

“谁？”天帝眯眸，看来，这个臣子，就是苏杏儿的真正父亲了吧？

裂天仙尊沉默片刻，淡淡道：“紫霄。”

天帝呆住。

他怎么动，也不会动到紫霄仙尊头上去，紫霄仙尊当年也是和裂天仙尊一道，替他打江山的股肱之臣。

不过……当年他竟转手设计了紫霄仙尊和……龙族公主？

沐云流和灵飞也有些诧异，想不到天帝这么狠绝。

“此事发生在狐仙娘娘为陛下生下殿下后不久，不过，也不能怪陛下绝情，因为……”裂天仙尊轻咳一声，“因为陛下早就发现，紫霄对龙族公主有倾慕之意了。”

显然，龙族公主是认为，狐仙娘娘可以为天帝生孩子，她也可以啊！

不料天帝根本不稀罕她生孩子，于是就把她“赏赐”给另一个男人了。

虽然是倾慕她的男人，但对她来说却是一种羞辱。

“而且事发之后，龙族公主并不知那一晚……不是陛下。”裂天仙尊眸色一闪，顿了片刻才道，“陛下是在龙族公主生下孩子之后，才揭穿真相的。”

灵飞惊呆。

好狠！

让龙族公主沾沾自喜了那么久也就算了，居然还让龙族公主生下孩子之后，才将真相揭穿。

这简直就是把一个女人逼上绝路啊！

忽然，灵飞有些理解，当时龙族公主各种恶毒各种抓狂各种陷害了。

天帝这么做，无疑是彻底让本就刁蛮的龙族公主黑化。

可以说……后来那些事，有一部分也有天帝自己的原因——他太狂妄自大了。

“本来，小神龙被龙王庇护着，倒也安然无恙。只可惜后来先帝遗命，让微臣必须在龙王死后，将小神龙去掉恶念，禁锢神龙之身，送到凡间承受一切苦楚。”裂天仙尊微微垂眸，“微臣不敢违抗先帝遗命，只能照做。”

这个遗命，谁都知道原因。

天界规矩是什么？除了天帝之外，两仙不准结合！

但，当时先帝想捍卫天界规矩，却又不能得罪龙王，便在隐忍许久后，与龙王达成了所谓的条件，又暗中命令裂天仙尊，将苏杏儿除掉。

当然了，先帝也是极有城府的，甚至可以说是狠绝的。

他没有让裂天仙尊杀了苏杏儿，而是让苏杏儿沦为凡人，承受无止尽的凡间痛苦。

如此一来，有朝一日龙族公主得知真相，必定会肝胆俱裂。

灵飞明白了一切，不禁对这些聪明而又城府深的男人感到畏惧——惹上他们，真的没有好下场啊！

“紫霄此前知道吗？”天帝沉声问道。

“知道。”裂天仙尊眸色微微一闪，“紫霄不会背叛陛下的，即便当初他没有失去记忆，明知龙族公主怀的是他的孩子，他也没有背叛过陛下。”

“他对朕果然忠心耿耿，朕没看错他。”天帝叹了口气，如今知道一切，他竟有几分自责。

虽然他不记得那些事情，但如今看看因他狂妄自大而承受苦果的爱人、孩子，他便知道自己当初的确做得过分了。

“不知陛下可否看在紫霄的面子上，宽恕小神龙？”裂天仙尊微微躬身，“小神龙是女儿身，并非天生仙骨，不会对陛下造成任何影响。”

天帝闻言，沉默了。

面子上……似乎还是有那么一点儿拉不下来的。

但于情于理，他确实不能对紫霄仙尊的女儿动手。

“再错也是那个女人的错，杏儿是无辜的。”沐云流被灵飞掐了好几下，终于淡淡开口。

其实沐云流不是无情到不理会苏杏儿的死活，而是他不愿开口去求天帝。

天帝此刻心里对这个儿子是微微愧疚的，毕竟是他让龙族公主彻底暴怒，才那样对待沐云流。

“好，朕不会惩罚她。”天帝思考片刻，缓缓点头，但又说道，“不过，在你娘被救出来之前，朕也不会放了她。”

言下之意，要用苏杏儿来要挟天后，打开那万龙困仙阵法，救出狐仙娘娘。

毕竟，苏杏儿是天后如今唯一的亲人，天后不可能对苏杏儿不管不问的。

要女儿还是继续坚持关着狐仙娘娘，天后应该有一个聪明的抉择。

“那，天帝陛下，我可以去看杏儿吗？”灵飞想到苏杏儿之前的绝望和冷漠，急忙问道。

她怕苏杏儿想不开，所以想要去开解苏杏儿一番。

“你去看她一次，朕就要亲自到天牢接你一次，你想看她多少次？”天帝淡淡瞥了灵飞一眼，问道。

约莫也是了解沐云流和灵飞的感情，所以天帝对灵飞的态度是不同于别人的，何况灵飞还是狐仙娘娘亲自选定的，灵飞幼年时曾见过狐仙娘娘？

冲这两点，天帝都会很疼爱灵飞，而不会像对苏杏儿一般。

所以这几句话虽然带着微嘲之意，却也没有明显的冷漠，倒有些近乎于揶揄。

灵飞无言以对，半晌才憋出一句：“那……一次可以吗？天帝陛下，求您了。”

“答应她。”看着灵飞低声下气地求天帝，沐云流一阵不爽，面色微冷地开口道。

天帝淡淡一勾唇：“朕有说不答应吗？”

不过是问问小灵狐想去天牢几次而已，犯得着这般护着？

天帝心里竟有些好笑，似乎也有些出神地想，自己当初无论如何不愿妥协，即便是为了先帝——那他是不是也像沐云流一样，爱惨了那狐仙呢？

真想……救出她，看看她是怎样的一个女人啊……

沐云流闻言，面色稍霁，再一看灵飞也面露欣喜之色，便心下淡淡笑开了。

“谢谢天帝陛下！”灵飞简直感激涕零。

在裂天仙尊给天帝陈述当年真相的时候，天后这边也得到了一些消息。

是来自妖界的狼王白彦的。

白彦通过那块玉石，传话给天后，告诉天后当年妖界与天界大战的具体情况，都是他从一些老妖口中打听来的。

天后得知妖界的事情，十分愤怒。

她感到身边所有的人都在骗她，那位所谓的狐仙，根本没有死在大战之中！

她就说了，以狐仙那点儿微弱法力，也能参与到那样一场大战中去？当时的先帝又不是傻子！

再说了，那场战斗她父王也有参与，而且就是和妖王大战最后玉石俱焚的，以她父王的脾气和尊贵，怎么可能容许一只狐妖参与战斗呢？

即便这只狐妖已经修炼成仙了，她父王也必定是瞧不起她的。

不得不说，天后倒还真是了解她父王。

当然，父女俩如出一辙嘛！

天后越想越生气，但又不知道这里面到底隐藏什么样的惊天秘密，不过，她的直觉告诉她——那段缺失的记忆里，一定有什么可怕的存在！

不然的话，她不可能和天帝同时失去记忆的。

对了……整个天界，似乎也没几个仙家知道那位狐仙的事迹，这难道是巧合吗？

难不成，整个天界的记忆都缺失了？

可发生了什么事情，会导致这样的结果？

天后想不明白，正打算找来桃蕊仙子讨论一下，却见桃蕊仙子自己匆匆进了殿，神色略带一丝慌乱。

“娘娘，不好了，陛下将杏姐姐关进天牢了！”桃蕊仙子的确没想过，流王殿下的计策会出现失误，没能在天帝面前保住苏杏儿，导致苏杏儿被关进了天牢。

“什么？”天后面色大变，噌地从宝座上站了起来，神色又惊又怒，“什么原因？”

“金华上仙没说，只说陛下让他将杏姐姐关进天牢。”桃蕊仙子面上浮现几抹担忧，“娘娘，我想……定是杏姐姐的身世，被陛下知道了。”

天后闻言浑身一震！

这意思是说，天帝已经知道苏杏儿是她和其他男人所生的女儿了？

若是这样的话……事情似乎变得很棘手。

“不行！本宫要去找他，让他立刻放出杏儿！”天后很快恢复了冷静，她要先救女儿，至于天帝……哼！真要鱼死网破，她也未必会怕他！

桃蕊仙子见状急忙阻拦：“娘娘，万万不可啊！陛下现在并未处罚杏姐姐，只是关进了天牢，而且听金华上仙的说法，流王殿下与灵飞狐仙都在陛下面前为杏姐姐求情，如果娘娘贸然去找陛下，只怕会激怒陛下啊！”

若天帝真知道了苏杏儿的身世，天后在这个节骨眼儿去跟天帝闹，不是火上浇油吗？

天后微微一咬牙，似乎也是想到了桃蕊仙子所说的这一点，顿时压下了满心的冲动。

“那本宫该怎么办？”天后此刻有些六神无主，她不可能不管自己的女儿的。

那是她在这世上唯一的亲人。

“娘娘，现在天帝只是将杏姐姐关了起来，并未有进一步的行动，我觉得娘娘可以去找陛下谈谈，但一定要心平气和。”桃蕊仙子委婉地说道，“娘娘就当是为了杏姐姐，忍一忍吧！”

天后咬了咬牙：“你让本宫怎么忍？他自己不也有个私生子在外头？现在说关就关杏儿，简直没将本宫这个妻子放在眼里！”

桃蕊仙子此刻有些无语。

陛下和娘娘……怎么能相提并论？

陛下天生仙骨，是天界的主宰者啊！

虽然娘娘有能够让陛下忌惮的龙族，但如果真要鱼死网破，陛下保不住的只是天界安宁，而不是陛下本身的安危啊！

不过，桃蕊仙子还是深吸了一口气，柔声劝道："娘娘，陛下终究是天界之主，娘娘若与陛下硬碰硬，对杏姐姐有百害而无一利。还是请娘娘为了杏姐姐，暂时忍耐忍耐，和陛下好好谈，请陛下放出杏姐姐吧。"

桃蕊仙子再三提到苏杏儿，终于使天后心中的火气被压了下去。

天后目光冷厉，思考了许久之后，才握了握拳，道："好！本宫就为了杏儿，忍他一次！"

说罢，天后便走下了台阶，冷冷地说："陪本宫去见他！"

"是，娘娘。"桃蕊仙子自然领命，随后便跟在天后身侧，一同前往天帝宝殿。

当天后和桃蕊仙子到了天帝宝殿时，沐云流和灵飞以及裂天仙尊，正从宝殿中出来。

仇人相见，分外眼红。

当然，这是沐云流对天后。

至于天后……

"你……你是沐云流？"天后震惊地指着沐云流，语气颤抖，"你拿回了仙骨？"

毫无疑问，沐云流和天帝五六分相似的俊美脸庞让天后一眼就认出来，这个相貌俊美如斯的男子，就是天帝和狐仙所生的那个孩子！

那周身散发的冷厉气势，与天帝简直如出一辙！

再说这个男子身边就跟着灵飞，两人如胶似漆的模样，还有什么值得怀疑的呢？

"灵儿，我们走。"沐云流根本不想理会天后这个傲娇恶毒的龙族公主，拉着灵飞就离开了。

如果不是考虑到狐仙娘娘还在万龙困仙阵法之中，沐云流现在就恨不得将这个恶毒的女人拉下天后宝座，让她身败名裂，连一条狗都不如！

看着沐云流嚣张的背影，天后的牙齿都几乎咬碎了！

好你个沐云流！

本宫绝对不会放过你！

第二十三章 又生毒计

好半晌，天后才想到此行目的，这才暂时将沐云流一事抛之脑后，收敛了一脸阴冷的表情，转身朝宝殿内走去。

宝殿内，天帝正在看那幅随身携带的画卷，即灵飞所画的那一幅。

天后突然闯了进来，令天帝迅速卷上了画，冷眼看着天后和桃蕊仙子，斥道："放肆！未经通传便闯入殿内，你们是不知道规矩为何物了吗？"

天后淡淡一笑："陛下恕罪，我一时心急，所以才冒犯了陛下。"

该死的男人！

刚刚他在看一张画像，她不用看都知道，一定是那个狐仙的画像！

天帝冷冷地瞥了天后一眼，天后不同于平时的嚣张，反倒主动认错，自然是为了苏杏儿的事情而来。

正好。

他还在想这个女人什么时候会来，结果这么快就来了，虽然出乎他的意料，却让他很满意。

来得越快，代表越在乎。

那么，他和她谈成条件的可能性也就越大了。

"你有何事如此慌急？"天帝不紧不慢地坐回宝座，明知故问地看着天后。

天后微微一抬手，语气平静地问道："听说，陛下将杏儿关进了天牢之中，不知杏儿因何事触怒了陛下……"说着，微微一顿。

不待天帝说话，天后又淡笑说道："不过，不管杏儿犯了何事，我都希望陛下能网开一面，将杏儿从天牢放出。我会将杏儿带回去，好好教训，让她以后不敢再惹怒陛下了。"

"她倒没有什么事情触怒了朕。"天帝神色淡淡地一笑，"倒是你，从前做的一些事情，让朕很是震怒。"

天后心里顿时狠狠一跳！

她抬起美眸，望向不可一世的天帝，心脏缩紧：他打算把事情说开吗？

天后心里很清楚，有关于苏杏儿的这件事一旦说开，就是个不可调和的矛盾，势必要激化到最大限度。

沉默良久，天后也淡淡一笑："不知我做了什么事，令陛下很是震怒？我不明白，还请陛下提醒。"

天帝居高临下地看了天后许久，才冷冷一笑："朕与你成亲前，和那位狐仙相爱，还有了一个孩子，你不但横刀夺爱，还将云流的母亲关进万龙困仙阵法之中，你说说看，朕该不该震怒？"

天后一怔，忽然一颗心就落了下来。

原来，他说的是这件事。

"我对这件事记忆全无，当年发生了什么，我也不清楚。"天后不动声色地说道，美眸明亮，"陛下该不会是为了这件不被我记得的事情，准备责罚我吧？"

天帝淡淡一笑："责罚谈不上，不过苏杏儿是龙族除你之外唯一的神龙血脉，朕相信，你不会轻易放弃她的。"

"陛下想怎么样？"天后面色波澜不惊，她此刻已经明白，天帝是以杏儿来要挟她，逼她答应一些条件。

在可以忍受的范围内，她当然会答应。

但如果超过了她的底线……她宁可另想他法去救杏儿，也不会受天帝要挟。

"很简单——你放了云流他娘，朕就放了那条小神龙！"天帝倒也干脆，直截了当地说出交换条件。

天后眉心一跳！

放了那狐仙……

且不说她愿不愿意成全他们，因为那狐仙一出来，天帝肯定就会投向那狐仙的怀抱——单说她解开万龙困仙阵法，她就不能答应天帝！

她岂可自毁龙族前程？

她想，当初她父王，也就是龙王，之所以会选择用万龙困仙阵法来困住那狐仙，应该就是防着有一日天帝会要挟她，让她不得不答应放出狐仙吧？

"这件事情，恕我不能答应陛下。"天后淡笑道，"陛下还是换一个交换条件吧。"

天帝神色瞬间就冷厉起来，危险的视线紧紧锁住天后的表情。

她竟然不答应？

"给朕一个不答应的理由。"天帝倒是有些意外，天后宁可让苏杏儿在天牢里受苦，也不肯答应他放出沐云流的娘。

天后沉默良久，才淡淡道："事关龙族一个秘密，我是不会说的。总之，就算陛下杀了我甚至杀了杏儿，让神龙血脉断绝，我也不会解开万龙困仙阵法！"

话说得如此绝对，倒令天帝一时不知如何接话了。

半晌，天帝才冷哼一声，拂袖道："那你就可以滚了！总之，除了这个条件之外，你休想朕放了那小神龙！"

天后微微蹙了一下眉头，心里十分隐忍，但考虑到苏杏儿还在天牢，正如桃蕊仙子所说，她现在惹怒天帝对苏杏儿只有百害而无一利。

于是，她强自忍了下来，淡淡道："既然陛下不答应，我只好先走了。"

说罢，天后便带着桃蕊仙子离开了宝殿。

天帝独自在宝座前蹙眉，许久之后才又打开那卷画像，看着上面栩栩如生的绝美女子，眉眼间不自觉浮上一抹温柔。

无论如何，他都一定要救她出来！

她受了这么多年苦，独自忍受煎熬，孤单寂寞寒冷，夫离子散，想必心中一定非常痛苦。

而他，却等同于抛妻弃子这么多年，享受着众臣的膜拜，简直是该死！

不过……

天帝回想起天后当时的表情，眸中浮现几分淡淡的若有所思。

为何她一听说要破万龙困仙阵法，就抵死不从？甚至还放出狠话说就算将她和苏杏儿都杀死，她都不会破万龙困仙阵？

她又说事关龙族一个秘密……是什么秘密呢？

天帝实在是想不通。

然而龙族向来内部团结，而且唯天后马首是瞻，想必他就是用酷刑，也不会套出龙族的所谓秘密。

何况……普通的龙，也未必知道龙族的秘密。

但天帝知道，这个秘密一定跟万龙困仙阵法有关。

于是，天帝随后下令，让金华上仙去裂天仙尊处问问，看看裂天仙尊能否查出这个有关于万龙困仙阵法的龙族秘密。

却说天后，她从天帝的宝殿回到自己的天宫，神色十分阴沉。

桃蕊仙子站在下方，低眸没有说话。

不知过了多久，天后才语气冷厉地道："沐云流重得仙骨，恢复仙身，一定跟杏儿有关！看样子，是杏儿打开了那个盒子，随后陛下又翻脸，将杏儿关进了天牢之中！"

所以他们的下一步，就是救那只狐仙！

被困在万龙困仙阵法之中……他们竟然还想救。

简直就是和龙族作对！

“娘娘的推测应该没错。”桃蕊仙子点头，眸色淡淡。

天后冷哼一声：“既然陛下让杏儿打开了盒子，那就是知道杏儿是我的亲生女儿！父王的亲孙女！”

只有龙王嫡系血脉，才可以以龙血破除盒子上龙王的加固。

不过，杏儿的法力并未如此强大，难道是天帝帮了杏儿一把？

天后眼里掠过一抹怒气，短时间内提高法力，必定是什么下三滥的催动术！

那些催动术后遗症极强，稍有不慎就会彻底成为废人！

看来，她一定要赶紧救出杏儿，否则杏儿会有危险。

“陛下并未捅破这层窗户纸，想必是不愿和娘娘翻脸。”桃蕊仙子语带保留地说道。

天后又是一声冷哼：“以他狂妄的个性，岂会怕与我翻脸？他根本就是想用杏儿来要挟我，放出那只狐狸精！”

桃蕊仙子内心微微叹了口气，看来娘娘是不可能和天帝和解了，无论怎么圆，天后都只会恨他们而已。

片刻后，她才说道：“娘娘打算怎么办？杏姐姐在天牢之中，只有陛下亲自出面，才能放人。”

“那就让他亲自放人！”天后冷笑一声，似乎是已经想到了对策，吩咐道，“阿蕊，你下界通知白彦，就说杏儿被天帝关进了天牢，让他到天界来，去找那狐狸精想办法！”

天后阅人无数，自然知道灵飞是什么性子，她估计，灵飞绝对不会坐视不理的。

天帝现在已经认了沐云流这个儿子，相信也不会不给沐云流面子，如果沐云流和灵飞坚持要将苏杏儿放出，天帝出于对沐云流的愧疚，也不会拒绝沐云流的要求。

“让狼王上天界……”桃蕊仙子眼里有淡淡流光掠过，片刻后抿了抿唇，“是，娘娘。”

“还有，一定要告诉白彦，就说杏儿被陛下以催动术短暂提高法力，她很快就会有危险。”天后脸上闪过一抹精明，甚至还勾了勾唇。

桃蕊仙子当然清楚，只有白彦将这一点告诉沐云流和灵飞，才能让沐云流和灵飞去逼迫天帝，放出苏杏儿。

“是，娘娘。”桃蕊仙子领命，见天后没有其他指示，便转身离开天宫，下界去找白彦了。

天后淡淡地勾起唇角，眼里泛过一丝冷光。陛下，你既然想要救出那只狐狸精，想剥夺我天后的身份，那就别怪我跟你对着干了！

沐云流和灵飞近日时常见面。

他恢复了仙身，得回了仙骨，在天界简直掀起了轩然大波。

众仙都知道，天界历史又将翻篇了。

不过短短半个月，沐云流的实力就飞速提升，用天界的标准来判断，他便已经是金仙的境界了。

和苦修了几百年的灵飞一个等级，简直让人羡慕嫉妒恨！

“啊啊啊，人家也好想要仙骨嘛！”灵飞赖在沐云流怀里，仰天长啸。

此刻她是狐身，因为这样就可以小小一团被沐云流抱个满满的了，温暖又安心。

“我有，不就等于灵儿有？笨蛋。”沐云流修眉长挑，绝美眼角流露一丝淡淡宠溺。

灵飞哼了一声：“那可不一样，你有不如我有。”

沐云流表示很无语，忽然，眼角一弯，瞥见前方匆匆而来的一个身影，淡道：“白乙上仙来了。”

却见白乙上仙到了沐云流跟前不远处后，恭恭敬敬地拱手禀道：“殿下，那妖界狼王不知因何上界，还找到了紫霄灵台来，说是要见灵飞师妹。不知殿下的意思是……”

“白大哥来了？”灵飞一下子竖起了尖尖的耳朵，眸色有几分惊喜。

沐云流眸中几分流光掠过，白彦虽然有些法力，但要上天界是需要令牌的，不知谁给了白彦令牌。

当然，白彦来做什么，他已经猜到了。

无非是为了那被关进天牢的苏杏儿。

“让他进来。”沐云流淡淡摸了摸灵飞的小脑袋，吩咐白乙上仙道。

“是，殿下。”白乙上仙看见沐云流冷厉孤傲的表情，心里微微震了震，不敢多言一个字，恭敬地退下了。

灵飞待白乙上仙走后，倏地变为人形，离开沐云流的怀抱，坐在了沐云流身边。

“沐云流，白大哥是为杏儿的事情来的吧？”灵飞也猜到白彦所来目的了，担忧地问道。

她担忧，是因为不知道待会儿怎么回答白彦。

白彦此来必定是要她和沐云流想办法救出苏杏儿，但……天帝那边，是想以苏杏儿来要挟天后，放出狐仙娘娘啊！

两相抉择，她也不知道沐云流会不会答应白彦，救苏杏儿出来。

“嗯。”沐云流淡淡应声，随后用那魔性的凤眸，瞥了灵飞一眼，凉凉地提醒道，“待会儿不可以帮你白大哥说话，我自有分寸。”

他可不喜欢她为其他男人来求他什么，何况苏杏儿的事情，他又不是没放在心上，这她是知道的。

“我知道了。”灵飞吐了吐舌头，这男人，还是这么自大霸道。

不过，她喜欢。

不一会儿，白乙上仙领着白彦过来了。

“白大哥！”灵飞看见白彦很是高兴，但白彦只是淡淡笑了一笑，冲她点点头，随后看向了沐云流。

显然，白彦没有心情寒暄，他心中牵挂着苏杏儿在天牢的事情。

沐云流挥退了白乙上仙，待白乙上仙走后，才看着已经落座的白彦，淡淡道：“你是为杏儿的事情来的吧？谁给你的令牌？”

“桃蕊仙子。”白彦方才已经见识了沐云流在天界的地位，那上仙神色恭敬，很显然沐云流如今恢复天帝之子的身份，在天界很有威望。

他不禁对此次事情信心百倍，他相信只要沐云流出面是一定能救出苏杏儿的。

灵飞听到是桃蕊仙子叫白彦过来的，顿时朝沐云流侧眸看去，只见沐云流双眉果然微微一蹙，她心里顿时有几分不是滋味。

他好像很失望是桃蕊仙子通知白彦似的。

“是桃蕊仙子告诉你，杏儿被关进天牢的事情？”沐云流眸色淡淡地问道，心里却在思索桃蕊仙子此举的深意所在。

“是的。”白彦实话说道，“桃蕊仙子奉天后之命来找我，就是想让我来求你，她说天后笃定你能改变天帝的决定，救出杏儿。”

天后？

沐云流眉头松开了，微微一勾唇：“那么，桃蕊仙子有没有告诉你，杏儿在天牢里很好，根本无须去救？”

白彦一听，立刻说道：“我知道你们的想法，桃蕊仙子有说，你们并非冷血无情，只是想救狐仙娘娘。但是，你们并不知道，当日杏儿帮你拿回仙骨时，被天帝以催动术提高法力，这会对她的身体造成极大影响！”

什么？

沐云流这下子眸色不那么淡定了，和灵飞对视了一眼后，沉声问道：“你是说，天帝在杏儿身上动了手脚？”

“我不敢确定。”白彦眸色忧心，“不过，听桃蕊仙子的意思，天帝虽然不会伤害杏儿的性命，但似乎很是讨厌龙族，尤其是神龙。所以……天帝很可能会废了杏儿的法力！”

“什么叫作废了杏儿的法力？”灵飞忍不住了，急急问道，“难道跟白大哥方才说的什么催动术有关吗？”

“不错！”白彦点了点头，“如果天帝当时像对你一样，赐给杏儿仙符，那么杏儿至少需要一百年时间才能修炼到如今实力，打开那盒子拿出仙骨。

但天帝急于求成，或者说怕事情有变，所以便用了催动术，使杏儿的法力瞬间提高一个境界，立刻可以打开盒子……”

“就是因为这个催动术，所以杏儿才可能法力被废？”灵飞一下子被点通了，吃惊地问道。

白彦忧虑地看着她，点头：“这种催动术有后遗症，虽然不知道什么时候发作，可一旦发作，杏儿一身法力就可能被废，成为一个废人。”

“所以桃蕊仙子才去找你，让你来求我们出面？”灵飞不解，“但她为什么不直接来找我们呢？”

说着，她看了沐云流一眼。

桃蕊仙子和沐云流关系还是挺好的啊，如果桃蕊仙子把这一点对沐云流说明，沐云流肯定会救苏杏儿的，对吧？

沐云流淡淡瞥向灵飞，神色似笑非笑：“灵儿，方才白彦说过了，是天后让桃蕊仙子去找他的。”

灵飞一听，小嘴就撇了一撇。

做什么？为桃蕊仙子解释吗？有必要那么着急替桃蕊仙子洗清罪名吗？

“笨蛋，她是我朋友，而且她也帮过你不少。”沐云流何其睿智，怎会看不出灵飞吃醋的小心思，当即捏了捏她的小鼻子，无奈宠溺地笑道。

灵飞听了却更不爽了，这意思是往后她连醋都不能吃吗？

朋友……明明就是喜欢他嘛！

他追求她的时候，也没说是以爱人的身份啊，还是救命恩人的身份呢！

见灵飞仍是闷不吭声，沐云流决定无视她小气的心思，随后转眸看向白彦，冷声道：“杏儿的事情，你放心，我自会去找天帝，让他帮杏儿渡过难关。”

白彦一听有些急了：“你这意思，是不会救杏儿出来了？”

“你知道我要救她的。”沐云流意味深长地看着白彦，俊美魔性的眸子里，透着一丝志在必得。

这个“她”，自然不是苏杏儿。

而是……狐仙娘娘。

白彦微微一咬牙：“杏儿帮过你们那么多，可以说是无私奉献，而你竟然为了救你娘，就牺牲杏儿？”

白彦简直替苏杏儿不值！

“我从来没说过会牺牲她。”沐云流神色瞬间沉了，充满戾气，“我可以保证她不会成为废人，但我必须要救出我娘，才能让天帝放了她。”

“笑话！”白彦站了起来，激动莫名，“如果我为了救杏儿，把飞飞也关起来，只让她失去自由而已，不会让她受苦，你答应不答应？”

沐云流脸色冰寒，眸中魔性十足。

两个男人之间，仿佛战火一触即发。

灵飞见势不妙，连忙抱住了沐云流的胳膊，咬唇蹙眉小声道：“沐云流，白大哥深爱杏儿，他担心杏儿是很正常的啊，你不要跟白大哥生气。至于杏儿……你能不能让天帝放了她？”

“我记得我好像说过，不许你为了这件事帮他说话。”沐云流怒气一下子爆发，伸手便抓住了灵飞的手腕，眸色冰冷地看着她。

灵飞咬了咬唇，知道沐云流很生气，却还是勇敢地说道：“我不是帮白大哥说话，只是白大哥说得对！我们不能因为要救你娘，就这么对待杏儿，这对杏儿太不公平了！”

“好，好，好！”沐云流怒极反笑，甩开灵飞的手，瞬间就消失在灵飞和白彦面前。

连她也不能理解他心里的苦。

这一刻，沐云流对灵飞是有些失望的。

“沐云流！”灵飞追出去几步，可哪里追得上沐云流的速度。

白彦此刻也是怒气值满满，想不到沐云流是这样一个冷血无情的男人。

他当即一把抓住灵飞，冷声说道：“飞飞，他已经变了！他很快就要掌控天界，不再是以前的流王殿下，你要小心他！”

最好，远离沐云流。

因为，沐云流是个冷血无情的男人，恐怕跟那天帝一模一样。

此刻白彦还并不知道，苏杏儿不是天帝的女儿，生父另有其人，所以白彦认为天帝这般对苏杏儿，自然是冷血无比的。

“不会的……”灵飞蹙了蹙眉，不赞同白彦的这番话，她替沐云流辩解道，“他不是忘恩负义，只是太想救他娘了。”

“他娘是人要救，杏儿就不是人？”白彦冷笑。

第二十四章 冲动的灵儿

她们……都不是人。

灵飞脑子里冒出这个答案，但却没敢说出口，只叹气道：“白大哥，他素来吃软不吃硬的，白大哥先回去，让我慢慢开解他吧！”

“慢慢开解？”白彦冷笑出声，“等你开解了他，只怕杏儿也成了废人！我看，我还是不求他了！”说罢，白彦飞身离开。

“白大哥……”灵飞眼睁睁看着白彦离开，心知白彦是要去找桃蕊仙子，不禁懊恼万分。

怎么办？她好像把两个男人都给得罪了……真是笨哪！

此刻，沐云流一口气掠至天河边上，站在河边静静凝思，平息心底的怒气。

他知道苏杏儿善良纯真，和灵飞感情极好，也曾想过救苏杏儿出来。

事实上在灵飞见过苏杏儿之后，沐云流也去过天牢见了苏杏儿。

当时，苏杏儿有些万念俱灰，似乎灵飞和她的见面，没有对她因恶念被抽走感到绝望一事有所帮助。所以，他当时只问了苏杏儿一句话。

“你的恶念已被抽走，你永远都是单纯善良的苏杏儿，又何必对恶念被抽走之前的你耿耿于怀？”

苏杏儿当时的表情很震惊。她呆呆地看着他许久许久之后，才释然一笑，露出了似乎久违的清莲般的笑容来。

他想，那一刻苏杏儿是想通了的——无论她善良的原因是什么，总而言之她现在就是一个善良美好的姑娘，永远这般被人喜爱着，接受着。

即便她的母亲是天后，恶毒至极，那也丝毫影响不了周边人对她的喜爱。

当苏杏儿对这一点释然，没有再深恶痛绝她的出身之后，他才提起天帝关押她的目的所在。

“杏儿，虽然我也很想救她，但还可以想其他办法，不一定非要利用你来对付天后。我厌恶她，想扳倒她没错，但与你无关。”他这样对她说道。

而苏杏儿却是浅浅一笑，眸色明亮：“不，我愿意留在天牢，帮流王殿下救出狐仙娘娘。”

他很震撼，因为要帮别人来对付自己的母亲，是一件常人无法想象的事情，需要背负极大的骂名和勇气。

“流王殿下，我娘一开始就错了。”苏杏儿这般解释，“她不该勉强去得到一段感情，而且她一直都是第三者，害了天帝，害了狐仙娘娘，也害了流王殿下。我既然是她的女儿，那就更不应该看着她继续错下去。只要流王殿下可以答应我，在救出狐仙娘娘之后，饶我娘一命，让我带着我娘离开天界，我就感激涕零了。”

他沉默良久，才道：“在知道她是你母亲的那一刻，我就没想过杀她。”

只是，她决不可以再坐在那个位置上，也决不可以继续关着他的母亲！

这是他的底线。

“谢谢流王殿下。”苏杏儿跪了下来，眼泪掉落，“我娘做了那么多伤害流王殿下一家人的事情，流王殿下可以饶她性命，我真的很感激流王殿下……”

他扶起了苏杏儿，淡淡一叹：“那都是因为她有你这么一个好女儿。”

苏杏儿起身后，坚定地说道：“就依照天帝的意思吧！我也想看看，我娘会不会为了我，放弃一直以来的偏执。在她心里，我到底是不是她亲生女儿……”

“你真的想好了？”

“对！我想好了。我知道流王殿下很想救出狐仙娘娘，因为这是身为人子必须做的事情。如果流王殿下多拖一日，狐仙娘娘就会多受一日苦，我不愿意流王殿下受这种煎熬。所以，我坚持留在天牢，让天帝以我为要挟，逼迫我娘放了狐仙娘娘！”

沐云流闭眸扬起下巴，任天河微风抚过脸庞，带走心底焦躁的恼意。

为什么……苏杏儿都可以理解他救母的心情，灵儿却不会呢？

“我想破了脑袋，才想到流王殿下可能在天河河畔。想不到……我猜对了。”一道柔和的声音传来，令沐云流睁开了眼睛。

沐云流微微侧身，看见一身桃花粉色衣裳的桃蕊仙子，美好宁静地站在他身后，眸光柔和地看着他。

“你怎么来了？”沐云流烦躁失望的神色微微敛去，取而代之的是清冷。

“方才，狼王来找过我。”桃蕊仙子淡淡上前，眸色微扬，看着天河的清澈河水，唇角微勾，“他很生气，大骂流王殿下忘恩负义，看来狼王真的很爱杏姐姐。”

沐云流听了，眸色淡淡：“狼天生对伴侣忠诚，既然他要了苏杏儿，除非他死，否则绝对不会再爱上第二个女人的。”

桃蕊仙子微微一笑：“那流王殿下呢？流王殿下对灵飞狐仙也很忠诚，只是为何这一次却有些想不开呢？”

沐云流一怔，原来桃蕊仙子已经知道，他和灵飞闹了一点别扭的事了。

“这是一件小事，我并不会因为这件事就动摇和灵儿在一起的决心。”沐云流淡淡一笑，他对灵飞的感情，跟白彦对苏杏儿完全不同——他更坚贞。

他只是对灵飞有那么一点点失望，再加上苏杏儿的事情也让他有些犹豫不决，而白彦又咄咄逼人，所以他才会甩手走人。

虽然苏杏儿是自愿的，不过，白彦的话还是让他心里产生了动摇——或许，苏杏儿自愿是一回事，而他这么用苏杏儿来威胁天后，却仍旧是他自私。

"那就好。"桃蕊仙子笑着颔首，随后便淡淡一叹，说道，"其实，流王殿下不必采纳天帝的办法——用杏姐姐来威胁娘娘的，因为……不会有任何作用。"

沐云流这下倒是愣了一下，道："仙子此话何意？"

"娘娘已经见过天帝，并告诉天帝，就算天帝杀了杏姐姐甚至杀了她，她也不会破掉万龙困仙阵法，放出狐仙娘娘的。"桃蕊仙子淡淡说道。

沐云流俊美如斯的脸庞，浮现几抹阴戾，几抹狠绝。

想不到那天后竟然连自己的亲生女儿都不在意，宁可玉石俱焚，也不妥协。

他倒是看错了她。

"流王殿下可曾想过，如果娘娘冷血无情，何以会赔上她自己的性命？"桃蕊仙子一眼看穿沐云流所想，淡淡问道。

沐云流又是一怔，凤眸浮现一抹若有所思。

桃蕊仙子话中有话。

"莫非，这万龙困仙阵法有什么不同寻常之处？"沐云流凤眸微微一眯，顷刻间想到了这一层。

"流王殿下果然一点就通。"桃蕊仙子悠然侧身，看向天河仿佛无边无际的尽头，语气徐徐，"上一次流王殿下就问过我，要用什么方法可以破解万龙困仙阵法，不过，我没有告诉流王殿下。"

沐云流的确记得，此刻便看着桃蕊仙子姣美的侧脸，淡声道："所以，仙子是知道破解方法的，只是不肯告诉我而已。"

桃蕊仙子沉默片刻，点头："不错。"

"理由？"沐云流语气微沉，"我一直都把你当朋友。"

桃蕊仙子微微叹了口气："我很想帮流王殿下，但是，我是娘娘一手提拔的，我不能出卖娘娘。"

"我以为，你早就弃暗投明了。"沐云流此刻真的看不懂眼前这个美丽的女子了，实在不知她内心到底是怎么想的。

"流王殿下这话说错了，我从来没有做伤害娘娘的事。"桃蕊仙子笑了起来，"我所做之事，都是为了娘娘。"

沐云流微微一沉吟，倒是没有反驳桃蕊仙子的话。

的确从头到尾，桃蕊仙子虽然都在瞒着天后帮他，但天后确实没有受到什么实质性的伤害。

“仙子的意思是，如果万龙困仙阵法被破，会对天后造成伤害？”沐云流城府何其深，自然从桃蕊仙子这么一句简单的话，想到了关键所在。

认识到这一点，沐云流倒是真的对桃蕊仙子刮目相看起来。

“我没有这么说过。”桃蕊仙子显然拒绝回答这个问题，她深深地看了沐云流一眼后，说道，“我言尽于此，总之流王殿下想用杏姐姐来威胁天后就范，那是绝对不可能的。”说完这句话，桃蕊仙子淡淡转身，欲离开天河畔。

沐云流转身，看着桃蕊仙子的背影，问道：“你为何帮我？”

从开始到现在，她一直在帮他，可以说如果没有她的帮忙，他不可能这么快拿到仙骨，更不知道狐仙娘娘被关在万龙困仙阵法之中。

原本以为她是识时务者为俊杰，现在才知道她并非真的背叛天后，他这个一开始的念头便被推翻了。

桃蕊仙子淡淡止步，她没有转身，背对着沐云流的方向。

似乎过了很久，她才淡声答道：“一来，我觉得流王殿下身边所有人都很好，他们都为此努力，我很感动，所以想加入进来；二来……”

她顿了顿，笑了起来：“世上没有不透风的墙，流王殿下的身世早晚会被天帝知晓，我不想到了那个时候，看着娘娘和杏姐姐被挫骨扬灰。”

桃蕊仙子最后四个字很深沉，带着一丝莫名的凌厉。

不过，任何人都知道，天帝有这么狠绝的手段，如果真相揭开，没有人能保住天后的话。而如果她在这过程中贡献出一份力量，更让苏杏儿起到关键性的作用，那么天后到时候就有人保了——至少，性命是能保住的。

沐云流眼里微微闪过一丝恍悟，他没有再追问桃蕊仙子，目送她离开。

随后，沐云流前去找了天帝，他说了自己的猜测，然后要求天帝与他一同前往天牢放人。

天帝看着沐云流，只问了一句：“云流，你真的想清楚了？这很可能是天后的阴谋。”

“我想得很清楚。”沐云流微微一笑，“那狼王骂我骂得对，不管杏儿如何自愿，我都不能用杏儿来对付天后，杏儿是无辜的。”

一句“杏儿是无辜的”，让天帝陷入了短暂的沉默。

天帝自然知道苏杏儿是无辜的，但帝王脉与龙族脉的矛盾，不可避免地要烧到苏杏儿身上，因为她是除了天后之外唯一的神龙血脉。

除了天后之外，苏杏儿是唯一可以号令龙族的神龙。

不过，天帝看着沐云流俊美坚毅的神色，片刻后淡淡笑开："好，云流既然想清楚了，那朕就与你前去放了那小神龙。"

沐云流点头，随后便与天帝一同前往天牢。

天帝和沐云流一同到天牢，苏杏儿知道天帝和沐云流是来放她出去的，相当震惊。

怎么？

不打算救狐仙娘娘了吗？

"流王殿下，是不是姐姐说什么了？"苏杏儿首先往灵飞身上猜测。

"灵儿当然不想关着你，不过，这次是白彦找上了我。"沐云流微微笑道。

沐云流和天帝终究经历不同，性格也截然不同。

天帝从出生起便是仙家的孩子，天生仙骨修炼速度惊人，一生都在尊敬中度过，除了狐仙娘娘一事之外没有遇到过任何人生波折，个性自然狂妄傲气。

而沐云流虽然也出生帝王家，但久经沙场，处事谋略都不同常人，再加上和灵飞相识之后所遇一系列事情，以及他本身的身世之谜，尤其是御虚仙主几百年的教诲，使得他终究比天帝多了一点儿人情味。

如果是天帝，白彦敢这么跟他大呼小叫，他不灭了白彦也会让白彦受到惩罚。

但沐云流当时虽然会摆脸色，但事后却也会反省自己，是不是真的做了让人难以忍受之事。

"白大哥？"苏杏儿一惊，心里说不出是什么感受。

但很快她就坚定地摇了摇头："不，流王殿下，我不能出去。"

沐云流知道苏杏儿的想法，便道："杏儿，我知道你是想帮我救她，不过，恐怕天后不会因为你，便破解万龙困仙阵的。"

"没有试过怎么知道呢？"苏杏儿浅浅一笑，"天后现在不妥协，肯定是知道我在天牢并没有受苦，所以她认为流王殿下不会真的伤害我。若是时间长了，或者流王殿下假装下令斩我，我想天后一定会妥协的。"

如果不，那她真的要失望了。

天后是她母亲啊！

若可以眼睁睁看着她死而不愿意放出情敌，那该多么冷血无情。

天帝眸色淡淡，看着苏杏儿善良坚毅的神情，倒是微微有些暗叹：想不到恶毒如斯的龙族公主，竟会有一个如此善良懂事的女儿。

就算苏杏儿被抽走了恶念，但那也只是让她不会产生作恶的念头而已，并不会使她本身变得温柔体贴，凡事总为他人着想。

所以，这些都是苏杏儿后天形成的性格，而不是被抽走恶念才有的。

"杏儿，我不可能下那样的命令，而且，就算我狠得下心，天后也不会因此而妥协。"沐云流同样有些动容。

苏杏儿微微受伤："为什么？她当真狠得下心不顾我死活？"

"不是。"沐云流沉吟了一下，知道天后到底是苏杏儿的母亲，苏杏儿不可能不为此觉得难过，便实话实说道，"她很关心你，白彦便是她找来的。只不过，万龙困仙阵法关系到龙族一个秘密，她不但不会因为你的事情而妥协，就算是她自己丧命，她也不会破解万龙困仙阵法。"

苏杏儿怔住，万龙困仙阵法关系到龙族一个秘密？

这么说，就算她待在天牢里，甚至是要送命，天后也绝对不会为了她影响到龙族了？

这个秘密……真的有这么重要吗？

"是真的吗？流王殿下没有骗我？"苏杏儿想不出什么秘密可以让天后宁可牺牲自己和她的命，也决不破解万龙困仙阵法。

"云流没有骗你。"天帝此刻淡淡开口，"你母亲对朕亲口说过——就算朕杀了你，甚至杀了她，她也不会破解万龙困仙阵法。"

苏杏儿万分失望，也万分抱歉地看着沐云流，这下子……她不能帮他救狐仙娘娘了。

"杏儿不用觉得抱歉，你已经做得很好了。"沐云流笑了一笑，如同看着自己亲妹妹一样，眸光温和，伸出大掌在她的头顶轻轻揉了揉。

和对灵飞的宠溺不同，虽然他这动作也带了一丝宠溺，但更多的是安抚和关怀。

真正的，犹如一个兄长，疼爱妹妹一般。

苏杏儿当场就惊呆了。

流王殿下他……

看着眼前那张俊美得不像话的脸庞，还有那双引人沉溺的凤眸，苏杏儿心里不可自抑掀起一阵狂潮。

她心情激动得无法言喻。

"别发呆了，出去吧，这里并非什么好地方。"沐云流看着苏杏儿犹如小鹿般睁大惊喜的眼睛，笑了起来。

"好。"苏杏儿已经不知道该说什么了，只能顺从。

估计此刻，要她为流王殿下付出生命她都愿意！

天帝和沐云流领着苏杏儿离开天牢，消息立刻传到了天后耳朵里。

天后露出了胜利的笑容，心里暗暗轻哼：跟我斗？没门儿！

而灵飞那边，也很快知道苏杏儿将回紫霄灵台，当她问白乙上仙怎么苏杏儿被放出来时，白乙上仙竟朝她露出一抹诡异莫测的笑容。

“听说，是桃蕊仙子去天河边上找到了流王殿下，极力劝说之后，流王殿下才去找天帝求情，然后放了神龙仙子的。”白乙上仙添油加醋地说道，眼中掠过一抹异光，灵飞呆怔着没有注意到。

灵飞脑子里一炸，顿时觉得无数惊雷不约而同地迸射出来。

她那么求他，他都甩手走人，不肯帮白彦去让天帝放了杏儿，而桃蕊仙子找他一说，他就立刻去找天帝了？

如果不是关心则乱，灵飞此刻一定知道白乙上仙是在故意刺激她。

然而，她太在乎沐云流了。

加上沐云流重得仙骨之后，容颜变得让她陌生，周身气息更是让她有些患得患失，此刻就真的被白乙上仙的话影响了。

灵飞失魂落魄地回到房间，等着苏杏儿回来。

而在半路上，灵飞听见有几个紫霄灵台的仙子在窃窃私语。

“听说了吗？天帝似乎有意撮合桃蕊仙子与流王殿下呢！”

“真的？桃蕊仙子温柔善良，美貌更是天界第一，她和流王殿下很配啊！”

“那当然了，桃蕊仙子比那只狐妖不知道好多少倍。”

“嘘……小点儿声，被她听去了就不好了。”

“有什么不好的？她本来就是妖！可流王殿下是什么人？流王殿下可是天生仙骨，是天帝唯一的子嗣，将来要继承天界的，她有什么资格和流王殿下在一起？”

“别说了，好像神龙仙子就快回来了，被她听到也不好。”

“哼！说到这神龙仙子，那不也是桃蕊仙子救回来的？对了，听说流王殿下的母亲还没有死，好像被关在什么地方了，桃蕊仙子正在帮流王殿下设法相救呢！”

“真的？难道桃蕊仙子可以救那位狐仙娘娘？”

“当然了！桃蕊仙子无所不能，是天界最受欢迎的仙子，她什么都能做到！”

“那真是太好了，如果桃蕊仙子救出狐仙娘娘，流王殿下真的会非常非常感激她呢。”

“没错，等桃蕊仙子助流王殿下救出狐仙娘娘，流王殿下肯定会对她另眼相待的，绝对不会再要那只狐妖！”

苏杏儿刚回到紫霄灵台，便听见这番令人气愤的对话。然而她才刚露面，那几个紫霄灵台的仙子立刻就散去了，仿佛没看见她一样。

苏杏儿暗暗握拳，算她们跑得快！不然她一定要跟她们理论一番。

等到苏杏儿心平气和地回到房间，却发现灵飞并不在房间内，不禁心生疑惑：“姐姐会去哪儿呢？难道听说我要回来，跑出去接我了？”

苏杏儿本想出去找灵飞，但又怕和灵飞再次错过，便按捺下来，在房间等着灵飞。

至于灵飞……她去哪儿了呢？

不得不说，灵飞实在是太在意沐云流了，她千辛万苦修仙就是为了和他在一起，而如今他恢复殿下身份，可以和她光明正大地牵手了，竟然和另外一个女子暧昧不清？

想到狐族族长在她来天界前说的那句话，灵飞心里犹如被针扎。

沐云流，你真的会变心吗？

灵飞凭着一股冲劲儿，来到天宫找到了桃蕊仙子。

桃蕊仙子对于灵飞的到来很是诧异，尤其见到灵飞一脸怒意，不禁起身相迎："灵飞狐仙找我有事吗？"

灵飞死死盯住桃蕊仙子，看着那张云淡风轻的绝美容颜，她就气不打一处来。

她明知道沐云流和她感情有多深，却非要跟她抢沐云流？

"你喜欢我的男人？"灵飞冷冷地看着桃蕊仙子，她向来不会藏着掖着，有什么就说什么。

现在，桃蕊仙子明摆着欺负到她头上，她决定跟桃蕊仙子把话挑明。

"你的……男人？"桃蕊仙子眼中闪过一抹恍悟，似乎明白了什么，然后便笑了起来，"灵飞狐仙可能误会了，我是天后身边的侍女，怎么会喜欢一个男人？"

"误会？"灵飞冷笑，"你敢说你没有为了沐云流牺牲元气替他去找他娘？你敢说你没有瞒着天后一直帮他？你敢说你对他没有一点儿和别人不一样？"

前两个"你敢说"，让桃蕊仙子眸光冷了一冷，而最后一个"你敢说"，却让她心弦微微一震。

的确，她对流王殿下是和对其他男人不一样的。

不过，她并不认为这就是喜欢。

凡间男女之间的感情，喜欢就是得到，就是占有，就是长相厮守，而她对流王殿下并没有这些想法。

"可能是有点儿不一样。"桃蕊仙子微微颔首，"大概是欣赏，以及不由自主的臣服吧！"

既然不是喜欢，她想，就只有流王殿下那天生的气势，让她想帮他而已。

"仅此而已？"虽然桃蕊仙子眼神清澈，但灵飞就是不相信桃蕊仙子真的对沐云流没有一丝一毫的想法，她继续冷笑，"你为何去天河河畔找他？你怎么知道他在那儿？他又怎么肯听你的劝告，去找天帝放出杏儿？"

而她，她这个身边人，他口口声声说最爱的人，求他放出杏儿，他却甩手走人。

天壤之别的反应，如何能让她不怀疑不嫉妒？

第二十五章 赌约

“我……”桃蕊仙子秀眉微微一蹙，向来与人为善的她，却也不愿意这样被咄咄逼人的方式给逼问，语气便淡了下去，“我想知道，灵飞狐仙今天来找我，除了质问之外还有没有其他事情？”

她淡然一笑：“如果没有，灵飞狐仙便可以回了，因为我伤势未愈，很累，很想休息。”

明显的逐客之意，让灵飞心头火更大。

“你伤势未愈？”灵飞握拳，“天界谁不知道沐云流为你向御虚仙主讨了珍贵无比的仙丹，你那些伤势不早就好了？”

桃蕊仙子目光淡淡地看着灵飞，唇畔笑意微冷：“灵飞狐仙，如果我是你，我会感激一个女人曾救下了流王殿下。因为若不是如此，你将永远失去流王殿下。”

她并没有做错什么，无须承受灵飞如此指责。

从头到尾她都没有私心，就算她对沐云流有不一样的感觉，她的自尊骄傲也不容许她去碰一个有女人的男人。

灵飞怔了一下，半晌才道：“是，我是很感激你挺身而出，但是如果你对沐云流有其他想法，那我就不能忍受了。”

桃蕊仙子好整以暇地一笑：“如果我说我对流王殿下是有想法，灵飞狐仙想怎么样？”

灵飞眸色一沉：“你总算承认了！”

“是，我是承认了，不过你又能对我如何呢？”桃蕊仙子轻描淡写一笑，“流王殿下很优秀，全天下的女人有八成以上都会爱慕他，你又打算如何对付全天下八成以上的女人呢？”

“你……你不要脸！”灵飞被激怒了，气得脸色通红。

桃蕊仙子见灵飞气得浑身颤抖，想了想后又眸色放淡了，不再那么犀利。

她转过身，背对着灵飞，淡淡道：“有工夫吃这种闲醋，还是想想如何帮流王殿下救出狐仙娘娘吧！流王殿下身为人子，明知生母受苦却束手无策，你应该多关心关心他的痛苦。”

灵飞怒道："我勤奋修炼，什么苦都吃了，就是为了位列仙班，替他找回仙骨，帮他救狐仙娘娘！你凭什么说我不关心他？"

沐云流那意思，似乎也是她不够体谅他，不该帮白彦说话。现在桃蕊仙子也说她不关心沐云流，可谁知道她为沐云流做了多少？难道那些全都被抹杀了吗？

"灵飞狐仙有这么伟大？"桃蕊仙子侧眸浅浅一笑，"不是早知道流王殿下的身份，才努力修仙，为了配得上他？"

这是个天大的实话，不得不说桃蕊仙子果然心思细腻。

如果灵飞是妖，就算沐云流是天帝之子，天生仙骨，也绝对不可能娶一只狐妖的。

唯一的办法，就是灵飞修炼成仙。

灵飞一张脸瞬间变得一阵红一阵白，她紧紧抿唇半晌，才冷声道："你是不是也对他说过了？"

沐云流和桃蕊仙子走得太近，灵飞不得不怀疑桃蕊仙子暗中挑拨。

"灵飞狐仙果然不愧是狐族，敏感多疑，而且天生冷情。"桃蕊仙子笑了，这回是真的觉得好笑，"可是我还是那句话——灵飞狐仙有这工夫，不如去帮流王殿下救狐仙娘娘。因为我担心……"

她担心？灵飞冷冷地看着桃蕊仙子，她担心什么？

"因为我担心，万一我一个不留神又抢在灵飞狐仙的前面，帮流王殿下把狐仙娘娘给救了，到时候灵飞狐仙又要骂我对流王殿下有想法了呢！"桃蕊仙子也是个心高气傲的，谁对她不客气，她也会反唇相讥。

当初桃蕊仙子与紫霄仙尊对话，那可都是夹枪带棒的，丝毫不留余地的呢！

沐云流可是见识过的，但灵飞不知道。而桃蕊仙子这句话，戳到了灵飞的痛处。

灵飞瞬间激发斗志，抬起下巴冷声道："好，既然你发出挑战，我就跟你好好比一次！"

"我挑战你？"桃蕊仙子感到好笑，"我怎么挑战你了？"

"你方才说，你能抢在我的前面帮沐云流救出狐仙娘娘，我们就比这个——谁能先救出狐仙娘娘，谁就永远不许再出现在沐云流面前！"灵飞厉声说道。

桃蕊仙子这个人，连沐云流偶尔都有些看不透，何况灵飞？

不可否认，桃蕊仙子此刻是有些带刺的，而她的刺，让灵飞加深了对她的误会。

桃蕊仙子眸中闪过一缕幽光："你真要跟我比？"

"怎么？你不敢？"灵飞勾唇一笑，眸中满满的都是挑衅之意。

桃蕊仙子沉默片刻，淡淡勾唇："既然灵飞狐仙有此兴致，我就陪灵飞狐仙赌一次。不过，但愿到时候灵飞狐仙不要后悔才是。"

灵飞眼里闪过一抹精光，哈哈一笑："我灵飞做任何事情，都决不会后悔！"

“好！”桃蕊仙子伸出手掌，目光冷然地看着灵飞，“击掌为誓！”

灵飞抿了抿唇，伸出手掌，和桃蕊仙子在半空中“啪啪啪”击掌三次。

比试，就此开始。

当灵飞离开天宫，返回到紫霄灵台时，苏杏儿已经等得有些急了。

一见到灵飞终于回来，苏杏儿急忙迎了上去，抓住灵飞的手道：“姐姐，你去哪儿了？是不是去接我去了？我怕与姐姐碰不上，就一直在房间里等着姐姐。”

灵飞这时才露出一抹笑容，拉着苏杏儿走到软榻上坐下，勾唇道：“杏儿，这些日子你受苦了。”

“哪儿有？我在天牢里根本没受苦，以前我在凡间，也是大门不出二门不迈的啊！”这才是苏杏儿能够待在天牢里还不觉得苦闷的原因。

“那就好。”灵飞点了点头，随后端起榻边桌上一杯凉水，心不在焉地喝着。

苏杏儿见灵飞神色有些不对，便试探着问道：“姐姐，方才你不是去接我了吧？”

灵飞眸色微微一闪，手里的水杯握紧了些。

半晌，她才淡淡点头：“嗯，我去找桃蕊仙子了。”

“找桃蕊仙子？”苏杏儿一惊，忽然想到方才那些紫霄灵台仙子的无聊对话，顿时紧张了，“姐姐，你该不会是去找桃蕊仙子闹了吧？那些无聊仙子的话，你听到了？”

灵飞叹了口气：“不错，我承认她们的话对我有一定影响，但我没有那么笨——我很清楚她们是在故意刺激我。”

“姐姐明明知道，为什么还会中计，去找桃蕊仙子闹呢？”苏杏儿一脸忧心，“若是流王殿下知道姐姐去找桃蕊仙子闹，会不会……”

“我去找桃蕊仙子，便是为了他。”灵飞淡淡一笑，放下水杯，神色间一片坦然，完全不复方才在桃蕊仙子面前的妒妇模样。

“为了流王殿下去找桃蕊仙子？”苏杏儿蒙了，她完全听不懂灵飞在说什么。

“桃蕊仙子能帮沐云流那么多，她当然也能帮沐云流救出狐仙娘娘。”灵飞微微勾唇，眉宇轻挑，“她若对沐云流有意，那就最好不过了。”

苏杏儿依旧是一脸懵懂，看着灵飞说不出话来。

灵飞知道苏杏儿还没有理解，便耐心解释道：“我虽然是有些醋意，但那些仙家故意刺激我，无非是想挑起我和桃蕊仙子之间的矛盾。我当时便想到，这谣言四起，我可以名正言顺地去找她。”

说着，灵飞一笑：“我装作中计，去找桃蕊仙子，故意在她面前表现出吃醋的样子。然后我发现，桃蕊仙子根本不像外界谣言所说的那样，对沐云流情根深种。”

苏杏儿此刻便恍然大悟了：“原来姐姐是去试探她的！”

"不，不是试探。"灵飞摇了摇头，目光坚毅地说道，"我是想激怒她，激起她的斗志。"

苏杏儿又傻眼了，这是什么用意？

"杏儿，如果桃蕊仙子明明知道如何帮沐云流，却不想帮沐云流，你觉得其中是不是有什么特殊的原因呢？"灵飞抿唇，淡淡问道。

"桃蕊仙子为什么不帮流王殿下我不知道，但我听流王殿下说，要救出狐仙娘娘，破解万龙困仙阵法，似乎对龙族有某种危害。"苏杏儿暗想，当时天帝和流王殿下是这意思吧？

灵飞眼神一凝："他亲口对你说的？"

"嗯！"苏杏儿点了点头，说道，"之前流王殿下和天帝一起去天牢放我出来，我不肯出来，流王殿下便说事关龙族一个秘密，别说我了，就是杀了天后，天后也不会答应放狐仙娘娘出来的。"

既然宁可牺牲性命都不破解万龙困仙阵法，那就一定是破了此仙阵之后，对龙族不利了。

灵飞眸中闪过一抹恍悟："难怪，难怪桃蕊仙子不肯帮沐云流救狐仙娘娘，原来是这个原因……"

看来，桃蕊仙子对天后还是有很深的感情的。虽然天后那个性，真的很难相处。

"杏儿，你知不知道我这次去找桃蕊仙子，激怒她之后，和她立下一个赌约？"灵飞狡诈一笑。

"赌约？什么赌约？"苏杏儿一头雾水。

灵飞勾了勾唇："我跟桃蕊仙子打赌，谁先救出狐仙娘娘，谁就永远不得出现在沐云流面前！"

"什么？"苏杏儿一下子站了起来，大惊失色，"姐姐，你怎么能……"

咦？

忽然，苏杏儿看着灵飞狡诈的眼神，猛然间惊醒过来觉得哪里不对劲儿，顿时倏地噤了声。

谁先救出狐仙娘娘，谁就永远不得出现在沐云流面前？

噗……

"姐姐，你耍桃蕊仙子？"苏杏儿提着的心一下子落了下来，有几分惊诧，也有几分哭笑不得，望着灵飞那张灵动绝美的脸。

"我没有耍她。"灵飞目光炯炯，浅笑嫣然，"我只是在激怒她之后，下了一个文字陷阱。如果她没有生气，应该是听得出来的。"

当时说完那句话她也有点儿担心，担心桃蕊仙子注意到她的文字陷阱。

因为她再爱沐云流，再想帮他救出狐仙娘娘，也不会赌上她和他的感情。

不过还好，桃蕊仙子当时被她成功激怒了，真没注意到她的小狡猾。

“听说，桃蕊仙子从来没有生过气的，想不到姐姐居然能让桃蕊仙子生气到连这个小心机都没有注意到的地步。”苏杏儿明白了来龙去脉，不由得叹了口气。

果然，就算单纯善良如灵飞，也还是有身为狐族的狡猾的一面啊！

“我也是为了沐云流，只能对不起桃蕊仙子了。”灵飞微微叹了口气，为了沐云流，她什么都可以牺牲。

苏杏儿和灵飞在房间里密谈，浑然不知外面有一双眼睛，正恶毒地盯着她们。

以她们如今金仙的实力，自然可以知道周遭有没有人盯梢，但——除了百草。

百草有天后所赐的法宝，能神不知鬼不觉地偷听到对话而不被当事人发觉。

此刻，百草得知灵飞的计划之后，立刻就离开了紫霄灵台，前往天宫。

百草见到了天后，一五一十地将灵飞设计桃蕊仙子和桃蕊仙子打赌的事情，告诉了天后。

天后神情很冷，而她心中唯一不解的就是——桃蕊仙子怎么可能知道万龙困仙阵法的破解之术？这个秘密，应当只有她这个龙族公主知晓才对。

“你去告诉外面的上仙，就说本宫要见阿蕊，让阿蕊立刻到这里来见我！”天后一挥手，冷厉地对百草命令道，“传完话，你就可以回紫霄灵台了。”

“是，天后娘娘。”百草领命退下，到殿外传达了天后的话给一位上仙之后，便快速离开天宫，回紫霄灵台去了。

不一会儿，桃蕊仙子便奉诏而来。

“娘娘。”桃蕊仙子微微欠身，向天后行礼。

天后目光冷厉地看着桃蕊仙子，脑子里回想着百草方才的那些消息，过了许久之后，她才淡然地问道：“阿蕊可是跟那只狐妖见过面了？”

哪只狐妖？

桃蕊仙子心里“咯噔”一下，但她面上却沉静如水，淡淡答道：“回娘娘，今日上午，灵飞的确来找过我。”

以桃蕊仙子的聪明，当然不可能不打自招，她理所当然地将“那只狐妖”，跟灵飞画上了等号。

“哼！本宫没说是灵飞，你怎知本宫问的是灵飞？”天后拍了一下扶手，面容薄怒。

桃蕊仙子顿时不解地抬眸，一脸困惑地望着天后：“那……娘娘说的是谁？狐族之中，我只认识灵飞啊！”

天后盯着桃蕊仙子半晌，找不出丝毫说谎的痕迹，面容才微微缓和了一些。

"灵飞见你做什么？"天后不动声色地问道。

桃蕊仙子实话答道："她因流王殿下一事来找我兴师问罪，似乎认为我与流王殿下有私情，而且与我打了一个可笑的赌。"

"哦？她与你打赌？"天后凤眉微挑，心里却是丝丝满意——桃蕊仙子果然不敢骗她！这很好。

"是的，娘娘。"桃蕊仙子微微颔首，禀道，"她与我比试，看谁能先救出那位狐仙，如果救不出的话，就永远不能再见流王殿下。"

果然如灵飞所言，桃蕊仙子聪明一世糊涂一时，的确没有发现灵飞当时一怒之下的气言中所包含的陷阱。

任谁都不会想到灵飞会和桃蕊仙子打赌，先救出狐仙娘娘的人才不可以再见沐云流啊！

"她又如何确定你可以救出那人？"天后冷哼一声，最耿耿于怀的显然就是此事。

桃蕊仙子失笑，一脸坦然："娘娘，虽然我根本不知道那狐仙身在何处，但灵飞会认为我是娘娘身边的人，必定有办法救出那狐仙的。"

天后对于这个解释，还算能接受，但脸色还是有些阴沉："你又怎会答应她？"

"她实在太过无理取闹，我为了让她不再纠缠，便答应她了。"桃蕊仙子勾唇一笑，似有几分无奈，"我只是为了杏姐姐才去劝流王殿下，希望他能去找天帝放出杏姐姐。谁想到会闹出这样的误会……"

天后看着桃蕊仙子片刻，心里面已经渐渐相信桃蕊仙子了。

毕竟是跟了她几千年的人儿，她还是相信桃蕊仙子不会傻到去帮外人的。

何况此次营救苏杏儿一事，是她吩咐桃蕊仙子去办的，里面种种事情她都清楚，加上桃蕊仙子也并未隐瞒和灵飞打赌一事，她便更加深信不疑了。

"阿蕊，你可知道那狐妖狡猾地设了陷阱给你？"天后面色淡淡地看着桃蕊仙子，说出灵飞找桃蕊仙子打赌的真正用意，"她是为了激怒你，然后设陷阱给你，希望你去救沐云流的母亲！"

什么？

桃蕊仙子这回是真的一愣，想不出灵飞在哪一处给她设了陷阱。

天后见桃蕊仙子难得露出这呆滞的表情，顿时更加相信桃蕊仙子了，她淡淡一笑："阿蕊，亏得你聪明一世，却糊涂一时。你好好想想，那狐妖跟你打赌时，说的原话到底是什么？"

灵飞和她打赌时，说的原话？

桃蕊仙子秀眉微微一蹙，仔细回想当时情形，不过片刻，她眸色就染上一抹异色。

“你方才说，你能抢在我的前面帮沐云流救出狐仙娘娘，我们就比这个——谁能先救出狐仙娘娘，谁就永远不许再出现在沐云流面前！”

原来如此。

桃蕊仙子薄唇轻轻一抿，眼里泛出一丝淡淡冷光。

对于桃蕊仙子而言，灵飞找她打赌无可厚非，毕竟沐云流的确是灵飞的爱人。灵飞会吃醋，是很正常的。

但是，灵飞若利用她，让她像个傻子一样被耍得团团转，那便是她绝对不能接受的！

“娘娘，本来我答应与她打赌，便是不想再被她纠缠，想让她尽快离开而已。现在就算知道她设计我，我也无可奈何。”桃蕊仙子眸光清冷，唇角笑意微敛。

天后淡淡一笑：“阿蕊，你告诉本宫一句实话，你当真不知万龙困仙阵法的破解之法？”

天后如今唯一怀疑的，就是灵飞为何那般笃定桃蕊仙子能破万龙困仙阵法。

桃蕊仙子微微欠身，回道：“娘娘，万龙困仙阵法是龙族秘术，我诞生之时那狐仙早已被困其中，我又如何得知破解之法呢？娘娘可不要被灵飞狐仙给误导了。”

天后目光冷冷地看着桃蕊仙子，心中百转千回。

而最终，天后还是相信了桃蕊仙子的话。

“好，本宫就相信你。”天后下巴微微一抬，语气中带着一丝浓浓的警告与冷意，“不过，阿蕊你可要记住——若万龙困仙阵法被破解，本宫无须怀疑，定会是你干的好事！到时候你可别怪本宫不念多年情分！”

桃蕊仙子心里暗暗一叹，却是顺从地应道：“是，娘娘。”

待桃蕊仙子从天后那儿离开，回到自己的房间，她便微闭双眸，静静地思考起整件事来。

灵飞找上她，给她挖了个坑，她却一时大意钻了进去。

如今，与灵飞的赌约已成，她自然不能反悔。

而她虽然已经知道灵飞的陷阱，但她不救狐仙娘娘，一来让流王殿下早晚知道万龙困仙阵法的真正破解方法，必然会和天帝联手，与龙族一战；二来和灵飞的赌约，便是她输了。

她桃蕊在天界近七千年时间，从未输给任何人一件事，她自然不愿在这件事上输给灵飞。

可她若救狐仙娘娘……万龙困仙阵法又如何破？

那斩杀万龙的法子，她是万万不会用的。

她乃天后一手提携，纵然天后脾性恶劣暴躁，却也是恩情居多，她决不能恩将仇报。

桃蕊仙子深吸一口气，忽然，她猛地将气憋住，锐利地睁开了一双清冷美眸。

对了……何不……

桃蕊仙子眼中泛出一抹淡淡锐光，唇角略微一勾后，起身离开房间，离开天宫，前往裂天仙尊所在之处。

流王殿下身世恢复之后，裂天仙尊的住处便在天界透明了，时不时地，紫霄仙尊也会过来找他下棋，品茶。

这会儿桃蕊仙子找到裂天仙尊时，倒没见着紫霄仙尊，只有裂天仙尊一人站在一片琼花林中，怔怔地看着一望无际的云端出神。

“仙尊，桃蕊有礼了。”桃蕊仙子漫步云端，翩然而至裂天仙尊身侧，淡施了一礼。

裂天仙尊含笑转身：“我道是谁来了，原来是仙子你。”

桃蕊仙子微微一笑，也不拐弯抹角，直截了当地说道：“这次我来找仙尊，是想问问仙尊，可有什么厉害的法器，能够将神识装进其中，自由出入任何地方？”

裂天仙尊一怔，眸中闪过几抹深不可测的流光。

“有是有，但不在我手中。”裂天仙尊温和说道，“当年狐仙娘娘倒是有一样法器，乃是天帝为她寻来的上古法器之一，名叫‘摄灵玉’。”

摄灵玉？

桃蕊仙子听过这个名字，但这宝物已经数千年不见踪影，谁也不知其下落。

裂天仙尊果然知道得多，原来这摄灵玉曾经是天帝送给狐仙娘娘的礼物。

“那这摄灵玉，如今在何处呢？”桃蕊仙子淡笑问道，她相信裂天仙尊一定会猜到，她要这摄灵玉做什么用。

裂天仙尊沉吟了一下，道：“如果我没猜错的话，应该还在狐仙娘娘手中。”

桃蕊仙子惊异地说道：“可狐仙娘娘如今只剩一抹神识，那东西怎会还在狐仙娘娘手中呢？”

裂天仙尊看了桃蕊仙子一眼，忽然伸手，往他和桃蕊仙子所站之处，画下一道隔音结界。

然后，他才说道：“仙子见过狐仙娘娘，应当知道那仙洞之中，除了狐仙娘娘的神识之外，还有一个白衣女子石像，对吧？”

“是的。”桃蕊仙子想了一下，的确想起来，那仙洞中有一尊石像，而且身穿白衣，应该就是狐仙娘娘的石像。

“那尊石像，其实就是狐仙娘娘的化身。”裂天仙尊淡淡一叹，“如果万龙困仙阵法被破，石像自可化为肉身。”

第二十六章 终于见到她

桃蕊仙子闻言，微微蹙起了眉头。

那也就是说，就算她能拿到摄灵玉，也没办法带走狐仙娘娘的肉身？

“如果仙子想要一个两全其美的结果，那么……我倒有一法。”裂天仙尊忽然说道。

桃蕊仙子抬眸轻笑：“仙尊请说。”

裂天仙尊伸手摘下一朵琼花，含笑道：“仙子请看，这琼花不止一朵，若是琼花成灵，元身被毁，那么可以用另一朵琼花代替，仙子觉得此法可行否？”

桃蕊仙子恍悟，原来如此啊！

她倒是一时糊涂了。

“不过，要找到能和狐仙娘娘的神识相融的狐身，也并非一件易事。”裂天仙尊沉吟片刻，说道，“当然，这是救出狐仙娘娘神识之后的事了。”

桃蕊仙子点了点头：“不错，现在关键的是救出狐仙娘娘的神识要紧，其他事情可以容后再议。”

“摄灵玉也在万龙困仙阵法之中。”裂天仙尊轻咳一声，望向桃蕊仙子，“仙子真有把握，能用桃蕊仙阵从万龙困仙阵法之中带走狐仙娘娘？”

桃蕊仙子眸色微微一闪，浅浅笑道：“仙尊不相信我吗？”

“信。”裂天仙尊颔首，轻叹一声，“不过，我有些担心，仙子急于求成，为了一点点自尊，伤了自己。”

桃蕊仙子微微一震。

她听得出来，裂天仙尊的语气带着淡淡规劝之意。

显然，裂天仙尊已经知道她和灵飞打赌一事了。

她嘴角不禁勾起一抹无奈的笑——天界之中，八卦好事者也是不计其数啊！才不过半日的工夫，这消息便传开了，连裂天仙尊都知道了。

“我有分寸的。”桃蕊仙子眸光中透出一丝淡淡的清冷，“而且，我是第一次尝到这种感觉，我不想这种感觉伴我一生。”

“既然仙子决定了，那我也不多说什么了。”裂天仙尊看着桃蕊仙子，淡淡一笑。

桃蕊仙子得到了想要的答案，便离开了。

几日之后，桃蕊仙子和沐云流在御虚门见面，她开口便找沐云流要一些仙丹。

她要的全是固本培元、提高法力的仙丹，有一些甚至对身体有着某种程度的损伤，令沐云流不禁微微蹙眉。

“你要这些仙丹，给谁用的？”沐云流看着桃蕊仙子，淡声问道。

“我。”桃蕊仙子回答得很干脆，虽然声音依旧轻轻柔柔的。

沐云流眉头蹙得更紧：“你可知这些丹药全部吃下去，对你会有什么损害？”

“知道。”桃蕊仙子淡淡一笑，心里还是有些温暖的。

在天界这么多年，她人缘极好，但都是泛泛之交。直到沐云流和苏杏儿上了天界之后，她才知道何为“情谊”。

“知道还吃？”沐云流摇了摇头，“我不会给你。”

沐云流找御虚仙主要那些丹药，不过一句话的事，但他愿不愿意开口，那就是他的事了。

“那么，流王殿下是不想救狐仙娘娘了？”桃蕊仙子轻笑一声，神色胸有成竹。

果然，沐云流一震。然后，他略有些不敢置信地看着桃蕊仙子：“你……要这些丹药，跟救她有关？”

桃蕊仙子红唇一抿，淡笑：“是的，我之前动用过桃蕊仙阵，本元受损，至今没有恢复。所以，只能靠外力来恢复，然后才好带流王殿下去救狐仙娘娘。”

本来催动桃蕊仙阵就已经够她吃力的了，何况她还要带一个沐云流？

所以，不用些仙丹是不行的。

沐云流眸光流转，看了桃蕊仙子片刻后，微微沉吟。

按理说，桃蕊仙子能帮他救母，这自然是令他感激的，但出于朋友之谊，他也不能因自己的利益，而牺牲桃蕊仙子。

想了一会儿，沐云流淡淡道：“你先把计划告诉我，我斟酌一下，问问御虚仙主，有没有不伤害你身体的仙丹。”

桃蕊仙子眸色微微一动，勾唇笑了一笑：“我的计划很简单——带流王殿下一同进入桃蕊仙阵，面见狐仙娘娘。然后，用上古神器‘摄灵玉’，将狐仙娘娘的神识带出万龙困仙阵法。”

“那她的肉身呢？”沐云流眸色微微一凝，桃蕊仙子特意强调“神识”，莫非是指肉身无法带出？

果然，桃蕊仙子微微摇头：“我这是一个投机的计划，因为万龙困仙阵法本来是无法破解的，所以狐仙娘娘的肉身无法带出阵法之外。我已经问过裂天仙尊，仙尊告诉我，到时候可以找一只与狐仙娘娘神识相融合的狐身，作为狐仙娘娘的肉身。”

沐云流眸中闪过一丝了然，当然，也有一抹微微担忧：“会不会找不到合适的狐身？”

“我觉得，仙尊既然同意这个计划，那找一只相融的狐身，应该不难。”桃蕊仙子淡淡笑道。

沐云流一想也是，红唇微微一勾，笑容清浅，却又泛出一丝艳丽：“真不知该如何感谢仙子相助了。”

“流王殿下客气了。”桃蕊仙子眼中掠过一抹淡淡锐光，轻笑了一下后，问道，“不过，流王殿下万万不可将此事告知灵飞狐仙，流王殿下应该可以答应我这个要求吧？”

不可告诉灵飞？

沐云流笑意微微一敛，问道：“这是为何？”

“因为我和灵飞狐仙打了个赌。”桃蕊仙子勾起红唇一笑，“赌谁可以先救出狐仙娘娘。”

沐云流坐直了身子，神色严肃：“仙子和灵儿打赌？为何打赌？”

“一时兴起罢了。”桃蕊仙子眸色一敛，淡淡品茶，啜了两口之后，才轻勾唇角道，“未分胜负之前，我不希望我的计划被灵飞狐仙知道。所以，务必请流王殿下保密。”

沐云流目不转睛地看着桃蕊仙子，片刻后却未看出什么不妥之处。

于是，沐云流淡淡点了点头：“好，我替仙子保密就是。”

“多谢流王殿下。”桃蕊仙子唇畔绽开一朵笑花儿，美不胜收。

沐云流沉默了一会儿，又问道：“仙子应该知道破解万龙困仙阵的方法吧？何以仙子宁可损耗自身本元，也不用那方法助我救狐仙娘娘？”

难道，真如天后给出的信息那般，破解了万龙困仙阵法，便会影响到整个龙族？

桃蕊仙子眸色一闪，片刻后轻抿红唇：“这件事情恕我不能告诉流王殿下，因为这是龙族的秘密。”

沐云流看着桃蕊仙子，凤眸看不出喜怒。

桃蕊仙子心里一悸，片刻后才又妥协地说道：“其实，这个方法是当日狐仙娘娘告诉我的，我不能确定其真假，所以不敢告诉任何人。”

说着，她淡淡一叹：“此法太过残酷，而且一定会引起天界大乱，龙族掌管凡间天气，我不愿见到三界生灵涂炭。何况，也不知道此法是不是一定能破解万龙困仙阵法。”

此刻，只听桃蕊仙子又一声淡笑：“至于此法到底是什么，等流王殿下见到狐仙娘娘，自然会知道的。”

沐云流这一刻，真的有几分佩服桃蕊仙子。

虽然灵儿不喜欢她，他也未必有多喜欢桃蕊仙子的聪明狡猾，但不可否认桃蕊仙子是天界一个奇女子！

她所走的每一步，都让人望尘莫及。

而她很难让人看懂。恐怕这世上，没有一个人可以真正了解到，她心中真正的想法。

譬如说，她为何会瞒着天后帮他，为何会替他挡下天帝那一掌，为何又不肯真正背叛天后，为何……宁可自己做出牺牲，也不做危害龙族的事。

这样的女子，估计没几个男人敢对她产生想法。

也难怪，桃蕊仙子在天界，一直人缘极好，却又没有真正的朋友。

大概她太聪明，太懂得取舍，又太神秘，让人根本不敢靠她太近，生怕被她算计。

“好，御虚仙主那边，我会去说。”沐云流显然是同意了桃蕊仙子的计划，勾唇一笑，“仙丹到手之后，我会让人去通知桃蕊仙子过来的。”

整个天界，最适合桃蕊仙子瞒着天后作法的地方，莫过于御虚门了。

到时候即便天后有所察觉，御虚门也绝对可以保得住桃蕊仙子和他。

“嗯。”桃蕊仙子翩然起身，施了一礼后，告辞离去。

这一日桃蕊仙子来过之后，沐云流虽然又与灵飞见了两回面，但果真没有透露半点儿桃蕊仙子和他一同去救狐仙娘娘的计划。

然而，灵飞真的不知道吗？她很伤感，因为她当然知道。

裂天仙尊见过灵飞了，并告诉了灵飞，桃蕊仙子去找过他，还打算借助“摄灵玉”去救狐仙娘娘一事。

灵飞觉得，沐云流跟她之间越来越有距离了。

她不知道是不是因为桃蕊仙子，因为她并没有从沐云流看她的眼神中看出不耐烦的神色。

好几次，她甚至故意去折腾沐云流，得来的只有他的无奈。这让她既觉得安心，又觉得郁闷。

安心完之后，还是觉得沐云流没有告诉她关于桃蕊仙子去救狐仙娘娘的事情，让她很是不安。

总觉得，有什么事情要发生一样。

等到沐云流和桃蕊仙子决定好第二日进入桃蕊仙阵，去救狐仙娘娘的时候，沐云流才告诉灵飞，他明日开始闭关，至于什么时候出关，他不清楚。

桃蕊仙子并未告诉沐云流关于桃蕊仙阵的奥秘，所以沐云流并不知道，桃蕊仙阵从催动到结束，所需要的不过是短短半日时间而已。

不知桃蕊仙子是有意还是无意，总之桃蕊仙子没有告诉沐云流这一点。

于是，沐云流只能告诉灵飞，他“出关”日期不定。

灵飞闻言，只是淡淡一笑：“你天生仙骨，仙骨会自动帮你修炼，根本无须闭关，你当我不知道吗？”

沐云流沉吟片刻，道：“如果灵儿不信的话，可以去问御虚仙主。”

沐云流心里是有一丝歉疚的，但为了救母，他也只能暂时欺骗灵儿了。

等他做了一个身为人子该做的事情，他再跟灵儿道歉，好好承认错误。

“不用去问御虚仙主了。”灵飞手指绕上沐云流一缕墨色青丝，抬眸浅笑，“你在御虚门闭关，那我就去你闭关的门外守着你好了。等你出关了，第一个见到的人就是我喽？”

灵飞自然不可能那么做，她只是故意这般说的。

明知道沐云流是在骗她，她心里如针扎般难受，可她还得强颜欢笑，装作什么都不知道。

“傻瓜，那怎么行呢？”沐云流笑着揉了揉灵飞的小脑袋，宠溺地说道，“那可是御虚门，而你是紫霄灵台的弟子，我若闭关一年，你岂非要守我一年？传出去，不怕人笑话吗？”

“我才不怕呢！”灵飞噘嘴，“你是我的，我有权利守着你！”

他是她的，她一早就预订了，谁也别想从她身边抢走他！

她会为了他，奉献一切，让他怎么都离不开她！

狐族女子，冷情绝性，可一旦动情，便是至死不渝！

“灵儿乖，我保证不会太久，我一出关就来找灵儿，好不好？”沐云流安抚着灵飞，心底歉疚愈浓。

灵飞的笑容微微敛去，默然看了沐云流一会儿后，扬唇轻笑：“那，如果你闭关的时候，我去找你了，你会生我的气吗？”

沐云流略微思索了片刻，摇头：“如果我闭关很久还不出来，灵儿来找我，我定不会生灵儿的气。因为……”

他爱怜地摸着那张如玉娇靥：“因为，我知道灵儿想我了。”

一句话，令灵飞干涸难受的心备受滋润。

但愿，此话是真的。

“那好吧，你去闭关好了。”灵飞伸手抱住了沐云流的腰身，轻勾唇角，“不可以太久哦！”

“嗯。”沐云流的回答，如清风般醉人，香甜甘洌。

第二日，沐云流和桃蕊仙子在御虚门见面。

“跟灵飞狐仙说好了？”桃蕊仙子淡淡笑道，眸中泛过一丝流光。

沐云流勾唇一笑：“灵儿平时虽然顽劣了些，怕是也找过仙子麻烦，不过我的话她还是听的。”

灵飞找桃蕊仙子闹过的事情，沐云流怎会没有听说呢？

“是吗？”桃蕊仙子也微微勾唇，“原来，流王殿下知道灵飞狐仙找我的事。”

但他从来没有提起过，看来他是真的爱极了灵飞。

“我把灵儿宠坏了。”沐云流笑了起来，眸色晶亮，那是因为提到心爱的姑娘，“仙子多担待些。”

女人之间的战争，沐云流一点儿都不在意。

灵飞找过桃蕊仙子闹又怎么了？他的女人，有任性的权利。

何况那是因为灵飞在乎他，所以吃桃蕊仙子的醋。

而他相信，桃蕊仙子不会因为灵飞这么一点点无礼，就做出伤害灵飞的事情。

两个姑娘都是善良的，所以他压根不担心两个姑娘会闹什么矛盾。

只能说，沐云流还是太不了解女人这种生物了。

桃蕊仙子可以容忍灵飞的小任性，却不能接受灵飞对她的羞辱——即便已经知道灵飞是故意在激怒她，她也不会退缩。

因为，这是一场关于尊严的战争。

她会用最深刻的教训，告诉灵飞——什么叫作尊重。

为了沐云流，就可以什么都不顾？包括她桃蕊的尊严？

天后怎么羞辱她，她都只能忍受，因天后有恩于她，可灵飞——绝没有这种权利！

“流王殿下真是疼爱灵飞狐仙。”桃蕊仙子唇角绽放一抹笑花儿，眸色平静，“但愿，灵飞狐仙能够体会流王殿下这番疼爱，不辜负流王殿下。”

“那是自然。”沐云流含笑点头，他丝毫不怀疑灵飞对他的感情。

尤其，在桃蕊仙子出现之后。

灵飞眼中的紧张，他都看得一清二楚。

“言归正传吧！”桃蕊仙子拿出那绺从狐族族长手里要来的狐仙娘娘的青丝，说道，“那些仙丹已经足够我带着流王殿下进入桃蕊仙阵，并进入狐仙娘娘所在的万龙困仙阵法之中。”

沐云流看着那绺青丝，眸中浮现一抹异样。

他微微抿唇，点头：“那就开始吧！”

桃蕊仙子点了点头，很快便从口中吐出自己的本元——那朵桃花花蕊。

桃花花蕊浮在半空中，随着桃蕊仙子的法力催动，桃蕊仙阵的空间开启。

“走！”桃蕊仙子伸手将沐云流肩膀一抓，瞬间和沐云流一同进入了桃蕊仙阵的空间之内。

只见桃蕊仙阵的空间转动越来越快，没一会儿，一股和上次一样的巨大吸力，将沐云流和桃蕊仙子一同吸入了另一个空间。

沐云流见桃蕊仙子脸色比之前苍白了数倍，修眉微微一蹙后，魔性眸色绽放几抹幽光。

他瞬间抓住了桃蕊仙子的手腕，将桃蕊仙子护在身前。

桃蕊仙子淡淡回眸，看了沐云流那俊美无双的脸庞一眼后，唇角淡淡一勾，随即转过头去。

眨眼间，两人已经身处上一回桃蕊仙子到过的仙洞之中了。

“这里就是狐仙娘娘所在的仙洞。”桃蕊仙子悄然深呼吸一口，稍稍平息了一下身体的虚弱，不着痕迹地从沐云流身前离开，淡淡环顾四周，说道。

沐云流小心翼翼地踏出几步，看着如此简陋的仙洞，心中蓦地升腾起一股复杂的感受。

就因为一个恶毒的女人，一个第三者，便害得他家破人亡，亲生母亲受了近万年的苦！

双拳不知不觉握紧。

那双凤眸透出一抹深沉的憎恨，嗜血的杀意。

但很快，因为简简单单三个字——苏杏儿，憎恨与杀意都消退了。

沐云流冷笑着勾起嗜血红唇，语气冰凉如斯：“她应该庆幸，她生了这么一个好女儿。”

桃蕊仙子微微抿唇，默不作声。

她当然知道，沐云流所说的“她”，便是当年挖走尚是婴孩的沐云流眼睛的……天后娘娘。

此刻，沐云流的视线，落在他和桃蕊仙子面前的那尊白色石像上。

石像是一个白衣女子的翩然模样，虽是石像，却栩栩如生，能够清晰地看见女子绝美精致的五官。

她面目含笑，云淡风轻，让人不禁浮想联翩——石像尚且如此之美，那真人，该美成何般模样？

“狐仙娘娘，我带流王殿下来看您了，您可否出来相见？”桃蕊仙子见仙洞内寂静无声，上次那白衣女子也就是狐仙娘娘的神识并未出现，于是轻声朝石像问道。

她记得，上一回狐仙娘娘的神识就是从这石像内飘出来的。

而按照裂天仙尊的说法，这尊石像，便是狐仙娘娘的肉身所化。

桃蕊仙子知道，沐云流却不知道，他站在石像面前，久久凝视着面前的石像，并不知这便是狐仙娘娘的肉身，且狐仙娘娘的神识也在这石像之内。

但他看着看着，忽然内心震撼，微微后退了两步！

因为，石像上那一双绝美的眼睛忽然流泪了！

“狐仙娘娘哭了……”桃蕊仙子心弦震动了一下，侧眸看向沐云流，微微一叹后，告诉了沐云流实情：“流王殿下，这尊石像，便是狐仙娘娘的肉身所化，而狐仙娘娘的神识，也在这石像之内……”

沐云流俊脸一绷，双拳倏地握紧了。

他又后退了一步，凝视着面前流泪的石像，忽然“扑通”一声就跪下了。

“云流不孝，来晚了。”沐云流一字一顿，沉痛出声，然后对着白衣女子的石像，重重地磕起头来。

砰！

砰！

砰！

重重的磕头声在仙洞内响起。

三声过后，沐云流仍旧未起身，重新朝地面磕去。终于，一抹白烟从石像内飘了出来。

那白烟化作一名绝美的白衣女子，眼中噙着泪。她伸手托起了仍在朝石像磕头的沐云流，红唇微微颤抖：“景云……”

沐云流被拉了起来，他看着面前娇小的白衣女子，原来他已比她高出一个头。

这个看着弱不禁风、需要人保护的女子，就是他的母亲？

而她流着泪唤他“景云”，难道这是他的本名？

“景云！真的是你！娘盼得你好苦！”狐仙娘娘拉起沐云流后，捧起那张与天帝轮廓相似的俊美脸庞，将沐云流拉入怀中，紧紧抱住。

狐仙娘娘紧紧抱着沐云流，轻声啜泣。

那若有似无的轻啜，却揪人心扉，令人万分难受。

沐云流眼眶也湿润了，缓缓伸手，将身前这个看起来弱小实则强大的娘亲，用力抱住了。

“娘。”沐云流喑哑出声，“娘不哭，我来救您了。”

桃蕊仙子看着这对母子相拥，眸中浮现一抹羡慕，以及感伤。

真好。

她倒希望有这般曲折离奇的身世，可惜，她不过是天界一株桃树的花蕊，机缘成灵，被天后看中。

除了天后之外，她没有任何亲人。而天后，也从不曾将她视作亲人。

桃蕊仙子淡淡转过身去，微微抬起下巴，看着仙洞洞壁，将空间留给狐仙母子。

终于，狐仙娘娘停止了啜泣。她轻轻放开沐云流，伸手轻轻擦了擦眼泪，含着一抹淡笑看着沐云流，感慨道：“你和你爹，长得真像。”

实际上，沐云流更像狐仙娘娘一些，也可以说吸收了美爹美娘的全部优点，成了一个举世无双的美男子。

但在狐仙娘娘看来，儿子更像爹，或许这意味着她近万年时间，也很思念那个天界至尊——天帝。

“娘，您方才叫我‘景云’，我本名叫景云吗？”沐云流扶着狐仙娘娘到一旁巨石上坐下，母子俩促膝而谈。

“是的。”狐仙娘娘微微一笑，“殿下名‘南宫墨’，你出生时，我和殿下一同为你取名‘南宫景云’。至于我……我本名艾雪。”

或许是知道沐云流什么都不知情，于是狐仙娘娘将一家三口的本名都告知了沐云流。

“原来，我叫南宫景云。”沐云流眸中闪过一抹流光，他是南宫家的人。

至于天帝……他需要知道，当年究竟发生了什么事。

而对于当年之事最清楚的，他相信莫过于他娘了。

“娘，当年究竟发生了什么，您为什么会被关进万龙困仙阵法之中？天帝……哦，也就是您口中的‘殿下’，为何眼睁睁看着娘被关进来？”沐云流问道。

不弄清楚这一切，他不会认天帝这个爹！

狐仙娘娘仿佛听懂了沐云流的话外之音，顿时微微一叹，道：“裂天还没有告诉你当年的真相吗？”

“他提起过一些，但他所说的有些并非真话，我能感觉得到。”沐云流轻轻握住狐仙娘娘的手，“所以，我需要娘告诉我真相。”

狐仙娘娘淡淡一笑：“当年的真相，其实你已经猜出来了，不是吗？”

他能找到这里来，又得回仙骨，其中曲折，应该已经猜到了才对。

第二十七章 母子相认

沐云流微微点头：“是的，我猜出来一些。但很多事情还是充满疑惑，到底他在这件事里，扮演着一个什么样的角色？”

事关身世，沐云流当然希望弄个清清楚楚。

尤其自己的亲生母亲受了近万年的苦，叫天天不应，叫地地不灵，他的亲爹却仍旧是天界之主，享尽荣华甚至娶了其他女人，叫他怎么能不想知道事情的全部真相?

狐仙娘娘似乎看明白了沐云流坚持要知道真相的原因，便柔声说道：“好，娘就告诉你，当年到底发生了什么……”

沐云流点了点头，认真地聆听。随后，狐仙娘娘便将当年之事，一一道来。

当年，艾雪，也就是狐仙娘娘，立志修仙，受到很多人的排挤和嘲笑。

而无意之中，艾雪邂逅了从天界下凡游玩的南宫墨，即当今天帝，也是当年的墨殿下——南宫墨。

南宫墨隐瞒真实身份与艾雪相交，得知艾雪想要修仙，不禁起了兴趣。

于是，南宫墨找来几位仙家，让他们暗中帮艾雪一把，然后看她自己的毅力能不能修成正果。

在几位仙家的暗中相助下，艾雪真的经受住了九重雷劫的考验，成功位列仙班。

虽然后四重雷劫的确是因南宫墨的帮助才得以避过，但其他艰辛却全是靠艾雪一个人坚强度过的。

当艾雪位列仙班之时，南宫墨才表明了身份，艾雪惊呆。

艾雪修仙的过程中，南宫墨早已被她的善良真挚还有坚韧不拔所打动，因此南宫墨向艾雪表白，艾雪知道南宫墨的身份可以娶妻，怦然心动。

两人随后便在一起了。

不料，此事被龙族公主得知，跑到天帝面前放话威胁，说她和南宫墨的婚约早已定下，如果南宫墨不娶她为妻，她便要状告到她父王也就是龙王面前，让龙王渡天河之水，水淹天界！

天帝当时也不太满意艾雪狐妖的身份，便召见南宫墨，让南宫墨与龙族公主早日完婚。

南宫墨天生仙骨，法力过人，自然不肯就范，放话说他除了艾雪之外，谁都不娶。

如果天帝再逼迫他，他便带着艾雪离开天界，逍遥人间去！

天帝疼爱独子，也知道南宫墨从小便心高气傲，脾气倔强，因此不敢强逼南宫墨，反倒是劝了龙族公主，说感情之事不可勉强。

不料，龙族公主一直倾慕南宫墨，根本不肯就此罢手。

她很快告状到了她父王面前，龙王得知女儿被欺负，勃然大怒，去找南宫墨理论时却一言不合动起了手。

南宫墨天生仙骨，龙王怎是他的对手？于是，龙王被南宫墨所伤，虽然是轻伤，但龙王自觉颜面尽失，顿时将所有镇守天界的龙全部召回龙族。

妖界的老妖王知道了这件事，顿生邪念，竟率众攻上了天界！

由于镇守天界各关卡的龙全部回了龙族，天界一时猝不及防，损失惨重。

天帝震怒，派兵剿灭妖族，但向龙王发出号令时，龙王却装病不出兵，以至于天界兵力被削弱，与妖族大战时严重失利。

南宫墨脾气倔强，在打伤龙王之后便和艾雪私定终身，而艾雪在妖界与天界大战期间，为南宫墨生下了一个男婴。

这个男婴，生下来便五官俊美，天生仙骨，让南宫墨和艾雪欢喜极了。他们为他取了一个很动听的名字——南宫景云。

可惜，消息很快泄露，龙族公主彻底怒了，煽动龙王率领龙族，与老妖王见面，意欲用逼宫来威胁南宫墨。

虽然龙族自视甚高，并不愿与妖界为伍，但为了要挟南宫墨，龙族孤注一掷。

龙族公主的条件，是南宫墨抛妻弃子，娶她为妻。并且，她不能忍受那个孩子活在世上！

但南宫墨再顾及天界安危，也不能做出抛妻弃子的行为。

而以南宫墨和艾雪之力，拼个玉石俱焚，老妖王必定会受重创。

于是南宫墨和艾雪决定亲自出战，打败老妖王，而两人不论生死，都将相守在一起。

为了保证儿子的安全，南宫墨和艾雪将儿子送去了裂天大罗金仙之处，叮嘱他无论如何都要保住这条血脉。

毕竟龙族势力强大，万一南宫墨和艾雪有什么不测，这个儿子必将成为龙族眼中钉、肉中刺。

裂天大罗金仙对天发誓，必将用性命来保护景云殿下。

就在南宫墨和艾雪准备前往妖界，与老妖王决一死战的时候，龙族公主却不知怎么得到了这个消息。

为了阻止南宫墨去妖界送死，龙族公主集结龙族将裂天大罗金仙打伤，还残忍地挖走了南宫墨与艾雪之子的眼睛！

因为她一眼就看出，这个孩子天生的仙骨，便是他的眼睛！

只要挖走他的眼睛，他便没了法力，而相信南宫墨和艾雪也绝对不会丢下这样的儿子，前往妖界送死。

非但如此，龙族公主还将这双眼睛放进了宝盒之中，以法力和她父王的龙血加固，再当着南宫墨和艾雪的面，将宝盒扔进了天池之中！

在南宫墨去天池取那宝盒之时，龙族公主与艾雪大战，本来艾雪占了上风，却不想龙王赶到，父女联手将她给抓住了。之后，艾雪便被关进了万龙困仙阵法之中。

再之后，艾雪见过龙族公主两次，龙族公主耀武扬威，说她永远都别想出去了。而南宫墨，将和龙族公主成亲……

"……那之后，我便再也不知道你爹和你的消息了。"狐仙娘娘的眼泪滑落，"我苦苦哀求过她，请她高抬贵手放过你，可她却说，一旦你恢复仙身，绝对不会放过她，所以她狠便要狠到底……"

"娘，我现在也很好。"沐云流抬手，替狐仙娘娘抹掉脸上滚烫的眼泪，双眸闪过一抹冷意，"不过，她生了个女儿替她赎罪，便宜她了！"

狐仙娘娘已经知道苏杏儿之事，便微微一叹："我也曾恨过她，但如今看到你安然无恙，我便不愿再计较从前之事了。"

于她来说，儿子的安危才是她最在意的。

冤冤相报何时了？她不愿上一代的恩怨继续下去。只愿儿子这一代，平平安安，美满幸福。

"娘，我们先离开这里，出去之后再细说。"沐云流伸手扶起了狐仙娘娘，问道，"那上古神器摄灵玉，可在娘手上？"

狐仙娘娘一怔之后，颔首："不错，当年我被关进此地时，四大上古神器都在我手上。"

"那好，请娘拿出这摄灵玉，然后神识进入摄灵玉之中，我和桃蕊仙子会将娘带离这万龙困仙阵法的。"沐云流微笑道。

狐仙娘娘有些微讶："这如何行得通？"

此刻，桃蕊仙子便转过身来，笑道："狐仙娘娘，这是行得通的。此阵为我自创，名为桃蕊仙阵，它可以带摄灵玉离开，也可以带狐仙娘娘离开。"

言下之意，只要狐仙娘娘在摄灵玉之中，那么摄灵玉被桃蕊仙阵带走，狐仙娘娘自然也可以脱离这万龙困仙阵法了。

狐仙娘娘沉吟片刻，问道："景云，你是否打算带我的神识出去，然后再为我寻一副狐身与我的神识融合？"

沐云流点头："是的，娘，现在只有这一个办法可以救娘出去。"

狐仙娘娘眼中闪过淡淡流光，忽然感慨了一下："是啊！要斩杀万龙，破解此阵，的确残忍，也不现实……"

斩杀万龙？

沐云流眼中厉光一闪，瞬间看向了桃蕊仙子。

桃蕊仙子别开脸，视线不与沐云流对上，心中却想：斩杀万龙，形同灭了龙族，她怎会告诉流王殿……哦不，应该是景云殿下呢？

沐云流此刻终于懂了，难怪桃蕊仙子明明知道方法，却不肯告诉他。

而天后也决绝地说就算杀了她和苏杏儿，她也绝对不会放出他娘，原来……要用正确的方法救出他娘，就是要斩杀那一万条龙！

果然，对龙族的确是个巨大的打击。

"这便是摄灵玉。"没等沐云流想清楚是否就此放弃，回去与天帝商量斩杀万龙救母一事，狐仙娘娘已经拿出了摄灵玉，递给了他。

话一说完，狐仙娘娘便化作一股白烟，钻进了摄灵玉之中。

手握摄灵玉，沐云流却犹豫不决。

桃蕊仙子见状，眸光一闪，说道："景云殿下，要斩杀万龙，除非景云殿下修炼到与天帝一样的实力，然后由景云殿下与天帝联手，才有可能战胜整个龙族。而那，恐怕要等上三千年之久……"

言下之意，若沐云流放弃这次机会，那再救狐仙娘娘，就要等上三千年了。

沐云流一天都不想再等，怎么可能等上三千年？

当即，他果断地做出决定——先救狐仙娘娘的神识出去，然后再找契合的狐身。

"走吧！"沐云流握紧摄灵玉，看向桃蕊仙子。

桃蕊仙子此刻有些恍惚。她忽然觉得，仅仅为一口气，她这么赌上全部有些不值得。

然而，看着沐云流那双凤眸，她却知道自己再无退路。

如果这个时候她告诉这位殿下说……她要反悔了，不救狐仙娘娘了，恐怕不用她自己牺牲，这位殿下就可以掐死她！

"好。"桃蕊仙子断然不是优柔寡断之人，只恍惚了片刻，便坚定了想法。

她点了点头后，将沐云流的手一握，十指交缠，紧紧扣住，红唇微微一动，瞬间便有一股巨大的力量将她和沐云流往外拉扯而去！

万龙困仙阵法的空间似有感应，猛烈阻挠。桃蕊仙阵的空间也不甘示弱，两股力量纠缠在一起，却是苦了桃蕊仙子和沐云流。

巨大的力量前后拉扯，仿佛身体都要爆裂开来。

沐云流一扬掌，对着身后那股拉扯的巨大空间力量，狠狠拍出一掌！

只听“砰”的一声，桃蕊仙阵的空间力量趁机一拉，沐云流和桃蕊仙子瞬间便回到了桃蕊仙阵之中。

沐云流刚握着桃蕊仙子的手站定，尚未发现桃蕊仙子脸色煞白，便见身穿雪衣的灵飞咬着唇站在他和桃蕊仙子面前。

“灵儿？”沐云流微微蹙眉，不明白灵飞怎么能进入这桃蕊仙阵中来。

灵飞看着沐云流和桃蕊仙子十指交缠的手，心里犹如被针扎，一咬唇之后，毅然上前，伸手分开了两人！

“他是我的，请你放开他。”灵飞的语气很平静。

不过，灵飞的力道虽然不大，但桃蕊仙子还是脸色苍白地跌坐在了地上。一丝触目惊心的鲜血从她的嘴角缓缓滑落，与那玉瓷般的肌肤形成了鲜明对比。

“灵儿！不要胡闹！”沐云流一见这情景，立刻松开了灵飞的手，上前将桃蕊仙子扶住，“你怎么样？”

灵飞站在原地，看着沐云流关心桃蕊仙子，一种孤零零的感觉油然而生。

是她故意刺激桃蕊仙子，想让桃蕊仙子救出沐云流的母亲。可是，她并不希望沐云流因此对桃蕊仙子产生什么感情啊！

她是不是做错了？

“没事。”桃蕊仙子抬手擦去嘴角血迹，却有更多的鲜血从她张开的唇中涌了出来。

桃蕊仙阵内的空间开始颤动。那桃花花蕊，也就是桃蕊仙子的本元，忽然上下蹿动个不停。

不过眨眼的工夫，桃蕊仙阵就消失了，三人全都回到了御虚门。

“灵儿，你做了什么？”沐云流看着桃蕊仙子越涌越多的鲜血，赶紧伸手替桃蕊仙子疗伤，然而却发现她体内根本吸纳不进任何仙气，顿时又惊又怒地看向灵飞。

桃蕊仙阵莫名消失，消失在灵飞进入桃蕊仙阵之后，这不像是个巧合。

灵飞退后一步，死咬嘴唇。

难道，他认为是她害了桃蕊仙子吗？她就算吃醋、嫉妒，也不会做这样的事情啊！

“和……和她无关。”桃蕊仙子目光淡淡地看着灵飞，说话已是吃力，但却坚持将话说完整，“景云殿下……是我本元已很虚弱，仙阵消失……所以……所以我……不行了……”

不行了？

灵飞听见这句话，又退后了一步。

怎么可能？桃蕊仙子只不过是救狐仙娘娘出来，怎么就不行了？

“胡说八道，我带你去找御虚仙主，他定能救你！”沐云流说着，将摄灵玉一收，打横抱起了桃蕊仙子，转身便朝御虚仙主的宫殿飞去。

灵飞满心惶然，此刻她已经忘记去介意沐云流抱着桃蕊仙子了。

她紧随其后，跟着沐云流来到御虚仙主的宫殿。

“救她！”

御虚仙主正在和裂天仙尊品茶，似乎在等待着什么，然而沐云流一个箭步冲进去，抱着奄奄一息的桃蕊仙子，脸色凝重。

御虚仙主和裂天仙尊都是一惊，当即站了起来。

两大仙尊同时伸手，一人扣住桃蕊仙子一只手腕，片刻后对视一眼，神色异样。

“殿下，那桃花花蕊呢？”裂天仙尊一脸凝重，语气略沉。

灵飞站在门口，一听这话连忙走上前去，伸出白皙的手掌：“在这里！”

原来，沐云流抱着桃蕊仙子离开时，没顾上桃蕊仙子的本元，灵飞追来时便顺手将半空中的桃花花蕊给收了。

此刻灵飞伸出手掌时，才惊骇地发现，那朵原本鲜艳欲滴粉嫩娇弱的桃花花蕊此刻已经枯萎，泛着一股深沉的黑气。

“这……”御虚仙主上前，接过那泛着黑气的枯萎花蕊，为难地看着裂天仙尊。

裂天仙尊神色微微铁青，半晌才看着沐云流怀中的桃蕊仙子，深深叹气：“仙子，你的本元怎已枯萎？”

桃蕊仙子脸色苍白，唇角却有着淡淡笑意，她断断续续地喘气，说道：“已经动用过两次了……这次带着殿下一起……它怎能不枯萎……”

御虚仙主脸色极其难看，问道：“莫非当初仙子让殿下找我讨要那些仙丹，是因为仙子根本已经无力再支撑此次桃蕊仙阵，所以不得不借助于仙丹的力量？”

桃蕊仙子白中泛青的嘴唇一抿，几不可闻地“嗯”了一声。

“胡闹！你简直是在胡闹！”一向淡定的御虚仙主气极，“就算你要救狐仙娘娘，也不能用这样危险的方法！你可知道现在就算是天帝出手，也救不了你了！”

什么？

灵飞脸色瞬间惨白。

桃蕊仙子……本元枯萎，回天乏术？连天帝……都救不了她？这怎么可能？

她没想过要桃蕊仙子死啊！她只是希望，能让桃蕊仙子救出狐仙娘娘。

“我……想救……可……不能……对不起……娘娘……”桃蕊仙子气若游丝，

被沐云流抱在怀里的身躯竟渐渐化作透明烟雾，“所以……对……不起……”

“仙子！”沐云流低沉冷喝，凤眸中有一抹深沉歉意。

然而，他只能眼睁睁看着桃蕊仙子在他怀中消失，彻底消失。那朵桃花花蕊彻底枯萎，失去了最后一丝生气。

御虚仙主看着掌中的桃花花蕊，脸色难看地侧眸，看向裂天仙尊：“天后得知狐仙娘娘被救，桃蕊仙子消失，定然不会善罢甘休。”

裂天仙尊薄唇微微一抿，神色复杂地看了看沐云流和灵飞。

半晌，他才淡淡叹了一声：“想不到，桃蕊仙子救狐仙娘娘的代价，是她自己的性命。若早知如此……”

早知如此的话，又会如何？难道就不救狐仙娘娘了？

裂天仙尊不敢肯定，但他知道他尽力保护的殿下却欠下了一条命。

御虚仙主此刻倒是微微不解：“这桃蕊仙子一向聪明，若说她帮一些忙，我信她有如此立场。可她怎会牺牲自己性命，来救狐仙娘娘？这……似乎太奇怪了！”

“没什么好奇怪的！”一道冷厉的声音突然从门口传来。

几人朝门口看去，只见天后带着苏杏儿，还有紫霄灵台的修仙者百草走了进来。

说话的人，竟不是天后，而是百草。

只见百草冷笑看着脸色惨白的灵飞，语气寒冽地说道：“桃蕊仙子忠于天后，本不想插手狐仙娘娘一事，桃蕊仙子早就知道要救狐仙娘娘必须斩杀万龙，可她从未背叛过天后！可惜……有人不肯放过她！”

灵飞踉跄了一下，退后几步。

她知道，百草说的是她。可是，她竟无力辩驳。

“就是她！”果然，百草伸手，指向灵飞，“就是她找上桃蕊仙子，故意激怒桃蕊仙子，还逼迫桃蕊仙子与她立下赌约——谁先救出狐仙娘娘，谁就永远不得再见流王殿下！”

沐云流微怔，侧眸看向灵飞。

她和桃蕊仙子……打赌？

“不是这样的！”苏杏儿急了，上前欲替灵飞说好话，“其实姐姐这么做，是想……”

啪！

天后扬手，给了苏杏儿狠狠的一巴掌。

“首先，本宫是龙族公主；其次，才是你的亲人。”天后冷冷地看着苏杏儿，警告道，“如果你再敢吃里爬外，本宫就将那只狼碎尸万段！”

暂时动不了沐云流和灵飞，一只狼她还是有权力处置的。

果然，天后的警告令苏杏儿白了脸色，不敢再出声，只是捂着脸低下了头。

对不起，姐姐……她真的会伤害白大哥的……

“百草，你继续说。”天后见苏杏儿低下了头，硬起心肠转身，命令百草继续说下去。

桃蕊仙子的死，给了天后一个发挥的借口。

至于桃蕊仙子的牺牲……天后认为这完全是她咎由自取！

谁让她去帮那些人的？

“是，娘娘。”百草眼中流露出一抹得意。

她冷冷地看了灵飞一眼后，说道：“她因为嫉妒桃蕊仙子与流王殿下走得近，更是在桃蕊仙子为流王殿下挡下一掌后醋意横生，所以便与桃蕊仙子打赌。桃蕊仙子生性清冷，虽然与流王殿下之间清清白白，但桃蕊仙子觉得受到了羞辱，所以决定不顾自身本元损耗，救出狐仙娘娘，以赢赌注！”

灵飞死死咬住嘴唇，这件事，似乎不可能是桃蕊仙子告诉百草的，更不可能是苏杏儿。

那么……百草是怎么知道的？

灵飞忽然想到，那日她从桃蕊仙子处回到紫霄灵台，有和苏杏儿谈及她与桃蕊仙子打赌的真正用意。

她瞬间明白了，是百草偷听了她和苏杏儿的对话！

原来，百草早就投靠了天后，而百草能够偷听到她和苏杏儿的对话，想必是天后给了百草什么法器。

灵飞真恨不得此刻就将百草抽筋剥皮，但她死死忍耐着心底的冲动，因为她知道她此刻无论做什么，都只会让其他仙家觉得她是恼羞成怒。

而且，她压根不在乎这些仙家怎么看她，她在乎的是沐云流。

他会怎么看她？他会信她，不是那样善妒并且做出伤害桃蕊仙子之事的人吗？

“你是怎么知道的？”沐云流的眼睛一眨不眨地盯着百草得意的神情，唇角勾起一抹讽刺的浅笑。

被那双眸子盯着，百草心底没来由地升起一股惧意。

但很快，她想到有天后撑腰，立马就壮了胆，挺直背脊说道：“是桃蕊仙子生前告诉我的！灵飞明明知道桃蕊仙子要救狐仙娘娘会冒生命危险，她却不顾桃蕊仙子死活！她就是为了让桃蕊仙子永远离开她的视线，不再与她争夺流王殿下！”

一番指责，真是无懈可击。

如果按照一般人的思维来考虑，灵飞真是这样想的——既可以帮沐云流救出母亲，又可以趁机置桃蕊仙子于死地，除掉情敌，可谓一箭双雕啊！

灵飞脸色惨白，她真想不管不顾地吼一句——我根本不知道会害死她！

可是，不知道为什么，她就是憋着一口气，不愿替自己辩解半个字。

沐云流盯着一个劲儿污蔑灵飞的百草，扬唇：“既然你早知道桃蕊仙子救狐仙娘娘会遇险，你又为何不站出来说明呢？如果你说出来，桃蕊仙子就不会死了。”

“我……”百草心里一惧，退后一步。

天后娘娘匆忙带着她来到这里，说桃蕊仙子来御虚门肯定是要救狐仙娘娘的，结果她们来了之后才听到里面在讨论，原来桃蕊仙子已经死了。

天后娘娘临时让她栽赃灵飞，挑拨沐云流和灵飞的关系。她真没想那么仔细，也没想到……

“看来，你还没想好答案。”沐云流微微眯起眼，神色含讽，“不过，我已经知道你内心深处最真实的答案了。”

什么内心深处最真实的答案？百草略微困惑。

第二十八章 疯狂的天后

“这个答案就是——你很想置灵儿于死地。”沐云流的唇角勾出高深莫测的弧度，“可惜，你忘了一件事。”

什么事？

百草心惊之余，继续困惑。

“被你遗忘的事情便是——别说灵儿如此善良，不可能做这样的事，就算她做了，那又如何？”沐云流迈步上前，“灵儿是我的女人，就算她要全天下人死，又如何？你区区一个修仙者，有什么资格在我面前大呼小叫，指责于她？”

百草震惊，都忘了害怕和退后。

流王殿下说什么？就算灵飞真的害死了桃蕊仙子，他也不打算追究灵飞的错？

这……这怎么可能？流王殿下不是很在乎桃蕊仙子的吗？

而且，有哪个男人喜欢恶毒的女人？

“知道吗？我最讨厌别人当着我的面骂灵儿了，我都舍不得，你有什么资格？”沐云流一扬袖，一道气流狠狠将百草掀翻在地。如同一个无形的巴掌，扇上了百草的脸，她瞬间嘴角流血，脸颊高高肿起。

“流王殿下……她那么恶毒，你……你怎么可以……帮着她？”

百草实在是混乱了，她发现她已经完全不能够理解流王殿下的想法了。

这个男人，到底在想什么啊？

“我惯的，有意见？”

一句霸气的回答，让百草心里瞬间凉了。

百草忽然觉得好绝望。她本以为，桃蕊仙子一死，流王殿下必定会抛弃灵飞，而天后正好可以追究桃蕊仙子之死，处死灵飞。可没想到……

此刻，只见沐云流冷冷一笑：“而且，你大概弄错了，我从来就不是什么善良的人。我自私霸道，冷血无情，灵儿善不善良与我何干？我爱她足矣！”

百草彻底绝望了，如一摊烂泥般瘫软在地。

“你还是个凡人，估计也承受不住我这一掌吧？”沐云流淡淡挑眉，看了看自己的大掌，随即露出一抹冷笑，“既然如此，我就用对付凡人的方法，对付你好了。”

电光石火间，沐云流忽然出手！

伴随着百草“啊”的一声，她全身骨骼尽数错位，整个人软绵绵地倒在了地上。

她正承受着凡间最残酷的分筋错骨之术，每一块骨骼都疼痛不已，大滴大滴的冷汗从她额头滴落。

“娘娘……”她绝望地蠕动挣扎着，随后她望向天后，祈求着，“救……我……”

然而，天后只是皱着眉头，压根不看百草一眼。

天后皱眉，是因为计划失败，至于百草死不死，痛不痛，跟她有什么关系？她依旧可以在天帝面前追究桃蕊仙子之死。

很快，百草就奄奄一息了，疼痛依旧折磨着她，可她已经没有力气再挣扎，甚至连求饶的力气都没有了。

沐云流没有再理会百草，他转过身，定定地看向灵飞。

灵飞此刻早已震撼，被沐云流一连串的霸气话语给惊呆了。

她之前一直是绝望的，她觉得沐云流不可能会相信她。尽管她希望他能够如往日那般坚定，可她终究没替自己辩解。

有种……破罐子破摔的绝望念头。

如果他要怀疑，她就索性一个字不说，让他吼她骂她，甚至处死她吧！

他已经是天界尊贵的殿下了，不是吗？

可她没有想到，一切都是她多想，他竟然会对百草说出那样的话来。

即便桃蕊仙子真是她害死的，他都不会怪她？

看着灵飞傻愣愣的表情，沐云流伸手：“过来。”

灵飞回过神，微微一瑟缩后，鼓足勇气朝他走去。

到了他面前，她不自觉地低下了头，像做错事的孩子。

“灵儿，我很生气。”沐云流挑眉，若灵飞抬头，一定可以看见他眼底的宠溺、无奈。

灵飞一听，心一紧，不管不顾就伸手抱住了他，声音颤抖：“不是的，我没有存心要害死她，我只是……我只是觉得她一定知道怎么救狐仙娘娘，可她不想帮你，所以我才……我才故意激怒她，和她打赌的。我真的不知道她救狐仙娘娘会死……你要相信我……”说着说着，灵飞委屈地哭了。

她虽然是有些吃醋，不喜欢别的女人靠他那么近，可她不会恶毒到害死桃蕊仙子啊！

沐云流感到胸口一阵湿意，心脏一扯，便伸手抬起了灵飞的下巴，望进她眼底，也让她看清他的眼神。

“傻瓜，我是气你瞒着我，还不明白吗？”沐云流弹了她额头一记，明明生气的俊脸，却带着一丝宠溺之意。

灵飞仰起小脸，看着沐云流，心里忽然一阵微酸。

她总说他变了，和桃蕊仙子之间的一些事情不告诉她，可她不也……没有告诉他一些事……

“对不起……”灵飞哽咽着道歉，一双手紧紧攥着沐云流的衣袍。

沐云流微微叹了口气，摸摸灵飞的脸颊，歉然道：“我何尝不该跟灵儿说声对不起？若不是我救母心切，隐瞒了灵儿和桃蕊仙子之间的事情，灵儿又怎会如此不安？”

不说他不信灵飞会设计害桃蕊仙子，就算是，这笔账也只能算在他沐云流的头上，而不是灵飞。

因为，是他硬生生将灵飞逼上这条路，是他造成了灵飞内心的不安。

想到这阵子为了救母，而忽略了最爱的女人的感受，让她伤心难过甚至委屈，沐云流心脏深处就一阵阵揪痛。

“灵儿，对不起。”沐云流用力搂住灵飞，力道之大，像是要将她嵌入骨血之中。

灵飞泪流满面。

这一刻她才知道，她的委屈，他不是不懂，只是，他真的太想救狐仙娘娘了。

所以，他不得不和桃蕊仙子联手，甚至连她也瞒着。

必然……是桃蕊仙子担心计划被越多的人知道，天后便有可能知晓，所以才不让他告诉她……

而这最后一次，必然是桃蕊仙子的尊严被她挑战了，为了赢这一赌，不惜赔上了性命！

灵飞无法理解，桃蕊仙子真的心高气傲到这种地步？

这么做，真的值得吗？

一对璧人在这儿互诉衷肠，天后却已经等得不耐烦。

百草这会儿已经咽了气，但没人去关心她的死活，只听天后冷冷道：“沐云流，阿蕊的死，你必须要给本宫一个交代！否则的话，别怪本宫对你不客气！”

御虚仙主和裂天仙尊对视一眼，均是站到了沐云流和灵飞身边，大有保驾护航的架势。

桃蕊仙子之死，天后不可能善罢甘休，而以天后的性格，很可能对殿下动手。

殿下虽已得回仙骨，可现在修炼时日尚短，绝非天后敌手。

沐云流眸色淡淡，缓缓放开了灵飞，将灵飞的手握住，转身挑眉看着天后，冷笑：“我给你交代？桃蕊仙子弃暗投明，为你积德，此刻你应该感激她，还敢跟我来要交代？”

天后大怒：“放肆！什么叫作弃暗投明，为本宫积德？本宫做什么了，需要她来帮本宫积德！”

神，不是不会死。

只不过，大部分神犯了错，都是贬下凡间受生老病死之苦，除非实在是十恶不赦，才会神识毁灭！

此时此刻，失去记忆的天后还不知道沐云流的仙骨是她给剥离的呢！

而对于沐云流来说，狐仙娘娘已然救出，他自然不再忌惮说出当年真相。

只见沐云流眯起凤眸，冷冷一笑：“你设计天帝，却怀了别人的孩子；你怂恿龙王，与妖王为伍，对抗天界；你挖走刚出生的我的眼睛，剥离我仙骨——如此种种，你当真以为你不必付出代价？”

天后也大为惊骇！

“你……你胡说八道什么？”天后后退一步，内心震惊无比。

她怎么可能做出沐云流所说的那些事情？

天后不敢置信。

但，天后突然想到，如果不是这样的话，那她的女儿苏杏儿，她又是怎么怀上的呢？

她脸色微微一白。

难道……真的是她当年设计天帝，结果却误和其他男人怀上了苏杏儿？还满心以为是天帝的孩子，所以生了下来？

天后心口钝痛不已，如果真是这样的话，她这一生未免太过悲哀，而这一切必定都是拜天帝所赐！

“我有没有胡说，你可以去问你的丈夫。”沐云流说到这里，忽然又讥讽地勾起了唇角，俊眉一挑，“哦，忘了告诉你，这个丈夫是你偷来的，他并不曾真正属于你！”

这话犹如一把利剑，狠狠刺穿了天后的心脏！

天后闭了闭眼，指甲深深刺入掌心，身体内犹如怒血在逆流，心脏如针扎般难受疼痛。

“走！”天后这回是真的被沐云流的话刺伤了，她的脸色看起来阴冷无比。

她带着苏杏儿还有一名天宫仙子离开，转身的背影决绝冷然。

看着天后远去的背影，御虚仙主微微蹙了蹙眉：“天后看样子不会善罢甘休啊！”

裂天仙尊淡淡一笑：“放心吧，她必然会去找陛下问个清楚的。而我相信，陛下会将所有的事情，都做一个了结。”

九千多年的恩怨，是时候了结了。

天后离开之后，沐云流将摄灵玉拿了出来，递给裂天仙尊："我娘的神识已经在这摄灵玉之内了，但桃蕊仙子已死，不知她所说的找狐身与我娘神识融合的法子，是否可行？"

沐云流和天帝一样天生薄情，虽然桃蕊仙子之死让他的确歉疚了那么一下，但他不会为了桃蕊仙子伤感的。

"可行。"裂天仙尊点了点头，倒是有意无意地瞥了灵飞一眼，而后才淡笑道，"殿下可以去狐族慢慢寻找，此事不急，需要一定的机缘。"

沐云流眸色微微一沉，不知因何，尤其反感裂天仙尊此刻对灵飞瞥去的那一眼。

不过，他没有说什么，收起了摄灵玉，冷声道："天帝那边，两位仙尊去看看，免得那女人惹出什么麻烦来。"

显然，沐云流说的是天后。

御虚仙主和裂天仙尊对视一眼，不约而同地回道："是，殿下。"

待御虚仙主和裂天仙尊离开之后，沐云流才将灵飞牵起，回到了他的房间。

灵飞仍旧有些忐忑，到了沐云流的房间，只目不转睛看着他不说话。

沐云流想到桃蕊仙子之死，倒是微微一叹："桃蕊仙子帮了我不少忙，这次能救出我娘，全靠她以本元催动桃蕊仙阵。想不到，她竟心高气傲如此，明知是死路一条，却为了和灵儿的赌注，赔上了一条性命。"

灵飞心里不好受，低声说道："你……你是不怪我，可是我心里好难受……是我害死了她……"

沐云流提起桃蕊仙子，也正是想听灵飞说出心中真正想法，现在听见灵飞的自责与难过，他顿时伸手拍了拍灵飞的肩膀："傻灵儿，我就知道你心里会这么想。"

"本来就是我不好……"灵飞眼眶开始泛红。

她一开始就猜到桃蕊仙子知道救狐仙娘娘的办法，只是桃蕊仙子不愿说出来。

她曾经猜想过，必定这方法有什么不可用之处，又或者是桃蕊仙子还是向着天后的。

想不到，原来桃蕊仙子真正的顾虑，是救狐仙娘娘会让她付出生命的代价！

早知道这么严重，她一定不敢擅作主张，必定会跟沐云流商量的。

可是，现在说什么都晚了。

"灵儿，听我说。"沐云流抬手替灵飞拭泪，眸色温柔怜惜。

灵飞咬着唇，轻轻点头。

不管他怪她冲动也好，幼稚也罢，她都愿意接受，只要他相信她是真的没有故意设计桃蕊仙子就好了。

然而，沐云流接下来说的话，却让灵飞瞬间飙泪。

“其实桃蕊仙子并非一早就知道这个方法可以救我们的娘，她只是从我们的娘口中得知，要破万龙困仙阵法，便要斩杀万龙——这，才是她一直不肯帮我的原因，她并不愿做对不起龙族的事情。”沐云流说着，微微一叹，“如果不是灵儿与她打赌，她便不会去找裂天仙尊，想到以摄灵玉救我们的娘的办法。所以，这件事弄成现在这样，绝大多数原因，还是她自己，灵儿明白我的意思吗？”

“你……”灵飞泪如泉涌，傻傻地看着眼前俊美无双的男子。

他是怕她太过自责，才这么跟她说的吗？

“灵儿，不许再哭鼻子了。不然，我可要惩罚你了。”沐云流佯怒地捏捏灵飞软嫩嫩的脸颊。

灵飞吸吸鼻子，好不容易止住了眼泪，哽咽说道：“我们早点儿去帮……帮娘找可以融合的狐身，好不好？”

提起这事儿，沐云流眸色微微一沉，莫名地心情有些不好。

“不急，过几日我再去问问裂天仙尊，然后再和灵儿一同前往狐族。”沐云流淡淡说道，而后又微微一笑，“再者还有杏儿和白彦的事情，我们应该帮他们一把。”

灵飞此刻倒是彻底止住了眼泪，睁大眼睛，疑惑道：“我们怎么帮他们？”

“只要天后倒台，她便做不了那么多主了。”沐云流眼底绽放一抹寒光，显然并不打算让天后继续待在天后的宝座上。

灵飞当然知道天后是该让位的，可她不认为天后不再是天后，就管不了苏杏儿了。对苏杏儿来说，天后永远是她的母亲。

“就算她不再是天后，她也还是龙族公主，更是杏儿的亲生母亲，她一样可以不准杏儿和白大哥在一起啊！”灵飞指出关键所在。

沐云流眸光一寒，淡淡勾唇：“那就让她连龙族这个靠山也没有！”

眼下虽然救出了他娘，但他娘仍旧只能在摄灵玉中待着。

虽然找寻可融合的狐身是一个方法，可他更想破了万龙困仙阵！

如此一来，不必找什么可融合的狐身，而龙族也将受到重创，天后就再无仗恃了。

“你……你想斩杀万龙？”灵飞语气微颤。

跟在沐云流身边太久，灵飞已经差不多可以读懂沐云流的表情了，虽然也有误解，但此刻她相信自己说对了。

他眼中泛着戾气，周身那一股嗜血杀意，她感受到了。

“不然呢？”沐云流瞥向灵飞，大掌忽地一用力，语气冷沉地道，“答应我，不管发生任何事，都要乖乖待在我身边！”

呃？灵飞被他忽然这么一句话给弄蒙了。

怎么突然提出这样的要求来了？她肯定不会离开他的呀！

"快答应我！"沐云流也不知怎么的，五官微微扭曲，变得有些狰狞。

灵飞心弦一颤，忙不迭地点了头："我答应你，不管发生任何事，都乖乖待在你身边，决不离开你！"

灵飞信誓旦旦地保证，眸色认真，语气诚挚，沐云流这才面色缓和下来，眸中又浮现温柔。他搂灵飞入怀，抚摸那一头青丝，低声道："以后，灵儿不许再胡思乱想，听见没？"

灵飞用力回抱住他，重重点头："嗯！"

此时此刻，天帝宝殿内，天后脸色苍白，犹如凋零的花朵一般，倒在地上。

她嘴角流出鲜血，面前的天帝一脸冷肃，苏杏儿在她身后，却是动弹不得。

"你……好狠！"天后眼泪滑落，精美的五官透出一股悲凉，心底是滔天恨意。

沐云流说的那些事，天帝已经全都详细地告诉了天后，并且让她三日内交出天后凤印。

如今沐云流仙骨已得，狐仙娘娘也已经救出，天帝和沐云流都不再忌惮天后，是时候了结九千多年前的恩怨了。

若不是沐云流有言在先，天帝根本不可能轻易饶过天后性命。

这还得多亏她有个好女儿，替她赎了大半的罪。

不过，天后却自己作死，竟然一怒之下对天帝动手，这不是找死吗？

她调动整个龙族还可能对天界造成一定的影响，而就她自个儿？

笑话！敌不过天帝一掌！

所以，她这会儿受了天帝一掌，口吐鲜血，在地上都爬不起来了。

"说到狠，朕怎会有你狠？"天帝厌恶地看着地上的女人，冷笑一声，"当年你对朕的亲生骨肉都下得了手，生生挖去他的眼睛，这世上谁有你狠？"

天后大叫一声："这都怪你！怪你被那只狐狸精所迷！是你害了他们！罪魁祸首是你！"

竟然……还将她推向了别的男人，让她误以为，怀的是他的孩子，还将孩子生了下来！

而生下了孩子之后，竟然将孩子贬到凡间受苦，抽走恶念被欺！

天后愤怒不堪地握紧了双拳，目光阴戾地盯住天帝。

这口气，她咽不下！

"朕是天界主宰，你不过龙族小小公主，竟敢肖想于朕，还敢设计朕心爱的女人，以及亲生骨肉。若不是你养了个好女儿，朕此刻就将你碎尸万段！"天帝越说越怒，扬手又是一掌拍出，正中天后肩头。

第二十九章 杏儿在凡间

天后被震飞了数丈，停下时呕血不止。

娘……苏杏儿眼眶泛红，偏生天帝一开始就封了她的法力，定了她的身，此刻是动弹不得，也不能言语。

苏杏儿眼眶红红地看着那给了她生命的女人，多想叫一声——是您错了！您就认输吧！争斗了近万年，您还没有醒悟吗？

天后却惨然一笑，仰天长啸："要本宫交出凤印，你休想！本宫不论生死都会霸占这个位置，决不让那只狐狸精得逞！"

说罢，她竟拿出那方象征天后身份的凤印，一道仙力凝聚于掌中，狠狠地将凤印击了个粉碎！

"放肆！"天帝彻底怒了，凤印一旦被毁，即便将来他想立艾雪为后，都是名不正言不顺的了。

他倏地闪身上前，一股巨大的仙气出手，瞬间将那凤印化成的粉末全部吸了过来。

天后眼眸一寒，起身想抢夺，天帝却一脚便将她踹飞了。

天帝目不转睛地看着面前的粉末，确定无一粒落下之后，才用一个白色袋子将粉末全部装了进去。

有了这些凤印的全部粉末，自然可以还原一个一模一样的凤印来。

苏杏儿见到天后和天帝的对峙，心里万分绝望。

她知道，她娘彻底把天帝惹怒了。恐怕……她娘不可能再得到宽恕了。

果然，天帝收好凤印粉末之后，厉声唤道："金华上仙！"

金华上仙一直候在外头，里面的动静让他心惊胆战。此刻一听天帝陛下召唤，他立刻进来，低头："臣在！"

"将这个女人给朕关进天牢，容后贬下凡间，不许她再回天界！"天帝下达了对于一个仙家来说最为严酷的惩罚。

有的时候，死都不是一件残酷的事，而是被贬为凡人。从仙到人，是一种耻辱。

天后一听，目眦欲裂："你敢！"

她就算不是天后，也是龙族公主！他怎敢如此对她？

“还不押下去？”天帝出手禁锢了天后的法力，天后动弹不得，此时此刻她才知道，天生仙骨的天帝修炼到了极致，是怎样的强大。

而她……竟一直在和这样强大到可怕的男人为敌……天后绝望了。

天后被关进天牢之中的消息不胫而走，震惊了整个天界。

不过，许多仙家早已预料到了这个结果，只是之前还抱着一线希望，觉得天后毕竟是龙族公主，天帝或许会看在龙族的分上采取比较温和的方式。

想不到……天帝根本不将龙族放在眼里。

近万年没有见过天帝出手，众仙家才发现，他们一直忘了天生仙骨的天帝就算不像他们一样勤加修炼，也比他们厉害。

而他们更加明白，天帝本来法力够高强了，再加上一个已经得回仙骨的景云殿下，父子联手何其强大？

天帝没杀了龙族公主，已经是给了龙族相当大的面子。

神龙仙子苏杏儿倒是免于一难，众仙都知道那是因为她和景云殿下，还有灵飞狐仙交情匪浅。

不过，就算如此，苏杏儿想救龙族公主，那也是天方夜谭了。

苏杏儿守在天牢之外，神色落寞，眼眶通红。

沐云流……不，应该称其为南宫景云了。

凤印如今已经恢复原样，离开了凤印的天后，只是龙族公主而非天界天后了。天帝也已经下诏，正式恢复南宫景云的身份。

此刻南宫景云和灵飞相携来到天牢之外，显然是来找苏杏儿的。

“景云殿下，姐姐……”苏杏儿见到南宫景云和灵飞，盈盈行礼，叫出那声“姐姐”时，却忍不住哽咽。

她当然知道一切都是她娘咎由自取，她娘做了太多恶事，对不起南宫一家，让一个本来美满的家庭破裂了。

可……不论如何，她的生命都是她娘给的。没有她娘，就没有她。

所以，眼看着她娘在天牢中受苦，她还是觉得满心惶然，仿佛不做点儿什么便愧对良心似的。

“杏儿，你别这样。”灵飞见苏杏儿一脸难过，心里不禁也有些不忍，她上前拉住了苏杏儿的手。

虽然不忍，可灵飞绝对不会为天牢中那个女人求情。

南宫一家受尽苦楚，其实如今对那个女人的惩罚已经很轻了。

她劝苏杏儿道：“其实，这未尝不是一件好事。你娘执迷不悟，至今不思悔过，如果不让她去凡间，她还会作乱的。到时候触怒天帝，便真的没有挽回的余地了。”

“我明白，谢谢姐姐。”苏杏儿垂眸，不愿灵飞因为这件事而为难，毕竟她娘伤害最深的，是景云殿下还有狐仙娘娘。

“其实我们这次来是想知道，你娘下凡之后，你有什么打算。”灵飞握了握苏杏儿的手，轻声问道。

南宫景云之前便说过，想帮苏杏儿和白彦。不过，那还得问过苏杏儿的意思。

“我……”苏杏儿苦涩一笑，“我也不知道。”

“那，你想过跟白大哥的以后吗？”灵飞鼓励地看着苏杏儿，她希望苏杏儿能够幸福，更希望白彦能够幸福。

这两个人，是她认识南宫景云以来，一直陪着她的人。如同亲人，不可割舍。

白大哥？苏杏儿明显一怔。

片刻后，她微微摇了摇头，一笑：“天界规矩何其森严？我从来没有想过这种事情。”

“景云想出了一个办法。”灵飞闻言就笑了起来，说道，“其实两仙并非不可成亲，只要……成亲的两仙事先报备天帝，然后女仙封了孕脉便可。”

苏杏儿微微瞠目，迅速看了一眼旁边淡定自若的景云殿下，咽了一下口水后，低声道：“就算天帝陛下同意这样，我现在也不想考虑这件事情。”

灵飞和南宫景云对视了一眼，片刻后，南宫景云开口道：“既是如此，便等你娘之事尘埃落定后，你再好好考虑。眼下，不急。”

苏杏儿感激施礼：“谢殿下。”

灵飞倒是微微失望，不过一想到苏杏儿本就是善良的女子，也就释然了。

不过，这趟之行，灵飞和南宫景云倒还是把苏杏儿劝回天宫了。

本来苏杏儿不想离开，可南宫景云一句话令她改变了主意——你这么守在天牢外，寸步不离，就不怕我父皇觉得你是在挑战他的威信，更加迁怒于你娘？

南宫景云从狐仙娘娘口中得知全部往事后，放下了对天帝最后一丝芥蒂，已然认回了这个爹。

而几日之后，却发生了一件令所有仙家都震惊的事情。

被禁锢了法力的龙族公主在被金华上仙带去贬为凡人时，神龙仙子苏杏儿说要跟她道别，金华上仙便允了。

结果，苏杏儿刚走过去，就对冷眼看着她的龙族公主说了一句话：“不管娘做了什么，始终都是我娘，女儿愿代母受过，希望娘以后不要再做伤天害理的事情了。”

说完之后，苏杏儿毅然纵身一跃，下了凡间。

变故来得如此之快，所有仙家都没反应过来，就全都傻在了当场。

龙族公主，本名龙清，她一见苏杏儿竟代替她下了凡，不禁肝胆俱裂，尖叫出声："杏儿！不要——"

然而，不论龙清怎么泪如雨下，她的女儿都不会再回来了。

仙凡道乃上古结成，法力再强的仙家，一旦进入，都不可能折返，只能接受沦为凡人的命运。而通过仙凡道时痛苦万分——无论前身为何，都会遭受剔骨之痛，成为彻彻底底的凡人。

"杏儿……"龙清痛苦万分地跪了下来，头一次不顾形象地号啕大哭。

她本以为，这个女儿和桃蕊仙子一样吃里爬外，心里压根没有她这个母亲。

谁想到……女儿竟为了她……竟为了她……

龙清这一刻，恨不得杀了自己。

"杏儿她……她太傻了……"灵飞也泪如雨下，事发突然，她压根没想到苏杏儿会这么做，她只能扑进南宫景云怀里痛哭流涕。

南宫景云眸色冷沉，心中也未必好受。

虽然苏杏儿并没有死，但修炼成仙何其艰难？何况苏杏儿这回是彻底沦为凡人，连龙身都毁了！

而这一切，都是龙清的罪过！凭什么，要苏杏儿来替她承担？

南宫景云极尽忍耐，才没有出手将龙清给剥皮抽筋。

如果他伤了龙清，想必苏杏儿但凡还有一丝神志，都不会原谅他的，而且苏杏儿的牺牲也将会变得毫无意义。

天帝默然，忽然侧头，看了还不知道真相的紫霄仙尊一眼。

紫霄仙尊微怔，不明白天帝为何在此刻看向他。

"这件事，朕本来打算处置了龙清再告诉你，不过现在……"天帝微微叹了口气，为苏杏儿的善良，也为苏杏儿的勇敢，"其实，苏杏儿是你当年与龙清所生。"

紫霄仙尊浑身巨震！

"陛下！"紫霄仙尊脸色骤变，这怎么可能？龙清不但是龙族公主，更是天后娘娘啊！她怎么可能给他生下一个女儿来？

"当年，龙清设计于朕，朕便将她推向了你，她误以为怀的是朕的孩子，所以才生下了苏杏儿。"天帝语气微微有着一丝愧疚。

这丝愧疚，当然不可能是对龙清的，而是对紫霄仙尊的。

想到紫霄仙尊在失去记忆之前，自始至终没有吐露过半个字，天帝不禁微微默然。

这个臣子忠心如此，他却没能保护好其唯一的血脉，的确是愧疚于心。

紫霄仙尊惊呆了！

神龙仙子……苏杏儿……是他的女儿？

他简直不敢置信，可陛下怎会骗他？

紫霄仙尊痛心疾首，他竟眼睁睁看着自己的女儿承受如此痛苦，被剔除龙骨，沦为凡人？

众仙沉默之际，龙清忽然号啕大哭：“推我下去！推我下去！我要去陪杏儿！我要去陪我的女儿！”

龙清本来对苏杏儿便有母女之情，而今苏杏儿为了代她受过，她心底的母爱彻底被激发出来。

此时此刻，她觉得一切都不重要了，她只想和女儿在一起。

不管她是天后还是龙族公主甚至是阶下囚，自始至终陪伴在她身边，对她一心一意的……只有她的女儿啊！

天帝目光一寒，但未作声。

苏杏儿为了龙清下凡，就是想代母受过，如果天帝再将龙清贬下凡间，未免有些不近人情。

此刻，南宫景云一边安抚着哭泣的灵飞，一边沉声说道：“父皇，看在杏儿的面子上，就从轻发落吧！”

天帝其实也就是缺一个台阶下，九千多年的恩怨纠葛，也让他觉得身心俱疲。

他当年的狂妄连累了妻儿，是他愧对臣子，如今他也不想再继续下去了。

“就看在神龙仙子代母受过的分上，朕对龙清从轻发落。”天帝沉吟了一下，淡淡道，“朕罚龙清自毁仙根，回龙族闭门思过。”

天帝虽然看在苏杏儿的面子上决定饶过龙清，但他身为天界帝王，是决不可能让龙清就这么回龙族的。

龙清是否能因苏杏儿的举动而悔过，谁也不知道，所以天帝依旧防着她。

众仙目光复杂地看向龙清，曾经的天后，龙族公主，如今的阶下囚。

他们都不认为，龙清会听天帝的，轻易就毁掉自己的仙根。

要知道，毁掉仙根无异于毁掉修为，成为一条只有微弱法力的神龙，而仙根被毁之后，有没有机会再进入天界为仙，那都未知了。

而龙清听了天帝的话之后，却仍是大哭号叫，形象全无地要求下凡。

“我不用你宽恕！你如果真的想宽恕我，就让我下去陪我的女儿！”

这个女人，又开始发疯了。

女儿为她所做的一切，她不能领会其意，却偏执地认为她所想的才是正确的。

灵飞红着眼眶，转头怒斥：“你还在闹什么？难道杏儿为什么这么做你不明白吗？她是想换你平安！如果你还要下凡，那杏儿的牺牲算什么？你真以为这样就对得起杏儿吗？”

一番劈头盖脸的斥责，令龙清整个人清醒了不少。

她瘫坐在地，双目无神，脸上泪痕斑斑。此刻的她，看起来竟也没那么可恶了。只是一个失去了女儿的无助的母亲罢了。

忽然，龙清抬手就朝自己额头上狠狠一拍！

一股鲜血从她口中喷射而出，伴随着她扭曲的表情，一道白光被她从额头生生抽离出来。

众仙惊呆。

龙清竟然把自己的仙根生生抽了出来。这痛苦，当年灵飞险些被紫霄仙尊抽离仙根时尝到过，决不亚于凌迟之刑！

灵飞怔然，眼泪慢慢止住。

也许……杏儿的牺牲并不是毫无作用的。杏儿想看到的，就是她的母亲彻底醒悟吧？

如今看来，龙清因为杏儿的牺牲的确幡然醒悟了，放弃了复仇和争执的念头，连仙根都不要了。

龙清本来只需要自毁仙根，那样的话，痛苦会减轻许多。可她偏要将仙根剥离出来，然后再毁掉，这样无疑是一种刻意的自我折磨。

只见龙清经过了漫长的痛苦之后，终于将仙根抽离出来。

她喘着气将仙根握在手中，冷汗淋漓，以最后的一点儿神龙法力，将仙根捏了个粉碎！

然后，她虚弱地看着天帝，惨然一笑：“我……可以走了吗？”

天帝默然，不知为何，此刻他对龙清有一种莫名的怜悯。

这么一个爱他爱到不择手段的女人，最终，还是被他给毁了。

“可以。”天帝的情绪没在面上流露半分，语气依旧冷漠淡然。

龙清踉跄着离开之后，天帝忽然朝南宫景云望去。

当看见南宫景云和灵飞始终形影不离时，天帝眼里更多的是一份释然。

还好，他的儿子比他聪明，没有陷入这困苦的情感纠葛之中。便不会像他一般，因自己的狂妄，而伤害到身边最爱的人。

一场闹剧就此结束，龙清的时代终于过去了。

所有因龙清而起的风波，就此停歇。

但灵飞和南宫景云没有停歇，他们直接去查了天官处的天书，当得知苏杏儿降生在一户员外家里的时候，立刻就通知了白彦，一同赶过去了。

南宫景云以结界掩住三人身形，亲眼见证了苏杏儿的又一次诞生。那一瞬间，灵飞和白彦都红了眼眶，南宫景云也紧抿嘴唇。

“夫人，我们终于有一个女儿了！”

“哈哈！我有妹妹了！我有妹妹了！”

“相公，我昨晚做了个梦，有个好美的女人对我说……我们的女儿应该取名叫杏儿，要不，我们就依梦里神仙所说，为女儿取名杏儿好不好？”

“好，夫人说什么都好，咱们的女儿就叫杏儿！苏府终于有小姐啦！哈哈哈……”

灵飞和南宫景云对视一眼，眼里均是欣慰之意。

看来，龙清关注着苏杏儿在凡间的事情，但意外地没有出手。想必……龙清是真的醒悟了，她并没有来打扰苏杏儿的生活。

不过，将来等苏杏儿长大成人，龙清还是会找她的。但那时候，苏杏儿已经成人，怎么选择便是她自己的事情了。

临走之际，白彦却不肯离开。

“白大哥，我知道你很难过，但这是杏儿自己的选择，她选择代母受过，我们只能尊重她。”灵飞劝白彦道。

白彦是狼妖，苏杏儿现在已经记忆全无，是一个凡间的婴儿。

如果白彦一直守着苏杏儿，将来岂不是会害了苏杏儿吗？

“我没有怪她，更没有怪你们。”白彦知道龙清的所作所为，他看着被员外一家包围的小女婴，语气温和，“凡间已经数百年过去，相信没有人再记得我白彦了，我想，我可以以凡人的身份守着她，不让她受到任何伤害。”

他的杏儿那般善良温婉，若有人欺负她怎么办？

所以，他绝对不能放她在凡间不管，他要时时刻刻守着她，寸步不离！

等她长大了，他会娶她。

灵飞看着白彦温柔但坚定的表情，微微动容。

虽然不想白彦这么辛苦，但她知道她再怎么劝说，都不可能改变白彦的决定。

温柔的男人一旦坚定，十头牛都拉不回来。

南宫景云握了握灵飞的手，说道：“既然你已经想好了，那就照自己的心意去做吧！有什么需要，随时联络我们。”

说着，南宫景云随手一捻，捻出一只纸鹤，递给白彦：“有需要的时候，将纸鹤放飞，它会自动回到我身边，我便会下界来帮你。”

白彦接过纸鹤，微微握紧，看了南宫景云片刻后，笑道：“好好对飞飞，不要伤害她。”

南宫景云霸气扬眉：“这还用你交代？灵儿是我手中宝，谁都伤不了她，包括我自己！”

白彦闻言，放心地笑了。

随后，灵飞和南宫景云离开了凡间，而白彦则留了下来。

白彦化身凡人，进入员外府当了教书先生。他学识渊博，几句话就把苏府的大公子收服了，加上武功精湛，苏府很快就接受了他。

几日过后，白彦随苏府大公子去探望小妹妹，他忍不住用手指轻轻地碰了碰小婴儿柔嫩的脸蛋，生怕弄疼了她。

还未睁眼的小婴儿忽然就睁了眼，清澈的大眼直直地看进白彦眼底。

那熟悉清澈的眼神令白彦心里一酸，泪便不争气地冒了出来。

堂堂狼王，情到深处也落泪。

苏府大公子很诧异，瞅了自家老师半晌，才问道：“老师，您怎么哭了？”

白彦猛然回过神来，抬袖一拭，笑道：“想起一个故人了。”

说罢，白彦便走了，小婴儿很快又闭了眼，在摇篮里沉睡过去。

龙清的时代结束了，苏杏儿也有白彦照顾，南宫景云和灵飞的重心，终于转移到了狐仙娘娘一事上。

狐仙娘娘的神识仍在摄灵玉中。

由于万龙困仙阵法实际上未被破除，所以如果狐仙娘娘找不到可容纳她神识的狐身的话，她一旦从摄灵玉中离开，万龙困仙阵法的空间便会自动寻到她，将她困回阵法之中。

寻找一个融合的狐身，给狐仙娘娘重生之用，显然成了南宫景云和灵飞眼下的要紧事。

这一日，南宫景云被天帝叫去了，自然是为了给狐仙娘娘寻找狐身融合一事。

灵飞本来也想跟去，可紫霄灵台又收了一批凡间来的新修仙者，而紫霄仙尊因为苏杏儿的事情闭门不出。

那白乙上仙又假意来讨好灵飞，说什么灵飞是紫霄灵台的支柱，是紫霄仙尊最宠爱的弟子之类的，便让灵飞去管这事儿。

其实，白乙上仙是醉翁之意不在酒，他无非就是怕灵飞和他算之前的账罢了。

如今南宫景云恢复殿下身份，前任天后又倒台了，灵飞却成了南宫景云心爱的女人，将来必定是皇妃的人物，白乙上仙哪儿敢再得罪她？

第三十章 决定奉献

灵飞还是留了下来，没有跟南宫景云一起去见天帝。

不是为了给白乙上仙什么面子，而是因为紫霄仙尊。

于是，南宫景云去往天帝宝殿，灵飞留在了紫霄灵台，代替紫霄仙尊见那批新来的修仙者。

而忙完这件事情之后，灵飞本打算去天帝宝殿接南宫景云，却不想，她刚一下山，便遇到了裂天仙尊。

“仙尊？”灵飞一怔之后，赶紧上前含笑施礼，“不知仙尊驾到，灵飞有失远迎了。”

“呵呵……我也是闲来无事，逛至此处罢了，灵飞狐仙不必客气。”裂天仙尊看着灵飞，微微一笑。

灵飞点了点头，心下却暗道：怎么看着不像呢？

还没等灵飞发问，便听裂天仙尊淡淡笑道：“听说殿下今日去了陛下那儿，灵飞狐仙留在紫霄灵台替紫霄接见那批新来的修仙者？”

灵飞愣了愣，原来裂天仙尊都知道啊！

“是的，仙尊。”她点了点头，目光盈盈地看着裂天仙尊，心想着裂天仙尊今日到底为何而来。

看起来……是特意来找她的。

“我可以占用灵飞狐仙一点儿时间，去御虚门那边坐坐吗？”裂天仙尊含笑看着灵飞。

去御虚门？

灵飞抿了抿唇，她再笨也知道裂天仙尊找她有事了，但不知……是不是跟狐仙娘娘的事情有关。

“好，仙尊请。”灵飞点了点头，做了个请的姿势。

裂天仙尊笑了笑，负手飞行在了前头。

灵飞紧随其后。

裂天仙尊和灵飞一前一后飞至御虚门，通行无阻地进入了御虚门，见到了御虚仙主。

"你们来了。"御虚仙主抬眸，他似乎早知道裂天仙尊和灵飞会来，脸上并无惊讶之色。

灵飞正疑惑之际，忽然看见御虚仙主面前的小长桌上，静静躺着桃蕊仙子那已经枯萎的本元——桃花花蕊。

她心里一凛！

御虚仙主没事把这枯萎的桃花花蕊拿出来做什么？

"坐吧。"御虚仙主见灵飞的视线落在桃花花蕊之上，淡淡一笑，招呼灵飞和裂天仙尊落座。

"谢仙主。"灵飞微微愧疚，她虽是狐妖出身，但她从来没有害过谁。

桃蕊仙子之死，是她生命里的一个意外。

她终生为此事而感到内疚，为她对桃蕊仙子的利用和激将，导致心高气傲的桃蕊仙子以这种方式来赢得与她的赌局。

"灵飞狐仙，你可猜到，这次裂天仙尊和我找你来，是有事要与你说？"御虚仙主看着灵飞的眼睛，心中一阵微叹。

这只小灵狐，的确很讨人喜欢。可惜，狐仙娘娘已经等不了了。

"我猜到了。"灵飞诚实地点头，随后又坦白地摇摇头，"但是我不知道仙主与仙尊到底要对我说什么。"

御虚仙主和裂天仙尊对视一眼，交换了个眼色后，均是点了点头。

随后，御虚仙主淡淡说道："灵飞狐仙应该知道，万龙困仙阵法要破除，必须陛下与殿下联手，斩杀万龙方可破阵，而此法除了太过残暴之外，还有一个弊病——殿下还需修炼三千年！"说着，他微微一顿，"可如今，狐仙娘娘的神识已在摄灵玉之中，她等不了三千年了。"

灵飞蹙了蹙眉，看了御虚仙主半晌，才问道："仙主是不是想说，为狐仙娘娘寻找可融合的狐身一事？"

问出这句话之后，灵飞猛然心里一惊！

她也是狐狸啊！还是修炼成仙的灵狐。

狐仙娘娘是灵狐，是狐仙，她也是灵狐，是狐仙，那……是不是意味着，她的狐身可以给狐仙娘娘拿去融合？

灵飞手脚微微有些冰凉。

难不成他们找上她……是为了劝她……

果然，御虚仙主眸色一闪，声音略沉："当年狐仙娘娘便知道，斩杀万龙来破阵，是根本不可能的。所以，当你意外闯进万龙困仙阵法中时，狐仙娘娘便替你除掉妖气，并灌输给你修炼成仙的意愿，以便于……今时今日。”

灵飞惊得站了起来。

什么？狐仙娘娘在她年幼时就选定了她？

难道，狐仙娘娘那时候就知道，万龙困仙阵法不可破，唯有神识可以离开万龙困仙阵法吗？

“不过，狐仙娘娘恐怕也实在没有想到，你会和殿下相遇，然后相爱。”御虚仙主叹了口气，“所以，当狐仙娘娘发现殿下深爱的女子便是你之后……她便再也没有提起过此事。”

狐仙娘娘她……灵飞心里微微动容。

“如今我们找你，是因为不能再耗下去了。”御虚仙主看了一眼裂天仙尊，摇头，“我和裂天仙尊都已经尽力在狐族找一个可融合狐仙娘娘神识的替身，然而，实在是没有找到。”

灵飞有些哀伤，她不是怕死，只是不想离开南宫景云啊！

她沉默了半晌，才问道：“如果我把狐身给狐仙娘娘融合神识，我会怎么样？”

灵飞不是不想救狐仙娘娘，但她需要知道，如果她把狐身给了狐仙娘娘，她会怎么样？

她还能和南宫景云在一起吗？这是她最为关心的事情。

灵飞哪里是去接南宫景云了？

可她怎敢跟南宫景云说，她到底去了哪儿？

她想到上一次南宫景云让她答应，无论什么情况都不可以离开他，心里就一阵酸涩。

是不是南宫景云感觉到了什么，所以才对她提出那样的要求呢？

“我便猜到灵儿是去接我了，不过，显然咱们还没默契到走同一条路的地步，所以才会错过。”南宫景云笑着揉了揉灵飞一头落于背后的顺滑青丝，揶揄道。

灵飞抿唇一笑：“才不是呢！因为我们太默契，所以才在同一时间动身，不然肯定能碰上的。”

南宫景云哈哈一笑：“灵儿说得有理！”

随后，南宫景云将灵飞放开，大手牵小手，落座于榻上，说道：“今日父皇问我，何时动身去狐族，我打算明日动身，灵儿以为如何？”

他娘等不了太久了，所以这件事必须尽早了结才行。

他就不信，偌大一个狐族，找不到可以和他娘神识融合的狐身！

灵儿心里一酸，面上甜笑道：“我还想今天动身呢！可是，你也知道，紫霄仙尊因为杏儿的事情，闭门不出，紫霄灵台大小事情都是我负责，我一时半刻肯定走不开啊！”

南宫景云当然知道，不过他可不认为，紫霄灵台的事情有他们的娘重要。

“那白乙上仙虽说心思不纯，不过办事能力还是可以的，加上有日龄上仙可以信任，你交给他们两个去办就行了。”南宫景云不以为然地说道。

灵飞淡淡一笑：“白乙上仙和日龄上仙面和心不和，我还是有些不放心。”

想了一想，她提议道：“这样吧！你给我三天时间把紫霄灵台的事情安排好，然后我再去狐族找你，你看好不好？”

三天之后去狐族找他？

南宫景云眉头一蹙：“灵儿的意思，是我先下界？”

“是啊！”灵飞睁着大大的眼睛含笑，“娘的事情不能再拖了，虽然天帝派了上仙下界寻找，但总没有我们亲自下界妥当，你先下界，我再来找你，这样很好啊！”

南宫景云沉吟片刻，摇头：“不行，要么我等灵儿一同下界，要么灵儿放下紫霄灵台的事……”

正说到这里，一只纸鹤忽然飞了上来，直接停在了南宫景云的面前。

白彦？

“白大哥有事找你！”灵飞一惊，立马就站了起来。

“看来，杏儿出事了。”南宫景云蹙了蹙眉，看着灵飞犹豫不决。

平心而论，他实在不愿撇下灵飞一个人下界，但他也知道灵飞是个极有责任心的姑娘，决不会就这么丢下紫霄灵台走人。

“你快点儿下界去帮白大哥吧！我把紫霄灵台的事情处理好，立刻就会来找你的！”灵飞推着南宫景云的胳膊，催促道。

南宫景云犹豫了半天，才在灵飞的再三催促下，不情愿地点了头：“那好，我先去看看杏儿的情况，你赶紧把手头事情交代一下，下界来找我。”

“知道了，啰唆老头儿！”灵飞吐了吐舌头，催促着便将南宫景云推出了房间。

南宫景云在灵飞额头落下一吻后，摸摸她的脸颊，才转身下界。

灵飞看着南宫景云的背影消失，心里一阵酸楚。

她知道杏儿是不可能出什么问题的，很有可能是裂天仙尊和御虚仙主为了让南宫景云离开她而做出的小动作。

不得不说，灵飞的确猜对了。

但裂天仙尊和御虚仙主却没有想到，龙族那边动作会如此之快。

这次苏杏儿出问题，无非是裂天仙尊和御虚仙主将苏杏儿在凡间哪一家的消息告诉了已经回到龙族的龙清。他们预料到以龙清的个性，定会想要将苏杏儿抢回龙族的。

就算苏杏儿已经是凡人了，龙清也可以让苏杏儿以公主身份长大。

然而，龙清这想法显然天真——虽然她是龙族公主，但她如今仙根已毁，苏杏儿甚至连龙身都失去了，龙族又怎会容纳她们母女？

暂时没对她们母女有什么动作，不过是龙族还在考虑天界这边的因素罢了。

不过，龙清将还是婴儿的苏杏儿抢回了龙族，此举让白彦又惊又怒，只能求助于南宫景云。

所以，南宫景云不得不前去救苏杏儿，要知道苏杏儿如今可是凡胎肉体，如何能在龙族生存下去？

龙族，生活在天界与地界交汇处的天河源头，苏杏儿断然无法靠避水珠永远在龙族生存下去。

而这件事也不是一日两日就能办成的，毕竟闯龙族单靠南宫景云还是弱了一些。

此刻，灵飞在紫霄灵台安排着手头的一切事务。

南宫景云三天内回来过一趟，本是找天帝帮忙去龙族救苏杏儿的，抽空来看了灵飞一次。

见灵飞安然无恙在紫霄灵台处理着手头事务，南宫景云也就放心多了。

只不过，待南宫景云走后的第二日，灵飞便去了御虚门。

"我准备好了。"灵飞淡淡地说道，裂天仙尊和御虚仙主都在御虚门等着她。

裂天仙尊和御虚仙主对视了一眼，片刻后，御虚仙主拿出了摄灵玉，说道："请灵飞狐仙神识出体。"

"好。"灵飞便运用狐身本元，不一会儿，额头便沁出细密的汗珠。

待本元离开狐身的那一刻，灵飞的神识也随本元一同离体了。

一具雪白的灵狐躯壳，软绵绵地倒在地上。

"裂天仙尊！"御虚仙主叫了一声，裂天仙尊心领神会，随即便与御虚仙主联手，将灵飞的神识送入摄灵玉之内。

而灵飞的本元则被裂天仙尊握在手中，好生收了起来。

裂天仙尊知道，将来有一天，灵飞会需要它的。

此刻，狐仙娘娘的神识已经被送入灵飞狐身之内。

雪白灵狐站了起来，诧异地看了一眼裂天仙尊和御虚仙主后，发觉自己置身于一具灵狐躯壳之内，旋即明白过来。

"你们太胡来了！"狐仙娘娘骤然化为人形，依旧是仙洞中那绝美无双的白衣女子，美得令人心醉。

"臣等叩见娘娘！"

狐仙娘娘一化作人形，裂天仙尊和御虚仙主就躬身行礼。

艾雪眉头紧蹙："虽然当年我是有意选中灵飞作为我的宿主，但此事我一定会问清楚灵飞的意愿，你们怎么可以擅自决定？"

没错，艾雪当年绝望中遇到误打误撞进入万龙困仙阵法中的灵飞，刻意替灵飞去除妖气，望灵飞修炼成仙，好助她恢复人身。

但，艾雪是定然要征得灵飞本人同意的。如今艾雪知道了灵飞和南宫景云的关系，便连问的念头都打消了。

想不到，裂天仙尊和御虚仙主他们两个竟然擅作主张，让灵飞献出了狐身！

"启禀娘娘，臣等已然问过灵飞狐仙，是灵飞狐仙自愿献出狐身的。"裂天仙尊不动声色地回答。

"裂天，不要以为我跟灵儿一样单纯。"艾雪紧盯着裂天仙尊，神色显然不悦，"灵儿深爱景云，我是景云的母亲，你只要稍用景云提点她，她自然甘愿献出狐身。"

裂天仙尊抿唇，片刻后开口道："就算娘娘怪罪，臣也不能看着娘娘再度被卷入万龙困仙阵法之中。"

御虚仙主也道："是啊，娘娘，若娘娘再回那万龙困仙阵法之中，便只有斩杀万龙一条路可走了。而以殿下的脾气……"

殿下必然会那么做的！到时候，天界便会有一场浩劫。

谁也阻止不了。

"你们……"艾雪红唇微动，片刻后只见两道人影踏空而来，带着明显的焦急。

其中一人流云广袖一挥，落地后四下张望："灵儿呢？灵儿在哪儿？"

显然，是南宫景云。

而另一人，则是天帝。

南宫景云已经和天帝一同闯入龙族，勒令龙清放回了苏杏儿。

虽然龙清极度不愿，但天帝一番话终究让她醒悟——苏杏儿是凡胎肉体，已经无法在龙族生活下去，她不可能永远靠避水珠生活！

于是，龙清听天帝之言，将苏杏儿交给了南宫景云。

南宫景云将苏杏儿交还给白彦，白彦抱着苏杏儿回到苏员外家，顿时被苏员外一家当成了苏杏儿的救命恩人。

这些暂且不提，却说南宫景云回到紫霄灵台找灵飞，得知灵飞安排好一切事情就去了御虚门，他立马就有种不祥的预感。

灵飞一向与他形影不离，怎会如此反常不与他同行，偏偏要等三日之后？

南宫景云立刻就与天帝赶来了御虚门，而天帝心中，已经有所猜测了。

灵飞很可能献出了狐身，给他的妻子艾雪。

天帝此刻果然见到了绝美无双的艾雪，一向平静的心湖顿时起了一阵涟漪，此时此刻的他才明白，他不是没有爱人的能力，只不过是他没看见自己真正爱的女人。

一见钟情！

天帝明白，就算那些记忆不再，他的心也压根忘不了她！

一见到她，他就知道自己沦陷了。

“雪儿……”天帝情不自禁地走了过去，将艾雪两只玉手握住，神色动容。

艾雪看着天帝的模样，心里也是微微一热，但此刻显然不是她和心爱男子叙旧之时，她的儿子即将得知一个坏消息。

“我们的事，稍后再说。”艾雪握了握天帝的手掌，安抚地看了天帝一眼，随后转眸看向神色焦急的南宫景云。

她红唇一抿，歉疚开口：“景云，对不起。”

南宫景云浑身一震！

他怎么可能没看见他的母亲？

但是，他的第一想法却是不愿意看见。

尽管他救母心切，但他也明白，一旦看见活生生的娘，便意味着……他再也看不见另一个人了。

“说！灵儿在哪儿？”南宫景云像是没听到艾雪的道歉一样，一把揪住裂天仙尊的衣襟，语气冷厉。

一双鹰眸，此刻泛起了浓浓的妖邪光芒。

裂天仙尊眼中并无惧意，只一叹：“灵飞狐仙为了救娘娘，献出了自己的狐身……”

后面的话还没说完，南宫景云暴怒，一掌拍了出去！

“裂天！”艾雪惊叫。

裂天仙尊被南宫景云一掌震退数丈，站稳时口吐鲜血，脸色立刻苍白起来。

天帝见状，神色复杂。

同样深爱着一个女人，天帝自然明白自己儿子此刻所承受的锥心之痛，但看着活生生的妻子站在自己面前，他心里又无比庆幸那只小灵狐献出了自己的狐身。

可他又觉得对不起儿子……

这种纠结的心理，使得他没有出手帮裂天仙尊。

“我杀了你！”南宫景云此刻心痛难当。

在听到灵飞牺牲了自己的时候，南宫景云就失去理智了。

满腔的愤怒，全都停留在“为灵儿报仇”的心思上，南宫景云暴怒扬掌，显然是要置裂天仙尊于死地！

他要为灵儿报仇！杀光这些自私自利的仙人！

就算他们救的是他母亲，他也接受不了！

那是他心爱的女人，是他的命啊！

就在南宫景云一双凤眸发出浓浓黑气的时候，艾雪扑身而上，紧紧抱住了南宫景云："景云，不要！是娘的错，娘当初不该替灵儿驱除妖气，是娘一早就选中灵儿的！跟裂天无关！"

什么？

南宫景云再度浑身一震！

他不敢置信地侧头，看向眼中含泪的美丽妇人。

是她？是他的母亲？她早在几百年前遇到灵儿的时候，就选中了灵儿作为她的牺牲品？

看着南宫景云难以置信的模样，艾雪心如刀绞。

她泪如雨下："景云，对不起，都是娘的错，是娘太自私了，是娘对不起灵儿……"

南宫景云怔怔地看着面前的人，许久才回过神来。

心，是千万根针猛扎般的疼痛。

"就算当初你选中了她，但她已经是我心爱的女人了，你怎么可以……怎么可以……"南宫景云痛心地推开了母亲。

就因为她是他的母亲，所以灵儿才甘愿牺牲。否则灵儿又岂会丢下他一个人？

"我再也不想见到你！"南宫景云神情冷戾，他所有的伤心和失望都收了起来，盯住已然受伤的裂天仙尊，"说！灵儿的神识呢？"

南宫景云虽然痛心无比，但他仍旧保有理智。

这些道貌岸然的仙家，没有那么大的胆子敢害死他的灵儿！

所以，灵儿顶多就是献出了狐身，神识无所依而已，她绝对不会死的！

"殿下，灵飞狐仙的神识在摄灵玉之中。"裂天仙尊面上浮现出一抹无奈，颤抖的掌心里，静静躺着那块摄灵玉。

南宫景云一把抓过摄灵玉，紧紧攥在手心，那冰凉的温度让他犹如被万箭穿心！

他的灵儿……他的宝贝姑娘……就在这冰凉的玉里。

再也没有一个成仙的狐身，给他的灵儿做融合之用了。

他的灵儿也等不了一只狐狸再度成仙……

"殿下，灵飞狐仙的神识并不会消失，只要殿下将这块摄灵玉送去狐族，灵飞狐仙便可以在狐山之内重新修炼。"裂天仙尊忍着五脏六腑的剧痛，对南宫景云说道。

南宫景云微微一怔后，冰冷的神色倒是浮现出几分柔意。

原来……灵儿还不会离开他吗？

“如果桃蕊仙子还在的话，灵飞狐仙三日便可重聚灵身，不必依靠狐身也可以成仙。”御虚仙主见南宫景云大步流星转身便走，连忙开口喊道。

因为灵飞被牺牲一事，南宫景云完全不想跟这个天界再有任何关系。

他娘，有他爹好好照顾。

他该做的都已经做了，而他们就是这么回报他的。

他失望透顶。

仿佛这世间只有那么一个人，才是他心灵的港湾。只有他的灵儿，才不会伤害他。

然而御虚仙主的话使南宫景云停下了脚步，他冷冷地说道：“桃蕊仙子已经死了。”

“这是桃蕊仙子的本元。”御虚仙主拿出那朵枯萎的桃花花蕊，眸色一闪，道，“如果殿下能拿到天池尽头好生养育，日夜浇灌天池中的灵水，七七四十九日之后，它便可以重新焕发生机。到时候，我和裂天仙尊便能联手让桃蕊仙子活过来。”

“为何是我？”南宫景云转身，眸色冷如千年寒雪，“为何桃蕊仙子复生，灵儿便可在三日之内不靠狐身成仙？”

御虚仙主勉强挤出一抹笑容，解释道:“因为天池如今有灵水，是殿下的仙骨……也就是殿下的眼睛，在天池水中万年。只有殿下亲自守候，亲自浇灌，这灵水才会有用，令桃蕊仙子的本元重新焕发生机。”

他顿了一顿，才又接着说道：“至于桃蕊仙子复生之后，灵飞狐仙可免去长年的修炼，这是因为只有桃蕊仙子催动桃蕊仙阵，才能将殿下送进摄灵玉的空间之中。”

南宫景云眼里掠过一抹幽光，他问道：“我进入摄灵玉的空间后，又当如何帮灵儿？”

御虚仙主此刻便与裂天仙尊对视了一眼。

然后，御虚仙主才一声叹息，说道：“殿下若想让灵飞狐仙三日之内重聚灵身，就要牺牲一半的仙骨，让灵飞狐仙也拥有仙骨之身，如此，方可让灵飞狐仙三日重聚灵身，离开摄灵玉。”

第三十一章 皆大欢喜

仙骨，如今整个天界便只有天帝和景云殿下有。

而拥有仙骨的仙家，无须仙根便能成仙。仙骨便意味着真正的仙身。

所以如果南宫景云肯将一半仙骨让给灵飞的话，那么她无须几千年甚至上万年的修炼，便可以立即拥有仙身，神识也可以随之离开摄灵玉。

“我把一半的仙骨给灵儿……”南宫景云的手指抚上了自己的一只眼睛，“也就是说，我挖一只眼睛给灵儿就行了？”

“是的，只要桃蕊仙子复生，将殿下送入摄灵玉中，殿下再分一半仙骨给灵飞狐仙，灵飞狐仙三日后便可与殿下一同通过桃蕊仙阵离开摄灵玉的空间……”

御虚仙主看着南宫景云阴晴不定的表情，一向镇定的心竟突地跳了一下。

“知道了。”南宫景云收回视线，握紧手中的摄灵玉，转身欲下界去狐族。

“景云……”艾雪泪如雨下，伸手拉住了南宫景云的衣袖。

眼睁睁看着儿子失去一只眼睛，她这做娘的于心何忍？

“我将狐身还给灵儿，你别挖自己的眼睛……”身体发肤，受之父母，他不能那么做……

天帝一听，立刻上前，紧紧地抓住了艾雪一只手腕，厉声道：“朕不许！”

“你闭嘴！”艾雪怒目而视，他有什么资格不许？

“别说他不许，我也不会让灵儿事后怪罪于我。”南宫景云坚定地挣脱了艾雪的手，说道，“你夺她身躯，我还她眼睛，很公平。”

害死婆婆的罪名，灵飞背不起，他也不会让灵飞背。

南宫景云唇角一勾，转身头也不回地下界，瞬间消失在众仙面前。

“景云！”艾雪哭喊，却被天帝紧紧搂在怀中。

此后南宫景云果然去了天池，每日养着那株枯萎的桃花花蕊。

四十九日之后，桃花花蕊重新焕发生机，恢复了鲜活的样子。

南宫景云拿着鲜活的桃花花蕊去找御虚仙主，裂天仙尊竟然也在，仿佛二人都在这里等着南宫景云。

不过，南宫景云那拒人于千里之外的冰冷模样，令人不敢与他多说一句话。

御虚仙主与裂天仙尊联手施法，桃蕊仙子果然活过来了！

但活过来的桃蕊仙子却让众仙家惊得下巴都快掉下来了。

她不再是那个美丽动人的少女，而是一个……唇红齿白，四五岁模样的小女孩。

她睁着水汪汪的眼睛，看着周遭这些让她十分陌生的人，尤其看到南宫景云一脸冰冷时，就往裂天仙尊身后躲了躲。

不是她对裂天仙尊有多喜欢，纯粹是因为裂天仙尊离她最近罢了。

“她怎么会这样？”南宫景云眼里没有什么惊讶，有的只是烦躁和暴怒的前兆。

如果桃蕊仙子复生成这样，怎么帮他救灵儿？

“殿下别急，虽然桃蕊仙子如今只有当年修炼一千年时的模样，但她的法力已经足够催动桃蕊仙阵了。”御虚仙主淡淡笑道。

南宫景云冷声道：“你跟她说！”

他没兴趣哄一个四五岁的小女孩，尤其，她对他如此惧怕。

御虚仙主便将四五岁的桃蕊仙子拉到了一旁，低语数句。

却见，桃蕊小姑娘瞪大双眼：“才不要呢！我为什么要帮他？我不喜欢他！”

御虚仙主尴尬地看了一眼南宫景云，心道原来当初才修炼成人形的桃蕊仙子如此刁蛮，估摸着是被天后带到天宫后，才开始慢慢变化的。

“这个……咳，你知道吗？他是天界的景云殿下，也就是说，天帝是他的爹爹，你说……你要不要帮他？”御虚仙主重整笑容，略带威胁地低声说道。

桃蕊小姑娘双肩缩了一下，原来这个脸色冷冰冰的男人来头这么大啊！

天帝居然是他爹！

“好嘛好嘛，我答应就是了。”桃蕊小姑娘心不甘情不愿地让了步，小小年纪倒已经懂得忍让了。

搞定了桃蕊小姑娘，御虚仙主松了口气，便对南宫景云说道：“殿下，可以开始了。”

南宫景云毫不犹豫地拿出了摄灵玉，递给御虚仙主。

御虚仙主接过摄灵玉后，转身看向桃蕊小姑娘：“来，催动桃蕊仙阵吧！”

桃蕊小姑娘瞅了瞅南宫景云那不怎么和善的脸色，心里暗暗哼了一声，这才张嘴吐出自己的本元——桃花花蕊。

然后，桃蕊仙阵便渐渐被催动了。

就在这个时候，两道身影突然掠了过来——是天帝和狐仙娘娘艾雪！

只见天帝掠至南宫景云面前，定定地看了南宫景云片刻，往南宫景云手中塞了一把飘逸青丝。

“你的眼睛，是朕与你娘给你的，身体发肤，受之父母，没有我们的同意，你不得损伤！”天帝语气铿锵有力，冷沉地说道，“朕的仙骨便是这一头黑发，既然救灵儿需要一半仙骨，那就用朕的吧！”

天帝从出生开始，便没有剪过黑发。

的确如天帝所说，他的仙骨便是这一头黑发，而仙骨天生有所灵识，所以它长到一定程度，便不会继续长了。

不管是凡人还是妖或者仙家，都会掉头发掉毛，唯独天帝，一头黑发从未掉过一根。

如果在仙骨成形后剪去黑发，犹如骨血般，会疼，会流血。

而这些黑发，也不会再长。

这个时候，御虚仙主等仙家才发现，天帝的一头黑发，平时都是束起来的，但此刻却是披在肩后，还用白布包裹起来。

白布上，有着丝丝血迹。

父爱如山。

御虚仙主和裂天仙尊对视了一眼，均有些震惊，万万想不到最后会是这样的结果。

南宫景云手握那一把散发着微微血腥气的黑发，整个人怔住了。

艾雪在一旁泪流满面，紧紧握着天帝的手，泣不成声：“景云，你不要不认我们，我们一家三口难得才能重聚，娘……娘真不是故意害灵儿的……”

南宫景云心中百味杂陈，就算他铁石心肠，此刻也无法漠视他爹的付出。

“殿下！快进去吧！桃蕊仙阵已经催动了！”御虚仙主见桃蕊小姑娘快进入仙阵之中了，顾不得尊卑，伸手将南宫景云一推，推到了桃蕊小姑娘的身边。

南宫景云还来不及跟天帝说什么，便被桃蕊小姑娘拉着消失，进入了摄灵玉的空间之内。

一阵撕扯之后，南宫景云和桃蕊小姑娘均身处摄灵玉的空间内。

南宫景云看着手上的断发，一颗本来被灵儿一事封死的心脏，渐渐复苏过来。

灵儿……我该原谅他们吗？

南宫景云深深地叹了口气，在桃蕊小姑娘不耐的眼神中，朝前方白雾走去。

不过一段路之后，他便看见了这四十九日里令他朝思暮想的姑娘。

“灵儿！”南宫景云一个箭步上前，紧紧抓住了灵飞的肩膀，神色激动。

灵飞的神识在摄灵玉之中，与狐仙娘娘艾雪之前在万龙困仙阵法中可不一样。

此刻，灵飞闭着眼睛，仿佛一个没有生气的娃娃，轻飘飘地浮于半空中。

即便南宫景云抓住了她的肩膀，她也没有清醒，而是一直沉睡着。

"灵儿……"南宫景云将灵飞用力抱进怀中，视线在落在手上的仙骨——也就是那些短发上时，他眸色微微深了一深。

对，现在不是儿女情长的时候，他要救灵儿！

南宫景云立刻让手上的一半仙骨，接触到了灵飞的神识。

仙骨本身天生有灵，在天帝将一半仙骨割断的时候，这一半仙骨就知道它的使命是什么了。

而不管它本身愿不愿意，现在它已经没有其他办法，除了与灵飞融合之外，它别无选择。不然的话，它就会永远失去寄宿的神识。

所以，那一半仙骨一接触到灵飞的神识，立刻就缠上了灵飞的青丝。

不过片刻的工夫，那一半仙骨便吞噬了灵飞的神识。

灵飞的神识，整个被长长的断发包裹住，看起来有些触目惊心。

"哇！好可怕！"桃蕊小姑娘见到原本娇滴滴的大美人变成这样，顿时后退了一步，尖叫出声。

"闭嘴！"南宫景云猛地回头，冷声呵斥。

从现在开始，便是仙骨与灵飞的神识相融合的关键时刻，或许一丝一毫的动静都会让两者融合失败。

南宫景云全神贯注地看着灵飞和仙骨融合的情景。时间很快过去了，桃蕊小姑娘都撑不住了，随便找了个地儿躺下来呼呼睡去。而他却依旧盯着灵飞的方向。

其间桃蕊小姑娘醒来好几次，她催动桃蕊仙阵本来就易倦，多睡也不足为奇，但南宫景云在三天内却是一刻也不曾合眼。

到了第三日的时候，灵飞终于有变化了。

只见那些青丝慢慢收了回去，顺滑服帖地垂落于灵飞的背部，而她的身体也变得真实起来。

她缓缓地睁开了眼睛，有了意识。

"南宫景云？"灵飞眨了眨眼，那一刻几乎以为自己花了眼。

她不是……把狐身给了狐仙娘娘，在摄灵玉里修炼吗？

怎么见到南宫景云了？她不是做梦吧？

"灵儿！"南宫景云一直屏息等待着。

一直到灵飞开口唤他，看到那双灵动的大眼，他才敢重重吐出一口气，猛地上前将灵飞抱进怀里。

她没出事，没离开他，没让他坠入万劫不复的深渊，真好！

"怎么回事？"灵飞四下张望，见四周白茫茫一片，的确是她之前进的摄灵玉的空间，但又多了个她不认识的小姑娘，滴溜溜的眼睛望着她，不禁困惑极了。

"我们先出去，再慢慢告诉你。"南宫景云还是很不安，他怕在摄灵玉里待太久会对灵飞有影响，又怕摄灵玉的空间起变化，于是强硬地拉着灵飞，要离开摄灵玉的空间再说。

灵飞自然乖乖听话，那桃蕊小姑娘也不敢违背南宫景云的意思，心不甘情不愿地带着两人，通过桃蕊仙阵一同离开了摄灵玉的空间。

天帝等仙家早已在清晨便等候在了御虚门内，桃蕊仙阵是在御虚门开启的，南宫景云和灵飞出来自然也是在御虚门了。

此刻，南宫景云、灵飞还有桃蕊小姑娘，倏地从摄灵玉内跃出。

南宫景云和灵飞搂在一起，桃蕊小姑娘则一时失重跌倒在地，"哎哟"叫了一声。

她哀怨地看着众仙家，揉揉自己的小屁股，爬了起来，嘟囔道："过河拆桥啊！"

御虚仙主笑了一声，过去递给她一瓶仙丹："此仙丹可固本培元，仙子每日服一粒，一个月后便可恢复，而且……法力提升一千年。"

"哇！居然有这么好的事？"桃蕊小姑娘一下子瞪大了眼睛，惊喜莫名，"还有没有需要我效劳的地方？我一定帮忙呀！"

御虚仙主被她弄得哭笑不得，却是含笑道："暂时没有了，若有需要，我会再麻烦仙子的。"

桃蕊小姑娘便失望地将仙丹收了起来，不过总体来说她还是很高兴的。

很快，灵飞就从南宫景云口中得知了她进入摄灵玉后所发生的一切。

她震惊地看向天帝，还有狐仙娘娘艾雪。

她怎么也想不到，她可以免去几千年甚至上万年的修炼，是天帝将仙骨分给了她一半，自己承受了痛苦！

无法言语的感动，使得灵飞在怔怔看了天帝半晌之后，"扑通"一声跪了下来："谢谢天帝陛下！灵飞……灵飞铭感五内。"

南宫景云蹙了蹙眉，但沉默片刻后，倒是陪着灵飞一同跪了下来。

不管怎么说，天帝终究是为救灵飞而做出了巨大的牺牲。

"起来吧。"天帝握着艾雪的手，一道仙气出手，扶起了南宫景云和灵飞，说道，"朕可不是为了你们，朕是为了雪儿。雪儿怪朕保护不了你们，不肯跟朕和好。"

他总不能，好不容易找回了妻儿，却又将妻儿弄丢。

所以，仙骨算什么？别说一半，整个给出去也不心痛！

"父皇，谢了。"南宫景云抿了抿唇，知道天帝不过是想他和他娘和好罢了，毕竟天帝也舍不得他娘落泪的。

于是，道谢之后，他又上前拥抱了他娘："对不起，母后。"

艾雪顿时双目含泪，回抱了一下高大的儿子，哽咽道："不，该说对不起的人是我，我不该为了离开万龙困仙阵便让灵儿做牺牲品……”

灵飞已经得知整件事，自然不允许艾雪……也就是她娘这么说了，立刻上前说道：“不是的，娘，当初若非我误打误撞进入您所在的空间，我早就死在那道士手上了！而且，身为灵狐的一员，我想不只是我——任何灵狐都愿意为您献出生命的！”

“好孩子，乖灵儿。”艾雪被连连几声“娘”叫得破涕为笑，用力搂住了身前两个孩子。

从今以后，灵儿便是她的女儿，她会将灵儿视如己出。

灵飞一事终于平息，皆大欢喜。

南宫景云虽然心里还是有那么一点儿芥蒂，但在灵飞几次劝说之下，终于渐渐忘却当日的锥心之痛。

天帝割舍一半仙骨，法力已不如从前，加上和妻子艾雪终于重逢，艾雪因他为南宫景云牺牲一半仙骨也重新接受了他。

于是，天帝决定禅位。

以南宫景云如今的法力，还有灵飞的从旁相助，打理天界已经绰绰有余了，何况裂天仙尊等大仙也愿意辅佐南宫景云。

不过，南宫景云才没那么傻呢！

他父皇知道和他母后相亲相爱，却把政事丢给他？

南宫景云被天帝召见之后，当时没说什么，离开宝殿后便直接到了紫霄灵台，把灵飞掳了出来。

“你干什么呀？”灵飞见南宫景云一副打算跑路的模样，哭笑不得。

“我们去游历天下！”南宫景云爽朗的大笑声从天际传来，震人耳膜。

才刚刚失而复得他的灵儿宝贝，自然要多相亲相爱，哪里有时间去处理那些烦琐的天界政事？

灵飞吓了一跳，连忙抱住南宫景云的胳膊，连连摇头：“你不会是说真的吧？”

“你看我像在开玩笑吗？”南宫景云将灵飞整个人一揽，绝美唇角勾起深深弧度，“如今紫霄仙尊也出关了，他已放下往事，父皇母后也已经和好如初，天界一片祥和，不正是我们二人世界的机会？”

灵飞才没那么傻呢！

她眼珠一转，立马想到了之前的某种风声，顿时恍然大悟：“我明白了！一定是父皇要禅位给你，对不对？”所以，他才想带着她溜之大吉！

南宫景云一脸无辜，凤眸微眨：“难道灵儿希望我坐上那个位置，整日整夜没空陪灵儿，还要被那些仙家骚扰？”

灵飞半晌才推了南宫景云一下，哼声道：“你都还没娶我呢！”

名不正言不顺的，谁要跟他走？哼！

“天地为媒，就今晚，如何？”南宫景云笑了起来，他父皇母后都没大婚，他这做儿子的也不想大婚。一个天地日月见证的仪式，足矣。

灵飞羞涩一笑：“随你啦！”

她当然也不爱那种凡间的娶亲仪式的，多麻烦呀！累死累活的，她并不向往那种仪式，反而……只要这个男人将她装进心里，全天下的人都知道他南宫景云身边唯有她灵飞一个女人，就足够了。

南宫景云眼里腾起一片火光，他本是随口一句，想不到他的小灵儿真答应了，这样一来，她就没有反悔的余地了。

下了凡间，南宫景云直接回到了当年的流王府。

几百年过去，凡间物是人非，但流王府因为流传一个美丽的爱情故事，一直被保存得很好。

大安王朝依旧存在，南宫景云入流王府时设了结界，没有惊动任何人。

“灵儿，你当真不介意吗？”南宫景云看着一如当初的流王府，抚摸着灵飞精致的脸颊，问道。

虽然他因父皇母后的关系，并不愿大张旗鼓，怕母后想起当日父皇娶那龙清的场景而难过，但若灵儿想要，他还是会给她的。

“只要你心里有我，永远跟我在一起，我什么都不介意。”灵飞抿唇浅笑，“况且我本来就出身狐族，根本不会在意这种凡间习俗的啦！”

她当然也知道，南宫景云微微歉疚，不正是因为天帝当年娶过龙清吗？

她没那么不懂事，用一个所谓的风光婚礼，去触动母后心中那根刺。

同是女人，她懂得母后心里那深深介意。

若是南宫景云娶了另外一个女人，她一定会心痛如绞的。

“灵儿真乖。”南宫景云笑了起来，拉着灵飞便在流王府花园中央双双跪下。

“我，南宫景云，今娶狐族女子灵飞为妻，从此福祸共享，永生永世执她之手，不离不弃。若违今日之誓，人神共弃，必遭天谴！”

灵飞深情地望了身侧表情虔诚的俊美男子一眼，也缓缓举起手来：“我，灵飞，今嫁天界殿下南宫景云为妻，从此长伴君侧，相夫教子，永不变心。若违今日之誓……”

“好了。”南宫景云忽然开口打断了灵飞的话。

灵飞不满地抗议：“我都还没说完呢！”

南宫景云大笑，伸手将她从地上拉起，一个横抱便将她抱在了怀里，低声道：

“这一日我等了很久了……”

灵飞噘着红唇，脸颊绯红，可心里却是满满的动容。

她知道，他不过是不想她发那样的誓言而已……他待她之心，真让她惭愧。

想到当初怀疑过他变心，她便一阵自责，不禁伸手紧紧抱住了这个即将成为自己夫君，融入自己生命的男人。

没有红烛，没有宾客，有的只是一对爱意深沉的准夫妻。

今晚，他是她的夫，她是他的妻，彼此生命终于紧密相连。

几日之后，南宫景云打算带灵飞离开京城，四处遨游去。

“夫君哪！可不可以让我再休息几天？”灵飞撒娇。

“不可以。”南宫景云亲亲她的额头，“我知道灵儿休息够了。”

“哼！”灵飞开始使小性子，“我要去看杏儿！我要在杏儿家里住几天！”

“可以。”南宫景云优哉游哉地搂着妻子出门，两人已经化作凡人，以免引来不必要的骚动。

待看到苏杏儿的时候，灵飞拉着白彦一个劲儿地问苏杏儿的情况。

白彦一一笑答。

原来，龙清隔不久就会来看苏杏儿，还会带很多礼物，看来她是真的放开了，总算苏杏儿的牺牲没有白费。

而苏杏儿虽然还小，可对白彦的依恋十分之深，晚上没有白彦哄她入睡，她便会睁着眼睛数星星到天亮。

白彦已经对苏家夫妇说明了苏杏儿的身世，苏家夫妇十分震惊，同时也知道白彦不是凡人。在白彦提亲之后，苏家夫妇经过慎重考虑，总算答应了这门亲事。

所以，现在白彦不但是苏杏儿的保姆，而且是苏杏儿的未婚夫了。只等苏杏儿长大成人，白彦便可以一偿所愿，娶她为妻了。

离开苏府时，灵飞一直在感慨苏杏儿如今过得才真是不错，要是有以前那样一个母亲，苏杏儿一辈子都不会得到幸福的。

南宫景云却黑了脸，一直盯着灵飞的小手。

“怎么了？”进入一家客栈投宿了，灵飞见自家夫君还一直盯着她的手，不禁疑惑。

“哼！”南宫景云抓起灵飞的手，义正词严地教训她，“以后不许当着为夫的面碰别的男人！”

“啊？”灵飞微张红唇，这才想起来自家夫君是吃醋了，因为她之前一直拉着白彦的手。

于是，灵飞开始使出浑身解数哄自家夫君了。

此刻，天界之上。

天帝一脸愠怒，旁边狐仙娘娘艾雪在抿笑安慰：“好了好了，只要景云和灵儿开心，我们知道他们的消息，不也挺好的吗？”

那日两个小儿女以天地为媒结为夫妻，天帝自然知道，险些就下界发飙了，还好艾雪阻止了他。

如今两个小儿女成了亲，却迟迟不归，天帝更生气了，恨不得派仙家把儿子媳妇抓回来！但……似乎现在谁也不是他儿子的对手啊！

“孩子们玩累了，自然会回来的。”狐仙娘娘艾雪温柔地握住天帝的手，依旧好脾气地劝道。

天帝被妻子这么温柔地说了几句，气也消了，这才缓和了神情，搂住妻子的肩：“嗯。”

罢了，景云开心，灵儿开心，他这做父皇的，便不计较了吧！

凡间，一串银铃般的笑声，飘出去很远，很远。

“夫君，你看那个女子好美呀！”

“在为夫眼里，灵儿才美。”

“甜言蜜语！哇，那个男的好帅！”

“夫人，你想被禁足吗？”

“滚啦！”

【全文完】

意林
幻青春
仙萌奇缘
Xian Meng Qiyuan
晓寒 风樱 著
仙魔大战一触即发，
是临阵脱逃，还是坦然面对？
迷糊弟子“约架”冷傲少主
上演非正统仙侠反转大戏
“意林幻青春”爆笑呈现
仙界小白？魔族少主？
傻傻分不清楚！
随书附赠 趣味有声告白卡

意林
幻青春
我的画风不太对
WO DE HUAFENG BUTAIDUI
淡樱 著
外星玩家 VS 地球萌妹
演绎爆笑爱情悬疑带来步步惊喜
随书附赠：侦探天团绝密档案

意林精品图书推荐

意林幻青春系列

《我不成仙 一 断尘绝念》
简介：不想成仙却毅然修仙，她见愁只想有朝一日对那人说：“纵你成仙，亦不可逃！”
定价：28.80元

《我不成仙 二 杀红小界》
简介：血衣作战袍，刻骨为利刃。她的通天坦途，便是他的穷途末路！
定价：28.80元

《我不成仙 三 流星赶月》
简介：敏锐与直觉，无一欠缺；缜密与果决，兼而有之。力敌群雄者，舍她其谁！
定价：28.80元

《我不成仙 四 鏖战空海》
简介：为成大道，葬痴情、斩尘缘者有之，可若寻仙问道是这般模样，她宁愿永不成仙！
定价：28.80元

《我不成仙 五 舍我其谁》
简介：见愁者，无限潜力，无限战力！斩断过去，分割今昔。她的世界，只有未来！
定价：28.80元

《禁域①墓地神婴》
简介：皇者重现世间，只为触底反击，再创传奇！踏破乾坤纵横时空，禁域绝密即将揭晓！
定价：28.80元

《禁域②宗门斗者》
简介：扶桑谷内迷雾重重，时间长河、神秘女子……时空彼端，究竟有着怎样的秘密？
定价：28.80元

《禁域③王者遗风》
简介：阳魄界，一个神奇的虚拟世界，浮生为赤钻来到这里，却发现了更惊人的秘密！
定价：28.80元

《符神传说①斩焰少年行》
简介：接通元灵符界，交易、对战、派单……现实与虚拟之间，体味什么叫酣畅淋漓！
定价：28.80元

《符神传说②东川起风云》
简介：逆转鬼煞岭、入蛮荒探迷城，跨越空间界限，开启度奇幻热血征程！
定价：28.80元

《符神传说③刀芒惊天下》
简介：巧进黑狱筑识海，烈焱龙雀惊天下。勇探天符浩土，领略异闻传奇！
定价：28.80元

《符神传说④地下悬赏令》
简介：识妖族斗南洲，符驱四方见奇谋。游历异界空间，探索奥妙人生！
定价：28.80元

《雪鹰领主1》
简介：我吃西红柿全新力作！少年骑士惊世崛起，铸就为人类荣誉而战的英雄传说！
定价：29.80元

《雪鹰领主2》
简介：圣级超凡，初露峥嵘，打造热血沸腾的传奇武侠世界！
定价：29.80元

《决战星座学院1》
简介：为00后读者量身定制的校园星座魔法书，超反转、超疯狂的校园大作战，开始！
定价：29.80元

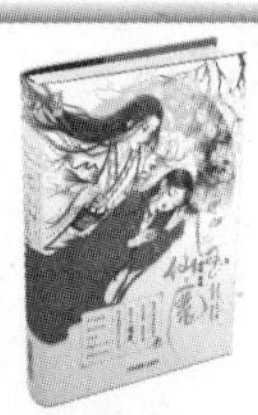

《浮玉仙魔》（全一册）
简介：跨越六界的情仇离合，仙家养成，爆笑开演！看一代魔尊，如何搅翻浮玉仙山！
定价：29.80元

《倾世萌狐》（全三册）
简介：任他天道严酷，你始终是我无法断的“情”，难以绝的“爱”。
定价：29.80元

《我的画风不太对》（全二册）
简介：一不小心成了外星玩家的目标对象！千回百转的拼图游戏，谁是最终赢家？
定价：29.80元

《灵犀》（全二册）
简介：取《山海经》之精髓，谱一曲荡气回肠、龙狐相随的深情恋歌！
定价：29.80元

《仙萌奇缘》（全二册）
简介：迷糊弟子“约架”冷傲少主，无厘头话本奇袭玄天剑宗，非正统仙侠大戏反转上演！
定价：29.80元